MÉMOIRES

SECRETS

POUR SERVIR A L'HISTOIRE DE LA RÉPUBLIQUE DES LETTRES EN FRANCE,

DEPUIS M. DCC. LXII JUSQU'A NOS JOURS;

OU

JOURNAL

D'UN OBSERVATEUR,

CONTENANT les *Analyses des Pieces de Théâtre qui ont paru durant cet intervalle ; les Relations des Assemblées Littéraires ; les Notices des Livres nouveaux, clandestins, prohibés ; les Pieces fugitives, rares ou manuscrites, en prose ou en vers ; les Vaudevilles sur la Cour ; les Anecdotes & Bons Mots ; les Éloges des Savants, des Artistes, des Hommes de Lettres morts, &c. &c. &c.*

TOME TRENTE-QUATRIEME.

. . . . *huc propiùs me,*
. . . . . . *vos ordine adite.*
Hor. L. II, Sat. 3, v. 81 & 82.

A LONDRES,
CHEZ JOHN ADAMSON.

M. DCC. LXXXIX.

MÉMOIRES

SECRETS

Pour servir a l'Histoire de la République des Lettres en France, depuis M. DCC. LXII. jusqu'a nos jours.

ANNÉE M. DCC. LXXXVII.

1 *Janvier.* EN conféquence de la réfolution prife par le Roi dans fon confeil, du vendredi 29 décembre, les fecrétaires ont expédié des ordres de convocation pour l'affemblée des notables.

Les lettres de cachet défignent vaguement trois objets ; les vues importantes dont Sa Majefté s'occupe pour le foulagement de fes peuples ; la réformation de plufieurs abus , & l'ordre de fes finances.

1 *Janvier*. Quoique les journaliftes aient dû naturellement fe conformer à l'article envoyé miniftériellement pour être inféré dans leurs feuilles, celui des petites affiches a jugé à propos d'en retrancher un mot, qui a fcandalifé en effet beaucoup de lecteurs du journal de Paris.... Dans celui-ci on lit : « La » nation verra avec tranfport que fon fouve- » rain *daigne* fe rapprocher d'elle.....» Et dans l'autre : «La nation verra avec tranfport » que fon fouverain *s'approche d'elle*.....» Cette altération a d'autant plus furpris dans l'abbé Aubert, qu'il paffe pour un vil fauteur du defpotifme.

1 *Janvier*. Le mémoire concernant l'hôtel-dieu, par l'académie des fciences, caufe une fermentation qui s'accroît de plus en plus. On fait aujourd'hui que c'eft M. Bailly qui a tenu la plume, & cette rédaction lui fait infiniment d'honneur. Ce rapport eft un modele pour la clarté, la précifion, les recherches, les calculs, les réfultats fondés fur la faine phyfique & la bonne médecine. Un détail fuccinct des opérations des commiffaires, prouvera jufques à quel point ils ont porté & étendu leur travail.

Les commiffaires ont d'adord établi le nombre moyen des malades à contenir par cet hôpital, à deux mille cinq cents; enfuite ils ont fait voir que dans une grande & puiffante ville comme Paris, il falloit fe régler, non fur le moyen, mais fur le plus grand nombre poffible, & alors ils l'ont determiné à quatre mille huit cents d'après des bafes bien établies, des comparaifons juftes & des faits connus par une longue expérience.

Ce point irrévocablement fixé, les commissaires ont difcuté les fecours & les reffources que pouvoit offrir l'hôtel-dieu, & ils ont encore trouvé par des combinaifons précifes, par des inductions favantes, que cet hôpital ne pouvoit en aucun temps fournir les quatre mille huit cents lits dont on avoit befoin, ni même les trois mille que promettoient les adminiftrateurs. De-là fon infuffifance pour le local.

Les commiffaires difcutent en outre une foule d'inconvéniencts particuliers, attachés aux grands lits, aux falles trop baffes, aux falles accouplées pour ménager le terrein, aux étages multipliés par la même raifon : de-là naît la mauvaife difpofition des départements, la confufion dans le fervice, le mélange des différentes maladies : de-là l'impoffibilité qu'il regne à l'hôtel-dieu la propreté néceffaire : de-là l'infection de l'air : de-là enfin cet hôpital eft celui de tous les hôpitaux qui perd le plus de malades en proportion de ceux qu'il reçoit ; c'eft-à-dire, deux fur neuf : tandis qu'à l'hôpital Saint-Denis, par exemple, elle eft d'un fur quinze.

L'examen de la dépenfe de cet hôpital ne lui eft pas plus avantageux. Les revenus de l'hôtel-dieu fe montent à 1,022,500 livres ; ce qui, réparti fur le nombre moyen & annuel de 912,500 journées, fournit pour le prix de chacune, vingt-deux fous cinq deniers ; or il n'eft point d'hôpital où elle ne foit moindre ; celles de l'hofpice de Saint-Sulpice, le mieux régi de tous les hôpitaux, ne montent qu'à dix-fept fous un denier.

A 3

Il s'enfuit de toutes ces obfervations que l'hôtel-dieu, le plus ancien des hôpitaux, eft le plus imparfait & a le plus befoin de réforme.

L'examen du projet de M. Poyet n'a pas été fait avec moins de détail & de difcuffion: les commiffaires, après avoir établi qu'il n'eft pas nouveau, n'en rendent pas moins juftice aux intentions de l'auteur, à fes lumieres & fur-tout à fon zele qui, par le fecours d'un écrivain éloquent M. Dupont), plaidant la caufe de l'humanité aux yeux du gouvernement & du public, a réveillé l'attention générale. Enfin ils en balancent les avantages & les inconvénients & jugent qu'on pourroit faire encore mieux.

En conféquence plufieurs membres de l'académie des fciences fe font éventués, & même des étrangers ; le marquis de Condorcet & l'abbé Teffier, entre les premiers ; MM. Dupont & Regnier, parmi les autres, ont adreffé à la compagnie des mémoires: ce qui fournit matiere à la troifieme partie intitulée : *Réflexions fur les moyens de fecourir les pauvres malades, & fur la meilleure difpofition des bâtiments deftinés à les recevoir.*

1°. L'on doit éviter de faire un feul hôpital pour cinq mille malades.

2°. L'on fe propofe pourtant que les malades foient bien & que leur traitement ne foit pas trop cher ; il faut par conféquent les réunir en nombre, mais non pas en nombre trop grand.

3°. Il y a trois moyens de traiter les malades : ou chez eux, ou dans des hofpices fondés fur chaque paroiſſe ; ou dans de grands hôpitaux.

4°. On ne peut traiter tous les malades chez eux : les hoſpices ne pourroient être ni placés ni conſtruits fuivant de bons principes ; ils ne pourroient fuffire à l'inſtitution générale des hôpitaux : il faut donc un hôpital commun pour la ville de Paris ; les commiſſaires en donnent les raiſons.

5°. Il faut cependant encourager les établiſſements des hoſpices, où les malades font mieux traités, mais comme fecours de l'hôpital commun, & non comme moyen unique.

6°. Les grands hôpitaux appartiennent à l'état ; ils font durables.

7°. Les commiſſaires propoſent d'en conſtruire quatre aux quatre extrémités de Paris ; deſquels deux font déja exiſtants & n'exigent que des réparations.

8°. Ces meſſieurs entrent dans le détail des diſpoſitions extérieures & intérieures de ces hôpitaux ; ils voudroient qu'en outre on conſervât l'hôtel-dieu actuel comme dépôt.

9°. Du reſte, par les moyens d'économie qu'ils imaginent & propoſent, il s'enſuivroit que les revenus de l'hôtel-dieu pourroient fuffire au foulagement & traitement d'un même nombre de malades & même d'un plus conſidérable.

2 *Janvier*. M. le marquis de Villette raconte que le fculpteur dont on a parlé dernièrement, Roſlet Dupont, eſt le premier qui ait fait les buſtes de Voltaire ; fe refufant juſques alors à préfenter fon viſage, il étoit préfent, lorſque le philoſophe de Ferney, fubjugué par

la bonhomie de cet artiste de Saint-Claude, disoit : *il n'y a personne qui sache donner la vie à un
buste, comme le sculpteur de Franche-Comté.*

Ce qu'il y a d'admirable dans Rosset Dupont,
c'est qu'il n'étoit jamais sorti de sa petite
ville, & qu'en voyant ses ouvrages, chacun
jugeoit qu'il avoit fait un cours d'études en
Italie très-long, & travaillé d'après les grands
maîtres ou leurs modeles. Falconnet admi-
rant un saint Jérôme de lui, ne pouvoit se
persuader le contraire.

Rosset Dupont manioit avec la même dex-
térité le bois, le marbre, l'albâtre, même
l'ivoire si cassant & si dur ; il paîtrissoit celui-
ci comme de la cire, & Pigal en parlant des
ouvrages de cet artiste en ce genre, avouoit
qu'il n'avoit rien vu des anciens qui eût plus
de perfection.

2 Janvier. On distribue déja la liste des
membres convoqués pour l'assemblée des notables, quoiqu'elle soit encore susceptible de
beaucoup de changements, nous attendrons
pour la placer qu'elle soit complete, & nous
y ajouterons les notes que nous pourrons recueillir sur chacun, propre à en donner une
idée, à faire juger de ce qu'on en doit attendre.

2 Janvier. Extrait d'une lettre d'Orléans,
du 28 décembre 1786.... La maison phi-
lantropique de cette ville n'est établie que du
mois de mai dernier : elle a tenu une assemblée générale & publique le 24 novembre,
en présence de M. le marquis du Crest, chancelier de son altesse sérénissime.

Du compte rendu dans cette assemblée par

M. Henri de Longueve, avocat du Roi au châtelet d'Orléans, fecrétaire général de la maifon, il réfulte que cette fociété naiffante eft déja parvenue à affurer le foulagement complet :

1°. De tous les nonagénaires.

2°. De tous les octogénaires.

3°. De tous les orphelins.

4°. De toutes les veuves chargées de trois enfants & plus.

5°. De quatre-vingts infirmes.

6°. De cent-foixante femmes en couche.

Qu'indépendamment de ces fecours, elle vient d'établir des filatures deftinées à occuper les pauvres capables de travail & privés d'ouvrage, & particuliérement les femmes & les enfants.

3 *Janvier.* Les comédiens italiens dont le zele ne fe rallentit point, dès hier 2 janvier ont ouvert l'année par une nouveauté ; elle a pour titre *le Mariage fingulier*, comédie en un acte & en profe, mélée de vaudevilles.

Le fujet affez heureux eft fondé fur l'ufage des papiers anglois de faire fouvent des annonces bizarres. Ici c'eft un vieillard riche auquel il prend envie de fe marier ; il fait demander dans les journaux une demoifelle qui ait de la jeuneffe, de la beauté, des talents & des vertus, & promet de l'époufer fans dot ; plufieurs fe préfentent ; ce qui donne lieu à une galerie de portraits, dont l'auteur n'a pas tiré tout le parti poffible, à beaucoup près. Cette piece à tiroirs, ne fourniffant à aucune intrigue, auroit au moins dû pétiller d'efprit, & fournir des fcenes très-gaies,

A 5

Néanmoins elle a été applaudie , & a fini
très-agréablement, graces à Mlle. Renaud ,
qui chante une ariette de bravoure avec le
talent qu'on lui connoît, & obtient le fuffrage du vieillard , & ceux du public.

Cette bagatelle eft de M. Favart le fils.

3 *Janvier*. M. de Marville , doyen du confeil,
confeiller d'état ordinaire & au confeil royal
des finances & du commerce , directeur général des économats , eft mort fubitement la
nuit du premier janvier au deux. Il fe portoit
à merveille le matin, il avoit dîné copieufe-
ment aux économats, il n'avoit pas mal foupé
auffi ; il a paffé dans la nuit & n'a été malade
que deux ou trois heures. C'étoit un homme
de beaucoup d'efprit, mais ordurier.

M. Aubry , avocat renommé fur-tout dans
le parti janfénifte , eft mort auffi fubitement
le jour de l'an.

3 *Janvier*. Extrait d'une lettre de Cherbourg,
du 27 décembre. . . Durant mon féjour ici ,
j'ai examiné les dégâts occafionnés par le
coup de vent terrible du 13 au 14 décembre :
ils ne font pas auffi confidérables qu'on les
avoit annoncés : le tout s'eft réduit à la def-
truction d'un cône qui étoit encore fur la
greve , & dont il fera facile de raffembler
les pieces écarfes. Quant à ceux de la rade ,
ils font inébranlables : feulement parmi les
chauffées faites à pierres perdues entre les
cônes, une s'eft affaiffée de quelques pieds;
mais on la fera remonter au niveau qu'elle
doit avoir, en y jetant de nouvelles pierres;
& quand elle aura une bafe plus large & un
point d'appui plus fort, elle pourra réfifter

aux attaques de la mer. A tout prendre, fi
ces chauffées étoient de nouveau minées par
les flots, on parviendroit toujours à les contenir en rapprochant les cônes. Alors, il eft
vrai, il faudroit un plus grand nombre de
cônes ; mais quelle eft cette dépenfe pour
une entreprife auffi capitale !

4 *Janvier*. L'époux futur de la niece d'un
chanoine, foupçonnant qu'elle pourroit bien
coucher avec fon oncle, avant de fe déterminer, veut faire une épreuve : il décroche
une poularde deftinée pour le lendemain &
la cache dans le lit de la jeune perfonne :
quand il s'agit de la mettre à la broche, elle
ne fe retrouve plus : grands mouvements
dans la maifon pour favoir ce qu'eft devenu
la volaille : le galant, témoin des recherches,
après avoir bien vu leur inutilité, dit qu'il
efpere être plus heureux : il va droit au lit,
& trouve la poularde ; il en conclut affez
naturellement que la demoifelle n'a pas paffé
la nuit dans fon lit, & non moins naturellement qu'elle l'avoit paffée dans celui du chanoine. En conféquence, il fait fes adieux à
l'un & à l'autre, & renonce à cet hymen.
Cette aventure dont 'e fond eft vrai, dit-on,
a paru plaifante à M. Beranger, auteur des
Soirées Provençales, & il a jugé à propos de
la mettre en vers : de-là le conte de *la Poularde*, qui a merité l'attention du gouvernement & fon animadverfion. Ce qui annonce
un grand crédit de la part des gens offenfés :
peut-être auroient-ils mieux fait de laiffer
courir cette plaifanterie, qu'on auroit regardée comme un jeu de l'imagination de l'au-

A 6

teur ; au lieu qu'on juge aujourd'hui qu'il
exifte certainement un fond de vérité ; & il
n'eft pas difficile de découvrir les mafques
par la difpofition de l'arrêt, qui en ordonne
l'affiche fpécialement dans la ville d'Orléans.

4 *Janvier.* C'eft le 13 décembre, que le
Sr. Bechade de Rouen & le Sr. Laroche ont
été arrêtés à Amfterdam. Le premier avoit
pris le nom de Beau Sablon. Deux commerçants hollandois intéreffés à fufpecter leur
bonne foi, ont provoqué leur détention ;
cependant, ils ont confulté à cet égard un
avocat qui ne leur a pas diffimulé qu'ils s'ex-
pofoient à encourir une groffe amende, fi les
détenus n'étoient pas coupables. Ils ont confenti à courir le rifque. Ils ont bientôt donné
avis ici de cette capture.

Un exempt de police eft parti de Paris pour
Amfterdam, chargé de traduire les accufés à
Paris, & ils ne doivent pas tarder à arriver ;
c'eft alors que commencera véritablement le
procès. Les banquiers Tourton, Ravel, &
Galet de Santerre ayant refufé de les faire
venir à leurs frais, c'eft le gouvernement qui
s'en eft chargé.

On fe doute bien qu'en arrêtant ces deux
étrangers, on a mis le fcellé fur leurs papiers :
on parle d'avoir trouvé une malle pleine de
lettres & effets ; ce qui doit jeter un jour
lumineux fur toutes leurs manœuvres téné-
breufes.

4 *Janvier.* C'eft mal-à-propos qu'on avoit
répandu le bruit que M. le chevalier de
Boufflers, revenu ici de fon gouvernement
du Sénégal, étoit impliqué dans la détention

de l'abbé de Gibelin, & qu'on avoit donné ordre au port où il devoit s'embarquer, de le faire revenir à Paris : rien n'est plus faux, & M. de Boufflers est parti pour sa destination.

4 Janvier. Vers d'une jeune personne à son ancien amant, en lui donnant pour étrennes un porte - feuille , dans lequel ils étoient insérés :

Daignez accepter pour etrenne
Ce confident très-sûr , dont le docile sein
A votre gré , rendra sans peine
Tout ce qu'aura chez lui déposé votre main.
Combien en ce jour de mensonge
De fades compliments auxquels vous croyez peu ,
De perfides billets bons a jeter au feu !
Quel sort aura le mien ! j'en tremble, quand j'y songe,
De l'amour autrefois il eût tiré du prix :
Que l'amitié l'accueille & de tous ces proscrits
Lui sauve le destin funeste.
Par elle conservé dans ce dépôt flatteur,
Doux interprete de mon cœur ,
Que , placé le premier, le dernier il y reste !

5 Janvier. Depuis long-temps le procureur général du conseil souverain de Colmar est retenu à Paris pour une suite de chicanes que ce n'est point le lieu de rapporter ici. M. le maréchal de Stainville , qui commande dans ces cantons & s'intéresse à lui, est allé dernièrement chez M. le garde des sceaux & lui a dit : « Monsieur le garde des sceaux, » je viens de la part de la Reine pour vous

» demander quand il vous plaira de mettre
» fin aux vexations qu'éprouve le procureur
» général du conseil souverain de Colmar ? »
Le chef suprême de la justice, étourdi de
cette apostrophe, s'est humilié devant M. le
maréchal, & a répondu qu'il ignoroit l'intérêt
que Sa Majesté prenoit à ce magistrat ; qu'il
étoit aux ordres de la Reine, & feroit tout
ce qui dépendroit de lui pour terminer cette
affaire.

5 *Janvier.* On n'a pas manqué de lancer
beaucoup de brocards contre l'académie françoise, depuis qu'elle paroît décidée à écouter
les sollicitations du docteur Vicq d'Azir pour
remplacer l'abbé de Boismont ; voici sur-tout
une épigramme qui court & amuse les oisifs
& la nation :

> Sait-on pourquoi l'académie
> A trente concurrens divers
> Du bel esprit, en prose, en vers ;
> Ayant la brillante manie
> Préfere un certain médecin ,
> Exercé dans l'anatomie,
> Connoisseur en épidemie,
> Le fameux Vicq d'Azir enfin ! . . . .
> Elle craint l'épizootie (1).

5 *Janv.* Jamais on n'avoit vu tant de monde
à la bourse, qu'on n'en a vu ces jours-ci.

---

(1) Mot tiré du grec, qui signifie épidémie sur les
bêtes à corne ; genre de cure qui a fait la réputation
du docteur.

Tous les capitalistes desiroient savoir quelle sensation auroit produite la résolution du Roi manifestée ouvertement : l'on a été surpris de trouver les effets se soutenant & ne se sentant en rien de la nouvelle.

M. le contrôleur général de son côté fait bonne contenance & n'a pas manqué de faire ouvrir à l'hôtel-de-ville la lettre A, dès le premier jour du paiement.

6 Janvier. On ne croiroit pas que des almanachs fussent dignes de l'attention du gouvernement ; deux cependant ont mérité son animadversion : le *Trésor des almanachs*, ou *Etrennes nationales*, & l'*Almanach de Liège*. A l'égard du premier, un exempt de police est allé chez tous les marchands de nouveautés, & a déchiré plusieurs feuillets, depuis la page 112 jusqu'à la page 118 comprise : on y rendoit compte des revenus de la France, évalués à un milliard, & on ne mettoit que trois cents & tant de millions pour les dépenses utiles ; en sorte qu'il seroit resté sept cents millions en dépense de luxe, de prodigalités, de gaspillage, &c. puisqu'on convient généralement que la dépense excede de beaucoup la recette.

Quant au second, il est question au mois de janvier d'une prédiction vague qu'on a jugé à propos d'interpréter malignement & d'appliquer aux circonstances. On trouve que c'est donner une grande importance à de petites choses, & peut-être auroit-on aussi bien fait de ne pas porter attention à de pareilles miseres. C'est à qui se procurera ces almanachs supprimés.

6 Janvier. Le Sr. Duval , confifeur du Roi , rue des Lombards , continue à offrir aux amateurs , dans ce temps des étrennes , un cours d'hiftoire en fucrerie , où il repréfente les événements les plus remarquables de l'an-née précédente. Celle-ci , il offre aux ama-teurs la repréfentation du port de Cherbourg , & les cérémonies les plus curieufes qui ont eu lieu dans la province de Normandie , durant le voyage du Roi.

Dans fon *profpectus* répandu en profufion , on a remarqué cette phrafe : *Toujours animé de zele pour la gloire de fon fouverain , & fai-fiffant les événements qui peuvent intéreffer fa pa-trie , le Sr. Duval , &c.* Les critiques épiloguent à ce fujet , & prétendent que la police auroit dû fupprimer cette tournure emphatique , aufli puérile qu'indécente.... Ce qui étoit aufli digne de fon attention que l'almanach de Liege.

6 Janvier. M. le prince de Montbarrey a depuis plufieurs années pour maîtreffe en titre une madame de Courville ; mais fon phyfique a befon d'être ranimé de temps en temps par un nouvel objet. A un fouper de filles , il eft devenu épris d'une Mad. Defmahis , créa-ture qui lui a femblé extrêmement agaçante & lafcive. Il lui a fait des propofitions qui n'ont point été écoutées ; elle a répondu au prince qu'elle avoit un entreteneur qui lui plaifoit beaucoup : plus enflammé par cette refiflance , il a promis monts & merveilles : fes offres ont été fi fortes que la demoifelle a paru ébranlée & a defiré le temps de la réflexion.

Il faut favoir que madame Defmahis eft

tribade & fervoit aux plaifirs de Mlle. Raucourt, la grande-maîtreffe de l'ordre. Elle
s'eft conciliée avec celle-ci & lui a demandé
quelque répit pour recueillir les bienfaits d'un
amant auffi généreux. Mlle. Raucourt y a confenti. En conféquence le prince a eu accès,
du moins quant aux cadeaux : les beaux
ameublements, les bijoux, l'or & l'argent
ont été prodigués chez cette courtifane, &
enfin le prince a follicité le prix de tant de
prodigalités. Madame Defmahis a encore éludé
fous prétexte d'empêchement... Soit foupçon,
foit jaloufie, foit curiofité, la nuit en revenant
de fouper en ville, le magnifique amant a
fait arrêter fon carroffe à la porte de fa maîtreffe & eft monté. La femme de chambre
a prétexté, pour l'empêcher d'entrer, que
madame très-incommodée toute la journée,
repofoit en ce moment : il a infifté ; refus
nouveau, & ces obftacles irritant fes defirs,
il a pénétré jufqu'au lit.... Il a trouvé madame Defmahis couchée avec un perfonnage
en bonnet de nuit d'homme ; il eft entré en
fureur, & alloit affommer de fa canne le
Quidam, lorfque Mlle. Raucourt a fauté hors
du lit, & lui a dit : « Mon prince, vous ne
» favez pas à qui vous avez affaire ; recon-
» noiffez-moi, je fuis le dragon du jaloux de
» M. Rochon ; fongez que je ne fuis pas mal
» fous les armes, il ne tient qu'à vous de
» m'y voir ; car Mlle. eft mon amante & je
» n'abandonne pas ainfi mes conquêtes. »
L'ex-miniftre, à ce ton emphatique a bientôt reconnu la courtifane, & à cet accoutrement la tribade : alors fa fureur s'eft tournée

en dédain, & apostrophant madame Desmahis :
« Je vois bien, Madame, a-t il dit, que je
» ne suis pas capable d'opérer votre conver-
» sion ; j'y renonce. Je suis accoutumé d'être
» dupe ; mais je ne m'attendois pas à l'être
» de cette maniere : je vous laisse toutes deux
» vous livrer en paix à vos honteux embrasse-
» ments. » Le prince de Montbarrey, sans
faire plus de bruit, s'est retiré ainsi avec
dignité d'une aventure qui fait diversion dans
les sociétés aux jérémiades que cause l'af-
semblée des notables.

7 Janvier. Dans la seconde partie du mémoire du docteur Smith, son avocat fait
d'abord des réflexions sur la procédure tenue
envers son client : il prouve que c'est un véritable scandale dans l'ordre judiciaire, en
ce que dans cette occasion, la puissance légale
qui doit défendre les citoyens des actes arbitraires, en a provoqué un contre un domi-
cilié, en ce que, par le mélange le plus étonnant, le ministre de la loi s'est rendu l'ins-
trument de l'oppression ; le protecteur-né des
formes, qui sont la sauve-garde des droits
du citoyen, a sollicité une voie de fait, dans
laquelle les formes les plus saines ont été mé-
prisées.

Me. Tronçon du Coudray expose ensuite
les accusations intentées contre le docteur
Smith. . . . . Il indique des remedes perni-
cieux ; il exerce sans droit la médecine : il
fait des profits illicites & immenses sur
les drogues que vend l'apothicaire qu'il indique.

À l'égard du premier point d'accusation

formée par deux médecins de
docteurs Jeannet & Bascher, a
cures heureuses & notoires, une
pièce de partialité & qui pourra
font fa réponse. Les adverfaires
M. Jeannet, ne font pas mal plaida
ce paragraphe.

Quant au fecond chef d'accufa
Smith avoit acheté fa charge de méd
cent-fuiffes, lorfque le procureur du
rendu plainte contre lui ; ainfi cette a
fation porte abfolument à faux : c'eft
exercer la médecine fans un titre légal
enfreindre des réglements de police ;
ce n'eft point là un délit.

Le dernier reproche fe détruit par le
furdités même de l'hypothefe, par le
du plus léger indice dans l'informa
le marché qu'on lui prête ; enfin fa jufifica-
tion s'établit complétement par l'affertion
& par les regiftres de l'apothicaire.

A la fuite de cette partie fe trouvent un
fupplément & des pieces juftificatives ; mais
la plus curieufe ou du moins la plus importante eft un *nota*, où l'avocat déclare que
fon client lui a fait voir tous fes titres &
contrats, dont le réfultat eft un total de
27396 livres de rentes ; indépendamment
d'autres titres non produits, qui augmente-
roient fes revenus du double, ou d'un grand
tiers au moins.

La fortune confidérable dont jouit le docteur Smith, eft en effet une bafe capitale de
la démonftration de fon innocence.

7 Janvier. Les colporteurs gémiffent de

plus en plus des entraves qu'on met journellement à leur commerce ; ils attendent beaucoup de nouveautés de chez l'étranger, de Suiffe , d'Allemagne , d'Angleterre, de Hollande , &c. mais rien n'arrive. Depuis peu il a été défendu à tous imprimeurs , libraires , marchands de livres , d'envoyer aucun ballot de cette efpece qui n'ait été plombé à la chambre fyndicale du lieu ou de l'endroit le plus voifin : ce qui prévient beaucoup de fraudes & de fupercheries en ce genre.

7 *Janvier.* On regarde comme décidé que l'affemblée des notables indiquée à Verfailles fe tiendra dans l'hôtel des menus.

Du refle , cet événement futur intrigue beaucoup de gens , fur-tout les magiftrats , dont les travailleurs s'occupent à compulfer leurs regiftres , à confulter les monuments de l'hiftoire & à fe mettre au fait de tout ce qui eft relatif à la nature des affemblées , pareilles à celles dont il s'agit.

Ce qu'on affure pofitivement, c'eft que la convocation n'étoit point de l'avis de M. le comte de Vergennes ; qu'il a témoigné à M. de Calonne fon étonnement qu'il choifit l'époque de la plus grande gloire de la France, par la derniere paix , par la profpérité de la marine, par l'humuliation de fa rivale, par la création d'une nouvelle puiffance en Amérique, pour ufer d'une reffource indiquant , ou une grande foibleffe dans le monarque, ou une détreffe exceffive dans les finances. Le contrôleur général n'a point envifagé la démarche qu'il confeilloit à Sa Majefté fous le même point de vue ; il a prétendu qu'elle confolideroit plus que jamais l'autorité du Roi en reftreignant celle des parlements, aujourd'hui qu'ils font en fermentation nouvelle, & que plufieurs remuent & tracaffent d'une façon très-incommode pour le gouvernement: comme le miniftre des affaires étrangeres n'aime pas ces cours fouveraines plus que M. de Calonne, on ne doute pas qu'il n'ait cédé à ce motif déterminant.

8 *Janvier.* On a dit que la gazette d'Utrecht étoit auffi fupprimée en France, à raifon d'un paragraphe malin inféré dans la feuille du 22 décembre 1786. Dans ce paragraphe où, par une allégorie foutenue de la fituation prétendue actuelle de l'état des finances de la Chine, on expofe celui des nôtres, on peint l'embarras de M. de Calonne, & l'on fatirife fortement fon adminiftration; il eft impoffible de méconnoître un deffein formé d'attaquer ce miniftre & de le décrier auprès des étrangers, dont il a intérêt, au contraire, de fe concilier la confiance. . . .

Ce bruit ne s'eft point réalifé.

8 *Janvier.* La chance a tourné, & l'on regarde comme décidé aujourd'hui que M. de Rulhieres obtiendra le fauteuil vacant de l'académie françoife: ayant l'honneur d'être attaché à Monfieur en qualité de fecrétaire de fes commandements, il a fait remuer auprès de ce prince qui s'intéreffe pour cette créature, & l'a fait favoir à la compagnie. On conçoit qu'une protection auffi manifeftée doit fubjuguer les fuffrages. Ce fera le troifieme des ferviteurs de fon alteffe royale, entrés dans la compagnie fous fes aufpices.

8 *Janvier*. C'eſt Me. Henry, avocat du Roi au châtelet d'Orléans, qui devoit époufer la niece d'un chanoine : comme il eſt nommé dans le conte de *la Poularde*, il l'a trouvé très-mauvais, & a ſuſcité une procédure contre M. Bérenger. Celui-ci avoit été profeſſeur de rhétorique au college de cette ville ; il s'en étoit retiré avec quatre cents livres de penſion, qui lui ont été ôtées depuis ſon affaire ; il eſt aujourd'hui précepteur du fils de M. le comte de Valentinois. On travaille à le faire expulſer de la maiſon de ce ſeigneur, & cette plaiſanterie pourra lui faire perdre ſon état.

Quant au journal *Polilype*, l'arrêt du con-feil lui a valu deux cents ſouſcripteurs de plus.

9 *Janvier*. Un M. Miniac rapporte que, paſ-fant le 25 décembre dernier dans la forêt des Ardennes, il y avoit vu, à deux milles de l'abbaye de St. Hubert & près de la grande route, un aéroſtat accroché à un arbre : on le détacha ; mais le vent l'emporta de nouveau : il y a apparence que c'eſt celui de M. Blan-chard.

9 *Janvier*. Ce qui a le plus frappé & in-téreſſé les témoins du ſpectacle attendriſſant que les aveugles-nés ont préſenté à leurs ma-jeſtés & à la famille royale, étoit de voir entre leurs mains le chanvre devenir ſucceſ-fivement du fil & de la ficelle, & celle-ci s'employer par eux à faire du filet, des ou-vrages à nœuds, & de la ſangle, le tricot, les lacets au boiſſeau, la reliûre des livres... Que de reſſources contre l'indigence ! Si, depuis que l'hôpital des Quinze-vingts eſt

fondé, on eût eu l'art d'appliquer les aveugles à de pareils ouvrages, quelle maffe de
travaux & de productions dans la circulation
des manufactures du royaume ! Par conféquent, quelle augmentation de richeffes,
d'induftrie, & de profpérité nationale !

9 *Janvier.* M. le maréchal de Caftries a écrit
la lettre fuivante à un officier marinier qui
follicitoit une récompenfe ; quoique les faits
paroiffent anciens, elle eft toute récente &
datée de Verfailles le 31 décembre 1786.

« J'ai lu avec beaucoup d'intérêt, brave
Lucot, les détails de l'action par laquelle
vous avez fignalé votre courage dans le combat de la frégate l'*Amazone* contre la frégate
angloife la *Margarita.* J'ai particuliérement
remarqué qu'ayant reçu un grand nombre de
bleffures dangereufes à votre pofte de can-
nonnier, le commandant du bâtiment vous
preffant à plufieurs reprifes de vous retirer,
un boulet de canon vous emporta le bras
droit, & fur ce qu'il vous réitéra l'ordre
d'aller vous faire panfer, vous répondîtes que
tant qu'il vous refteroit un bras, vous l'em-
ploieriez à la défenfe de votre patrie : qu'auf-
fitôt vous précipitant fur votre piece pour la
pointer, une balle de fufil vous fracaffa la
mâchoire inférieure ; & ce fut la dix-feptieme
bleffure que vous reçûtes dans cette journée.
Sur le compte que j'en ai rendu au Roi, Sa
Majefté voulant ajouter aux graces pécuniaires qu'elle vous a accordées, une marque
honorable de fa fatisfaction, vous fait don
d'une médaille d'or que je vous fais remettre pour vous en décorer.

» Je fuis, brave Lucot, entiérement à vous. »

P. S. « Vous pouvez être tranquille fur votre fort, brave Lucot ; le Roi y pourvoira ; & vous pouvez vous adreffer avec confiance à moi dans toutes les circonftances de votre vie. »

Cette apoftille étoit écrite de la propre main du miniftre de la marine, au bas de la lettre.

9 Janvier. Dimanche dernier on jouoit *Panurge* à l'opéra : le bal qui le termine, un des plus agréables de ce fpectacle, avoit attiré quantité de monde ; mais chacun fut bien attrapé de ne rien voir à la fuite du dernier acte, où l'on baiffa la toile. Grand tapage de la part du public & fur-tout du parterre, qui dura pendant très-long-temps ; on demandoit le ballet. . . . Les loges même reftoient garnies, & attendoient l'iffue de cette fcene. Cependant la garde s'étoit retirée, les lumieres s'éteignoient, & meffieurs du théâtre lyrique ne fe mettant point en devoir de répondre à cet appel, les mécontents fe font laffés, & l'on s'eft en allé peu-à-peu. Sans doute cela ne fe feroit pas paffé ainfi en tout autre pays.

Les acteurs de ce fpectacle n'étant point accoutumés à haranguer le public, ont regardé comme au deffous de leur dignité de venir lui rendre compte des motifs de la fuppreffion du ballet : cependant aujourd'hui craignant les fuites du mécontentement général, les directeurs ont fait inférer au journal de Paris une note par laquelle ils apprennent que M. Gardel le jeune, comme il

s'exerçoit

s'exerçoit pour danfer le foir, s'étoit bleffé ; qu'il n'avoit pu paroître : que des incommodités d'autres danfeurs avoient empéché de fe faire fuppléer, & qu'enfin l'heure trop avancée s'étoit oppofée à ce qu'on exécutât un autre opéra.

9 *Janvier.* On a joué hier au théâtre italien une comédie nouvelle en deux actes, mélée d'ariettes, intitulée *les Dettes :* le premier acte a été fort bien accueilli, le fecond pas autant ; en général, rien de plus plat & de plus commun que ce fujet. La mufique en a fait le fuccès ; elle eft agréable, chantante, pittorefque, & c'eft peut-être la meilleure production en ce genre de M. Champein. Quant au poëme, ce n'eft pas le meilleur de M. Forgeot, dont on auroit attendu une fable plus ingénieufe, plus piquante & mieux conduite.

10 *Janvier.* A la fuite des notices de l'année 1784, renfermées dans les trois nouveaux volumes des *Mémoires fecrets, &c. de Bachaumont,* on trouve une continuation des *additions* depuis le 30 novembre 1773 jufqu'au 23 octobre 1774. On y obferve quelques lacunes, & l'on voit en effet chez quelques amateurs un carton de quatre pages, contenant plufieurs pieces de vers fupprimées : on ne fait où s'eft faite cette impreffion furtive, mais parfaitement imitée & femblable au refte de l'édition. Ces pieces font, il eft vrai, très-outrageantes contre la mémoire du feu Roi. Mais comme il eft mort, l'on ne peut que louer l'exceffive prudence de l'imprimeur. La Fontaine a dit, il y a long-temps: *mieux*

vaut goujat debout, qu'empereur enterré. Ces cartons fort rares doivent rendre précieux les
exemplaires où ils fe trouvent inférés. (Cet
article eft extrait d'une gazette manufcrite
très-accréditée dans Paris, dans les provinces & chez l'étranger.)

10 *Janvier.* Ceux qui ont lu le mémoire
de M. Rochon pour faire fentir au miniftre
les inconvénients de l'ordonnance du Roi,
qui veut qu'on ne puiffe entrer aux deux dernieres répétitions de l'opéra qu'en payant,
affurent qu'il eft très-propre à mériter l'attention du miniftre, & à faire retirer cette
ordonnance.

Ce mémoire roule fur deux points. 1°.
On pourroit bien fe tromper en voulant
procurer à l'opéra un bénéfice qui, n'étant
que momentané, doit diminuer les recettes
fubféquentes. La fleur de la nouveauté eft
ce qui attire fur-tout les François : on fera
curieux de ces répétitions, & la piece fera
ufée avant d'être donnée au public. D'ailleurs les malveillants profiteront de cette
facilité pour la décrier, & ce premier coup
une fois porté, l'on fait combien il eft difficile d'en revenir.

2°. Ce bénéfice, fût-il auffi confidérable
qu'on le defire, ou qu'on l'efpere, la nouvelle loi n'en feroit pas moins une injuftice,
en ce qu'elle bleffe les droits des auteurs.
Leurs ouvrages font leur propriété jufqu'à
ce qu'ils aient été joués. Les répétitions font
à eux & pour eux : elles ont été imaginées
afin qu'ils puffent voir à l'aife les corrections,
améliorations, augmentations, retranche-

ments à faire ; afin qu'ils puffent fuggérer aux acteurs la maniere dont ils entendent que leurs rôles foient rendus ; afin de leur en faire prendre l'efprit ; afin de leur donner en un mot tous les confeils dont ces acteurs ont befoin , ou d'en recevoir les obfervations judicieufes qu'ils auroient quelquefois à faire. Il ne doit entrer à ces répétitions que les amis des auteurs, ou ceux dont ils defirent avoir les lumieres. Si l'on y admet indifféremment tout le public pour de l'argent, les auteurs obligés de fe cacher, comme aux premieres repréfentations , de dominants qu'ils doivent être ne deviennent plus que paffifs ; il faudra qu'ils écoutent en filence toutes les critiques que les fpectateurs auront acquis le droit de faire ; ils ne fauront auquel entendre : les acteurs eux-mêmes, chancelants dans leurs rôles , n'auront plus de guides fûrs pour fe conduire : enfin les ennemis des auteurs, qui par décence ou par crainte n'ofoient fe montrer, du moins ouvertement , aux répétitions, en payant fe feront moins de fcrupule d'y venir & de blâmer ; c'eft ouvrir la porte aux jaloufies , aux haines , aux cabales ; c'eft décourager les talents ; c'eft nuire aux progrès de l'art, bien loin d'y contribuer.

On attend avec impatience l'iffue de ces repréfentations refpectueufes , mais énergiques & pleines de juftesse.

10 *Janvier.* Outre le parlement de Befançon, deux autres parlements occupent encore l'attention du gouvernement & du public. Celui de Dijon continue à s'oppofer à des im-

pôts qu'il prétend illégalement perçus ; on
affure qu'il a même décrété l'intendant. Celui
de Grenoble ne veut point paffer l'impôt fubftitué à la corvée , parce qu'il excede le cinquieme de la taille ; quoiqu'aux termes de
l'arrêt du confeil , il ne dût monter tout au
plus qu'au fixieme.

10 *Janvier.* Extrait d'une lettre de Rennes ,
du 3 Janvier. . . . . Hier 2 , meffieurs les
députés des états pour cette feffion ; favoir ,
M. l'évêque de Dole pour le clergé ; M. le
Provoft , chevalier de la Voltais , pour la nobleffe ; M. de la Motte Fablet , maire de cette
ville , pour le tiers , ont fait part à l'affemblée de la lettre du Roi qu'ils avoient reçue ,
afin qu'ils euffent à fe trouver à Verfailles le
lundi 29 janvier dans une affemblée de notables convoquée , dont l'objet fera de délibérer fur des chofes importantes , intéreffant le
foulagement du peuple , la réforme des abus
& le meilleur ordre des finances.

En conféquence les états ont nommé trois
députés de chaque ordre , qui feront les recherches néceffaires & drefferont des mémoires concernant les inftructions à donner à ces
députés.

11 *Janvier.* Hier on a appellé la caufe de
Me. Linguet , mife fur le rôle pour ce jour-
là : fon procureur a demandé la remife , fous
prétexte de maladie de fon client , & pour
juftifier cette excufe , il a rapporté des certi-
ficats des médecins & autres pieces convenables & néceffaires.

Me. de Laulne , l'avocat du duc d'Aiguillon ,
s'eft levé en conféquence , & a gémi fur les

lenteurs d'une affaire qui fembloit devoir ne
pas occuper l'attention de la cour auffi long-
temps : il a déclaré que fa partie ne s'oppofoit
point à la remife, mais fupplioit que le délai
ne fût pas long, afin de ne point perdre en
M. le préfident d'Ormeffon un juge qu'il defiroit avoir & conferver.

Sur quoi la caufe a été remife au famedi 3
février pour dernier délai : Me. Linguet tenu
de venir plaider fa caufe, ou de fe faire remplacer par un avocat, fi fa fanté s'oppofe à
fon voyage.

Il faut obferver à l'occafion de la crainte
qu'a témoignée Me. de Laalne, au nom du
duc d'Aiguillon, de perdre M. le préfident
d'Ormeffon pour juge; que depuis la lifte
donnée des notables, la cour s'eft ravifée
& a jugé à propos d'y joindre trois préfidents
à mortier du parlement de Paris ; favoir,
MM. d'Ormeffon, Saron, & Lamoignon.

M. d'Ormeffon étant de cette affemblée,
ne pourra fe trouver aux audiences.

11 *Janvier.* Les pafquinades commencent à
l'occafion de l'affemblée des notables : derniérement on a trouvé affiché à la porte du
contrôleur général le placard fuivant, que
des témoins dignes de foi affurent avoir lu.

« Vous êtes averti que M. le contrôleur
» général a levé une nouvelle troupe de co-
» médiens, qui commenceront à jouer à Ver-
» failles devant la cour, le lundi 29 de ce
» mois. Il donneront pour grande piece *les*
» *fauffes Confidences*, & pour petite *le Confen-*
» *tement forcé*. Elles feront fuivies d'un ballet
» pantomime allégorique de la compofition

» de M. de Calonne, intitulé *le tonneau des*
» *Danaïdes.* »

11 *Janvier.* Le jeudi 4, meffieurs les re-
ceveurs généraux des finances s'étant rendus
chez M. le contrôleur général pour lui préfenter leurs hommages, ce miniftre les a
accueillis de la maniere la plus diftinguée ;
il les a remerciés affectueufement du dernier
emprunt de dix millions qu'ils venoient de
faire au Roi : il leur a ajouté que Sa Majefté
l'avoit chargé fpécialement de leur en témoi-
gner fa fatisfaction, de les affurer de fa protection, de leur dire qu'elle les comptoit au
rang de fes plus affectionnés fujets, comme
une des meilleures reffources, comme *une des*
colonnes de l'etat : il les a raffurés fur les craintes qu'ils pourroient avoir dans la circonftance
où l'on fait courir mille bruits fâcheux.

Alors M. d'Aucour, l'un de la compagnie,
a pris la parole & à répondu : *Monfeigneur,*
on ne guérit pas de la peur, & nous ne pouvons
vous diffimuler que nous en avons une grande.
« Vous avez tort, a repliqué M. de Calonne,
» vous favez que je ne fuis pas deftructeur ;
» je vous réponds que fi dans l'affemblée
» des notables quelqu'un parloit de détruire
» quelques corps, il ne feroit pas écouté :
» le Roi n'y confentira jamais. »

12 *Janvier. Hiftoire des voyages des papes,*
depuis Innocent I, en 409, *jufqu'à Pie VI, en*
1782. Tel eft le titre du livre compofé au
fujet du fingulier événement dont nous avons
été témoins. Ce livre eft toujours peu répandu.
Ce n'eft en général qu'un extrait fuccinct de
differens paragraphes de l'hiftoire eccléfiaf-

tique & des divers auteurs qui ont écrit sur
ces matieres. Mais cet extrait est fait avec
goût, d'une façon piquante & assez maligne,
à la maniere de Voltaire. On juge facilement
que l'auteur n'est rien moins qu'Ultramon-
tain ; le ridicule qu'il verse en abondance sur
les divers chefs de l'église, dont plusieurs y
prêtent beaucoup, le feroit même soupçon-
ner de n'être pas fort croyant.

Outre le texte, on lit dans cet ouvrage
des notes encore plus critiques & plus dan-
gereuses pour les lecteurs, dont la foi n'est
pas extrêmement robuste.

Du reste, dans la description du voyage
de Pie VI à Vienne, que l'historien regarde
comme la démarche la plus fausse qu'ait pu
faire le souverain pontife, on rencontre plusieurs anecdotes ignorées : la plus curieuse
est celle d'une estampe allégorique, aussi
ingénieuse que plaisante, dont voici la com-
paraison.

Un aigle impérial détache la triple couronne ; des enfants jouent à la raquette avec
la mule papale & les clefs du ciel : le fana-
tisme grinçant les dents de rage est dans le
fond ; les moines y paroissent accablés de
douleur & le chef de l'église ne semble plus
avoir d'autre appui que son bâton pastoral.

12 *Janvier.* Le libraire Parkouke est tout
glorieux de voir les Turcs rechercher les
planches de la nouvelle édition qu'il a entreprise de l'encyclopédie. Le divan a résolu
de faire traduire cet ouvrage dans la langue
nationale d'après cette édition, & des corres-
pondans ont reçu l'ordre de faire l'acquisi-

tion defirée. Cette réfolution fait juger que, malgré les plaintes du mufti, on pourroit dans cet empire avec vigueur le projet de civilifer & d'éclairer la nation.

12 *Janvier*. On parle de deux manuferits de 50 pages chacun, tracés par la main de Jean-Jacques Rouffeau, tantôt avec un crayon noir, tantôt avec de la mine de plomb, & quelquefois avec une plume trempée dans l'encre, fouvent noire, mais encore plus fouvent blanche. Ils reffemblent, dit-on, affez à de petits journaux de comptes; ils font intitulés : *Nouvel extrait* qu'il faudroit ajouter à la *Nouvelle Héloïfe*. Cet opufcule eft de 1757. Tout y décèle, ajoute-t-on, l'ame pure & l'énergie brûlante de l'auteur. Refte à favoir, ce qu'on ne nous apprend pas, pourquoi ces manuferits ne font pas imprimés.

12 *Janvier*. La députation du parlement de Befançon arrivée depuis quelques jours à Verfailles, fans avoir la permiffion de paffer par Paris ou d'y venir, a eu hier fon audience du Roi. Sa Majefté a, fuivant l'ufage, fait biffer tout ce que cette compagnie s'eft permis dans les trois affaires, objets de fon mandat. Le Roi a ajouté : « Retournez promp-
» tement à vos fonctions, & conformez-vous
» entiérement à mes ordres, à peine d'en-
» courir toute mon indignation. »

13 *Janvier*. M. de Calonne, empreffé de prévenir les efprits en faveur de la convoca-
tion qu'il a fuggérée, fait diftribuer dans le public la note fuivante, qu'il a, dit-on, compofée lui-même & fait paffer au fieur

Boyer, le correspondant de la gazette de Leyde, pour y être inférée :

« L'assemblée des notables du royaume, » qui n'avoient pas été convoqués depuis » un siecle & demi, sera un événement bien » intéressant pour la France : ce n'est pas » pour en obtenir des secours ni en argent, » ni en impôts, que le Roi vient de les » mander pour le 29 de ce mois : c'est, au » contraire, un pere bienfaisant qui veut » consulter la nation sur un plan vaste & » sage qui doit faire le bonheur général.

» Dans le nombre des résultats on en peut » compter quatre principaux.

» 1°. Suppression de plus de cinquante » millions d'impôts sur la classe la plus pau- » vre des peuples.

» 2°. Plus d'égalité dans la contribution » des charges publiques.

» 3°. Une grande diminution dans les frais » de perception.

» 4°. L'abolition des entraves, des gênes, » des droits sans nombre dont les citoyens » gémissent ; ainsi qu'une grande améliora- » tion dans les gabelles.

» Il résultera aussi de cette assemblée une » sanction nationale de la dette publique. » Le tableau confolant qui en fera préfenté, » offrira une égalité parfaite entre la recette » & la dépenfe, quoique dans cette der- » niere foient portés environ foixante-mil- » lions de rembourfements annuels, qui dans » vingt-cinq ans ne fubfifteront plus, & de » rentes viageres dont l'extinction procurera » pour le moins une fomme pareille dans le » même laps de temps.   B 5

» Cet événement fera par conféquent un
» des plus beaux du regne de notre monar-
» que ; il fera connoître fa fageffe & *la fupe-*
» *riorité de fon miniftre des finances.* »

13 *Janvier.* M. de Boullogne , chevalier,
comte de Nogent-fur-Seine, baron de Ma-
rigny-le-Châtel , feigneur de Montereau-faut-
Yonne , la Chapelle, Godefroi , Murnai ,
Macon, Saint-Fleury , Prunay , Echemines,
Saint-Loup , Ocei , Faulx , Baifou , Saint-Ger-
main , Laval & autres lieux , confeiller d'état
& aux confeils royaux des finances & du
commerce , commiffaire du Roi de la compagnie des Indes , vient de mourir prefque
infolvable : on affure que madame de Boui-
logne aura tout au plus quatre mille livres
de rentes.

13 *Janvier.* Extrait d'une lettre de Clermont, du 9 janvier. . . . . L'affemblée des
notables eft arrivée fort à propos pour tirer
d'embarras notre cour des aides & même
la province entiere ; on eft convenu que l'affaire feroit difcutée & réglée dans cette affemblée. Elle étoit cependant en bon train,
& fi l'on peut compter fur la parole du Roi ,
nos répréfentations mal accueillies du miniftre qui avoit répondu qu'il falloit que Sa
Majefté fût obéie , avoient eu plus d'effet auprès du Monarque même. Lorfqu'elles lui
furent préfentées par notre commandant, il
s'écria : « *Mais ces gens-là ont raifon.* . . &
depuis ce temps la conteftation étoit reftée
in ftatu quo.

13 *Janvier.* Le bruit court que l'affemblée du
29 janvier n'aura lieu qu'au commencement

de février; ce qui fait dire un calembour : « vous êtes avertis que la féance est remife, » attendu qu'à la place de *notables*, on ne trou- » ve encore que des *notés*. »

13 *Janvier*. On ne ceffe de faire des calembours fur l'affemblée des notables ; on dit qu'elle commencera bien à Verfailles, mais finira furement à Bagatelle.

15 *Janvier*. Extrait d'une lettre de Liege, du 1 janvier. . . Le 28 décembre M. Blanchard a fait fa vingt-deuxieme expérience. Il s'eft elevé dans le même aéroftat qui l'a paffé de Douvres dans la forêt de Guignes, avec toute la majefté poffible : du refte, je n'ai rien vu de nouveau, ni rien de ce qu'il avoit promis ; il a fuivi, comme à l'ordinaire, l'impulfion du vent... il n'a rien fait, en un mot, qui ait prouvé l'excellence & la facilité du gaz inflammable qu'il prétend avoir inventé : mais ce fpectacle étoit toujours très - beau pour ceux qui n'en avoient point joui encore, & l'on a très-fêté le glorieux aéronaute. Il doit partir de cette ville pour Strasbourg, où il fera fa vingt-troifieme expérience.

Nulle autre nouvelle du dernier ballon de M. Blanchard, parti fans la permiffion de fon maître, retrouvé depuis dans la forêt des Ardennes, & reparti une feconde fois à l'improvifte avec une nichée d'écureuils, qui, fuivant les craintes de l'auteur, pourroit refter fix mois en l'air avec ces animaux, qui n'en feroient pas plus contents.

14 *Janvier*. Si l'en en croit le bruit public, le parlement de Dijon va venir auf . . . . la correction ; on affure que l . . . . . .

nouvelle que cette cour avoit décrété l'intendant, avoit dit plaifamment au garde des
fceaux, en lui donnant ordre de mander les
magiftrats & promptement. . . *Coupons bien
vîte la corde, car ils le pendroient.*

14 *Janvier.* Extrait d'une lettre d'Orléans,
du 10 janvier. Le docteur Petit, notre com-
patriote, grand égoïfte, grand plaifant, riant
de tout, & fans la moindre fenfibilité, qui
ne perdroit pas un verre de vin pour aller
au fecours de fes malades, vient de faire
par vanité, ce que vraifemblablement fon cœur
ne lui eût jamais dicté. Il a confacré une
fomme de 66000 livres pour être placée en
rentes perpétuelles, & entretenir conftamment dans Orléans quatre médecins & quatre chirurgiens, entre lefquels la ville fera
partagée, & qui, au moyen de modiques
honoraires, feront obligés de voir fans rétri-
bution & de foigner refpectivement les malades de leur département. Cette inftitution
de la part du docteur eft d'autant plus finguliere, qu'il ne croit pas lui-même à la médecine... Quoi qu'il en foit, chaque médecin
touchera par an cinq cents livres, & chaque
profeffeur en chirurgie deux cents cinquante
livres. Le médecin & le chirurgien qui auront dans leur département le quartier de la
paroiffe Saint-Marc, plus peuplé, toucheront,
le premier cent livres de plus . & le fecond
cinquante livres. Le corps municipal eft chargé
de placer cette fomme, d'en recevoir le revenu
& de le diftribuer, mais après la mort du
docteur feulement : il s'enfuit qu'il ne fe dépouille par encore & ne fait pas un grand fa-

crifice. Il y met cependant du *pathos* : dans
fa lettre aux maire & échevins pour leur
faire part de fon projet, il écrit : « que n'é-
tant pas né de parents riches , il fe trouve
hors d'état d'étendre fa bienfaifance auffi
loin qu'il le voudroit , & que , forcé de fe
reftreindre , il croit devoir écouter la voix du
fentiment qui l'a toujours tenu fincérement
attaché à fa patrie & à fes compatriotes. . .»

M. Petit a lui-même dicté les difpofitions
néceffaires pour affurer à perpétuité le fuccès
de fon établiffement.

L'excédent du produit des 66000 livres ,
fera économifé par les officiers municipaux ,
pour être de nouveau placé au profit des
pauvres.

14 *Janvier.* Le recteur de l'univerfité a ,
dit-on , écrit au nom de fon corps à M. le
baron de Breteuil pour fe plaindre de n'avoir
pas été compris dans la lifte des notables
convoqués pour le 29 de ce mois.

On ajoute que le miniftre lui a répondu
qu'il auroit raifon fi c'étoit l'affemblée *des*
notables ; mais que ce n'eft qu'une affemblée
de notables ; c'eft-à-dire, de perfonnes choi-
fies entre tous , dont Sa Majefté efpere tirer
le plus de lumieres fur les objets pour lefquels elle veut les confulter.

15 *Janvier..* Lorfque M. de Calonne a fait
agréer au Roi fon projet d'une affemblée de
notables , il paffa fur le champ chez la Reine
pour en faire part à Sa Majefté. Tout le cer-
cle applaudit beaucoup à cette magnifique
imagination , & furtout M. l'archevêque de
Touloufe qui étoit préfent : le miniftre flatté

du fuffrage de ce prélat, lui dit qu'il comptoit faire entrer dans cette affemblée quatorze
ou quinze de fes confreres, qu'il efpéroit
que Monfeigneur voudroit bien en être, &
que, comme il connoiffoit mieux que lui fon
ordre, il trouveroit bon d'être chargé de
choifir les membres les plus propres à entrer
dans les vues du Roi par leur zele pour fa
gloire & le bien de l'état : il ajouta qu'il ex-
cluoit feulement de ce choix les archevêque
de Tours & évêque d'Arras, avec lefquels il
avoit eu des démêlés durant fon intendance
de Flandre ; l'archevêque de Lyon, homme
de parti, chef de fecte, perfonnage peu liant,
entêté, auftere ; enfin tous les évêques Bretons, comme imbus des préjugés de cette
province contre lui. L'archevêque de Touloufe lui répondit qu'on pouvoit fe paffer
de tous ces prélats & en trouver encore
beaucoup dignes de la confiance du monarque : en conféquence il indiqua ceux qu'on
voit aujourd'hui dans la lifte générale des
notables, & les lettres partirent pour les divers membres du clergé défignés. On fait que
depuis l'archevêque de Touloufe a dit con-
fidemment à quelqu'un : « Je croyois M. de
» Calonne homme d'efprit, mais je vois que
» ce n'eft qu'un fot, du moins qu'il n'a pas
» de jugement ni de connoiffance des hom-
» mes ; il s'eft jeté lui-même dans nos filets ;
» nous le tenons. » En effet, tous les archevêques & évêques nommés font des prélats
adminiftrateurs, dévoués à l'archevêque de
Touloufe, *neckeriftes*, & fe difpofant à donner
du fil à retordre au contrôleur général.

15 *Janvier.* Il faut ajouter à ce qu'a dit le procureur de Me. Linguet, qu'il a défavoué de la part de son client un mémoire en forme de *lettre au Roi*, imprimé & répandu dans le monde. Nouvelle fingularité de conduite à joindre à toutes les autres de cet orateur, à qui les dénégations ne coûtent rien.

16 *Janvier.* Depuis que le Palais-Royal eft devenu une foire continuelle, où toutes les fortes de talents, d'induftrie & de métiers viennent de briller, un certain Benoît y attiroit la foule pour les marrons grillés : elle a tellement groffi, qu'il a été obligé de fe donner des fuppôts qu'il a revêtus d'un uniforme pareil au fien, qui eft une robe noirâtre dans le coftume de celle des Francifcains : dans cet accoutrement ils font occupés fans relâche à entretenir trois brafiers ardents pour la manipulation de leur denrée : au commencement de la faifon des marrons, le fupérieur des marronifles, (c'eft ainfi qu'on appelle aujourd'hui ces fortes d'officiers de deffert) piqué d'une belle émulation s'eft avifé de haranguer le public ; il s'eft levé fur fon trône d'ébene avec fa face enfumée, & a prononcé le difcours fuivant, que les curieux ont confervé :

M E S S I E U R S,

« J'ai pris la liberté de vous raffembler pour vous rendre mes hommages, vous demander la continuation de vos bontés & vous avertir que j'ai perfectionné encore mon talent dont vous avez bien voulu faire quelque cas.

Si l'on me taxoit de témérité d'ofer ouvrir
la bouche parmi tous ces orateurs dont je
fuis entouré , qui occupent les chaires du
lycée , des mufées, des clubs formés dans
les diverfes parties de ce palais , centre des
fciences , des arts , des prodiges & du goût,
je répondrois que , inférieur du côté de l'éloquence , je ne leur cede point du côté du
zele : ils parlent & j'agis ; ils frappent l'air
de vains fons , & je donne des réalités ; ils ca-
reffent l'oreille par des périodes harmonieu-
fement arrondies , & je flatte le palais par la
faveur d'un fruit exquis ; enfin ils ornent
l'efprit & je fortifie le corps, je donne aux
auditeurs des oreilles : *jejunus venter non habet
aures* ; & aux maîtres mêmes je delie la langue
& je les rends diferts : *Caftaneæ molles quem
non fecere difertum !*

Oui, Meffieurs, je vous préfente une nourriture faine, fubftantielle , fucculente , agréable & point difpendieufe. Si, comme la manne
du défert , elle ne prend pas tous les goûts,
elle en a du moins un dont on ne fe laffe pas :
équivalent de cette qualité précieufe, elle
fuffit à la fubfiftance de peuples entiers , qui
s'en repaiffent toute l'année ; elle fe transfor-
me en cet aliment journalier, effence de tous
les repas , qui fe trouve également fur la table du riche & fur celle du pauvre.

Pour contenter tous les goûts , Meffieurs,
& pouvoir fournir plus long-temps a vos
defirs, j'ai multiplié, etendu mes correfpon-
dances. Outre les châtaignes du Limofin &
de la Marche, j'ai des marrons de Lucienne ;

de Lyon & du Luc : j'ai encore acquis de nouvelles connoiffances fur la maniere de conferver la denrée, fur le degré de torréfaction qui lui eft néceffaire ; opération chymique, dans laquelle je defie pour la pratique les Condorcet & les Fourcroy, (1) fi profonds dans la théorie. Je me flatte, Meffieurs, de faifir imperturbablement au coup d'œil le point milieu où cette fubftance farineufe, affez fermentée pour n'être point nuifible, conferve encore toutes fes molécules fucculentes ; où la coffe fe dépouille toute entiere, où la premiere fuperficie offre ce blond roux, & l'intérieur cette blancheur éblouiffante, qui invitent fucceffivement les yeux & le palais ; où enfin le marron fe broie facilement fous la dent, fe fond comme une pâte douce dans la bouche, fans laiffer à la langue aucune pellicule, aucune impureté à rejeter.

Mais, pendant que je parle, Meffieurs, les voilà qui pétillent dans leurs poëles ; ils en font à leur degré d'excellence : approchez, goûtez, ouvrez vos poches & vos bourfes.

16 *Janvier*. M. de Rulhieres, qui l'emporte aujourd'hui, fuivant le bruit généralement accrédité, fur fon concurrent le docteur Vicq d'Azir, paffe pour un méchant, pour un faifeur d'épigrammes, qui n'épargne perfonne, qui a même tiré fur plus d'un académicien ; c'eft ce qui a donné lieu à l'épigramme

_____

(1) Profeffeurs de mathématiques, de phyfique & de chymie au lycée.

fuivante , répandue contre futur académicien :

Pour remplacer Boifmont , Vicq d'Azir médecin ,
Eft, dit–on , fupplanté par un autre affaffin :
C'eft au mordant Rulhiere à qui la compagnie ,
En faveur d'un grand prince , accordera fon choix :
    Plaignons la pauvre académie ,
  Elle ne fera plus qu'un bois.

17 *Janvier*. Les adverfaires de M. de Juigné
ne le laiffent point tranquille , ils le fuivent
de près & fans relâche : ils publient deja
une troifieme partie de la *Critique de fon rituel*. Dans les deux premieres on avoit relevé
quelques erreurs , quelques inepties : aujour-
d'hui ce font des *Réflexions préliminaires* , où
l'on démontre que ce rituel eft rédigé &
préfenté au diocefe de Paris contre toutes
les regles , toutes les formes canoniques ;
que c'eft le prélat qui, de fa feule autorité,
fans concert , fans le fecours de fon clergé ,
prétend changer les rits de fon clergé, les
ufages de fon diocefe.

Pour faire voir combien une telle conduite
eft irréguliere , l'auteur définit d'abord la
nature & la forme du gouvernement ecclé-
fiaflique , établi par Jefus-Chrift, fuivi par les
apôtres ; pratiqué conflamment , le même
par-tout , fur-tout à Rome ; confacrée par l'autorité temporelle ; & il prouve que ce gouvernement a toujours été fondé fur la réunion de l'évêque , comme chef , avec fes
confeillers-nés les chapitres & les pafteurs

lu fecond ordre, & qu'il n'a jamais été rien
lécidé ou innové d'important dans le rit ou
a difcipline fans le concours de ceux-ci.

Enfuite, de tous les actes du gouverne-
nent eccléfiaftique, il n'en eft certainement
point où le concours des pafteurs inférieurs
réunis au premier pafteur foit plus néceffaire
que pour la confection d'un rituel, dans
lequel il s'agit de régler le culte extérieur,
de prefcrire la forme de célébrer les offices
divins, d'adminiftrer les facrements, de déterminer le nombre, le temps, l'ordre des priè-
es publiques. Sur quels principes M. de
luigné a-t-il donc pu fe fonder pour s'attri-
huer le droit de faire feul un acte auffi important que celui d'un changement de rituel?
De quels exemples même a-t-il pu s'étayer
pour une innovation auffi étonnante? Comment l'a-t-il ofé fous les yeux du parlement
de Paris, qui, tout récemment, par arrêt du
22 juin 1781, avoit déclaré abufif un man-
dement rendu par l'évêque de Noyon en
1780, pour changer les rits de fon églife,
fans en conférer avec le chapitre? Tel eft
le réfumé de ce troifieme pamphlet vraiment
fans réplique; car l'auteur prévient jufques
aux objections & les réfout de la façon la
plus victorieufe.

17 *Janvier.* On écrit d'Aix que le maire
de cette ville doit en partir le onze de ce
mois pour fe rendre à l'affemblée du 29
janvier, & que le premier préfident & le
procureur général du parlement partiront le
13. L'archevêque ne doit pas tarder à les
fuivre.

18 *Janvier.* L'on écrit de Cherbourg que jamais les travaux n'y ont été pouffés avec plus d'activité, que les préparatifs pour cette année font immenfes, & qu'on fe difpofe à lancer quatre côtes dès le mois d'avril.

18 *Janvier.* Depuis la diftribution du bulletin du contrôle général dont on a parlé & qu'on a rapporté, il s'en eft donné un autre qui contient les objets à traiter dans l'affemblée des notables.

1°. Réforme de plufieurs loix.

2°. Forme de la promulgation des édits.

3o. Adminiftration de la juftice criminelle & civile.

4°. Adminiftration des finances.

5°. Examen de l'actif & paffif national.

6°. Régie des domaines, aides & gabelles.

7°. Impôt territorial.

8o. Douanes & barrieres.

9°. Affemblées provinciales.

10 . Abolition univerfelle des mainsmortes.

11 . Etat civil des proteftants.

12°. Caiffe d'emprunt perpétuel.

18 *Janvier.* D'apres la délibération tenue le 6 de ce mois, le dividende des actions de caiffe d'efcompte des fix derniers mois 1786, fe doit payer à raifon de deux cents trente livres par action.

18 *Janvier.* On veut aujourd'hui que M. Rochon, n'ayant pas trouvé dans fes confreres les auteurs travaillant pour le théâtre lyrique, la chaleur & le zèle qu'il avoit lieu d'en attendre pour le commun intérêt de leur gloire, ait renoncé à donner fon mémoire

au miniftre & l'ait remis dans fon porte-
feuille. En conféquence, perfonne ne réclamant, l'ordonnance du Roi, en date du 24
novembre 1786 , aura fon exécution, à
commencer de fon opéra d'*Alcindor*.

Par une bizarrerie fort finguliere , cette
ordonnance , affichée feulement dans l'intérieur de l'opéra, ne l'eft nulle part ailleurs,
ni même en dehors du fpectacle ; aucun journal n'en a parlé & vraifemblablement ils ont
reçu des défenfes à cet égard.

Cette ordonnance contient plufieurs difpofitions , foit fur le prix d'entrée aux deux
dernieres répétitions , foit fur les places qu'on
occupera pour ce prix, foit fur la maniere de
louer les loges , foit fur la quantité des billets
qu'auront l'auteur du poëme & celui de la
mufique.

Le plus remarquable eft la difpofition qui
admet gratuitement aux répétitions , & le
rédacteur des petites affiches, & celui du
journal de Paris, & celui du mercure ; avec
défenfes cependant de parler dans leurs feuilles en aucune maniere des ouvrages nouveaux
& autres avant la premiere repréfentation.

18 *Janvier.* Le Sr. Monvel, non content
de compofer pour fon propre compte, fe
mêle auffi de corriger les ouvrages des autres.
On affure que la piece de Boilly , jouée hier
au théâtre françois fous le titre des *deux Nieces* ,
originairement en cinq actes , a été réduite
en trois par le correcteur, & que c'eft lui qui
a engagé fes anciens camarades à reproduire
cette comédie, dont la remife n'a point eu
de fuccès.

Il eſt bien ſingulier que les hiſtrions, qui font des deux & trois mois ſans donner aucune nouveauté, lorſqu'ils ont leur répertoire plein, s'aviſent ainſi d'aller chercher dans l'ancien théâtre, ou d'agréer tout ce qu'il y a de plus médiocre : il faut que la vigilance des ſupérieurs ſoit bien endormie à leur égard.

19 *Janvier.* Par un arrêt du conſeil du 24 décembre dernier, Sa Majeſté ôte au Sr. Fabre du Boſquet, un privilege qu'elle lui avoit accordé pour quinze ans par arrêt du conſeil du 22 février 1782, pour la fourniture d'un nouveau métal de ſa compoſition à ſubſtituer au cuivre pour le doublage de ſes vaiſſeaux ; ainſi que d'un vernis, auſſi de ſa compoſition, pour en enduire les clous : ordonné en outre que le tableau au-deſſus de ſa porte portant le titre de *Manufacture royale*, &c. ſera arraché.

Son grief eſt d'avoir cédé ſon privilege en 1785 au Sr. Dufour de Ringuet, qui en a abuſé pour tromper le public de la maniere la plus répréhenſible.

19 *Janvier.* Il paroît un mémoire de Me. Tronçon du Coudray contre l'agiotage & les agioteurs, qui fait grand bruit & mérite d'être connu ; mais comme il eſt fort couru, on a peine à ſe le procurer.

19 *Janvier.* Extrait d'une lettre de Troyes du 7 janvier... Il y a eu une grande négociation de la part de notre corps municipal, avec le ſecrétaire d'état ayant le département de la province, au ſujet de notre maire, qui n'étoit point nommé dans la premiere liſte des notables.... Il vient de l'être enfin. Je

ous adreſſe cette correſpondance courte &
nſtructive, pour l'étiquette. . . .

Verſailles, le 13 janvier 1787.

M E S S I E U R S ,

J'ai mis ſous les yeux du Roi votre lettre
du 10 de ce mois; Sa Majeſté a bien voulu
accueillir votre zele, & elle me charge d'ex-
pédier un ordre que j'adreſſe à M. Huez, pour
l'appeller à l'aſſemblée convoquée pour le
29 à Verſailles.

Je ſuis, Meſſieurs, votre très-humble &
très-affectionné ſerviteur.

S. D E V E R G E N N E S.

A MM. les maire & échevins de Troyes,
à Troyes.

Verſailles, le 13 janvier 1787.

Je vous envoie, Monſieur, un ordre du
Roi qui vous appelle à l'aſſemblée, convoquée à Verſailles pour le 29; je ne doute pas
que vous ne rempliſſiez avec zele les intentions de Sa Majeſté.

Je ſuis, Monſieur,

Votre très - humble & très-
affectionné ſerviteur

S. D E V E R G E N N E S.

A M.
M. Huez, maire de la ville de Troyes,
à Troyes.

Ordre du Roi au maire de la ville de Troyes
de ſe rendre à l'aſſemblée des notables.

DE PAR LE ROI.

« Cher & bien amé, ayant résolu de communiquer, à une assemblée de diverses conditions de notre royaume, les vues que nous
avons pour le soulagement de nos peuples,
l'ordre de nos finances, & la réformation
de plusieurs abus, notre intention est que
vous vous rendiez à Versailles pour le 29
du présent mois de janvier 1787, jour auquel nous avons fixé l'ouverture de ladite
assemblée, pour y assister & y entendre ce
qui sera proposé de notre part, & nous sommes assurés que vous nous y donnerez de nouvelles preuves de votre fidélité & de votre
zele pour notre service : si n'y faites faute,
car tel est notre plaisir. Donné à Versailles
le 13 janvier 1787.

Signé LOUIS.

S. *Gravier de Vergennes.*

Au dos est écrit : A notre cher & bien
aimé maire de notre ville de Troyes.

MONSEIGNEUR ,

« J'ai reçu la lettre que votre Grandeur
m'a fait l'honneur de m'adresser avec la lettre de cachet qui y étoit incluse, par laquelle
le Roi m'ordonne de me rendre à Versailles
pour assister à l'assemblée qui y sera tenue
le 29 de ce mois. Je ne manquerai pas d'exécuter

cuter les ordres de Sa Majesté avec le zele &
la soumission que je lui dois.

Je suis avec un très-profond respect,

    Monseigneur,

    de votre Grandeur,

       Le très-humble & très-obéis-
       sant serviteur (*signé*) Huez,
       doyen des conseillers au bail-
       liage & siege présidal, &
       maire de la ville de Troyes.

16 *Janvier* 1787.

19 *Janvier*. Extrait d'une lettre de Montpellier, du 15 janvier.... Nos états n'ont pas
tenu long-temps ; M. l'archevêque de Narbonne a déclaré à l'assemblée qu'il étoit obligé
de les fermer très-promptement pour se mettre en état de se rendre à l'assemblée des notables du 29 de ce mois.

Au surplus, si nos états-généraux du Languedoc tiennent un rang peu distingué parmi
les corps politiques, ils aspirent à figurer du
moins entre les corps savants ; ils ont un
superbe cabinet de physique expérimentale &
font travailler à la construction des machines
propres à figurer : la direction en est confiée
à M. l'abbé Bertolet qu'ils en ont nommé professeur ; c'est un savant homme, qui est membre de quatorze académies au moins, & qui
vient d'être couronné par l'académie de Lyon
pour son ouvrage de l'*électricité du corps humain*.

19 *Janvier*. M. le baron de Breteuil ne cesse
de s'occuper de tout ce qui concerne l'amélioration du régime de la police & de la mar

Tome XXXIV.   C

ꭋutention de l'académie royale de mufique.

Par un réglement du 13 de ce mois, il interprete l'article 14 de l'arrêt du confeil du 13 mars 1784, en ce qui concerne les ouvrages nouveaux, & cherche à corriger quelques abus introduits à cet égard.

1e. Il eft expreffément enjoint au directeur & au comité de ne recevoir à l'avenir & de n'établir fur le théâtre aucun opéra en trois actes & plus ; à moins qu'il n'ait l'étendue convenable pour remplir feul la durée du fpectacle.

2e. Egalement défendu d'agréer & d'accepter comme opéra nouveau, aucun poëme lyrique qui puiffe être réclamé en tout ou en partie par un autre théâtre, foit pour le fond de l'intrigue, foit pour les fcenes entieres, ou pour des imitations ferviles de pieces déja connues & jouées.

3o. Aucun ouvrage ne doit s'admettre à répétition que fini dans toutes les parties de chant, d'orcheftre, de ballets. Sa Majefté défend au directeur & au comité de fe prêter en aucune maniere à ce qu'on ne préfente que des plans, & qu'on en faffe des effais aux dépens de l'adminiftration de l'académie.

20 *Janvier.* On vient d'imprimer la *Denonciation du nouveau rituel de Paris, aux chambres affemblées : du mardi 10 octobre 1786.*

On fait que cette dénonciation très-bien faite & refferrée, quoique contenant encore 84 pages d'impreffion, eft de M. Robert de Saint-Vincent, un des coryphées actuels du parti janféfifte dans la compagnie. Au mois de feptembre dernier, ce magiftrat avoit déja fait quelques obfervations, lorfqu'il fut queftion des portions congrues, fur l'affectation de M. l'archevêque de Paris d'attendre les derniers jours des féances du parlement pour faire afficher dans les rues, la diftribution d'un nouveau paftoral dont Meffieurs n'avoient aucune connoiffance. Il avoit trouvé cette conduite d'autant plus irrégulière, que les prélats qui defirent que l'autorité du Roi appuie les efforts de leur miniftere, ont foin de mettre fous les yeux de la cour, le réfultat de leurs travaux dans l'enfeignement public, pour tout ce qui concerne la difcipline eccléfiaftique.

Alors, le parlement très-refroidi fur les objets qui intéreffent l'ordre & la police publique dans les matieres dont traite un pareil ouvrage, ne fit point attention au récit de ce magiftrat : il crut ne devoir concevoir aucun foupçon contre un prélat qui s'étoit annoncé dans le diocefe, comme venant appaifer tous les troubles, que le zele trop amer de fon prédéceffeur avoit excités. M. Robert de Saint-Vincent ne s'eft pas rebuté ; il a examiné par lui-même le rituel, il l'a trouvé rempli d'inexactitudes & d'erreurs : il y a remarqué fur-tout des écarts très-repréhenfibles, & il a cru devoir engager la cour à les réprimer. Tel a été le fujet de fon travail, mieux accueilli cette fois.

20 *Janvier*. On ne finiroit pas de rapporter les quolibets auxquels donne lieu l'affemblée des notables. Il fuffira d'en citer quelques-uns pour faire juger que le goût des calembours, des pointes, des jeux de mots n'eft

point ralenti ; qu'il augmente même en proportion de la gravité des objets.

Comme le prévôt des marchands & le premier échevin de la ville de Paris ont reçu leur lettre d'invitation, & que ce dernier fe nomme *Gobelet* , on dit que *c'eft bien peu d'un gobelet pour tant de cruches.*

Comme tous les maires électifs des villes font convoqués & que dans l'ordre de la nobleffe il n'y a que fix ducs & pairs , on dit, que *c'eft bien peu de peres* (Pairs) *pour tant de meres* (Maires).

On dit qu'on fera une friture des maires qui arriveront trop tard & qui ne feront bons qu'à cela, parce que feront des maires lents (Merlans.)

La meilleure plaifanterie , fans doute , qu'on ait faite jufqu'à préfent en ce genre , eft celle qui a eu lieu à Verfailles à la comédie de la ville , un jour que la Reine , qui honore quelquefois ce fpectacle de fa préfence , y affiftoit.

On jouoit ce jour-là *Théodore* , opéra comique imité de l'Italien, d'après la mufique de Paefiello , qui a beaucoup de fuccès : ce *Théodore* eft un Roi qui voyage, auquel fon écuyer vient dire qu'il n'a plus d'argent, qu'il ne fait où en prendre : le prince eft auffi embarraffé que lui , & tous deux demandent *comment faire ?* . . . En ce moment une voix s'eft élevée du fein du parterre & a crié: *il n' ..... aff mbler le ... chles.* La garde fe mettoit déja en devoir de chercher & d'arrêter ce mauvais railleur ; mais Sa Majefté qui rioit beaucoup elle-même de la faillie, a fait ſigne de la main qu'on ceſſât toute peurſuite, qu'on ne fit aucune attention au ſarcaſme & qu'on continuât la piece.

2o *Janvier*. Il paroît enfin un *Mémoire à conſulter & conſultation pour les Srs. Tourton & Ravel, banquiers de Paris*, qui jette plus de jour ſur le fait dont on parle depuis long-temps, ſans en avoir des renſeignements bien ſûrs.

1o. Dans un eſpace d'environ trois mois, ces banquiers ont accepté pour la maiſon Simon Bellaucq & compagnie juſqu'à la ſomme de 1,407,200 livres, dont elle leur a ſucceſſivement remis la valeur, qu'ils ont toujours eue en mains avant leur acceptation.

2o. Aujourd'hui ces acceptations paroiſſent s'élever à plus de 2,400,000 livres ; ce qui forme une augmentation d'environ un million au-delà de leurs engagements effectifs.

3o. Ils prétendent qu'il leur eſt facile de prouver que les traites qu'ils ont acceptées, ne montoient en effet qu'à la ſomme indiquée ci-deſſus ; d'où il ſuit qu'elles ont été augmentées par une main criminelle.

4o. Il a paru aux banquiers dans la plus grande partie des lettres de change qui leur ont été préſentées, que l'augmentation s'étoit faite en convertiſſant le mot *cent* en celui de *mille*.

5o. On leur a dit que dans d'autres, artificieuſement préparées, on avoit coupé le mot *cent*, qui ſe trouvoit à la fin de la ligne, ainſi que les derniers mots des lignes ſupérieures & inférieures, & que ces mots qu'on avoit

C 3

coupés, avoient été rapportés au commencement des lignes, en fubftituant le mot de *mille*
à celui de *cent*.

6°. La premiere des échéances, toutes com-
prifes dans l'efpace du 3o novembre 1786 au
3o janvier 1787, étant arrivée, deja fept de
ces traites, montant enfemble à 24000 livres,
avoient été acquittées, lorfque M. Gallet de
Santerre, autre banquier, avec lequel on avoit
fait femblable opération, vint avertir MM.
Tourton & Ravel de la falfification & furcharge
de plufieurs lettres de change.

7°. A l'inftant ils fufpendirent tous leurs
paiements de ces lettres de change, ils dépo-
ferent en entier à la caiffe d'efcompte le montant de toutes leurs acceptations qui reftoient
à payer, & informerent fur le champ M. le
lieutenant général de police de cette efcro-
querie.

8°. Dès que le Roi a été inftruit de cet événement, il a de fon propre mouvement évoqué à lui toutes les conteftations auxquelles
l'affaire pouvoit donner lieu, foit au civil,
foit au criminel, & les a renvoyées au châtelet pour y être jugées en dernier reffort :
on affuroit ces banquiers, lorfqu'ils dreffoient
leur mémoire, que le procureur du Roi avoit
deja rendu fa plainte, & que l'inftruction étoit
commencée.

9°. Cependant quelques-uns des porteurs
des lettres de change échues, fe font pourvus
aux confuls de Paris, où ils ont obtenu des
fentences de condamnation par défaut ; mais
un jugement de la commiffion du châtelet a

fait défenses de faire des pourfuites & procé-
dures ailleurs que devant elle.

Dans cette pofition des chofes les banquiers
ont confulté leurs confeils, qui par délibération du 29 décembre dernier eftiment que,
fi le faux eft conftaté juridiquement, c'eft aux
porteurs des lettres de change à fupporter la
perte.

Telle eft la décifion de Me. Martineau, auteur du mémoire, & de plufieurs jurifconfultes célebres, qui ont foufcrit la confultation.

Cependant, & dans les raifons qu'alleguent
les banquiers en leur faveur, & dans le raifonnement des avocats, on ne trouve rien de
bien victorieux.

Ce mémoire court & qui n'a que neuf pages, eft encore trop diffus, & la confultation
qui en a prefque autant, n'eft pas mieux ré-
digée.

21 *Janvier.* Une des particularités de la
féance du parlement de Befançon à Verfailles,
c'eft que M. de Grosbois, le premier préfident, ayant demandé au Roi la permiffion de
refter pour fe trouver tout de fuite à portée
de fe rendre à l'affemblée des notables ;
Sa Majefté lui a ordonné de partir fur le champ,
d'être arrivé le 18 à Befançon, pour faire en-
régiftrer fes volontés le 19 par la compagnie,
& d'être de retour ici le 28.

21 *Janvier.* Au moment où M. Augeard,
toujours fufpendu de fes fonctions de fecrétaire des commandements de la Reine, actef-
péroit de les reprendre & craignoit d'être
obligé de vendre cette charge, le Roi eft venu
chez fon augufte compagne & lui a demandé

C 4

pourquoi Augeard ne paroiſſoit pas? La Reine s'eſt approchée de Sa Majeſté, & lui a dit quelques mots qu'on n'a pas entendu: on ſuppoſe qu'elle a objecté le décret de priſe de corps, dont a été atteint ce ſerviteur. . . . Le Roi a répondu par d'autres mots, qui n'ont pas été mieux faiſis des auditeurs ; mais qui ſans doute vouloient dire que ce n'étoit qu'une miſere, une peccadille. Quoi qu'il en ſoit, le réſultat a été que le baron de Breteuil a écrit de la part de la Reine à M. Augeard, qu'il eût à venir continuer ſon ſervice auprès de ſa perſonne ; ce qu'il doit faire aujourd'hui.

On préſume que c'eſt ce même miniſtre qui aura profité d'un moment favorable auprès du Roi, pour bien ſervir M. Augeard & le tirer de la poſition embarraſſante où il ſe trouvoit.

21 *Janvier.* Le Sr Paliſſot, dans une lettre du 15 de ce mois, adreſſée aux journaliſtes de Paris, nous apprend que M. de Calonne allant au devant du mérite, a fait donner par le Roi une gratification inattendue au modeſte auteur de la comédie de l'*Inconſtant*, quoiqu'elle n'ait eu que dix chétives repréſentations : tandis que depuis près de trois ans le bruyant *Figaro* reſte ſans interruption ſur l'affiche à ſa quatre-vingt-quatorzieme repréſentation.

22 *Janvier.* M. Robert de Saint-Vincent, dans ſa *Dénonciation du nouveau rituel*, commence par louer M. de Juigné d'avoir ouvert la porte du ſanctuaire à des religieuſes que le préjugé de M. de Beaumont en avoit écartées depuis long-temps ; d'avoir rendu la vie

i ces établissements publics , qui font le re-
uge de l'humanité souffrante ; d'avoir fait
enaître ces institutions utiles que le parlement a toujours protégées , que la charité
seule peut conserver : pourquoi faut-il qu'au
moment où l'on se flattoit qu'un prélat paci-
fique alloit rendre à l'église de Paris son lustre
ancien par l'appui que donneroit sa vertu à la
doctrine de nos peres , & son activité vigou-
reuse pour rétablir la discipline trop générale-
lement énervée dans presque tout le corps
ecclésiastique de ce diocese , ce rituel imaginé
pour l'exécution de son plan salutaire soit devenu un objet de réclamation & de scandale ,
contienne des principes contraires à la tran-
quillité publique , capables de porter l'inquiétude dans les mariages , qui font la base de
toute la société civile , & tendant à renouveller les troubles que la sagesse du Roi a
voulu éteindre ?

Le magistrat entre ensuite en matiere &
prouve les divers reproches faits au rituel : comme il rentre dans beaucoup de choses déja dites à cet égard dans les divers pamphlets du
critique dont on a rendu compte , il est inutile
de les répéter : il s'éleve sur-tout contre le
despotisme du prélat , qui voudroit anéantir
le droit des curés; despotisme trop éloigné
des principes de la discipline ancienne &
moderne de l'église, pour le tolérer , pour
ne pas s'y opposer avec la vigueur que le
parlement a toujours montrée en pareille oc-
cation. On dit bien que M. l'archevêque, frappé des contradictions que son pastoral éprouve ,
a permis aux curés qui l'ont consulté , de

n'en point faire ufage ; mais cette tolérance
eft fecrete d'un côté, tandis que de l'autre il
leur fait dans ce même ouvrage une injonction précife de s'y conformer : ainfi les uns
par foibleffe ou par obéiffance l'adopteront ;
les autres n'auront pas le courage de le con-
tredire ; il en eft qui craindront l'autorité & le
reffentiment de leur fupérieur : c'eft au parlement à prévenir le fcandale du trouble &
de la divifion entre les miniftres de l'églife.

Au refte, ce qui caractérife bien le zele
janfénien du magiftrat, c'eft la maniere dont
il attaque l'affectation avec laquelle on a relevé une anecdote de la vie du cardinal de
Noailles, dont il auroit été plus prudent de
ne pas faire mention ; c'eft l'éloge pompeux
qu'il fait de celui-ci, depuis la mort duquel
la compagnie n'a ceffé d'employer beaucoup
de peines, de foucis & de temps, à réparer,
corriger, réformer les torts, les foibleffes, les
fautes & les erreurs de fes fucceffeurs.

L'éditeur de ce récit a mis à l'article du
mariage une note, fuivant laquelle il femble
qu'il y auroit beaucoup à s'égayer, fi l'on
vouloit, fur les interrogations fecretes. Atten-
dons & efpérons que le critique qui a fi bien
houfpillé le paftoral à l'occafion des mérites
du faint facrifice, ne paffera pas fous filence
une matiere qui prête fi fort aux farcafmes
& à la gaieté.

22 *Janvier.* C'eft hier à cinq heures du foir
que les membres du parlement de Dijon,
arrivés à Verfailles depuis quelques jours, ont
été introduits à l'audience du Roi. La féance
a été longue & a duré jufqu'à plus de dix

heures. On s'imagine que Sa Majesté a fait faire une radiation générale sur les regiſtres, comme ſur ceux de Beſançon, de tout ce qui a mérité ſon animadverſion.

Il faut ſe rappeller que M. Amelot, l'intendant de Bourgogne, étoit décrété d'ajournement perſonnel par cette compagnie.

22 Janvier. M. le baron de Breteuil, qui s'occupe avec tant de ſoin des plaiſirs du public par l'amélioration du théâtre lyrique, ce que prouvent les réglements ſucceſſis qu'il forme ſur cet objet, ne néglige pas celui plus eſſentiel de l'hôtel-dieu, qu'il a infiniment plus à cœur. Comme depuis la publication du compte rendu par l'académie des ſciences & l'expoſition du tableau effrayant de la ſituation de toutes les eſpeces de malades dans cet hôpital, la compaſſion de pluſieurs concitoyens s'eſt émue & qu'ils ont offert de ſouſcrire & même envoyé des ſommes au journal de Paris; le miniſtre a ſenti qu'il falloit ſaiſir ce moment d'enthouſiaſme : en conſéquence il fait répandre aujourd'hui un *Proſpectus de ſouſcription pour l'établiſſement de quatre nouveaux hôpitaux, capables de ſuppléer à l'inſuffiſance de l'hôtel-dieu de Paris,* imprimé par ordre du Roi.

23 Janvier. Le docteur Bouvard, ce praticien ſi connu & ſi accrédité dans Paris, vient de mourir. Depuis quelque temps il s'étoit apperçu lui-même de ſa décadence, de ſon défaut de mémoire, & s'étoit condamné à ne plus voir de malades. Il étoit chevalier de l'ordre du Roi, docteur régent de la faculté de médecine de cette capitale, & membre de l'académie royale des sciences depuis 1743 : il étoit devenu associé vétéran.

23 *Janvier.* Il paroit que le gouvernement a senti la justice de faire quelque acte éclatant en faveur de M. Abbatucci, cet infortuné militaire dont on a extrait le mémoire. Le Roi l'a rétabli dans son grade de lieutenant-colonel du régiment provincial de l'isle de Corse, lui a rendu le traitement & les graces militaires qu'il avoit précédemment obtenus : & ce fait a été consigné authentiquement dans la gazette de France d'aujourd'hui.

24 *Janvier.* C'est mal-à-propos qu'on avoit tant prôné le mémoire de Me. Tronçon du Coudray : il est pour le Sr. Regnier associé de la maison la Sauffe & Regnier de Lyon, intimé & plaignant contre le Sr. Gaillard, appellant ; ou plutôt ces plaideurs apparents ne font que des prête-noms à l'abri desquels les joueurs à la hausse & les joueurs à la baisse en viennent aux mains & vont se livrer une bataille vraisemblablement. Les chefs sont d'une part le comte de Peff Senes, l'abbé d'Espagnac, &c. : de l'autre le comte de Travanec & le Sr. Claviere, &c. Quoi qu'il en soit, voici ce qu'on débrouille dans le chaos de l'historien.

Le Sr. Gaillard, négociant de Paris, devoit cinquante actions au Sr. Regnier & refusoit de les lui payer : celui-ci a fait assigner le premier aux consuls, où il s'est laissé condamner par défaut, & il a ensuite interjeté appel au parlement ; il a objecté qu'il lui étoit impossible de livrer ces actions, attendu le monopole : en conséquence les deux parties, divifées en apparence, réunies pour le fait principal, il a été pris la voie criminelle & porté plainte le 9 décembre dernier par le Sr. Regnier contre les monopoleurs.

On fait à quels excès on a porté la fureur de l'agiotage à l'égard des actions des eaux de Paris & de la banque de Saint-Charles. M. le comte de Mirabeau s'eft élevé avec éloquence contre ce jeu & l'a fait tomber : les joueurs fe font retournés vers les actions de la nouvelle compagnie des Indes. Les joueurs à la hauffe, c'eft-à-dire, ceux qui ont parié qu'à telle époque l'action auroit monté, fe font emparés de la plus grande partie de ces actions, & ont mis de la forte les joueurs à la baiffe, c'eft-à-dire ceux qui avoient parié que ces actions feroient à un prix plus bas, & en conféquence s'étoient fait fort de fournir aux autres à ce haut prix qu'ils vouloient y mettre un nombre donné confidérable d'actions, fe font trouvés forcés d'avoir recours à leurs rivaux même pour les acheter, qui les leur ont vendues le prix qu'ils ont voulu.

Les joueurs à la baiffe reviennent aujourd'hui contre ce jeu & prétendent que c'eft une friponnerie, puifque les joueurs à la hauffe par leur accaparement fe font conftitués maîtres & juges de l'inégalité.

Me. Tronçon du Coudray, par une confultation du 31 décembre, eft de leur avis & l'appuie d'autorités : il décide qu'il y a ici des manœuvres vraiment odieufes & du plus dangereux exemple, & que les loix contre

la fraude & l'ufure n'auront jamais été mieux
appliquées. Cette confultation trop écourtée
eft vague, & ne décide pas cathégoriquement
la marche que doit tenir le confultant, ainfi
qu'il le defire.

Quant au mémoire, il eft, au contraire,
trop diffus; la queftion générale y eft trop
difcutée, & fon application au cas particulier point affez déveloepée, affez précife;
en forte qu'après avoir lu & le mémoire à
confulter & la confultation, il refte encore
beaucoup de chofes à éclaircir pour le lecteur.

Me. Tronçon du Coudray jugeant que ce
mémoire qui attaque une des manieres du
jour, produiroit de l'éclat, s'eft trop attaché
à traiter fon fujet en grand & pour tout le
public, & à force de vouloir faire mieux que
de coutume & fe furpaffer lui-même, il a
mal fait & eft refté au deffous de fon fujet.

Au refte, l'on affure que le miniftere fentant le danger de laiffer cette affaire à la difcuffion des tribunaux réguliers qu'on avoit
faifis en la traitant au criminel, où elle alloit s'éclaircir infenfiblement & faire peut-
être condamner au carcan des perfonnages
connus, a pris le parti de la ramener au
confeil, où l'on préfume qu'elle fera étouffée.

24 Janvier. Il paroit décidé que l'affemblée
des notables fera retardée, fans qu'on ait encore affigné le jour véritable de leur réunion.
C'eft dans la falle des Menus à Verfailles
qu'elle doit fe tenir, & les préparatifs pour
la former dans tous les détails convenables,
font la caufe de la remife. On dit que ces
jours-ci le Roi eft allé la vifiter: il a demandé

ce que fignifioient des lanternes, des tribunes, des galeries qu'on y pratiquoit ? On a
répondu que c'étoit pour la Reine & fa fuite,
pour fa cour & pour tous les curieux qui de-
fireroient affifter à l'ouverture des féances &
à celles qui feroient publiques. Le Roi a répondu que ce n'étoit point un fpectacle ; que
la Reine, fi elle le defiroit, feroit bien la
maîtrefie de venir à l'affemblée des notables,
mais feule : que lui-même ne feroit accompagné que du cortege néceffaire à la majefté
royale. Ce qui foulage beaucoup M. le duc
d'Ayen, capitaine des gardes de fervice,
déja follicité & importuné pour les billets
dont la diftribution auroit roulé fur lui.

Au furplus, on peint de plus en plus en
beau l'affemblée & ce qui doit en réfulter ;
on fait dire à M. de Vergennes, qu'il avoit
été frappé de la fublimité du plan de M. de
Calonne : on ajoute que le Roi avoit dit à fon
contrôleur général, « *Mais vous m'offrez-là du.*
« *Necker tout pur.* —— *Sire, l'on ne peut rien
donner de mieux.* » Depuis ce temps on ajoute
que le Roi travaille beaucoup & lit fur-tout
le livre de M. Necker, le bréviaire des adminiftrateurs. On conçoit d'où viennent toutes
ces infinuations, dont le but eft de diffiper les
premieres impreffions de terreur de l'annonce
d'une affemblée qui ne peut guere avoir lieu
fous un Monarque abfolu & des miniftres
defpotiques, que dans une crife défaftreufe,
à laquelle ils ne favent quel remede apporter.

Ces terreurs des gens réfléchiffants font
fur-tout augmentées par ce qui fe paffe aujourd'hui : où l'on parle de ranimer l'efprit,

patriotique, & l'on flagelle trois ou quatre parlements pour avoir défendu les foibles droits de la nation; où l'on exalte un nouveau régime de liberté, la fuppreffion des entraves, des barrieres dans les routes, & l'on éleve cependant autour de Paris des murs, monument du plus dur & du plus honteux efclavage.

Mais les plaifants qui ne réfléchiffent pas tant, continuent les calembours; ils difent que l'affemblée fe tenant dans la falle des Menus, les deux troupes de comédiens ont fait des repréfentations pour demander à y avoir des députés.

Le premier échevin, le Sr. Gobelet, eft marchand bonnetier; ils difent que, lorfqu'on l'interrogera, il opinera du bonnet ou du moins parlera très-bas, & s'en tiendra fur-tout à la forme.

24 Janvier. M. le comte Vergennes n'a pu affifter ces jours-ci au confeil; il eft très-malade, & l'on craint qu'il n'y ait pas de remede. On parle de fon état comme d'une diffolution du fang, ce qu'on remarque à des taches noires. Et pour donner le dernier coup à ce miniftre, il paroit un *fecond mémoire au Roi par le comte de Miaczinski,* où il eft traité de la maniere la plus outrageante.

24 Janvier. Le profpectus des foufcriptions pour les nouveaux hôpitaux eft, dit-on, de la compofition de M. de Rulhieres; mais Sa Majefté l'a corrigé. Il eft pathétique, rempli de mouvement, de chaleur & d'onction. On eft feulement fâché qu'aux grands principes d'ordre, de bienfaifance, d'humanité, de philofophie pour exciter la compaſſion des riches, l'auteur ait mêlé un motif puérile de vanité, en déclarant que les donateurs au deſſous de 10000 livres ne feront inſcrits que fur une liſte publique, mais fugitive : & qu'au contraire les noms des fouſcripteurs pour une fomme de 10000 & au deſſus feront gravés fur quatre tables de bronze, à l'entrée de chacun des quatre nouveaux hôpitaux.

25 *Janvier. Mémoire au Roi par Me. Linguet, concernant ſes réclamations actuellement pendantes au parlement de Paris, in-8°. de 241 pages.* Tel eſt le vrai titre de cet ouvrage volumineux, annoncé depuis quelque temps. Quant à fon objet, il paroît être d'entretenir la fermentation occaſionnée dans Paris & fur-tout au palais par le retour de cet avocat, & après avoir diffamé, traîné dans la boue le duc d'Aiguillon en plaidant, de conſigner par écrit les mêmes injures qu'il lui a dites verbalement : en un mot, de fuppléer à la défenſe que Me. Linguet a trouvée dans ce pays chez tous les imprimeurs, de rien imprimer pour lui fans permiſſion.

Ce mémoire eſt d'abord précédé d'un *Avertiſſement* de 42 pages, enrichi de notes, où Me. Linguet établit un parallèle entre ſa poſition actuelle & celle où il étoit lors de ſa radiation ; & alors, comme aujourd'hui, au conſeil, comme au parlement, M. le garde des ſceaux, à l'inſtigation de M. le duc d'Aiguillon, lui a enlevé le droit de rien imprimer.

Le 8 octobre 1786, où Me. Linguet compoſoit ſon *Avertiſſement*, à midi il y avoit précifément onze ans, jour pour jour, heure pour heure, qu'il avoit préfenté au Roi, fur la terraffe de Choify, une requête qu'il rapporte en entier, où il repréfentoit à Sa Majefté qu'on violoit toutes les loix, toutes les formes, pour le perdre ; qu'on lui défendoit d'imprimer fa requête au confeil.

Cette démarche avoit été précédée de lettres très-foumifes & au garde des fceaux & au comte de Maurepas, des 29 août, 16 feptembre & 9 octobre 1775, qu'il copie aufli.

Mais ce qui n'eft point arrivé dans ce tems-là, c'eft qu'on ait comploté de l'affaffiner dans le temple de Thémis, fous les yeux mêmes des magiftrats : c'eft ici qu'il place l'hiftorique de l'événement arrivé le 6 feptembre, du coup de croffe de fufil qu'il reçut fur la tête, dont on rendit compte alors, & qu'il traveftit aujourd'hui en guet-à-pens.

Me. Linguet veut que ce foit M. de Châteaubriant, qu'il ne nomme pas, qu'il défigne feulement fous la qualification d'un jeune maître des requêtes, qui ait été l'inftigateur de ce coup. Comme cet épifode eft le plus neuf & le plus curieux morceau de l'ouvrage, il eft bon de s'y arrêter & de le développer.

M. de Châteaubriant, le dernier des maîtres des requêtes, étoit confeiller au parlement de Rennes : il eft l'aîné d'une famille attachée au duc d'Aiguillon en qualité de membre du comité. Il avoit dû d'affilier au parlement & il en partoit pour venir entendre Me. Linguet : il fe trouva précifément à la porte, lorfqu'elle s'ouvrit,

& que les gardes ne pouvant contenir la foule, furent obligés d'ufer de leurs armes. Le bruit du coup que venoit de recevoir, par mégarde, Me. Linguet confondu dans cette foule, alarma les magiftrats, qui voulurent favoir comment le fait s'étoit pafté. M. de Châteaubriant leur dit qu'il étoit préfent; il le leur raconta, & les recherches n'allerent pas plus loin. On ne s'imaginoit pas que Me. Linguet, pour rendre fon roman plus touchant, feroit entendre qu'on auroit eu le deffein formé de l'affaffiner, & auroit repréfenté le jeune magiftrat comme le chef du complot fous les ordres du duc d'Aiguillon. M. de Châteaubriant étoit fi outré de cette imputation atroce, qu'il vouloit en rendre plainte au criminel; mais on lui a repréfenté que ce feroit donner de la confiftance à une chimere, & fervir à fouhait Me. Linguet, qui ne demandoit pas mieux que de voir naître un nouveau procès : qu'il feroit plus fage de méprifer une calomnie qui tomberoit d'elle-même.

Quoi qu'il en foit, cette étrange cataftrophe, à ce que dit Me. Linguet, a interrompu les plaidoieries, quoiqu'il ait plaidé fur le champ même : il ignore quel parti prendront & le garde des fceaux & le duc d'Aiguillon; s'ils cefferont enfin de s'oppofer à ce qu'il imprime dans fon affaire : en attendant il va toujours inftruire le public pour fe concilier fon opinion, dont fon honneur dépend.

Heureufement cet honneur, malgré tant d'efforts combinés & multipliés pour le compromettre, eft encore intaét, & fi la patrie

de Me. Linguet a été ingrate envers lui, il
nous apprend que l'Empereur s'eft empreffé
d'en réparer les torts, en lui donnant une
décoration fondée fur fes fervices rendus à
cette même patrie.

Bien plus, en France, à fon retour, Me.
Linguet a reçu des preuves éclatantes d'une
confidération qui n'eft pas fufpecte, & d'une
eftime qui ne peut être que vraie, puifqu'elle
venoit du public : voilà encore de l'egoïfme,
mais il eft néceffité pour fa défenfe : & quand
il y aura eu, fans violer les formes ni les
regles, un jugement rendu, fût-il contre
lui, il fe taira.

Dans ce compte qu'il doit au public, en
laiffant à l'écart les objets de la compétence
des juges, il ne parlera que de ceux exclufivement de la fienne : il faut qu'il juftifie la
confiance de l'Empereur qui l'a protégé,
pour que fes droits foient vérifiés ; qu'il raf-
fure les gens de qualité qui craindroient de fe
trouver dans le même cas que le duc d'Aiguillon : qu'il faffe voir comment il eft prefque impoffible qu'il fe rencontre une feconde fois & un client & un défenfeur
pareils.

Enfin commence le mémoire au Roi, oc-
cupant le refte du volume ; après un long
exorde, Me. Linguet divife ce mémoire par
paragraphes. Il établit :

1°. Que fon exclufion du barreau a été
opérée à la follicitation, par le concours &
pour la fatisfaction de M. le duc d'Aiguillon.

2°. Quelle influence a eue M. le duc

d'Aiguillon fur l'injuftice avec laquelle il a été dépouillé du journal de littérature.

3°. Il raconte fa premiere retraite en Angleterre, fa conduite tant qu'il y a demeuré, pourquoi & comment il en eft forti.

4°. Défenfe d'adreffer de Bruxelles au Roi, une épitre à la tête de chaque volume des annales.

5°. De fa détention à la Baftille ; quelle part y a eue M. le duc d'Aiguillon.

6°. De fes répétitions contre M. le duc d'Aiguillon : que la défenfe d'imprimer dans le procès contre lui, eft auffi dangereufe pour Me. Linguet qu'injufte.

On juge par l'énoncé des titres de ces paragraphes, de la lettre au Roi d'une longueur telle que Monarque François n'en a jamais lue ; qu'ils rentrent dans cette multitude d'écrits de l'auteur fur la même matiere, dont depuis quinze ans il entretient fes lecteurs jufqu'au dégoût : il les a groffis en outre d'une foule de lettres fur le même fujet, qu'il feroit auffi faftidieux d'analyfer. On trouve toutefois de temps en temps quelques anecdotes propres à piquer l'attention, & qu'on pourra extraire dans un autre moment.

On obfervera feulement ici une bizarrerie dans l'amour-propre de Me. Linguet ; c'eft qu'il a coté ce mémoire comme une fuite de fes annales qui, commencées, dit-il, par une épitre à Sa Majefté, finiront de même. Conduite qui prouve bien ce que nous avons dit, que ces annales ne font ni celles

.de l'univers , ni celles de l'Europe , ni celles de la France ; mais bien véritablement *les Annales de M. Linguet.*

Par un *Poſt-ſcriptum* , Me. Linguet annonce que ſon deſſein avoit été d'abord de joindre à ſon *Mémoire au Roi* ſes lettres au duc d'Aiguillon , que ce miniſtre lit par extrait infidellement durant ſes viſites & ſes ſollicitations fréquentes aux magiſtrats : lettres dont quelques-uns ont dit *qu'elles étoient trop fortes* ; mais, comme il eſt dans l'intention de demander que M. le duc d'Aiguillon ſoit obligé de les conſigner au greffe , il croit devoir attendre pour les publier que cette formalité ſoit remplie.

25 Janvier. La caiſſe d'eſcompte, qui ne s'étoit pas bien raſſiſe depuis les inquiétudes qu'elle avoit eues durant le voyage de Fontainebleau , eſt dans une criſe nouvelle & plus preſſante. On aſſure que M. de Calonne a déclaré aux adminiſtrateurs que le Roi comptoit ſur leur zele & qu'après avoir bénéficié énormément aux dépens de l'état, la caiſſe viendroit à ſon ſecours. On ne ſait pas au juſte ce que le miniſtre leur demande. Ces meſſieurs ne s'expliquent point : on parle de quatre-vints millions par emprunt modique , ſans doute , & vraiſemblablement ils s'y ſont refuſés. On ajoute que le miniſtre leur a déclaré qu'il ſe préſentoit une compagnie avec des offres très-avantageuſes pour les remplacer. Quoi qu'il en ſoit , depuis quelques jours les actions ont baiſſé & baiſſent conſidérablement.

Heureuſement il ne regne pas la même

inquiétude pour les billets rouges ou noirs.

25 *Janvier*. On veut que le parlement de Dijon & celui de Besançon foient fortis auffi heureufement que celui de Bordeaux de la fuftigation à laquelle ils s'attendoient ; que le Roi les réprimandant beaucoup fur la forme , leur ait donné gain de caufe au fond.

26 *Janvier*. Dans le premier article de fa lettre au Roi , Me. Linguet fe plaint qu'ayant été injuftement exclus de l'ordre par les avocats , enfuite rétabli par arrêt du parlement , puis rayé en définitif ; il préfenta une requête en caffation par le miniftere de Me. de Mirbeck , requête qui devoit être rapportée au confeil des dépêches par M. de Malsherbes ; mais que , pour éviter cet integre , ce digne & vertueux miniftre , le garde des fceaux , à la priere du duc d'Aiguillon , la fit renvoyer au confeil privé , au rapport de M. de la Milliere , maitre des requêtes : il s'éleve à ce fujet contre le bureau des caffations où il faut paffer , avant d'aller au confeil , & prétend que ce comité qui , d'après l'ufage , décide fi une requête eft admiffible ou non , n'a pas ce droit , & ne pouvoit conféquemment rejeter la fienne : il va plus loin & veut que ce comité , qui doit être compofé de fept confeillers d'état , n'ait été que de quatre lorfqu'il fut queftion de lui , & d'ailleurs que cette décifion n'étant point écrite ne foit pas un jugement légal : il fe plaint enfin que les membres de ce bureau fe fuffent donné parole de garder un profond filence fur ce qui s'étoit paffé entre eux. A l'appui de tous ces griefs , il cite fa lettre à

M. le garde des sceaux & une autre à monfieur d'Aguesseau, toutes deux du 8 mai
1776 ; une à M. de la Millière du 15 mai ;
une seconde à M. le garde des sceaux du 19
mai ; enfin une supplique au Roi, où il combat
cet usage préparatoire & demande que sa requête soit raportée en plein conseil, comme
l'exige le réglement de 1737.

Dans le second article, celui concernant
son acte fait double avec le libraire Pankouke
le 17 février 1775, pour la rédaction d'un
ouvrage périodique pendant trente ans,
moyennant 10000 liv. par an : comme il fut
évincé par une défense du garde des sceaux
au libraire de ne plus employer Me. Linguet
à la rédaction de la partie littéraire de son
journal, & une de M. de Vergennes, à
l'égard de la partie politique, il prétend que
ces défenses ne pouvoient délier le sieur Pankouke : il le fit sommer par exploit ; le libraire répondit qu'il étoit enchaîné par des
ordres supérieurs ; & ayant voulu l'attaquer
en justice, Me. Linguet ne trouva ni procureur ni juges ; tous répondirent verbalement
qu'on ne pouvoit aller contre des ordres
supérieurs.

Tout cela venoit du duc d'Aiguillon : la
preuve c'est qu'il avoit refusé à Me. Linguet
le privilège d'un journal qu'il accorda deux
mois après au sieur Pankouke, sous le titre de
Journal de Genève. Celui-ci avoit pour co-pro-
priétaires avec le libraire un sieur Buffon,
médecin mort aujourd'hui ; le chevalier d'A-
brien, l'agent du duc d'Aiguillon, dont il
est question dans les plaidoieries de Me. Linguet :

guet : enfin un nommé Rousseau, précepteur
du fils du duc d'Aiguillon, tenoit la plume.
Depuis ceux-ci expulsèrent de leur privilège
le sieur Pankouke, qui obtint alors du comte
de Vergennes le privilège du journal de
Bruxelles.

Dans le troisieme paragraphe Me. Linguet
motive sa retraite en Angleterre sur la nécessité de se procurer une exilence qu'on lui
ôtoit en France. Digression à ce sujet sur sa
radiation du tableau. L'avocat général Barentin, les avocats dans une consultation du 15
mai 1775, déciderent qu'elle n'étoit point
diffamante, qu'elle ne rendoit point inhabile
à remplir d'autres places, & depuis Me. Target dans son pamphlet intitulé *la Censure*, a
soutenu le même paradoxe. Quoi qu'il en
soit, Me. Linguet, n'en a pas pensé de
même, & il a cru devoir sortir de sa patrie
où sa liberté d'ailleurs commençoit à être
menacée.

Autre digression dans ce même article sur *la
Théorie des Loix*, ouvrage que Me. Linguet
avoit fait imprimer avec approbation en 1767 :
on est parvenu à le proscrire, à le faire regarder comme l'école du despotisme. Cependant
ses principes ont été depuis adoptés, développés, sans le nommer, dans vingt ouvrages reçus avec applaudissement : M. de Voltaire
l'a copié presque mot pour mot dans ses
Questions Encyclopédiques relativement à ce que
Me. Linguet a dit concernant les administrations orientales : M. Anquetil Duperron,
dans son ouvrage intitulé *Législation Orientale*,
en a fait autant, quoi qu'il certifiât traiter

Tome XXXIV.   D

l'ouvrage d'une maniere abfolument neuve.
Hé bien , ce même ouvrage , fon auteur voulut le faire réimprimer en 1776 ; il avoit reçu
l'approbation du fieur Bouchard , avocat &
agrégé en droit : l'imprimeur Pierre alloit livrer
au public cette édition ; fuivant fon devoir il
fait hommage du premier exemplaire au garde
des fceaux , qui , inftruit par ce libraire que
Me. Linguet en eft l'auteur , ce qu'il ignoroit jufques-là , lui donne fur le champ une
défenfe précife de rien publier de cette édition. Me. Linguet n'a jamais pu faire révoquer
cette défenfe , & l'édition exifte encore en
entier dans le magafin du libraire.

Me. Linguet obligé donc de s'expatrier,
commença en Angleterre fes fameufes *Annales* : il eut bien de la peine à les faire péné-
trer en France ; il fallut une longue négociation par l'entremife de l'ambaffadeur du
Roi à Londres , qui fit paffer au comte de
Vergennes & au comte de Maurepas les lettres
de l'auteur. Obligé bientôt par la guerre ou
plutôt par fon attachement pour fa patrie ,
de fortir d'Angleterre , Me. Linguet fe réfugia
à Geneve , où le réfident , alors chargé des
affaires de France , le reçut avec froideur ,
& même l'infulta ; il s'en plaignit au miniftre , qui non-feulement ne défapprouva pas
le fubftitut injurieux , mais prévint Me. Linguet de prendre bien garde de fe mêler des
troubles qui agitoient alors cette république ,
de quelque maniere que ce fût , fans quoi
ces querelles ne feroient pas fans inconvénient pour lui.

Dans le quatrieme paragraphe fur le féjour

de Me. Linguet à Bruxelles , il s'agit d'une longue négociation entre M. le comte de Vergennes & lui : le ministre exige qu'il supprime de ses annales l'épître dédicatoire au Roi , par laquelle il recommençoit chaque volume. Sa majesté en recevoit exactement les numéros par le baron d'Oguy qui les lui remettoit : son silence sembloit approuver l'hommage du journaliste ; le ministre qui avoit desiré se rendre souscripteur de l'ouvrage , s'oppose formellement à cette épître périodique , il lui en défend le renouvellement de la part de son maître , & l'épître dédicatoire cesse.

Quoique le cinquieme paragraphe sur la détention de Me. Linguet à la Bastille parût ne devoir contenir rien de nouveau d'après les mémoires diffus qu'il a publiés à ce sujet , on y trouve quelques particularités qu'on ignoroit. D'abord il assure qu'on ne lui a jamais montré qu'une copie de sa lettre au maréchal duc de Duras ; il n'a point nié cette lettre , parce qu'il ne sait pas mentir : mais enfin pour motiver un châtiment aussi terrible , il falloit une piece originale , & le maréchal atteste qu'il ne s'est jamais plaint.

Me. Linguet dans ses mémoires s'étoit plaint que pour rendre son séjour plus horrible , on eût peint sur les murs les instruments du supplice de la passion , & qu'en général on eût choisi la chambre la plus affreuse de la Bastille. Il veut que depuis ce temps le gouverneur ait fait blanchir ces murs , y ait fait construire une cheminée moderne , ait fait plafonner , recarreler , remeubler cette cham-

bre , & la montre maintenant aux curieux ,
pour démentir la defcription que le prifonnier
en a faite : il ajoute que M. de Launay en a
impofé même à cet égard au baron de Breteuil.

Au mois d'octobre 1781 , à la naiffance de
M. le Dauphin , Me. Linguet rédigea pour le
Roi le plus court des placets ; il l'adreffa au
comte de Maurepas , avec une lettre auffi
courte , & avec des vers. M. de Maurepas
en fut touché : le lieutenant de police vint
de fa part annoncer au prifonnier qu'il alloit
fortir. M. de Maurepas mourut & toutes ces
promeffes s'évanouirent.

On voit encore dans ce paragraphe deux
lettres : l'une , du 22 décembre 1781 , à M.
Rohinet , premier commis du département
de Paris , chargé du détail de la Baftille ;
l'autre du 28 à M. Thierry de Ville d'Avray ,
premier valet de chambre du Roi , qu'on
ignoroit & qu'il faut lire.

Enfin Me. Linguet qui voit du d'Aiguillon
par-tout , ne doute pas que le fieur la Greze ,
qui s'eft donné tant de mouvements pour ra-
voir & faifir les papiers du prifonnier , ne
fût remué de la premiere , ou feconde , ou
troifieme main par cet ex-miniftre , qui
dans fa retraite , dans fa difgrace , dans fon
impuiffance apparente , étoit encore plus intrigant , plus actif , plus adroit & plus abfolu
que tous les miniftres enfemble , dont deux ,
meffieurs de Maurepas & de Vergennes ,
avoient donné à Me. Linguet des paroles
verbales & par écrit de ne rien entreprendre
contre lui ; dont l'un (M. de Montbarrey)

ne le connoiſſoit pas ; dont un autre (M. de
Sartines) lui avoit les plus grandes obligations ; dont un dernier (M. de Segur) le
chériſſoit & lui a enfin procuré la liberté.

Du reſte , il aime ſi fort la paix , qu'il avoit
propoſé au comte de Vergennes par une lettre du 8 avril 1784 , de ſe rendre arbitre entre le ſieur le Queſne & lui. Ce miniſtre ne
voulut pas l'accepter : long - temps avant il
avoit demandé la médiation du comte de
Maurepas entre le duc d'Aiguillon & lui ,
auſſi infructueuſement.

26 *Janvier.* On juge par une lettre de meſſieurs les ducs de Charoſt & comte de Thalis ,
adreſſée aux journaliſtes de Paris , en date
du 15 de ce mois , pour ſervir de ſupplément
au onzieme mémoire , concernant les écoles
nationales militaires , que leur projet en faveur duquel ils luttent avec tant de zele depuis pluſieurs années eſt à peu près échoué.
Il embraſſoit trois objets : 1°. Eſſai ſur l'éducation de la nobleſſe pauvre ; 2°. ſur celle
des enfants du peuple ; 3°. ſur la confection
des chemins. Ils ne ſe découragent pourtant
pas encore , mais le reſtreignent aujourd'hui.
Dans tous les cas on ne peut que louer &
plaindre ces illuſtres amis de l'humanité.

27 *Janvier.* Dans ſon ſecond mémoire au
Roi , M. le comte de Miaczinski réfute d'abord
les objections faites contre le premier au
nombre de dix , dont quelques-unes de très-
intéreſſantes , en ce qu'elles tiennent à l'hiſtoire en général & à la politique actuelle. Ce
qu'on jugera facilement par leur ſeul énoncé.

1°. Que les confédérés avoient quatre mai-

D 3

réchaux , commandants chacun un corps de troupes & qui avoient tous un pouvoir égal.

2°. Que si l'on indemnisoit le comte de Miaczinski , il faudroit que le gouvernement indemnisât également les autres maréchaux.

3°. Que c'est le délire d'une tête exaltée par les idées de patriotisme & de gloire qui a entraîné le réclamant.

4°. Que le subside qu'il réclame a été payé.

5°. Qu'en écoutant ses réclamations , ce seroit avouer que la France , prenoit intérêt à la confédération,

6°. Que M. Dumourier n'étoit point avoué par la cour de France.

7°. Que M. Dumourier n'avoit aucune instruction pour traiter des intérêts politiques de la France ; & qu'il n'avoit été envoyé vers les confédérés , que pour leur donner les projets de campagne & pour faire la guerre.

8°. Que la guerre des confédérés a été nuisible aux dispositions qui ont amené la révolution de Suede.

9°. Que le sort de la Pologne ne pouvoit que toucher la bonté du Roi ; mais qu'il étoit absolument étranger à l'intérêt politique de la France.

10°. Mémoire intitulé : *Observations de M. le chevalier de Boissimene de Campeigne.*

Ensuite dans un supplément , il est rendu compte d'une anecdote qui mérite d'être rapportée.

Vers le 16 ou le 17 septembre dernier , le comte de Vergennes instruit que ce mémoire étoit fous preffe , envoya fur le champ un commiffaire ; deux infpecteurs de police & leur fuite , pour faifir ce que l'on pourroit trouver de relatif au comte de Miaczinski chez M. le marquis de Beaupoil Saint-Aulaire , qui lui avoit rendu le fervice de rédiger fes écrits. On ne rencontra chez lui qu'une minute du mémoire.

Le lendemain le fieur Henry , infpecteur de la librairie , vint porter à M. de Beaupoil une lettre du lieutenant de police , qui lui demandoit une entrevue. Il fe rendit chez le magiftrat : l'objet de l'entretien étoit de lui communiquer une lettre du comte de Vergennes , dans laquelle ce miniftre fe défendoit d'avoir été l'inftigateur du libelle de M. Boiffimene , comme le croyoient le public & ces meffieurs fur-tout ; & en effet , fuivant ce mémoire , non - feulement il avoit été le cenfeur du mémoire , mais il l'avoit revu , corrigé , compofé : en conféquence M. de Vergennes defiroit que M. de Beaupoil & le comte de Miaczinski lui écriviffent une lettre , où ils reconnoîtroient leur erreur : ils fe rendirent au defir du miniftre.

Deux jours après le. fieur Henry revint chercher M. de Beaupoil , à qui M. de Crofne dit que M. le comte de Vergennes avoit été fort fatisfait de leur lettre & de la loyauté avec laquelle ces Meffieurs s'étoient comportés. Enfuite il voulut favoir fi ce mémoire étoit réellement imprimé , & dans ce cas il defira en retirer tous les exemplaires pour le comte de Vergennes. On ne voulut point compromettre l'imprimeur ; mais M. de

Beaupoil rapporta lui-même chez le lieutenant de police tous les exemplaires & la
minute du mémoire imprimé.

En conféquence M. de Crofne témoigna de
la part de M. de Vergennes la joie de ce ministre & fon deffein de remettre fous les yeux
du Roi & de faire exaucer les demandes du
feigneur Polonois. Elles confiftoient en une
fomme de 600000 liv. , en une terre d'environ 30000 liv. de rentes , en un corps de
troupes comme colonel propriétaire , & le
grade de maréchal de camp.

Après quinze jours d'attente , M. de Beaupoil fut prié de paffer au bureau de M. Cau-
chy , fecrétaire général de la police , pour
retirer une piece importante ; c'étoit le premier mémoire du comte de Miaczinski imprimé , dont les marges étoient chargées
de notes bien négatives , bien infultantes ,
écrites de la main de M. Dumourier.

Suit une lettre du comte de Miaczinski ,
datée de Paris le 22 novembre 1786 , au
comte de Vergennes , où il détruit en gros
les notes de M. Dumourier , & enfin des
pieces juftificatives , des extraits de lettres
de ce M. Dumourier , qui fe trouve en contradiction avec lui-même.

Tel eft le réfumé de ce mémoire , écrit
avec une fierté , une énergie peu commune,
qui doit défoler en effet M. le comte de Vergennes , dont la droiture , la fincérité & la
politique fe trouvent également en défaut ,
fi tous les faits du mémoire font exacts.

27 Janvier. Depuis long-temps il n'étoit
plus queftion des troubles qui agitoient la

congrégation de Saint-Maur ; on les croyoit
éteints ou du moins affoupis : un pamphlet
qui, quoique ancien, ne perce dans le monde
que depuis peu, atteſte malheureuſement le
contraire ; c'eſt une lettre d'un ancien ſupé-
rieur de ces religieux, en réponſe à une
Lettre circulaire de dom Chevreux, du 22 juillet
1786 : avec cette lettre le général adreſſoit à
ſes confreres l'arrêt du conſeil d'état, par
lequel ſa majeſté évoque l'appel comme
d'abus interjeté des délibérations de la derniere diete dont il confirme les opérations.

Dans cette réponſe on fait voir à dom
Chevreux, en le prenant par ſes propres paroles, qu'il eſt continuellement en contradiction avec lui-même & que ſa conduite ne
répond nullement à ſes diſcours : on lui déclare que ſon autorité n'eſt fondée ni ſur les
principes de la religion, ni ſur les loix de
l'égliſe, ni ſur la regle qu'il a embraſſée ;
que leſprit de charité dont il ſe dit animé,
ne s'accorde point avec ſon deſpotiſme &
que ce n'eſt pas par trente-cinq à quarante
arrêts d'évocation & peut-être ſoixante lettres
de cachet dont il s'eſt armé depuis ſon géne-
ralat, qu'on gouverne des religieux. Tel eſt
l'objet de cet écrit in-4°. d'environ onze
pages, où l'on perſiffle continuellement &
très-bien & ſans réplique dom Chevreux. Il
ne mérite pas plus de détails ſur un ſchiſme
qui n'intéreſſe pas autant en ce moment, où
l'on s'occupe d'autres objets plus eſſentiels.

27 *Janvier.* Extrait d'une lettre de Vienne,
du 9 janvier.... Il paſſe pour conſtant en effet
que M. Blanchard avoit écrit à notre auguſte

fouverain pour lui demander la permiffion
de faire dans cette capitale une expérience
aéroflatique. On ajoute que fa majeflé impériale lui a répondu, qu'auffi-tôt qu'on lui dé-
montreroit que ces expériences pouvoient
être de quelque utilité, il s'empreferoit de
l'accueillir, de le récompenfer, & cherche-
roit même à le fixer auprès de lui.

Le navigateur aérien s'étant enfuite adreffé
au nouveau roi de Pruffe, il en a reçu, à
ce qu'on prétend, la réponfe fuivante :

« Je vous fuis obligé, M. Blanchard, de
» l'offre que vous me faites dans votre lettre
» du 23 octobre ; & fi je refufe de l'agréer,
» c'eft plutôt par l'intérêt que je prends à
» votre confervation que par tout autre motif.
» Malgré la grande confiance que j'ai dans
» votre habileté & dans votre expérience,
» les effais que vous faites font fi périlleux,
» que rien ne peut me raffurer abfolument
» contre la crainte d'un défaftre poffible. Je
» ferois très-fenfiblement affecté, fi un mal-
» heur arrivoit dans mes états ; & la forte
» appréhenfion que j'en ai fuffiroit pour dé-
» truire tout le plaifir que j'aurois en voyant
» une expérience aéroflatique, conduite par
» un efprit auffi éclairé que vous. Ces raifons
» m'engagent à refufer l'offre que vous me
» faites, &, en même temps, à prier fincère-
» ment Dieu qu'il vous prenne en fa fainte
» garde. »

27 Janvier. On peut fe rappeller que monfieur Houdon, célèbre fculpteur, a été chargé
de faire le bufte du général Washington. Cet
ouvrage eft achevé, ou le fera du moins

pour le falon prochain. Quoi qu'il en foit ,
il s'agit d'une infcription convenable en latin ,
comme la langue la plus favorable pour le
ftyle lapidaire : M. Marnon , aumônier de
leurs hautes puiffances à Paris , en a fourni
deux , dont voici la meilleure :

> Hic Cincinati , Brutique in marmore virtus ,
>   Spirat in hoc Fabii provida cura fimul ,
> Exprimis Heroas tres Washington-us unus :
>   Civica fer meritis ferta , America , comis.

On peut la rendre ainfi librement en françois :

> Citoyens , accourez , entourez cette image ,
>   De trois héros en un couronnez les vertus :
> C'eft l'auftere Brutus , & Fabius le fage ,
>   Et le fimple Cincinnatus.

28 Janvier. Quoique le *Tableau de Paris* de
M. Mercier foit déja ancien , il ne paroît
que depuis peu une épigramme , & peut-
être la feule qu'on ait faite au fujet de ce
bizarre & ridicule ouvrage. Encore la fup-
pofe-t-on traduite du Perfan de Zenderouth-
Chufiftan , & traduite , ajoute-t-on , par une
demoifelle Emilie , âgée de 13 ans : quoi
qu'il en foit , comme elle eft bonne , malgré
fa longueur , on va la rapporter ici , en y
reftituant les vrais noms pour la rendre plus
intelligible aux étrangers :

> Qu'ils étoient fous les auteurs du vieux temps ;
> Nous favons mieux dépenfer notre vie ;

Pour moi je trouve à nos anciens favans
Un très-grand tort; ils avoient du génie,
Ils inventoient & cela n'eft pas bien.
J'en crois *Mercier*; avec lui je foutiens
Qu'un grand ouvrage embarraffe, incommode...
Mais un chapitre.... Oh! la bonne méthode!
En voulez-vous? lifez, mes bons amis,
Lifez un peu le *Tableau de Paris*:
Vous y verrez *Chapitre des Mains*,
Et puis encore *Chapitre fur les Femmes*,
Un peu plus loin *Chapitre fur les Drames*.
Tournez la feuille & *Chapitres nouveaux*
Sur les commis, fur l'or, fur les bureaux.
Eh! jufte ciel! que de noms! que de titres!
En vérité, voilà bien des chapitres!....
Quand le bon fens aura-t-il donc le fien?

28 *Janvier*. Il paroit enfin un *fecond Mémoire du comte de Sanois, en réponfe aux Mémoires de madame de Sanois & du comte de Courcy*. Ce volumineux *Factum* attendu depuis la Sainte Catherine, eft divifé en trois parties: le mémoire en lui-même, qui contient 138 pages; les pieces juftificatives de 84 pages, & *Réponfe particuliere du défenfeur du comte de Sanois aux inculpations perfonnelles qui lui font faites dans la Réponfe de M. le comte de Courcy, dans la Lettre prétendue d'un avocat & dans le Mémoire de madame la comteffe de Sanois*, de 66 pages. Il faut du temps pour lire & analyfer ces importants écrits.

28 *Janvier*. Extrait d'une lettre de Belleville, du 25 janvier. Il faut que le gouvernement mette une grande importance à

l'impreſſion abſolue des pages fatales qui le
bleſſent dans l'*Almanach des Etrennes Natio-*
nales : on a ſu qu'un particulier de ce lieu
en avoit un exemplaire. Le procureur fiſcal
ou le bailli a reçu ordre de s'en rendre
maître , mais par aſtuce & ſans éclat. En
conſéquence il eſt allé avec un compere
chez le propriétaire de l'Almanach : ils ont
élevé entr'eux une diſpute ſur un fait hiſto-
rique , ils ont demandé au maître de la maiſon s'il n'auroit pas un almanach ? Celui-ci
leur a préſenté les *Etrennes Nationales.* Le
juge les a priſes , a cherché l'endroit crouſ-
tilleux , a déchiré les feuillets & les a jetés
au feu , en lui diſant que c'étoit *par ordre ſupé-*
rieur.

28 *Janvier.* Mercredi dernier , M. le doyen
a lu au chapitre de l'égliſe de Paris une Lettre
de M. l'archevêque , s'excuſant de ne pas
donner encore la réponſe cathégorique qu'il
avoit promiſe ſous un certain délai au ſujet
de ſon *Rituel* : il allegue les affaires que lui
cauſe le choix du Roi en ſa perſonne pour
l'aſſemblée des notables , & prie le chapitre
de différer encore ſa délibération définitive
juſqu'après cette aſſemblée ; il faut eſpérer ,
au ſurplus , que tout ſe conciliera.

Le chapitre en conſéquence a renvoyé ſa
délibération à cette époque , en renouvellant
les défenſes de ſe ſervir de ce Rituel.

28 *Janvier.* On voit imprimé pluſieurs liſtes
des notables , dont il y en a de différentes
eſpeces & de fautives conſéquemment. Dans
certaines , on trouve *le premier avocat général*
du parlement de Paris. Quelqu'un ſurpris de-

mandoit à M. Seguier ce qui en étoit ?. . . . .
« Rien de plus faux , répondit-il : dans
» cette affemblée , il ne fera pas befoin de
» langue ; il ne faudra que des oreilles. »

Cette réponfe cadre affez avec le texte de
l'ouverture qu'un cauflique a tiré de l'*in exitu* :
*fimulacra gentium argentum & aurum : opera
manuum hominum.* .

On raconte à la même occafion qu'une
femme qui vendoit de ces pagodes de faïence
dont s'amufent les enfants , en leur faifant
branler la tête , fe plaignoit de ne point
trouver de débit. Un paffant l'entend , lui
donne un écu de fix livres , & lui dit :
« Bonne femme , criez *Notables à vendre* !
» & vous verrez tout le monde accourir. »
Elle fuit ce confeil, chacun s'empreffe ; mais
un exempt de police paffe , qui trouve la
plaifanterie mauvaife , & veut l'arrêter. Heureufement par fes interrogations il reconnoît la bonhommie de la marchande , & lui
enjoint feulement de ne plus fe fervir d'un
pareil cri.

29 Janvier. Dans la lifte des maires on
n'en compte que vingt-trois , quoiqu'on
eût parlé de 24. On affure que celui de
Cognac, qui eft un négociant , devoit en être,
& s'eft excufé de la maniere fuivante par une
lettre au Roi fort finguliere , & dont on
prend copie :

« S I R E ,

» J'ai reçu la lettre dont vous m'avez ho-
» noré pour me trouver à l'affemblée du 29

» janvier. Je fuis flatté de fon choix , mais
» je ne puis le remplir, attendu que j'ai des
» paiements confidérables à faire le 30. Je
» vous envoie pour me remplacer mon com-
» mis , homme de fens & qui a la fignature.
» J'efpere , au furplus , que tout fe paffera
» bien & que nos eaux-de-vie & nos farines
» n'en fouffrirons pas. . . » Cette lettre étoit
» inclufe dans une au baron de Breteuil , non
» moins originale. »

29 *Janvier*. Depuis huit jours on parle beaucoup de l'évafion fubite d'un monfieur Harvoin pere , receveur général des finances de
Tours , & tréforier de Mefdames : la chambre des comptes a mis le fcellé chez lui ,
& cela reffemble beaucoup à une banqueroute : cet événement furprend d'autant plus ,
qu'il avoit 75 ans , qu'il étoit dévot , qu'il
n'affichoit aucun fafte & étoit un grand tra-
vailleur ; il avoit été employé par plufieurs
miniftres & envoyé chez l'étranger pour y
prendre des renfeignements fur le cadaftre.

30 *Janvier*. Les notables , n'ayant point
reçu de contre - ordre par écrit , quoique certains que l'affemblée ne commence-
roit pas hier , jour auquel elle étoit indiquée , ne s'en font pas moins rendus à Verfailles. Ils ont été voir leur miniftre refpec-
tif & prendre langue ; ils y ont dîné , &
ils ont appris décidément que l'affemblée
n'auroit lieu que le 7 , tant à raifon du local
qui n'étoit pas difpofé encore , que de la
maladie de plufieurs miniftres.

M. de Calonne fur-tout pourroit fuccomber fous la fatigue & les inquiétudes d'ef-

prit que lui caufe l'approche de ce grand
jour. On affure que la lecture feule de fon
plan & des diverfes parties qu'il embraffe,
doit occuper quarante-huit heures de féance;
ce qui, à quatre heures de lecture par jour,
remplit déja l'efpace de douze. Il eft dans
une agitation qui, jointe à fa vivacité naturelle, lui a occafionné la fievre. Il a fallu
le rafraîchir, le baigner; on parle même
de le faigner; au refte, comme il eft à
Verfailles, peu de gens favent fon état au
jufte; mais on craint qu'il n'empire pas les
circonftances : d'autres plus fins veulent que
ce foit une maladie feinte, parce qu'il n'eft
pas prêt.

Cependant fes flatteurs font tout ce qu'ils
peuvent pour bien difpofer le public &
peindre l'avenir en beau. C'eft ainfi que le
poëte le Brun, l'un de ceux mis par ce miniftre fur la lifte des bienfaits du Roi pour
une fomme annuelle de 2000 livres, vient
de faire imprimer, *Difcours en vers à l'occafion de l'affemblée des Notables* : quoique la matiere prête peu à la poéfie, cependant M. le
Brun en a tiré parti, quant à la verfification & aux images : il y a de beaux morceaux, mais des idées fauffes & une adulation exceffive; c'eft ce qui a fait dire que,
quoique l'auteur fût forti depuis long-temps
du college, cela fentoit furieufement la
penfion.

30 *Janvier*. Les nouveaux mémoires pour
le comte de Sanois & Me. de la Cretelle,
produifent une nouvelle fenfation d'atten-
driffement fur le fort de ce malheureux

époux & pere, & au contraire redoublent l'horreur pour ses persécuteurs : on les trouve foudroyants contre eux. Tous les bureaux littéraires en ont été inondés, & madame Necker seule en a vendu quatre-vingts exemplaires à six livres, quoique chez les libraires ils ne soient qu'à 4 liv. 4 sous ; mais elle en prévenoit les acheteurs, & leur disoit, *il faut payer notre imprimeur.*

Voilà comme le dernier réglement de M. le garde des sceaux est éludé ; il est même déja nul, car toutes les boutiques de libraires sont de nouveau chargées de mémoires & de requêtes.

31 *Janvier.* L'affaire du comte de Caglioftro revient sur le tapis. Me. Thilorier a eu beaucoup de peine à trouver un avocat aux conseils qui voulût s'en charger ; cependant Me. Joly, un jeune, a signé la *requête au Roi*, mais singuliérement mutilée, au point que Me. Thilorier se propose de la faire imprimer chez l'étranger dans son état naturel. Celle de Me. Joly doit paroître incessamment.

31 *Janvier.* L'affaire des lettres de change en sufpens fera décidément jugée par une commission du châtelet en dernier reffort, mais fous une nouvelle forme ; elle fera composée du lieutenant général de police, des deux lieutenants particuliers & des seize plus anciens conseillers au châtelet ; il est porté dans les lettres-patentes que ces derniers ne feront point dispensés de remplir leur service ordinaire aux différentes colonnes dont ils feront.

Les fieurs Bechade & la Roche font arrivés ici le 9 de ce mois de la Haye, où ils
avoient été arrêtés ; & après avoir été in-
terrogés par le commiffaire Chenon, ils
ont été conduits en prifon. L'inftruction eft
commencée au châtelet pour le criminel ;
quant au civil, on efpere que l'affaire s'ac-
commodera : avec les facrifices que font les
parents des accufés, on a calculé que la
perte ne feroit que de 22 pour cent en tout :
les porteurs ont offert aux banquiers de partager moitié de la perte ; mais ils s'y font
refufés jufqu'à préfent.

31 *Janvier.* Le marquis du Creft, le nouveau chancelier de M. le duc d'Orléans,
jaloux de rétablir la réputation de fon
maître, effroyablement noircie depuis quelques années, a imaginé d'engager fon alteffe
à fuivre l'exemple de M. de Calonne &
à penfionner douze trompettes, dont voici
les noms : meffieurs Marmontel, Gaillard,
l'abbé de Lille, & de la Harpe, de l'académie françoife ; meffieurs Berthelet, Lavoifier, de la Place & Vandermonde, de
l'académie des fciences : l'abbé de la Chaux,
de l'académie des infcriptions & bibliothécaire du prince ; enfin meffieurs Bernadin
de St. Pierre, Paliffot & Menageot : ce dernier eft un peintre.

Au refte, les penfions ne font que de
huit cents livres.

31 *Janvier.* On a joué ce foir à la comédie françoife *la feuffe Inconftance*, comédie
en cinq actes & en profe de madame la
comteffe de Beauharnois. Quoique le pu-

blic fût prévenu que la piece étoit de cette
dame, la galanterie françoise s'est étrangement oubliée ; dès le premier acte les murmures ont commencé, & ont tellement
augmenté vers le milieu du troisieme, que
le sieur Vanhove, qui étoit en scene avec
sa fille, s'est avancé sur le bord du théâtre
& a dit : « *Messieurs, souhaitez-vous que la*
» *toile tombe, ou que l'on continue ?* » Les gens
honnêtes ont crié : *continuez* ; mais le bruit
a bientôt recommencé si étrangement que
les acteurs se sont retirés. Il faut convenir
que ce qu'on a entendu de la piece ne pouvoit faire regretter ce qu'on n'en a pas entendu : les acteurs eux mêmes en avoient
fort mauvaise opinion & si mauvaise qu'ils
s'étoient préparés à jouer une autre piece
pour remplir la durée ordinaire du spectacle : ils ont offert *Nanine*, qui a été acceptée avec transport.

Cette catastrophe fait renouveller le bruit
fâcheux que cette piece étoit un rebut du
porte-feuille de Dorat, que celui-ci avoit
abandonnée à la comtesse de Beauharnois
pour satisfaire sa manie d'auteur ; ce qui a
donné lieu aussi à rajeunir le quolibet que
cette dame avoit perdu l'esprit à la mort
de Dorat.

1 *Février* 1787. Hier l'essai du goût du public payant pour les répétitions à l'opéra n'a
pas été heureux ; on faisoit celle d'*Œdipe
à Colonne*, tragédie lyrique en trois actes
qu'on exécute aujourd'hui, & la recette est
restée au dessous de 400 liv. : il n'y avoit
personne. Au surplus, cette répétition n'a

pas donné une haute idée de l'ouvrage ; les deux premiers actes ont été reçus très-froidement ; le troifieme a produit plus d'effet.

Les directeurs fembleroient craindre eux-mêmes le mécontentement du public, car ils ont affecté de joindre à cet opéra *le premier Navigateur*, ou *le pouvoir de l'Amour*, ballet pantomime en trois actes & fort long.

Quoique par l'ordonnance du Roi, il dût y avoir deux répétitions payantes, il n'y en a eu qu'une, & comme elle n'a rendu que très-peu, il eft à préfumer qu'on y renoncera.

Il eft vrai que peu de gens en étoient inftruits, que cette répétition n'étoit annoncée dans aucun journal, & feulement à la porte de l'opéra par une affiche manufcrite.

· 1 *Février*. Il paroît une *première Lettre fur l'affemblée des Notables*. Elle eft imprimée & datée du 1 janvier, mais ne fe vend point & ne s'envoie que furtivement aux amis ; elle eft de M. l'abbé Briffard, qui du moins a fait lecture du manufcrit dans la fociété de madame la comteffe de Beauharnois : il la défavoue aujourd'hui, l'on ne fait pourquoi, car elle ne fauroit déplaire au gouvernement ; elle eft fage, adroite, fimple dans fa marche, bien déduite & remplie de détails agréables : on n'y trahit point les intérêts de la nation ; mais ils n'y font ni défendus, ni même expofés avec l'énergie qu'exigeroit une circonftance auffi critique. L'auteur annonce devoir donner une fuite, à mefure que les événemens y fourniront.

1 *Février.* On parle depuis plus de quinze jours d'un crime atroce dont on attend vainement les éclaircissements & les détails. Voici les faits en gros.

M. de Bardy, auditeur de la chambre des comptes de Montpellier, étoit venu ici par ordre de sa mere, pour retirer de son dérangement un frere abbé ; il avoit même obtenu une lettre de cachet pour le faire renfermer dans le cas où il ne réussiroit pas par la voie de la douceur. L'abbé semble disposé à la résipiscence ; mais il déclare avoir besoin de quelqu'argent pour acquitter des dettes criardes, montantes à la somme d'environ mille écus. Son frere les lui porte chez une femme avec laquelle il vivoit : celle-ci, atroce, sans doute, avoit comploté avec lui d'assassiner M. de Bardy l'aîné : on ne sait pas comment le crime s'est exécuté ; mais tous deux ayant pris la fuite, au bout de quelques jours, on a ouvert la porte de l'appartement, & l'on a trouvé le cadavre avec la tête coupée ; on a remarqué quelque projet de vouloir l'enfermer dans une malle, où il n'avoit pu entrer. On est à la poursuite des coupables ; mais comme l'abbé se trouve parent proche de M. Seguier, on présume qu'il ne sera jamais puni légalement, & qu'après l'avoir arrêté, on le conduira dans quelque maison de force ; ce qui sauvera la vie aussi à la mégere, qu'on dit la femme d'un procureur de Lyon qu'il avoit enlevée.

Quoi qu'il en soit, l'abbé donnoit dans le bel esprit ; il faisoit des chansons & lisoit quelquefois des pieces de vers chez M. Begon, intendant de la marine , qui tient une petite affemblée litteraire fort ridicule , & où il va beaucoup de monde pour s'en moquer.

2 *Février*. La Reine ayant honoré hier le fpectacle de fa préfence ; qu'elle prend beaucoup d'intérêt à la gloire de Sacchini, &, qu'elle a affecté d'applaudir l'opéra d'un bout à l'autre , ce qui entraînoit le public adulateur; on ne peut encore rien flatuer fur cet ouvrage très-prôné en ce moment.

2. *Février*. Depuis long-temps il couroit un bruit de la déroute de M. de Sainte-James, tréforier général de la marine, dont le luxe infolent préfageoit tôt ou tard fa ruine. On dit que fa banqueroute eft déclarée d'hier , que ce n'eft pourtant qu'un embarras ; que fon actif excede de cinq millions fon paffif. On ajoute qu'il eft à la Baftille.

2 *Février*. Le miniftre des modes, Mlle. Bertin, vient auffi , dit-on , de donner fon bilan. On le porte à près de deux millions. Dimanche dernier , étant allée à Verfailles pour travailler avec la Reine concernant fon département , fuivant fes expreffions, Sa Majefté n'a pas voulu la voir , & lui a fait refufer l'entrée de fon appartement ; ce qui met le comble à fa déroute.

2 *Février*. Le bruit court depuis quelques jours que madame la ducheffe de Polignac a donné fa démiffion de la place de gouvernante des enfants de France. On varie fur le motif , qu'on voudroit faire remonter jufqu'à une anecdote de Fontainebleau , dont on n'a fait aucune mention , parce qu'on l'avoit jugée

su importante. Il faut attendre des éclair-
ffements ultérieurs.

2 *Février*. Hier premier février, l'académie
ançoife a procédé à l'élection du fucceffeur
e l'abbé de Boifmont , & comme on le fa-
oit depuis un mois, c'eft M. de Rulhieres
ui a été nommé.

3 *Février*. D'après la lecture de la *Requête*
erniere *de Me. Linguet au Roi* , ceux qui ne
onnoiffoient pas fon impudence , s'imagi-
oient qu'ayant fi cruellement outragé le chef
e la juftice , il n'oferoit profaner encore fon
emple & même revenir en France. Ils ont
té bien furpris , fans doute , d'apprendre
u'il étoit à Paris , & l'ont été bien davan-
ige de le voir reparoître aujourd'hui à l'au-
ience.

Comme les juges qui doivent par les let-
res-patentes continuer de fuivre l'affaire ,
nt changé & font aujourd'hui de tournelle,
is n'ont pu revenir à la grand chambre qu'a-
rès les audiences, & il en a été tenu une
extraordinaire à onze heures. Les magiftrats
raignant l'affluence ordinaire ou plutôt extraordinaire que l'orateur avoit attirée jufqu'ici , & devoit encore mieux attirer à cette
heure , plus commode pour les femmes, les
petits-maîtres, les gens de la cour,&c. avoient
imaginé de nouvelles précautions, afin de
prévenir le défordre ; il n'en a pas été befoin : foit qu'on ne fût ou ne crût pas que
Me. Linguet dût plaider , foit qu'on fe laffât de
l'entendre reffaffer les mêmes chofes, foit que
le François aime à changer de fpectacle , l'af-

.sémblée n'a pas été même si nombreuse qu'aux
affaires d'éclat en général.

On se flattoit que l'orateur finiroit aujourd'hui son plaidoyer, & que peut-être le procès seroit jugé. Ce n'étoit pas son intention, & afin d'alonger il lui a donné une nouvelle tournure & lui a fait changer de face. Il a prétendu avoir des conclusions subsidiaires à prendre contre le duc d'Aiguillon, & laissant de côté le procès pécuniaire, dont il a bien senti que l'aspect ne pouvoit être favorable pour lui à un certain point, il a cherché à se rendre plus intéressant, en accusant le duc d'Aiguillon de lui avoir fait perdre son état & son honneur par ses dépositions calomnieuses & outrageantes auprès des députés de l'ordre, qui ont amené sa radiation absolue. Il a prétendu que pour parvenir à la conviction, il falloit que le duc d'Aiguillon fût de nouveau interrogé sur d'autres faits & articles qu'il a développés ; mais que son procureur, n'osant lui prêter son ministere dans une circonstance aussi délicate, il falloit que la cour l'y autorisât.

Le président d'Ormesson s'étoit déja levé & alloit aux voix, lorsque Me. de Laulne, l'avocat du duc d'Aiguillon, a pris la parole, & fait une remontrance.

Il a, l'ordonnance à la main, lu l'article concernant les interrogatoires de cette nature, & a établi :

1o. Que l'ordonnance n'autorisoit qu'une seule fois ces interrogatoires, odieux de leur nature

nature , & qu'elle envifage même comme
tels.

2°. Que cet interrogatoire ne peut même
avoir lieu que lorfque les faits font pertinents
& admiffibles.

3°. Qu'il ne doit retarder en rien la marche & le jugement du procès.

L'avocat a développé affez clairement &
affez folidement ces divers points : cependant
ayant trop alongé fa difcuffion , il a donné
prife quelquefois fur lui , & les partifans de
Me. Linguet en ont faifi ces inflants pour le
huer vigoureufement , fur-tout en deux circonflances : l'une , lorfqu'il a prétendu devoir
venger fon ordre des diffamations de Me.
Linguet ; l'autre , lorfque faute de s'être ex-
pliqué avec affez de netteté , il a donné à
entendre que fon client ne pouvoit être obligé
de fe déshonorer lui-même en répondant fur
certains faits.

Me. Linguet s'eft levé à fon tour & a dit
que fon adverfaire venoit de plaider pour lui
& qu'il en adoptoit prefque toutes les arti-
culations. Cependant , comme Me. de Laulne
lui objectoit une fin de non-recevoir de l'arrêt de la cour de 1775 , qui avoit prononcé
contradictoirement fa radiation , il a demandé
acte comme quoi il vouloit fe pourvoir contre
cet arrêt par requête civile. Au furplus ; il
a déclaré que fi la cour ne lui accordoit pas
l'interrogatoire qu'il defiroit , il auroit recours
à la voie de la plainte & de l'information.

Au bout de ces débats l'on eft allé aux
opinions, & les magiflrats eux-mêmes ont
été long-temps à s'accorder ; le délibéré a

duré trois quarts-d'heure : enfin il a été rendu
arrêt qui ordonne que le procureur de Linguet fera autorifé à faire tous les actes néceffaires pour procéder à l'interrogatoire de
la partie de Laulne. Préliminaire qui a femblé
d'abord le préfage du triomphe de Me. Linguet ; mais, à ce que prétendent les gens plus
au fait des formes, n'eſt que la marche lente
& irréguliere de la juſtice. Du reſte, la continuation des plaidoieries eſt remife à la huitaine.

3 *Février*. M. de Sainte-James ayant dreſſé
fon bilan, a demandé quatre chofes : 1o.
d'être mis à la Baſtille : 2o. des lettres de
furféance : 3o. qu'on nommât une commiſ-
fion pour la fuite de fes affaires : 4o. que la
chambre des comptes ne mît pas les fcellés
chez lui. Ayant obtenu tous ces préliminaires,
il eſt entré en prifon jeudi.

On prétend toujours que fon paſſif n'eſt
que de vingt millions, & fon actif de vingt-
cinq.

3 *Février*. La querelle de M. de Juigné avec
le clergé du fecond ordre de fon diocefe &
avec les magiſtrats, trahit abfolument fon
ineptie pour le fiege éminent qu'il occupe.
Elle met à nud la petiteffe de fon génie, &
la foibleffe de fon caractere. A Châlons il
avoit déja donné ce Rituel en deux volumes,
qui avoit excité de vives réclamations de la
part des curés ; il avoit été obligé de le retirer,
ou du moins d'y faire beaucoup de changements. Il y a depuis ajouté un troifieme volume & il auroit dû fe défier des nouvelles
contradictions qu'il éprouve.

On attribue principalement cet ouvrage écrit en latin très-pur & très-élégant, au sieur Revers, son aumônier, son bibliothécaire & son commensal. Cependant comme tout n'est pas du même style, on juge que plusieurs mains y ont été employées.

Ce qui a trompé M. de Juigné & lui fait répugner singuliérement à revenir sur ses pas, c'est que ce *Ritual* est aussi un *Pastoral*; c'est-à-dire, qu'on y traite non-seulement des rites & des cérémonies, mais encore de la doctrine : or, sur celle-ci les évêques ont seul le droit d'enseignement ; ils la professent *ex cathedrâ* ; ce que personne ne leur conteste. Mais pourquoi cette affectation, ce mélange insidieux qui n'a point été fait sans dessein ?

4 *Février*. En attendant que M. de Condorcet prononce à l'académie des sciences devant le public l'éloge du docteur Bouvart, on s'en entretient & l'on en raconte diverses particularités. Une qui lui fait infiniment d'honneur, c'est que, les dernieres années de sa vie, s'appercevant que la mémoire lui manquoit, il s'étoit abstenu de lui-même de pratiquer : quoiqu'il ne fût pas très-vieux & qu'il parût vigoureusement constitué, le travail avoit tellement usé ses organes, qu'il étoit tombé en enfance. Il tâtoit machinalement le bras de ses fauteuils, comme le pouls d'un malade, & il composoit des consultations en conséquence. De temps en temps il demandoit à ses gens pourquoi l'on ne venoit plus le chercher ? « Monsieur, il n'y a plus de malades ; vous » avez guéri tout le monde, » lui répondoit-on, & cela le satisfaisoit.

4 Février. La Requête au Roi pour le comte de Cagliostro contre le sieur Chenon fils, commissaire au Châtelet, & le sieur de Launay, gouverneur de la Bastille, paroît enfin imprimée & se vend même publiquement, malgré les défenses reçues à ce sujet. Elle se divise en différents paragraphes, qui la rendent très-méthodique & très-claire.

1°. Une introduction détaillée, où l'on reprend tout l'historique du procès depuis son origine jusqu'à ce moment. On y voit que le parlement ayant reçu la dénonciation du comte de Cagliostro contre ses deux adversaires, cette cour n'a pas voulu en connoître en première instance ; a mis, à cet égard, les parties hors de cour, sauf au suppliant à se pourvoir contre & ainsi qu'il aviseroit bon être : de-là l'assignation donnée au châtelet dont on a fait mention dans le temps.

Le 10 juillet, arrêt par lequel Sa Majesté évoque à elle & à son conseil, de son propre mouvement, les assignations données le 21 juin précédent : en conséquence dès le 11 août, le comte de Cagliostro présenta sa requête au conseil des dépêches, és mains de M. de Boisgibaut, maître des requêtes, rapporteur. Les adversaires décidèrent entre eux qu'ils ne feroient rien imprimer pour leur justification : mais on leur impute de n'en avoir pas moins cherché à travailler l'opinion publique par des nouvelles à la main, des libelles anonymes & des pamphlets de toute espece. Cependant le 5 septembre le gouverneur de la Bastille présenta sa requête par le ministere de Me. Jolas ; le commissaire la

ñenne le 25 du même mois , par le ministère
de Me. Badin.

2°. *Examen de la défense du sieur de Launay.*
Me. Joly , le défenseur du comte de Caglioftro , fuit pied-à-pied les diverses affertions
de cet adverfaire ; il difcute fes moyens de
juftification , & par fon réfumé il prétend
démontrer que le gouverneur de la Baftille ,
dans le point de fait , a abufé de fon autorité
& manqué aux devoirs les plus effentiels de
fa place en dix-neuf chefs qu'il articule fucceffivement.

3°. *Examen de la défense du sieur Chenon ,*
dans lequel l'avocat lui adresse fept reproches différents , d'où réfultent dix-neuf autres
chefs d'inculpation dirigés fpécialement contre ce commiffaire. Du refte , il pulvérife
les conclufions fulminantes de la requête &
fait voir qu'elles n'ont pu être fuggérées à
Me. Badin que par la paffion trop aveugle de
fon client.

4°. *Développement des principes fur lefquels*
eft fondée l'action intentée contre les fieurs
Chenon & de Launay. L'Avocat compare le
premier à un voiturier & le fecond à un au-
bergifte , & par l'analogie de leurs fonctions,
il en induit qu'ils doivent être foumis aux
mêmes peines prononcées par la loi contre
ces depofitaires infideles ou négligents , fur-
tout lorfque le dépôt dont ils font devenus
refponfables , eft forcé.

5°. Enfin le fuppliant met fous les yeux
du confeil , 1°. un exemplaire du libelle intitulé *Derniere piece du Collier :* 2°. un exemplaire du libelle intitulé *ma Correfpondance avec*

Cagliostro : 3°. un exemplaire intitulé *Suite de ma Correspondance* : 4°. le numéro du *Courier de l'Europe*, où le rédacteur de cette gazette convient d'avoir été sollicité par un parent du sieur de Launay d'écrire contre le comte de Cagliostro ; & sur ces pieces, témoignage des voies indécentes, malhonnêtes & punissables qu'ont pris ses adversaires pour le diffamer & le calomnier, il s'en rapporte pleinement & entiérement à la sagesse & à la justice du Roi.

5 *Février.* Pendant le voyage de Fontainebleau dernier, le bruit courut que madame de Polignac ayant instruit le Roi avant la Reine, d'une incommodité survenue à M. le duc de Normandie, la derniere en fit de vifs reproches à la gouvernante, qui les calma en s'excusant sur ce qu'elle avoit voulu ménager la sensibilité maternelle. On fut cependant jusqu'à dire que madame de Polignac, prévoyant les suites de ce mécontentement, avoit dès-lors offert sa démission, que leurs Majestés ne voulurent pas accepter. On prétend que depuis, cette dame s'étant apperçue qu'elle n'avoit pas recouvré les bonnes graces de la Reine aussi entiérement qu'auparavant, a cru devoir prévenir une disgrace complete & a pris le prétexte d'aller aux eaux pour demander une seconde fois sa démission. Il paroît qu'elle n'a point été encore acceptée définitivement, & que le Roi lui a déclaré que d'un an il ne nommeroit à cette place.

Dans le fait on a peine à croire que la Reine, qui depuis nombre d'années honore cette Dame de sa plus grande intimité, eût

pu lui retirer fi promptement & fi légérement
fa confiance. On fait que tous les jours Sa
Majefté alloit dîner & fouper chez cette favorite ; que par forme feulement elle fe mettoit
à table à côté du Roi, fans déplover même
fa ferviette : on fe fouftrait difficilement à
une habitude de cette efpece. Au furplus le
temps, ce grand maître, nous en apprendra
davantage.

5 *Février*. Outre les calembours & quolibets
en profe fur l'affemblée des notables, un
plaifant a fait l'efpece d'épigramme fuivante,
qui indique l'inutilité de tous les confeils,
fans un préalable néceffaire dont perfonne ne
s'occupe.

Par ordre du monarque au confeil appellés
Les notables de France étant tous affemblés,
    Quand en fi noble compagnie
    Parut la fage économie
    En difant : Meffieurs, me voici !
Les prud'hommes remplis de joie & de furprife,
S'ecrierent : partons, fi-tôt qu'elle eft admife,
    Nous n'avons plus que faire ici.

6 *Février*. Le fecond mémoire du comte
de Sanois, deftiné, comme le premier,
plutôt à difpofer favorablement les efprits,
qu'à les convaincre, eft auffi moins judiciaire
qu'oratoire. La partie du raifonnement n'y
eft pourtant pas négligée, & l'auteur prouve
affez bien les deux divifions de fon plan :
1°. Que tous les faits pofés pour fon client
font vrais : 2°. que tous ceux avancés contre

E 4

lui font faux ; mais il puife fa logique dans
le cœur , plutôt que dans les oracles du barreau ; ce qui faifoit dire à un homme du
métier, que Me. de la Cretelle étoit bon
pour plaider à l'académie & non au palais.
Il laiffe aux autres confeils du comte de
Sanois le foin de traiter la matiere en jurifconfultes , de développer dans leur confult-
tation les grands principes , de la hériffer de
citations de loix & d'autorités capables d'en
impofer aux magiftrats : pour lui , fon but eft
de toucher le public fur le fort de fon malheureux client , & il réuffit ; car plufieurs endroits
de cet écrit pathétique tirent les larmes des
yeux. Ceux d'élite font l'exorde , quelques
morceaux de la difcuffion & la profopopée
de la fin : tous font remplis d'onction & de
mouvement.

Dans le premier , fe trouve un apologue
d'autant plus frappant , qu'il eft fondé fur une
anecdote vraie : beaucoup d'avocats & des
plus fameux , foupoient chez Me. Target , qui
tous avoient refufé de fe charger de la caufe
de la comteffe de Sanois , &c. Me. Trongeon
du Coudray feul déclare qu'il ne la trouve
point malhonnête & qu'il va la prendre : on
l'accable de reproches & de farcafmes : l'un
d'eux fait approcher une petite fille qu'il avoit
à table : « Ma fille, lui dit-il, tu as déja
» donné bien des chagrins à ton pere , tu lui
» en donneras peut-être davantage : dans fon
» défefpoir, il t'écrira une lettre fans raifon :
» tu iras trouver le lieutenant de police pour
» l'envoyer comme fou à Charenton & le
» faire enfermer...... Non, non, papa,

» s'écrie l'enfant en pleurs : si l'on t'enfer-
» moit, au contraire, j'irois en prison &
» voudrois y mourir avec toi . . . . . . » Alors
se retournant vers Me. Tronçon du Coudray :
« voilà, lui dit le pere, une condamnation
» sans réplique. »

Dans la discussion, Me. de la Cretelle entre
au conseil de la dame de Sanois, où dut
se déterminer cette œuvre d'iniquité ; il fait
parler l'un des personnages comme auroit pu
le faire tout homme désintéressé, sage & judi-
cieux ; il fait voir qu'avec un peu de réflexion & d'induction en induction, l'énigme
de la fatale lettre se seroit développée, & l'on
auroit trouvé la solution de l'inexplicable
conduite du comte de Sanois ; on auroit du
moins senti la nécessité de recourir à lui pour
la recevoir pleine & entiere ; enfin, l'on auroit écarté avec horreur l'idée d'attenter à sa
liberté & à son honneur.

Généralisant la cause dans la péroraison,
l'orateur s'éleve de nouveau contre les lettres de cachet ; il fait voir que tous les ordres de citoyens sont intéressés à la pros-
cription de ces actes du pouvoir arbitraire ;
il profite de la circonstance de l'assemblée
des notables pour les inviter à se joindre
aux magistrats & à solliciter cette proscrip-
tion ; il apostrophe enfin le monarque lui-
même, il le conjure de se dépouiller de cette
autorité despotique, trop contraire à la constitution & aux dispositions de son propre
cœur ; il lui fait voir que son pouvoir, fondé
uniquement sur les loix & l'amour de ses
peuples, n'en sera que plus solide & plus

E 5

durable. Peut-être en cet endroit auroit-il fallu une vigueur, une énergie, une sainte véhémence que l'orateur ne pousse pas assez loin. En général, il est plus touchant que nerveux.

Entre les *Pieces justificatives* nécessaires au soutien du mémoire, plusieurs sont bonnes à lire, même intéressantes pour toutes sortes de lecteurs. Les plus curieuses sont celles concernant le régime de Charenton ; c'est la troisieme maison de force qu'on nous fait connoître : à l'appui de son récit, le comte de Sanois joint une lettre en date du onze janvier dernier, de M. de Latude, ce prisonnier d'état, si fameux par sa longue & horrible détention, & qui avoit fini par passer deux ans dans la prison dont il s'agit.

Me. de la Cretelle, qui est naturellement diffus, l'est sur-tout en parlant de lui-même dans la troifieme partie de ce *Factum*, où il répond aux inculpations personnelles dont on le charge ; elles sont 1°. d'avoir cherché l'effet dans le récit des malheurs du comte de Sanois, aux depens de la vérité qui lui étoit connue : 2°. d'avoir refusé sous un faux prétexte du bien public, & pour le frivole intérêt de sa renommée, d'être l'arbitre d'une conciliation dans une famille divisée : il se défend très-bien, quoique longuement, sur ces deux chefs & ferme sa difcussion d'anecdotes curieuses, qui la rendent moins aride, & l'empêchent d'être moins ennuyeuse ; il termine par jetter le gand au comte d' ..... rrcy, devenu son adversaire direct ; il déclare que deux voies lui font ouvertes contre un avocat malhonnête ; prendre des conclusions personnelles contre lui, ou le déférer à ses confreres. Quant à lui, la Cretelle, il demande justice aux magistrats du mémoire du comte de Courcy ; il s'y déclare insulté dans les fonctions de son état, par l'insulte la plus grave ; il requiert en conféquence qu'il soit déclaré attentatoire à la liberté de l'avocat, & calomnieux contre fa perfonne.

Il passe ensuite à une légere escarmouche contre Me. Tronçon du Coudray, qu'il regarde avec raison comme le véritable auteur du mémoire, auquel d'ailleurs il doit un coup de patte contre son agreffion signée dans le mémoire de la comteffe de Sanois : il n'oublie pas en dernier lieu l'avocat Moreau, qui fous le voile de l'anonyme s'eft mêlé dans la querelle... Mais il faut avouer que ce n'eft pas ici que brille l'orateur ; il n'entend pas la plaifanterie & ne manie le farcafme ni finement, ni adroitement. Heureufement cela ne touche pas au fond de l'affaire, qui n'en refte pas moins une des plus odieufes, des plus révoltantes, des plus puniffables perfécutions contre fon client, dont les faftes de Thémis faffent mention ; perfécution qui, pour l'exemple du public, mériteroit une vengeance éclatante.

6 Février. Avant-hier tous les notables rendus à Verfailles, ainfi qu'ils en avoient reçu l'invitation, ont été préfentés au Roi ; favoir, les premiers préfidents & les procureurs généraux des parlements & cours fouveraines, ainfi que les premiers préfidents &

E 6

procureurs généraux des confeils fouverains de Colmar & de Perpignan, ont été préfentés & nommés au Roi par le garde des fceaux.

Les élus généraux, des états de Bourgogne, des états de Bretagne & de Languedoc, par le baron de Breteuil, miniftre & fecrétaire d'état ayant le département de la maifon du Roi.

Les députés des états d'Artois, par le maréchal de Segur.

Les maires des villes enfuite par le baron de Breteuil, ainfi que les deux fecrétaires de l'affemblée (*Henin* & *Dupont*) par le garde des fceaux.

Cette cérémonie avoit attiré un monde étonnant, tel qu'on n'en avoit pas encore vu dans le château.

Du refte, les miniftres malades allant mieux, on croit que l'ouverture de l'affemblée pourra fe faire la femaine prochaine, fans qu'il y ait encore de jour bien fixé.

6 Février. Saint-Preux & Julie d'Etange, drame en trois actes & en vers, joué aujourd'hui fur le théâtre de la comédie italienne, eft déja relégué fur le nombreux répertoire des pieces tombées. C'étoit une trop grande audace de vouloir tranfporter fur la fcene des perfonnages fi bien peints & mis en action par Roufleau. Le ftyle & la verfification non-feulement ne fe reffentent point de la chaleur de la plume de cet écrivain qui, fuivant l'expreffion de Voltaire, brûle le papier; mais font détestables. L'auteur garde *l'incognito* avec raifon.

7 Février. On defire avec impatience les Œuvres pofthumes du Roi de Pruffe, furtout celles fur la Politique & l'Hiftoire. En attendant il nous eft parvenu imprimé des vers de ce Monarque, compofés peu d'années avant fa mort & qu'on ne connoiffoit abfolument point : ils font finguliers & pour la forme & pour le fond. L'auteur y verfifie & raifonne en Roi. Comme la piece n'eft pas longue, on va la rapporter en entier. C'eft *fur l'exiftence de Dieu.*

Unde ? Ubi ! Quo ?

D'où viens-je ? où fuis-je ! où vais-je ?
Je n'en fais rien. Montagne dit : que fais-je ?
Et fur ce point, tout docteur confulté,
En peut bien dire autant fans vanité.
Mais, après tout, pourquoi donc le faurois-je,
Moi, qui d'hier, dans l'univers jeté,
Ne fuis rien moins qu'un être néceffaire ?
Cet être exifte, a toujours exifté.
Il en faut un, foit efprit, foit matiere,
Et ce point-là par nul n'eft contefté.
Or moi chétif être très-limité,
Que tout étonne & convainc d'ignorance,
Malgré cela, je fens, je veux, je penfe,
Je me propofe un but en agiffant.

Voudriez-vous que l'Etre Tout-puiffant,
Auteur de tout & de mon exiftence,
N'eût aucun but, aucune volonté,
Tandis qu'il m'a donné l'intelligence ?

Qu'il n'eût eu point, lui qui m'en a doté?
Mais, dites-vous, & la peste & la guerre,
Les maux divers, physiques & moraux,
La faim, la soif, & la goutte & la pierre,
Du genre humain sont souvent les bourreaux :
Les ouragants, la grêle, le tonnerre,
Mille poisons, les affreux tremblemens,
Les tourbillons, les typhons, les volcans,
Tous ces fléaux qui désolent la terre,
Sont-ce les dons d'un pere à ses enfans !

Loin d'accuser la divine sagesse,
De ton esprit reconnois la foiblesse,
Homme superbe, atome révolté !
Le Tout-puissant posa cette barriere
Pour contenir ta curiosité.
Peut-être il veut par cette obscurité,
Humilier cette raison trop fiere
D'avoir suivi quelque trait de lumiere
Qui lui montra par fois la vérité.
Mais il manquoit à ta félicité
Qu'il dévoilât à ta foible paupiere
De l'univers la théorie entiere,
Et pour te faire approuver ses décrets,
Dieu t'auroit dû révéler ses secrets !

D'où vient le mal? Eh ! plus je l'examine,
Et moins je vois quelle est son origine ;
Que s'ensuit-il ! sinon que mon esprit
Est dans sa sphere, étroit & circonscrit.
Mais supposer qu'une aveugle matiere
De tout effet est la cause premiere ;

A ma raifon répugne & contredit :
Ici l'abfurde , & là l'inexplicable ;
Par deux écuéils je me vois arrêté ;
Il faut opter : l'abfurde eft incroyable ,
Je m'en tiens donc à la difficulté ,
En vous laiffant à vous l'abfurdité.

7 *Février.* Tandis que l'affaire des trois
roués & celle de M. Dupaty font en fufpens
au confeil qui cependant doit bientôt les
juger , il fe gliffe de temps en temps dans le
public des pamphlets piquants fur cette matiere , très-propres à entretenir la fermentation. Tel eft celui dont l'objet , le genre &
la maniere s'annoncent dès le titre : *Effai fur
quelques changemens qu'on pourroit faire dès à
préfent dans les loix criminelles de France ; par
un honnête homme qui , depuis qu'il connoît ces
loix , n'eft pas bien fûr de n'être pas pendu un
jour.*

7 *Février.* En attendant les grandes réformes qu'on efpere voir fe faire à la cour fur
les repréfentations & l'examen des notables ,
la Reine s'eft exécutée elle-même fur l'article
du jeu ; elle a renvoyé les Chalabre , les Travanec , les Drudeneuc & tous ces vampires
qui fuçoient perpétuellement la fortune des
courtifans & même celle des princes. Sa majefté ne joue plus qu'aux douze francs au
trictrac , & aux quatre louis le tableau au
lotto.

Meffieurs de Belzunce , Vaudreuil & de
Talmont , ayant contrevenu à l'exemple de
la fouveraine à cet égard , & le dernier ayant
perdu une fomme énorme contre les deux

premiers , malgré les défenſes , à un des bals
de la Reine , ont été tous trois renvoyés &
exilés par le Roi à leurs régiments.

7 *Février*. Les calembours ſe multiplient à
meſure que les ſéances de l'aſſemblée des
notables ſe retardent. On parle du maire
d'Orléans qui ſe nomme Bonvalet ; on dit
qu'ayant témoigné à l'évêque de cette ville
ſon embarras du rôle qu'il joueroit en ce
lieu..... : Bon ! bon ! lui répond le prélat :
vous y ferez fort à votre aiſe , en famille ,
parmi tous les bons valets de Verſailles. »

On dit qu'il n'y aura bientôt plus d'opéra
à Paris , ou plutôt que l'opéra va ſe tranſporter
à Verſailles , parce que toutes les machines y
feront.

8 *Février*. Le nouveau pamphlet qu'on répand dans ce moment-ci , non ſans deſſein ,
eſt très - court & ne contient que quelques
paragraphes : *ſur les changements à faire dans la*
procédure , ſur d'autres changements à faire dans
la procédure , ſur les changements à faire dans le
code pénal , ſur les changements dans la forme &
dans l'exécution des jugements , &c. Malgré la
bizarrerie des idées de l'auteur , elles pourroient être utiles : malheureuſement le ton
qu'il emploie doit le faire tenir en garde
contre ſes intentions. Ses réflexions ſont im-
prégnées d'un mordant philoſophique qui
caractériſe moins un ardent ami de l'humanité ,
qu'un violent détracteur de la magiſtrature.
C'eſt ce qu'on juge encore mieux aux notes
virulentes dont il a chargé ſon ouvrage , notes
où il vomit à pleine bouche le fiel dont il eſt
gorgé. En un mot , il eſt clair que ce pam-

phlet vient du parti de M. Dupaty & le ftyle
eft dans le genre de celui du marquis de Condorcet, aujourd'hui fon neveu.

La baffeffe avec laquelle l'écrivain adule le
confeil & les miniftres eft un autre reproche
qu'on lui doit faire. Ces louanges intéreffées
décelent trop ouvertement fon deffein de
rendre ce tribunal favorable à la caufe qu'il
a embraffée.

Son fanatifme dans fon genre fe manifefte
enfin par l'affectation de reprocher au parlement l'indulgence dont il a ufé envers M. le
Maître : cet homme fi impartial , fi jufte , fi
humain , lui donne ici de fon autorité une
qualification atroce ; il le déclare libellifte de
profeffion ; il s'embarraffe peu , fi les juges
ont trouvé des preuves fuffifantes contre cet
accufé ; il voudroit qu'à bon compte & provifoirement on l'eût toujours condamné : enfin , comptant pour rien fa détention , les
vexations arbitraires exercées envers M. le
Maître & fa famille , il ne le trouve pas fuffifamment puni ; & lui , qui voudroit fauver la
peine de mort aux voleurs avec effraction , aux
homicides volontaires , s'indigne , ce femble ,
qu'on ne l'ait pas infligée à un écrivain qui
a ofé critiquer l'adminiftration des miniftres.
Mais fi M. le Maître , en le fuppofant auteur
des pamphlets qu'il a défavoués , eft un libellifte & mérite une punition exemplaire ,
qu'eft-ce qu'eft le marquis de Condorcet , qui
outrage auffi cruellement , auffi volontaire-
ment , auffi perfévéramment les juges & le
parlement ?

En vérité à la lecture de tous ces ouvrages

de parti , on ne peut que s'écrier avec Juvenal : *O cæcas hominum mentes ! ô pectora cæca !*

8 *Février*. On parle d'un fecond greffier ou fecrétaire pour tenir la plume dans l'affemblée des notables : c'eft M. Dupont, appellé vulgairement l'ami Dupont. Il eft aujourd'hui, ainfi qu'on l'a dit dans le temps , attaché au contrôleur général , & M. de Calonne eft bien aife de placer-là un homme à lui, comme a fait le comte de Vergennes , en la perfonne de M. Henin.

8 *Février*. Le comte de Sanois , dont l'activité infatigable n'abandonne aucune partie de fa défenfe , répand encore, *Supplément aux pieces juftificatives pour le comte de Sanois. Me. de la Cretelle* ayant refufé, on ne fait pourquoi, d'inférer ces pieces dans les premieres , elles ont eu befoin de la fignature d'un autre avocat pour paffe-port : celui-ci eft Me. Panis.

L'objet de ces nouvelles pieces eft de répondre invinciblement aux reproches faits par fes adverfaires au comte de Sanois , d'avoir eu de mauvais procédés envers fon frere de Pouhy, de l'avoir vexé dans les tribunaux , d'avoir obtenu contre lui une lettre de cachet & de le retenir en exil depuis nombre d'années.

Sans entrer dans les détails de cette difcuffion , le réfultat eft que le comte de Sanois, loin d'avoir envahi le bien de fon frere, l'a fecouru du fien propre ; qu'il a gagné contre lui dans tous les tribunaux les procès que ce chicaneur lui a fufcités ; que ce frere faifant dans Paris le métier de mendiant & de vagabond , toute fa famille a jugé néceffaire de prévenir la detention dont il étoit

usceptible d'après la déclaration du Roi rendue nouvellement à cet effet, & de le renvoyer en Bretagne, sa patrie, où il seroit
alimenté aux dépens de son frere, qui con-
sentoit à lui faire une pension à cette condition; lui offrant au surplus d'aller se défendre
devant les tribunaux naturels de l'un & de
l'autre, si M. de Penhy, après avoir succombé
devant les autres, vouloit lui intenter une
autre action.

L'autre piece essentielle est une consultation de six avocats de Beauvais, en date du
25 novembre 1786, qui s'accordent à convenir que si la dame de Sanois est également
reconnue coupable, d'avoir porté le mépris
de l'autorité maritale, & même l'inhumanité
aussi loin qu'on impute de l'avoir fait, le
comte de Sanois est fondé sans contredit à
demander qu'elle soit punie par la peine de
la reclusion.

Ces avocats déclarent aussi que le comte &
la comtesse de Courcy, s'ils ont participé aux
excès imputés à la comtesse de Sanois, ont
pareillement encouru une peine, sur laquelle
ils ont délibéré dans une consultation sépa. de,
qui n'est point jointe à celle-ci, on ne sait
encore pourquoi.

9 *Février. Le comte d'Albert*, comédie nouvelle en deux actes, en prose & en ariettes,
& la suite en un acte & ariettes, ont été
joués hier aux Italiens, où ils avoient attiré
beaucoup de monde. Le succès de cet ouvrage
bizarre & mal accueilli à Fontainebleau, a
été fort équivoque.

9 *Février*. Pour derniere piece, quant à

préfent , le comte de Sanois diſtribue une *Conſultation* en date du 4 février , foufcrite de plufieurs jurifconfultes , dont l'objet eſt de conclure à différentes demandes contre fa femme & fur-tout à fa recluſion.

Cette confultation de Me. Fournel eſt un chef - d'œuvre pour la force & la clarté de la dialectique , pour la préciſion des idées , pour la briéveté du réfumé , pour l'énergie du ſtyle : fans doute elle n'auroit pu avoir lieu fans les deux énormes factums de Me. de la Cretelle , dont elle n'eſt que la quinteſſence ; mais elle leur eſt infiniment fupérieure , & en 26 pages en dit plus que ces deux *in folio*.

9 *Février*. Une courtifane nommée Mad. de Bonneuil eſt celle qui fixe aujourd'hui le plus l'attention du public à raifon d'une efpiéglerie qu'elle vient de faire à Mlle. Renard , à qui elle a enlevé fon amant , M. de Sartines , le fils du miniſtre , aujourd'hui un des plus riches entreteneurs de Paris. Le détail des manœu-vres peu honnétes qu'elle a employées pour réuſſir eſt inutile. Ce qui fixe l'attention , c'eſt la maniere dont elle a configné fon triomphe fur une voiture magnifique deſtinée pour fa rivale & qu'elle s'eſt appropriée : elle y a fait mettre des armes parlantes. Elle a voulu qu'on repréfentât fur l'écuſſon un renard éventré , furmonté d'un œil couronné. On efpere que le public jouira de la vue de ce blafon allégo-rique à la promenade de Longchamp , pour laquelle elle réferve fans doute ce char élégant.

10 *Février*. Comme tout eſt important dans les formules employées pour l'aſſemblée des notables qui fe prépare , voici les propres

ermes de la lettre de cachet adreffée à chacun
es membres , non maires.

M. ayant réfolu d'affembler des perfonnes
e diverfes conditions & des plus qualifiées
e mon état , afin de leur communiquer mes
ues pour le foulagement de mes peuples ,
ordre de mes finances & de la réformation
le plufieurs abus , j'ai jugé à propos de vous
 appeller.

Je vous fais cette lettre pour vous dire que
ai fixé ladite affemblée au 29 du mois de
anvier 1787 à Verfailles , & que mon inten-
ion eft que vous vous y trouviez ledit jour
le fon ouverture , pour y affifter & entendre
ce qui fera propofé de ma part. Je fuis affuré
que je trouverai en vous le fecours que je
lois en attendre pour le bien de mon royau-
ne , qui en eft l'objet. Sur ce je prie Dieu
qu'il vous ait en fa fainte garde. A Verfailles
ce 29 décembre 1786.

10 *Février. Etrennes à M. S.* (Seguier) ou
Penfées d'un homme fur un ouvrage nouveau. Ce
pamphlet eft une efpece de réfutation amere
& mordante du réquifitoire de M. Seguier
contre le mémoire de M. Dupaty. On conçoit
qu'en ce genre d'efcrime il eft fort aifé d'avoir
raifon , quand on parle feul ; qu'on décom-
pofe , qu'on mutile , qu'on ifole , comme
l'on veut , les paffages de fon adverfaire. Or
reconnoît dans cet écrit le même acharne-
ment , le même fanatifme philofophique , la
même horreur de la magiftrature & des loix ,
qui regnent dans tous ceux répandus en profufion depuis la trop célebre querelle élevée

au fujet des trois malheureux condamnés à la roue.

10 *Février*. Meffieurs du parlement qui prévoient que l'état civil à rendre aux proteflants, queftion agitée depuis long-temps , pourroit être un des points de difcuffion de l'affemblée des notables , dont la conclufion ne peut que tourner favorablement pour les perfécutés d'après les préliminaires de Fontainebleau ; pour n'avoir pas l'air d'être tout-à-fait inutiles , ont jugé à propos de prévenir l'événement & de & porter au monarque leur vœu fur cet objet. En conféquence , hier , les chambres affemblées, M. Robert de Saint-Vincent a lu un excellent mémoire à ce fujet , & fon avis a paffé fans difficulté unanimement. On n'a varié que fur la forme à donner à l'arrêté & fur la manière de le porter au Roi. Enfin , l'on eft convenu de charger M. le premier préfident de rappeller à fa majefté que fon parlement en 1778 avoit déja eu l'honneur de lui faire des inftances à cette occafion , qu'elle avoit bien voulu recevoir avec bonté ; mais qu'elle avoit décidé que le moment n'étoit pas encore venu : d'ajouter que fon parlement n'en voyoit point de plus heureux que celui-ci , & qu'il fupplioit le Roi de pefer dans fa fageffe les raifons qui militent aujourd'hui pour un retour auffi defiré.

Enfuite un de meffieurs a dénoncé deux nouveaux pamphlets dans l'affaire de M. Dupaty : *l'Effai fur quelques changemens* , &c. dont on a rendu compte précédemment , & les *Etrennes à M. S****. On a dit affez généralement dans l'affemblée que ces productions

nfernales fous les grands mots de patriotif-
ne , de tolérance , d'humanité , étoient de
M. le marquis de Condorcet , qu'il les avouoit
dans les fociétés & s'en faifoit gloire.

Quoi qu'il en foit , arrêté que les deux
écrits feroient remis aux mains des gens du
Roi pour les examiner & en dire leur avis.

Les gens du Roi mandés & inftruits de
l'objet de la délibération & de leur miffion ,
M. Seguier a fupplié la cour de le difpenfer
de cet examen auquel il étoit intéreffé. En
conféquence ce fera M. de Fleury probable-
ment qui portera la parole , lorfqu'il s'agira
de rendre compte de ces pamphlets.

11 *Février.* A mefure que l'ouverture de
l'affemblée des notables fe prolonge , les
plaifanteries redoublent & les pamphlets
éclofent. En voici un dont l'obet eft de per-
fiffler un grand nombre de perfonnages fous
prétexte de les mettre à la tête des différentes
parties de l'adminiftration. C'eft l'auteur qui
va parler fur le ton d'un journalifte.

De tous les projets que la prochaine
affemblée des notables fait éclore , nous en
diftinguerons un feul , à caufe de fa bizarrerie. Les copies en étant extrêmement rares
& trop volumineufes pour trouver ici place ,
nous en donnerons un extrait qui tiendra
lieu de l'ouvrage même. Nous croyons devoir
prévenir que nous n'avons regardé ce projet
que comme une plaifanterie.

L'auteur , après avoir démontré la néceffité d'un changement dans l'amélioration de
la chofe publique , invite Sa Majefté à appeller à la place de premier miniftre , M. le

comte de Mirabeau (1) ; au département des affaires étrangeres , M. Linguet (2) ; au département de Paris , M. le vicomte de Choiseul-Meuze (3) ; à celui de la marine , avec la charge d'infpecteur & d'interprete des fignaux , M. le comte de Genlis (4) ; au gouvernement & à la police intérieure du jardin des Tuileries , M. le marquis de Villette (5).

L'auteur propofe en outre de donner les fceaux à M. Dupaty (6) , qui aura pour adjoint M. Duval d'Efprémefnil (7) & pour chef du confeil , M. le marquis de Condorcet (8).

L'auteur propofe de faire revivre la charge de furintendant des finances pour le prince de Guemené (9) , qui prendroit le baron de Clugny (10) pour adjoint.

De donner à M. le cardinal de Rohan (11) la feuille des bénéfices , la caiffe des économa+s , celle des Quinze - Vingts & toutes les caiffes poffibles.

De confier l'éducation des enfants de

---

(1) Voyez fes nouveaux écrits fur l'adminiftration.
(2) Lifez fon ouvrage fur la liberté de l'Efcaut.
(3) Se mêle beaucoup du tripot de l'opéra.
(4) Cruelle anecdote relative au combat d'Oueffant.
(5) Fameux B..... Les Tuileries font le theatre de ces meffieurs.
(6) Voyez fes *Factums* contre notre code criminel.
(7) Il fe mêle beaucoup de légiflation auffi.
(8) Voyez fes brochures contre le parlement.
(9) Fameux banqueroutier.
(10) Il eft auffi fort dérangé.
(11) Chacun connoît l'inconduite de cette éminence dévergondée.

France

France à madame la comtesse de Genlis (12) ; la surintendance des bâtiments au duc Jules (13) ; la direction générale de toutes les constructions navales au marquis du Crest (14) ; celle de l'agiotage des petits spectacles, avec le gouvernement général de toutes les maisons de correction & le gouvernement spécial de Saint-Lazare, à M. de Beaumarchais (15) ; & enfin de créer une charge de grand-pillulier de France pour le docteur Scheffer (16).

L'auteur assure Sa Majesté que si elle daigne agréer ce plan, son royaume sera changé dans quinze jours au point qu'elle n'y reconnoîtra plus rien.

11 *Février*. On peut se rappeller un volumineux factum que Me. Linguet publia, il y a près de trois ans, contre le sieur le Quesne son correspondant. Par ce mémoire adressé seulement aux magistrats du Châtelet, il annonçoit sa répétition de cent mille francs & plus à la charge de ce correspondant qu'il maltraitoit fort. C'est cette ancienne action intentée que Me. Linguet parle de renouveller aujourd'hui.

Le sieur le Quesne, dont le silence, depuis l'apparition de ce factum, faisoit présumer à

---

(12) Pédante qui a pris le titre de gouverneur des enfants de M le duc d'Orleans.

(13) Qui auroit grande envie de supplanter monsieur d'*Angiviller*.

(14) Se mêle de construction, mais sans succès.

(15) Tout le monde connoît ce personnage.

(16) Médecin *Arcaniste*, à secrets.

Tome XXXIV.   F

beaucoup de gens que fa conduite n'étoit pas
nette en effet, a pris enfin le parti de fe juftifier d'abord devant le public, & l'on annonce
un mémoire de fa part en réponfe à celui de
fon adverfaire, très-bien fait au gré de ceux
qui l'ont lu, & où il s'explique en détail d'une
manière claire & fatisfaifante fur fa geftion.

Du refte, il en promet un fecond plus intéreffant, puifqu'il doit concerner les reproches de trahifon, d'efpionnage, de délation,
de furprife & autres plus infames que lui
adreffe Me. Linguet depuis fa fortie de la
Baftille.

11 *Février.* Hier Me. Linguet a plaidé pour
la cinquieme fois : le public, qui la derniere,
avoit femblé fe refroidir à fon égard ; celle-
ci eft revenu plus en foule, fur-tout les
femmes ; des chapeaux, des redingotes,
des pierrots : mais le perfonnage le plus remarquable, étoit le fieur de Beaumarchais,
qui avoit déja paru à l'audience précédente.
Il étoit dans une lanterne où il fe pavanoit,
& par fa préfence fembloit exciter fon collegue en méchanceté & en impudence; car on
affure que ces deux rivaux fe font réunis
aujourd'hui.

Me. Linguet a commencé par fe targuer de
l'arrêt rendu en fa faveur. Il a déclaré que le
duc d'Aiguillon avoit fubi fon interrogatoire
& que la force de la vérité avoit arraché de fa
bouche deux aveux bien précieux : 1°. que
deux avocats, fe difant députés de l'ordre,
étoient en effet venus chez lui pour en tirer
des réponfes qui puffent fervir de griefs contre
l'accufé & de prétexte à fa radiation ; 2°. qu'il

avoit en effet produit des lettres de Me. Linguet, lettres fecretes & qui ne devoient jamais être publiques, mais fans intention de
nuire à cet avocat. Après s'être félicité de
cette découverte due à la bienveillance des
magiftrats devenus enfin acceffibles pour lui,
il a dit que la procédure diffiperoit bientôt
quelques nuages qui reftoient encore fur cette
partie de fa défenfe, & il eft revenu fur la
première qu'on croyoit terminée.

Me. Linguet s'eft attaché principalement à
prévenir la fin de non-recevoir que pourroit
lui oppofer fon client. En réfumant tout ce
qu'il avoit dit là-deffus, il a prétendu : 1°. que
n'étant plus avocat par l'inftigation du duc
d'Aiguillon, il n'étoit plus obligé de fe foumettre à la difcipline de l'ordre, & ce feroit
une inconféquence révoltante de la part du
duc de vouloir l'y ramener.

2°. Que fût-il encore avocat, ce feroit à
l'ordre à le réprimander, à le punir de ne
s'être pas conformé à la difcipline ; mais
qu'elle ne fourniffoit aucun titre au client.

3o. Que cette difcipline d'ailleurs étoit attribuée uniquement à l'ordre des avocats de
Paris ; que par-tout ailleurs ils repétoient fans
fcrupule leurs honoraires devant les tribunaux,
& que ceux-ci étoient obligés de leur rendre
juftice en vertu d'une loi fpéciale à cet égard.

4°. Que cette loi n'étoit pas inconnue même
au parlement de Paris, & Me. Linguet a cité
deux arrêts de cette cour que, malgré la différence des efpeces, il a, par le preftige de
fon éloquence, plus que de fa logique, cher-

F 2

ché à rapprocher de la fienne & à l'y affimi-
ler.

Ce moderne Catilina , toujours furieux
contre l'ordre & ayant le projet conflant de
le renverfer , s'il eft poffible , a révélé , à
cette occafion , le fecret prétendu de l'ordre ;
les deux principes lui fervant de bafe , dont
l'un tend à en impofer au public par une
honnêteté , une pureté , une délicateffe qui
ne font qu'une charlatanerie ; & l'autre eft ,
au contraire , une violation de toute honnêteté , de toute regle , de tout ordre , de toute
fureté publique : il confifte à ne donner jamais
aux parties des reçus de leurs pieces , même
les plus importantes , les plus effentielles ;
correctif du premier, fuivant lequel un avocat
fe foumet à ne répéter jamais d'honoraires
devant les juges , bien fûr de fe faire juftice
lui-même , en ne rendant un dépôt auffi précieux qu'après avoir été fatisfait à fon gré. Il
faut regarder cette partie du plaidoyer de
l'orateur , la plus travaillée , la plus malignement combinée , comme une diffamation véritable du corps capable d'adopter une pareille
morale ; & l'ordre eft d'une lâcheté digne
des outrages qu'il reçoit , s'il ne demande
pas vengeance à la juftice d'une imputation
auffi gratuite & auffi atroce.

Me. Linguet donc bien certain de la juftice
de fon action , n'avoit plus qu'à établir fon
compte de travaux & de recette. Quant à
celle-ci , il prétend toujours n'avoir reçu que
quatre cents louis du duc d'Aiguillon , qui
offre d'affirmer de lui en avoir envoyé 500 ;
& ce ferment , fon adverfaire exige au con-

traire qu'il foit déféré à lui feul , (Linguet).
Du refle , au fujet de cette différence , il a
raconté une anecdote , autre diffamation contre
un fieur Renaud , intendant du duc , qui feroit également en droit d'en demander réparation à Me. Linguet , s'il ne peut prouver
les faits articulés , dont l'effentiel confifte en
une convention tacite entre les confeils du
duc d'Aiguillon & cet intendant , de lui
rendre la moitié des honoraires qu'ils reçoi-
vent.

Ici s'eft arrêté l'orateur qui a été peu applaudi , quelquefois fifflé , & a ennuyé beaucoup de fes auditeurs regoulés de tout ce
bavardage abfolument intolérable , fans la
méchanceté qui en fait l'ame.

L'audience eft remife à la huitaine.

On n'a point dit fi les poiffardes étoient
venues , comme le famedi précédent , accueillir , féliciter & embraffer Me. Linguet.

12 Février. Extrait d'une lettre de l'Ifle-de-
France , du 3 feptembre 1786.... Nous fommes enfin débarraffés de l'aventurier Beniouski
qui , comme vous l'avez appris par mes der-
nières lettres , nous donnoit ici beaucoup
d'inquiétudes & de craintes pour notre commerce à Madagafcar : il s'y étoit fait Roi &
nous avoit aliéné la plus grande partie des
noirs. On avoit pris le parti d'envoyer à cette
ifle , dans la faifon favorable , un bâtiment
chargé d'un piquet de vingt-cinq hommes de
troupes. Beniouski , quand il a vu cette goë-
lette , s'eft flatté de s'en emparer , & c'eft ce
qu'il defiroit depuis long-temps : il l'a donc
laiffé aborder ; mais fon étonnement a été

grand de trouver des foldats , au lieu de
matelots ; il y a eu un petit combat , dans
lequel il a été tué. Sa royale dépouille confiftoit en un exemplaire de l'encyclopédie
d'Yverdun , une fort bonne longue-vue , &
quelques armes. Son camp étoit affez bien
retranché. La nouvelle de fa mort nous a
caufé une grande joie.

Une autre nouvelle de cette ifle , bien importante auffi , c'eft la protection des François que réclame le Roi de la Cochinchine ,
détrôné par un compétiteur : par le confeil
d'un ex - jéfuite , évêque d'Oran & gouverneur de fon fils, il nous promet les plus grands
avantages pour notre commerce , fi nous
voulons le foutenir & le remettre fur le trône. Il
envoie en ôtage ce même fils , encore enfant ,
& cet ôtage doit partir pour l'Orient avec
ma lettre , fur le même bâtiment.... On a
toujours envoyé une garde de vingt - cinq
hommes de la garnifon de Pondichery au
monarque détrôné......

12 *Février*. Dans un court avertiffement en
tête des *Errennes à M. S* ******* , il fe trouve
un dialogue des plus méchans entre l'auteur &
un libraire, qui fe chargeroit volontiers d'imprimer tout ce qu'on lui apporteroit contre la
religion , les mœurs ou le gouvernement
même ; mais n'ofe fe charger d'un ouvrage
deftiné à combattre le réquifitoire de M. Seguier, attendu que fes efpions font répandus
par-tout ; il ajoute que ce magiftrat fe ruine
à les foudoyer, & que fes conclufions vont
renchérir d'un tiers. Quelle horrible accufation !

12 *Février.* On voit enfin dans le public, le *Mémoire pour les porteurs unis des lettres de change acceptées*, &c. contre les sieurs *Tourron & Ravel, & Galet de Santerre.* Il est composé par Me. Seize, qui aux études d'un jurisconsulte joint les connoissances acquises concernant le commerce, étant né à Bordeaux & ayant séjourné jusques à présent. Aussi traite-t-il la matiere à fond. Il prouve invinciblement que cette affaire très-importante n'en est pas moins très-simple & n'auroit pas dû faire une question. Ce mémoire clair, instructif, méthodique, d'une logique puissante & victorieuse, malgré la sécheresse du sujet, offre pourtant quelques morceaux oratoires, mais dans le genre de la chose & sans aucune affectation d'esprit ou d'éloquence déplacées.

Le résultat est que, d'après les principes, les regles & l'intérêt du commerce, les accepteurs devroient payer les lettres de change, quand même ils n'auroient pas provoqué en quelque sorte la fraude, par leur négligence : à plus forte raison dans le cas présent, où ils ne peuvent se dissimuler d'être susceptibles de beaucoup de reproches.

Ce mémoire est appuyé d'une consultation du 7 février, signée de six jurisconsultes du même avis.

12 *Février.* La chambre des comptes n'a pas manqué de faire des représentations au Roi, au sujet de l'interdiction qui lui a été faite de mettre le scellé chez M. de Sainte-James : vendredi les gens du Roi ont rendu compte aux chambres assemblées, que M. le

garde des fceaux avoit dit qu'il prendroit les
ordres du Roi & feroit favoir à la compagnie
le jour, le lieu & l'heure où il plairoit à Sa
Majefté de recevoir la députation de fa chambre des comptes.

13 *Février*. Sous la régence un comte d'Albert fut condamné à périr fur un échafaud
pour avoir contrevenu aux loix qui défendent
le duel ; mais il s'échappa de fa prifon par
un ftratagéme fort ingénieux : paffé au fervice
de l'Empereur, il changea de nom & revint
en France comme ambaffadeur de ce prince.
Tel eft le fondement du drame de M. Sedaine,
qui n'a adopté que le fait de la condamnation
& de l'évafion du coupable, mais par un
moyen beaucoup moins naturel & moins
plaifant.

Au premier acte, des huiffiers, leurs re-
cors & leurs efpions fe félicitent du retour
du comte & fe promettent bien de l'appré-
hender. Suivent plufieurs fcenes dolentes de
la part des enfants du comte, de leur gouvernante, de la comteffe ; tous ces perfonnages difparoiffent, & un porte - faix vient
égayer la fcene, qui fe paffe devant l'hôtel
du comte. Il dépofe fon fardeau & prend du
tabac en chantant un pont-neuf de différents
couplets, où il paffe en revue les travers de
toute efpece d'hommes & de femmes, & dont
le refrain eft qu'il prife ceux qui en font
atteints moins qu'une prife de tabac. Il veut
continuer fa route & reprend fa charge :
dans fa marche il fe trouve embarraffé par
un militaire, qui le fait tomber & tombe
auffi. L'officier mécontent veut battre le mal-

heureux porté-faix : celui-ci s'excufe & alloit recevoir une volée de coups de bâton , lorf-qu'un inconnu , enveloppé d'un manteau , fe préfente , vient mettre le holà , prêche l'humanité à l'officier, peu difpofé à l'écouter. Heureufement il en furvient un autre qui l'arrête , en lui apprenant que cet inconnu eft le comte d'Albert , fon colonel : le calme rénaît entre tous les perfonnages ; le porte-faix eft émerveillé de l'intérêt qu'un fi grand feigneur a bien voulu prendre à lui ; mo-rale à ce fujet : le comte , & l'officier qui menaçoit de tuer le pauvre diable , finiffent par l'aider à fe recharger ; il ne fait comment reconnoître tant de bonté ; il ne peut que prier Dieu pour eux : le comte lui répond qu'il fonge à lui-même , qui eft affez embar-raffé : chacun s'en va ; comme le comte eft fur le point d'entrer chez lui , les efpions qui le guettent , prennent main-forte & l'ar-rêtent.

Le comte eft en prifon au fecond acte : il gémit fur fon fort ; on lui apporte à manger ; il refufe toute nourriture ; un guichetier qui accompagnoit fon chef, reconnoît la voix du comte , lui fait des fignes & s'en retourne. Scènes touchantes entre le prifonnier & fon ami , entre lui & fa femme. Elle lui déclare qu'il n'y a plus de grace à efpérer ; elle n'a qu'un moyen de le fouftraire au fupplice ; elle lui offre de fe tuer conjointement avec lui : il juge le parti trop extrême de la part de la comteffe ; il l'exhorte à fe conferver pour leurs enfants : pendant ces débats de tendreffe , furvient le porte-faix qui fe trouve être le garçon guichetier ; il dit au comte qu'il veut le délivrer , il lui fait prendre fes habits & lui fournit tous les moyens , tous les renfeignements néceſſaires pour fa fuite. Il reſte avec la comteſſe , & quand il eſt bien certain que le priſonnier eſt fauvé , il dit à la comteſſe de le garrotter, de lui mettre le couteau fur la gorge , afin de perfuader qu'il a été forcé à ce qu'il a fait ; quand cette farce eſt bien préparée , il crie comme un beau diable : il arrive des fecours ; on le délivre lui-même, mais on ne peut le punir.

La fuite d'Albert confiſte en des fêtes de village dans fes terres en Flandre , où il fe réfugie & fait des mariages , entre autres de la fille de fon bailli avec fon guichetier.

13 *Février.* Les colporteurs annoncent une brochure imprimée à Francfort & dont il n'y a que peu d'exemplaires arrivés en cette capitale. Cette brochure jette le plus grand jour fur la conteſtation qui s'eſt élevée entre les princes eccléſiaſtiques d'Allemagne & la cour de Rome. Elle a pour titre : *Réfultat du Congrès d'Ems* , & contient quatre pieces remarquables.

1°. La lettre que l'Empereur adreſſa le 12 octob. 1785 aux archevêques de Mayence, de Treves , de Cologne & de Saltzbourg , pour les exhorter à fe maintenir en poſſeſſion de leurs droits métropolitains & diocéfains, & à fe prémunir contre toutes les atteintes que le Pape ou fes nonces voudroient y porter dans la fuite.

2°. Le recueil des articles arrêtés à Ems le 25 août dernier entre les députés des susdits archevêques, dans lesquels en énonçant tous les griefs contre les usurpations de la cour de Rome, ils font connoître les droits primitifs attachés à l'épiscopat, & dans l'exercice desquels ils sont résolus de se maintenir.

3°. La lettre que les quatre archevêques ont adressée conjointement à l'Empereur, en lui envoyant ces articles, pour réclamer son intercession & son appui, afin d'être réintégrés dans l'exercice desdits droits, & pour supplier S. M. Impériale de concourir au redressement de leurs griefs, par les voies qui lui paroîtroient les plus conformes à l'esprit des concordats & aux constitutions de l'empire.

4°. La réponse de l'Empereur à cette lettre en date du 16 novembre dernier. Toutes ces pieces font authentiques, & leur lecture suffit pour faire connoître la nature de la contestation, dont l'issue ne peut être que très-importante pour les libertés de l'église germanique, & très-funeste pour la puissance papale, qui décline visiblement par-tout, mais sur-tout dans cette partie du monde chrétien.

13 *Février.* M. le comte de Vergennes dont la santé dépérissoit depuis quelque temps, n'a pu résister au chagrin que lui a causé le second mémoire du Polonois ; il en a été frappé à mort : il a passé cette nuit. Le Roi est très-affecté de la perte de ce second Mentor qu'il s'étoit choisi.

14 *Février.* Depuis le mémoire dont on a

F 6

rendu compte en détail des fieurs Taflet & Squire , négociants à Londres , contre le prince de Salm , celui-ci étoit reflé dans un filence qui ne fervoit qu'à confirmer l'accufation de fes adverfaires. Il entre enfin en caufe & s'explique par un mémoire fignifié pour le prince régnant de Salm-Kirbourg , en réponfe ; en préfence du marquis de Cavalcabo ; du fieur Faulconnier , ancien confeiller en la cour des aides ; du fieur Côfte d'Arnobát , lieutenant colonel d'infanterie , & du fieur Clapfien , négociant à Calais.

C'eft Mᵉ. Blondel qui , avec fa modération , fa fageffe ordinaire , prend la défenfe du Prince & cherche à pallier fes torts ; mais , malgré tous fes efforts , il ne peut parvenir à rendre la conduite de fon client extrémement nette. Il en réfulte toujours que le Prince , très-dérangé dans fes affaires , cherchoit & adoptoit tous les moyens d'avoir de l'argent , à quelque prix que ce fût ; qu'il s'étoit lié en conféquence avec plufieurs aventuriers & efcrocs qui n'étoient pas faits pour vivre avec lui , dont il auroit dû fe défier & dont il a adopté aveuglement les reffources & les manœuvres.

Suivant ce mémoire l'affaire a dû être rapportée le lundi 5 février dernier à la grande-chambre , par l'abbé Tandeau ; il faut que le jugement ait éprouvé quelque retard , puifqu'on n'en parle pas.

14 *Février.* Extrait d'une lettre de Verfailles , du 10 février.... Vous ne croiriez jamais que le Roi dans tout fon château ne s'eft pas

trouvé en état de raffembler les notables
pendant fix femaines, & qu'il ait fallu conf-
truire un bâtiment exprès ; c'eft-à-dire, que
dans un moment où l'on ne parle que de la
détreffe de l'état & de l'économie néceffaire
pour y remédier, on commence à jeter
plufieurs millions par les fenêtres pour un
fafte vain & momentané. Afin que le gafpillage fût plus grand, il a fallu paffer par les
menus ; car c'eft à leur hôtel que fe tiendront
les féances, & le temps des travaux pour la
préparation fera prefque auffi long que celui
de la tenue : il y a quarante-trois jours qu'elle
eft indiquée & tout n'eft pas encore prêt. La
falle d'opéra actuel aura été bâtie prefqu'auffi
vîte. Je viens de vifiter ce lieu augufte & voici
ce que j'ai obfervé.

Outre la grande piece de 120 pieds de long,
fur 100 de large, où les notables s'affem-
bleront, il y aura environ douze autres
pieces, avec une deftination particuliere ;
des antichambres pour la livrée, une pour
les Suiffes, une pour les Gardes-du-corps,
une antichambre, une chambre, un cabinet
pour le Roi, un cabinet pour la Reine, une
falle pour la buvette, une pour le fecréta-
riat, une ou deux pour les comités, une
où les membres s'habilleront.

Les notables auront une entrée particuliere, par où ils arriveront de plein-pied
dans la partie intérieure de la grande falle
d'affemblée. L'autre partie de la falle, élevée
en forme d'eftrade de trois pieds, eft deftinée
au Roi, aux Princes & aux Pairs ; ce fera le
théâtre. Dans le milieu fera dreffé le trône,

furmonté d'un dais, & aux deux côtés du
dais, mais hors de fon enceinte, feront deux
fauteuils à bras pour les deux freres de Sa
Majefté; plus loin & en retour, deux banquettes pour les Princes du fang & enfuite
d'autres pour les Pairs.

Le Roi arrivera au trône de plein-pied
par une porte ménagée dans fon cabinet
adoffé à cette partie de la falle d'affemblée.
Des banquettes feront rangées & difpofées
convenablement dans la partie inférieure de
la falle pour recevoir les autres membres.

La grande falle eft décorée de colonnes,
& les entre-colonnements feront remplis par
les plus belles tapifferies de la couronne : de
fuperbes tapis de la Savonnerie couvriront
tout le plancher, & les banquettes feront
couvertes de tapis fleurdelifés pour les magiftrats & bleus fimplement pour les maires.

Le plafond eft peint & orné de figures allé-
goriques relatives à la circonftance.

On a ménagé dans les quatre angles de la
falle quatre grands poëles qui répandront de
la chaleur par-tout.

14 *Février.* L'affaire de M. de Sainte-James
n'eft pas bonne, & l'on dit que le Roi eft
furieux contre lui : lorfque le maréchal de
Caftries qui ne l'aime pas, apprit la nouvelle de fa banqueroute à Sa Majefté, elle
s'écria : *quoi ! l'homme au rocher !*

Pour entendre cette exclamation, il faut
favoir qu'un jour le Roi en allant ou revenant de la chaffe rencontra un rocher énorme

raîné par quarante chevaux : furpris , il demanda ce que c'étoit ? On lui répondit que
e rocher étoit deftiné pour le jardin anglois
que ce financier faifoit arranger à Neuilly.

15 *Février*. Il eft aifé de juger par l'expofition du plan du comte d'Albert , que cette
piece eft moins une comédie qu'un proverbe,
dont le mot eft , *un bienfait n'eft jamais perdu.*
Du refte , ce fujet bizarre eft traité par
M. Sedaine avec tous les détails minutieux
qu'il a coutume de raffembler & qu'il penfe
devoir donner plus de naturel à fes perfonnages : mais à ces vérités acceffoires , il ne
faut pas facrifier la vérité fondamentale. Par
exemple , le perfonnage du guichetier-porte-
faix une fois introduit en fcène , y eft , fans
doute , montré dans tout fon coftume , avec
toutes fes convenances , fon genre de mœurs ,
fa franchife , fa gaieté , fon langage : mais
comment eft-il amené ? comment fe trouve-t-il
obligé du Comte ? comment eft-il à portée
de lui payer fur le champ fon bienfait & de
lui fauver la vie ? Tout cela n'eft rien moins
que vraifemblable , & même eft , à certains
égards , abfurde.

La fcene de la prifon entre le Comte & la
Comteffe eft, fans doute , pathétique ; mais
il n'y a ni invention ni génie. Elle naît de la
circonftance néceffaire de l'action. Ce qu'a
imaginé l'auteur & ce qui eft également
contre nos mœurs, contre la raifon & la
nature , c'eft de faire propofer par la femme
à fon mari, coupable feulement d'une infraction de loi qui n'eft point un crime en foi ,
commandée à peine de déshonneur même

par le préjugé, de fe tuer & de lui en donner
l'exemple, lorfqu'elle a des enfants pour lefquels tout lui prefcrit de fe conferver.

Enfin l'action, héroique jufques-là, fe
dénoue ou finit du moins par une farce ; car
on ne peut appeller autrement la comédie
que le garçon guichetier propofe de jouer à
la Comteffe ; la répétition de fon rôle qu'il
lui fait faire & qu'elle exécute lorfque la
garde arrive aux cris fimulés de ce malheureux : cette chûte devient froide & puérile.

Quant au troifieme acte, intitulé *Suite du
Comte d'Albert*, c'eft un recueil de *niaiferies
fentimentales*, de quolibets, de trivialités,
auxquels, dit-on, M. Sedaine eft fort attaché, comme à des effets de nature, mais
dont les huées fréquentes du parterre auroient
dû le détacher.

Au refte, fi le but de M. Sedaine, comme
ce doit être la réfignation de prefque tous
les poëtes lyriques, a été de fe facrifier pour
le muficien, il a fourni à M. Gretry de quoi
déployer une mufique pittorefque, variée,
tendre, énergique tour-à-tour & fur-tout
riche en favants accompagnements. Feu M.
d'Helé auroit cependant dû lui apprendre
qu'on peut faire des comédies chantées
excellentes, & en fe fubordonnant l'artifte,
lui laiffer encore fuffifamment de quoi briller.

15 *Février.* On prétend favoir aujourd'hui
que M. Harvoin, quoique plus que feptuagé-
naire & affichant des mœurs régulieres,
n'étoit qu'un hypocrite ; qu'il avoit plufieurs
petits ménages & une maîtreffe en titre,

laquelle il avoit donné le mot ; qui a vendu fes meubles de fon côté , a pris la fuite , le même jour que lui , & l'eft allée rejoindre au rendez-vous donné. On les dit en Hollande.

Ce financier eft décrété de prife de corps par la chambre des comptes ; & la cour des aides, on ne fait pourquoi , a jugé à propos de le charger d'un fecond décret du même genre.

15 *Février.* Le gouverneur de la Baftille , qui jufqu'à préfent avoit femblé dédaigner de répondre au comte de Caglioftro , entre enfin en fcene & publie : *Piece importante dans l'affaire du Marquis de Launay ,* &c. C'eft tout ce qu'il a fait imprimer ; elle eft fignée de Me. Jolas , fon avocat aux confeils. C'eft un état détaillé de tous les effets contenus dans le carton , par lequel on apprend que la dame de Caglioftro avoit beaucoup de bijoux qui ont été rendus : mais cela ne détruit pas la réclamation du furplus & les reproches d'omiffion & de négligence adreffés à ce gouverneur.

Le certificat de Me. Fremin , greffier criminel du parlement , en date du 7 février 1787, dont eft accompagnée cette piece, ne prouve en outre de la part de cet officier de juftice, qui fe rétracte de ce qu'il avoit autorifé à dire le défenfeur du comte de Caglioftro, qu'une grande ineptie, en ne fachant pas diftinguer un procès-verbal d'une fimple defcription d'effets , comme il l'avoue , ou une exceffive complaifance.

15 *Février.* C'eft M. le comte de Montmo-

rin, ci-devant ambaſſadeur en Eſpagne, &
qui a tenu les états de Bretagne depuis ce
temps en qualité de commandant, qui eſt
nommé miniſtre des affaires étrangeres à la
place du comte de Vergennes.

16 *Février.* M. Dupaty répand clandeſtine‐
ment par le canal de ſes partiſans un écrit
ſans ſignature, ayant pour titre : *Mémoire ſur*
le droit qui appartient à Bradier, Simare & Lar‐
doiſe, de publier leur Réponſe au Réquiſitoire &
à l'Arrêt du 11 août 1784, après l'avoir ſoumiſe
à la cenſure du gouvernement.

Voici le réſumé très-court de cet écrit aſſez
ſpécieux, mais infiniment dangereux dans ſes
conſéquences : il eſt purement dans le genre
contentieux, ſerré de raiſonnemens & dénué
de tout mouvement d'éloquence.

« L'attaque faite aux accuſés, par le ré‐
» quiſitoire & l'arrêt, eſt illégale & terrible ;
» la néceſſité de la repouſſer, preſſante ; le
» droit de répondre, évident ; l'impoſſibilité
» de répondre autrement que par l'impreſ‐
» ſion, manifeſte : la défenſe d'imprimer,
» c'eſt-à-dire, de répondre, ſeroit donc
» injuſte.

» Les accuſés demandent que, puiſque le
» parlement les a illégalement attaqués, ils
» puiſſent ſe défendre ; que, puiſque le Roi
» a permis la publicité de l'attaque, il per‐
» mette la publicité de la réponſe ; que,
» comme on a ſuſpendu le jugement de leur
» demande en caſſation pour donner le temps
» au réquiſitoire de paroître, on ſuſpende
» encore ce jugement pour donner le temps à

» la réponse au réquisitoire de paroître. »

16 *Février.* Au moment où le fameux procès du prince de Salm-Kirbourg étoit prét à se juger, quoique deux de ses agents se fuſſent retirés de la lice, il a paru une foule de mémoires qu'il seroit trop long de détailler. Outre celui du prince dont on a rendu compte, il fuffira d'indiquer le *second Mémoire pour les fieurs Firmin Tafſet & Thomas Squire, négociants à Londres*, toujours fur le même ton véhément & de reproche, où M^e. Bonhomme de Comeyras dévoile de plus en plus le mystere d'iniquité dont il accuse le prince & ses affidés ; mystere dont le développement a tellement effrayé le sieur Faulconnier de la Varenne, ci-devant conſeiller à la cour des aides, & le soi-disant lieutenant-colonel Coſte d'Arnobat, qu'ils ont ouvertement déserté la cauſe, & les *Réflexions impartiales pour le marquis de Cavalcabo, ancien miniſtre de l'Empire de Ruſſie près de l'Ordre de Malte, contre les fieurs Tafſet & Squire, négociants.* Ce *factum* eſt dans la maniere de l'auteur, M_e. Duveyrier, qui escarmouche légérement & avec fineſſe ; qui, au lieu du ſtyle mordant de son adverſaire, emploie fréquemment le farcaſme & l'ironie : pour juger du fond, il faut attendre la difcuſſion des magiſtrats ; car par la seule lecture des mémoires, où les faits ſont réciproquement avoués & démentis, il eſt difficile de ſavoir à quoi s'en tenir.

17 *Février.* L'audience qui avoit été fixée pour M^e. Linguet au ſamedi, n'a point ſu lieu aujourd'hui à cauſe d'une aſſemblée

de chambres brufquement demandée par M. Fretteau.

Quoi qu'il en foit, ce retard qui ne fert qu'à tenir le public en fufpens & à foutenir fa curiofité, ne fâche point M^e. Linguet, dont l'objet femble être d'éternifer l'affaire. Ce but que tout le monde apperçoit fenfiblement, a donné lieu au mot d'un Breton ; farcafme bien dur contre les deux contendants & rempli d'énergie ; il a dit *que c'étoit un chien enragé acharné après une charogne.*

16 Février. Un M. Mallet Dupan, coopérateur du Mercure, a profité de ce champ de bataille pour décharger fa bile contre les économiftes & vomir contre eux les plus groffes injures. Cette fecte prefque oubliée n'a pas été fâchée d'une agreffion auffi malhonnête qui ne lui faifoit point de tort & lui fourniffoit une occafion naturelle de réveiller le public fur fon compte. Un de fes coryphées qu'on juge être l'abbé Baudeau, a rentré en lice & a fait réimprimer une lettre peu connue' autrefois fur les économiftes, avec ce premier titre plus piquant : *Procès pendant au Tribunal du Public, & dans lequel il fe trouve néceffairement juge & partie.*

Il paroît que cette lettre avoit été dirigée autrefois contre M^e. Linguet à l'occafion de fes *Docteurs Modernes.* On y développe la doctrine de la fecte, qui, comme on l'a toujours dit, ne roule que fur des principes très-fimples, connus & adoptés de tout temps dans la théorie, mais quelquefois méconnus dans la pratique ; principes que la charla-

anerie des chefs , plus avides de célébrité ;
ue zélés pour le bien public , avoit enve-
oppé de formules myftérieufes & d'un lan-
age énigmatique , entortillé & diffus.

Un autre motif plus important a vraifem-
;lablement donné lieu à cette réimpreffion ;
:n le juge par un *nota bene*, qui fe lit à la fin.
.'auteur y parle de l'affemblée des notables
:nnoncée , dont il n'affiche pas une haute
:pinion. Il prétend qu'elle doit être abfolu-
nent infuffifante pour l'objet effentiel de fa
:onvocation , les fecours pécuniaires & per-
nanents à la dépenfe ; il ajoute en confé-
uence que c'eft le moment d'approfondir ,
de difcuter rigoureufement 'e fyftéme des
:conomiftes , de fe détacher de tous intérêts
particuliers , d'examiner s'ils n'ont pas réfolu
le grand problême : *Augmenter les revenus du
Roi , & faire payer beaucoup moins aux Sujets.*

17 *Février*. On regarde comme décidé que
l'affemblée des notables s'ouvrira enfin le
jeudi 22 de ce mois.

On affure que cette affemblée fera divifée
en fept bureaux ou comités , à la tête defquels il y aura pour chacun un prince du
fang : favoir , Monfieur, monfeigneur comte
d'Artois , M. le duc d'Orléans , M. le
prince de Condé , M. le duc de Bourbon ,
M. le prince de Conti & M. le duc de Penthievre.

Ce dernier, qui ne fe trouve à aucune
affemblée publique où font les autres princes , à raifon de l'étiquette , dans ce moment où il s'agit du bien de l'état, vaincra

fa répugnance : il tiendra fa maifon & aura une table.

Du refte , les premiers préfidents , les procureurs généraux , les maires mêmes, rendus ici depuis le 29 & avant , fe plaignent que dans le moment où ils font le plus effentiels à leur pofte , on leur faffe perdre ainfi plus d'un mois de temps inutilement , & d'autant plus inutilement qu'on les tient abfolument dans l'ignorance de ce qui doit fe paffer; que conféquemment ils ne pourront donner pertinemment leur avis ; d'autant que dans les comités particuliers le prince du fang qui les préfidera refpectivement , les gênera néceffairement.

D'un autre côté, fi le but du miniftre eft de leur furprendre leur fuffrage, il eft manqué encore , parce qu'ils emploient au moins ce temps à s'inftruire en général & à recevoir les plaintes des mécontents qui font en grand nombre.

17 *Février*. Le fieur Botot Dangeville , frere de la fameufe actrice de ce nom , & acteur lui-même , mais retiré du théâtre depuis 1763, vient de mourir; on fe rappelle qu'il réuffiffoit dans les rôles de niais.

17 *Février*. Par le *Mémoire judiciaire pour le fieur le Quefne , marchand d'étoffes de foie , rue des Bourdonnois à Paris ; contre le fieur Simon Nicolas-Henri Linguet , ci-devant Avocat à Paris, demeurant actuellement à Bruxelles*, on voit que ce correfpondant a deux procès; l'un concernant la demande en réparation d'honneur qu'il a formée contre fon adverfaire le 26 décembre 1783 , par laquelle il conclut à

.ooooo liv. de dommages-intéréts ; l'autre ;
ntenté contre lui par le fieur Linguet qui ,
)ar exploit du 20 juillet 1786 , lui demande
n compte de fon adminiftration, finon qu'il
oit condamné à lui payer 98880 livres.

Quant à ce dernier , il eft peu important
)our le public, & la difcuffion en feroitfati-
;uante & ennuyeufe. Il fuffira de rapporter
e réfumé de la juftification du fieur le Quefne.
5es comptes ont été rendus , ils ont été véri-
iés , ils ont été arrêtés , ils ont été foldés.
Le fieur Linguet en a les doubles , comme
de fes livres : tout cela eft reconnu. Il eft
donc vrai que cette demande qu'il appelle
une *Demande en reddition de Comptes rendus* eft
fouverainement ridicule.

Mais le premier procès eft infiniment plus
intéreffant ; il eft rempli d'anecdotes qui
jettent un grand jour fur l'hiftoire du perfonnage fameux , l'un des contendants , & nous
reviendrons fur les détails de cette partie curieufe du *Faĉtum*.

Il eft fuivi d'une confultation en date du
27 janvier 1787 , de deux jurifconfultes pas
connus , (*Cahier de Gerville & Jehaune*) mais
dont les noms font placés là vraifemblablement pour fervir de paffe-port au mémoire
d'une main qui ne fe montre pas & n'en
frappe que plus cruellement fur M^e. Linguet.

18 *Février.* Entre les diverfes épitaphes
compofées pour le comte de Vergennes , la
meilleure & la plus courte eft celle-ci , de
l'abbé Aubert.

Droit dans la politique & fimple dans fes mœurs ,
Il foumit les efprits & captiva les cœurs.

Au reste, on rabat un peu sur le compte
de ce ministre, qui tout doucement a amassé
une fortune énorme, effrayante encore de la
part d'un financier dont le métier seroit d'accu-
muler.

18 Février. Hier M. Fretteau, conseiller de
grand'chambre, ayant demandé l'assemblée
des chambres, elle a eu lieu sur le champ.
Il a commencé par dénoncer à l'assemblée
les lettres-patentes qui attribuent en dernier
ressort à une portion du châtelet la connoissance & le jugement de l'affaire des lettres
de change suspectées. Il a fait voir combien
ces commissions fréquentes étoient contraires
au droit des parties, de subir deux degrés
de jurisdiction. Cette dénonciation soutenue
par les principes généralement reconnus, a
eu sur le champ son effet & l'on a arrêté
qu'il seroit fait au Roi des représentations à
ce sujet.

Ensuite M. Fretteau, qui s'étoit réservé le
droit de parler encore, s'est élevé contre le
réquisitoire de M. Seguier au sujet des trois
hommes condamnés à la roue, & a prétendu
qu'il y avoit des faits faux, contre lesquels
il vouloit réclamer.

Les amis de ce magistrat dénonciateur, les
gens doux, les ennemis du bruit, étonnés
de cet esclandre, dont il n'avoit absolument
prévenu personne, ont fait l'impossible pour
qu'il ne continuât pas, ont voulu lui faire
envisager les suites funestes de sa démarche,
le scandale & les troubles qui en devoient
résulter, lui ont déclaré qu'il étoit encore
temps de rompre la délibération & de la regarder

garder comme non-avenue. Toutes les repréfentations ont été inutiles ; il a perfifté dans
fa dénonciation & a demandé qu'on y ftatuât.

Alors on a d'abord agité fi M. Fretteau fe
trouvant partie intéreffée dans cette dénonciation, il ne falloit pas qu'il commençât par
fe retirer. Quelques-uns ont prétendu que
dans ces cas-là c'étoit à la propre délicateffe
des magiftrats qu'il falloit s'en rapporter ;
d'autres ont infifté & ont dit que cette délicateffe, quand elle ne venoit pas, il falloit la
fuggérer : plufieurs avis plus défagréables au
dénonciateur ayant été ouverts, il s'eft piqué
enfin & eft forti brufquement en laiffant fur
le bureau de M. le premier préfident fon dire
écrit fur une grande feuille de papier raturé
& qu'il avoit encore changé dans l'affemblée même.

La délibération fur la forme n'ayant plus
lieu, il a été queftion du fond. On a repréfenté cette agreffion de M. Fretteau, comme
la fuite d'un complot formé entre M. Dupaty, le marquis de Condorcet & lui, pour
bouleverfer la magiftrature, pour changer la
légiflation & y fubftituer leur fyftême philofophique. On a cité comme une preuve de
ce complot le *Mémoire* répandu clandefline-
ment par M. Dupaty *fur le Droit* des trois
accufés de répondre au réquifitoire de M.
Seguier, qu'on accufe auffi dans ce pamph et
d'avancer des faits faux. On a reprefenté
M. Fretteau comme d'autant plus coupable,
qu'il devoit plus de refpect à cet ouvrage
fanctionné par un arrêt du parlement ; qu'après
les procès-verbaux dreffés les 5 mars & 7

Tome XXXVI.   G

mai 1786 , il avoit paru revenir à réſipiſ-
cence , il avoit proteſté de ſon attache nent
à la compagnie , il avoit juré n'avoir eu
aucune connoiſſance du mémoire de ſon beau-
frere.

D'autres enſuite ont repréſenté qu'il ſalloit
ſe défier de l'affectation avec laquelle il avoit
laiſſé ſon papier, abandon qui pouvoit avoir
quelque choſe d'inſidieux.

Après ces réflexions & beaucoup d'autres
on eſt convenu de dreſſer procès-verbal du
dire de M. Fretteau, de la pièce qu'il avoit
laiſſée & de tout ce qui s'en étoit enſuivi ;
lequel procès-verbal feroit conſtaté par deux
commiſſaires que nommeroit dans le jour
M. le premier préſident , en préſence du procureur général & de M. Fretteau lui-même ,
duement appellé : qu'au ſurplus la délibération feroit renvoyée au jour des mercuriales
de pâques.

18 *Février.* Le fameux procès du prince
régnant de *Salm-kirbourg* a été jugé mardi
dernier 13 , & après avoir ſuccombé au fond ,
il a encore été condamné à payer ſolidaire-
ment avec ſes gens aux ſieurs Squire & Taſlet
40000 liv. de dommages-intéréts ; ce qui eſt
le reconnoître évidemment eſcroc : cependant
il a obtenu la ſuppreſſion des termes injurieux
des mémoires de ſes adverſaires.

19 *Février.* M. le marquis de Puyſégur ,
gendre de M. de Sainte-James , eſt dans ce
moment-ci à voyager. C'eſt un militaire
très-inſtruit, grand meſmériſte , grand phy-
ſicien ; il s'étoit chargé de faire des achats
de parties différentes d'hiſtoire naturelle propres à orner , ſoit le cabinet , ſoit le jardin

à l'angloife de fon beau-pere ; il avoit des lettres de crédit pour tout cela : mais l'on préfume qu'il aura été arrêté dans fes demandes, & fa famille lui a envoyé une injonction de revenir, avec une lettre de change, afin qu'il puiffe toucher les fonds fuffifants pour fon retour.

19 *Février*. Extrait d'une lettre de Valenciennes, du 12 février.... Le fieur Blanchard vient d'ouvrir dans cette ville une foufcription pour une expérience aéroflatique qu'il annonce devoir faire les premiers jours de mars ; il fe propofe d'éviter les inconvéniants auxquels eft expofé un ballon trop volumineux, foit au départ, foit à la defcente, & d'y fubftituer cinq ballons, dont quatre auront 900 pieds cubes & le cinquieme 1350. Ce dernier fera garni d'une foupape & d'un parachûte capable de foutenir quatre perfonnes.

19 *Février*. Comme on a parlé amplement du poëme d'*Œdipe à Colonne*, exécuté à Verfailles au commencement de cette année, il eft inutile d'y revenir : quant à la mufique, elle eft généralement admirée ; elle produit beaucoup d'effet dans chacun des trois actes : il y a pourtant des longueurs, des moments d'ennui ; mais on eft enfuite réveillé par de grandes beautés. On regarde cet ouvrage comme le meilleur de Sacchini, & il y a une double raifon pour qu'on en juge ainfi : la premiere, c'eft que fes partifans émus de fenfibilité de fa perte ont rapporté à l'ouvrage l'effet de la difpofition favorable où ils fe trouvoient ; & fes envieux ne craignant

plus un tel concurrent, ont été facilement déterminés à lui rendre juſtice.

20 *Février*. Dans ſon *Factum* le ſieur le Queſne déclare que ſa connoiſſance avec Mᵉ. Linguet fut formée en 1768 à l'occaſion d'un procès important, dans lequel il étoit intéreſſé & pour lequel cet avocat mis en œuvre fut payé d'une maniere également délicate & généreuſe. Dès-lors il s'établit une grande intimité entre eux ; le marchand devint ſ'infatigable prôneur de Mᵉ. Linguet.

En 1773, Me. Linguet fut exilé à Chartres : privé de ſon état, il pouvoit avoir des beſoins ; le ſieur le Queſne chargea quelqu'un de lui offrir toutes les conſolations, tous les ſecours dépendants de lui : l'exilé en témoigna ſa reconnoiſſance à ſon ami par une lettre datée du 13 novembre.

La vie de Me. Linguet ſorti peu après de ſon exil, ne fut plus qu'un enchaînement d'orages. Rayé du tableau, dépouillé du *Journal de Politique & de Littérature*, il courut à Verſailles ; on ne ſait ce qui s'y paſſa ; mais, à ſon retour, il n'eut rien de plus preſſé que de demander des chevaux de poſte, & de s'enfuir à Bruxelles en juillet 1776. De Bruxelles, où il ne ſe crut pas aſſez en ſureté, il paſſa à Maeſtricht & de là à Londres.

A peine Mᵉ. Linguet eſt-il arrivé dans cette ville, que le Queſne apprend qu'il y a fait imprimer une brochure contre ſes prétendus perſécuteurs, & qu'il ſe propoſoit de la répandre en France : ſon ami lui écrit pour le détourner de ce deſſein funeſte & il réuſſit.

Vers la fin de mars 1777, le ſieur le

Quefne apprend de nouveau qu'il avoit été expédié des ordres pofitifs pour enlever fecrétement à Londres l'auteur de la *Lettre au comte de Vergennes* ; il part à l'inftant pour l'Angleterre, & malgré tous les obftacles qu'il éprouve, il arrive avant l'exempt *des Brugnieres*, un des fuppôts de la police chargé de l'expédition ; & par cet éveil le tire du péril qui le menaçoit. Des lettres de Me. Linguet en date des 11 & 29 avril fuivant, atteftent ce fervice & fon importance.

Dès décembre 1776, le Quefne étoit chargé de la procuration de Me. Linguet & de toutes fes affaires ; il y vaque avec zele & intelligence ; il prête même de l'argent au frere à différentes fois, & il n'en a été remboursé qu'en juin 1782. Cette dette fe montoit à 3123 livres.

Les *Annales* commencent en mars 1777, & le fieur le Quefne en eft conftitué le correfpondant : celui-ci a beaucoup de peine à obtenir, non pas une *Autorifation expreffe*, mais une *Tolérance tacite*, avec le privilege de n'avoir pour cenfeur que M. le lieutenant général de police.... Ici le fieur le Quefne fait une longue énumération des difficultes fans ceffe renaiffantes, auxquelles le journalifte oppofoit des menaces, de publier deux libelles déja imprimés, d'en publier de plus terribles encore & de les faire *tranfpirer par tous les pores du royaume*.... C'étoit l'expreffion de fes lettres au fieur le Quefne, remplies d'imprécations contre les gens en place.

Cependant les numéros, à commencer dès le troifieme, étoient fouvent arrêtés, & le fieur le Quefne eft parvenu à les livrer tous , excepté le 59e. & le 60e. qui , pour de très-fortes raifons , refterent fupprimés fans retour ; il les a même préfervé tous auffi de la funefte atteinte des cartons. Il n'étoit pas moins occupé à réprimer la fougue de fon commettant.... Ici le fieur le Quefne lui reproche une infidélité grave.

Au mois d'avril 1778 , maître Linguet prenant occafion d'une grace qu'on lui avoit accordée , écrivit au fieur le Quefne que , par égard à fes follicitations auprès de lui de facrifier fes deux libelles qui n'avoient pas vu le jour , ou au moins un qui n'avoit été connu que de trois perfonnes , il le chargeoit d'annoncer qu'il avoit fait remettre *l'édition entiere de ce libelle* chez le miniftre du Roi à Londres ; tandis qu'il avoit retenu pardevers lui un grand nombre des exemplaires de ce libelle.

Au mois d'octobre 1788, un différend s'eleve entre Me. Linguet & le fieur le Quefne au fujet des comptes de celui-ci ; le journalifte en compofa un avec une longue lettre pour motiver & fes répétitions & fes reproches , & un mémoire ; il fit imprimer le tout à Bruxelles & accourut à Paris pour publier cette diatribe. Des amis communs accommoderent ce différend , & Me. Linguet , pour effayer l'impreffion du libelle, publia une réparation. Cet orage fut entiérement appaifé , au mois de mars 1779.

La confiance entre ces deux amis revint au point que Me. Linguet , ayant fait graver fon portrait & compofé lui-même l'infcription , écrivit le 2 juillet 1780 au fieur le Quefne

pour le prier d'y ajouter que c'étoit un préfent
des amis du fieur Linguet , *à fon infçu*. Voici
cette modefte infcription envoyée par l'auteur
& écrite de fa main :

Son nom qui de nos jours fut rayé par la haine ,
Aux noms des orateurs & de Rome & d'Athene ,
Sera joint par la gloire & par la vérité
Sur l'éternel tableau de la poftérité.

Quatre fois depuis fon évafion Me. Linguet
étoit revenu à Paris , en juillet 1778 , en
mars 1779 , au mois de juin fuivant , en février 1780 : enfin revenu pour la cinquieme ,
il eft arrêté le 27 feptembre à côté du fieur
le Quefne & conduit à la Baftille. Depuis ce
trifte jour jufques au 19 mai 1782 que ce prifonnier eft forti , le fieur le Quefne a prefque
fouffert autant que fon ami, qui, au moment
de fon élargiffement , reconnut tous les fervices qu'il lui avoit rendus , & le plus important de tous, celui de fa liberté. Depuis lors
jufques au départ du fieur Linguet le 29 juin
fuivant , ils ne fe féparerent point ; celui-ci
préfentoit par-tout le fieur le Quefne comme
un autre Pilade ; après avoir réglé définitivement leur fituation refpective , ils fe promi-
rent de reprendre la continuation des *Annales* :
un feul obftacle s'y oppofoit alors : le fieur
Linguet, on ne fait par quel motif, avoit
reçu ordre de partir pour *l'hôtel Mazarin* ;
mais , en lui notifiant cet exil , on lui donna
l'efpérance d'en voir bientôt la fin : Me. Linguet oublia fon exil & fe rendit directement
à Bruxelles.

Ici commence la diffamation attribuée principalement à madame Butté , cette femme

C 4

qui depuis quatorze ans s'attache à tous les
pas de Me. Linguet & dont le sieur le Quesne
trace le plus effroyable portrait, d'après les
lettres & les expreffions même de fon amant:
cette femme dont il rougiffoit dans certains
moments & qu'il a depuis chaffée à trois
époques différentes, il ne la nomme point &
la défigne feulement fous le nom de *Zélie*,
nom d'amitié qu'elle a reçu de fon amant ;
elle l'appelle à fon tour *Zulmis*, perfonnages
romanefques fous la défignation defquels on
on ne croiroit pas trouver une femme de cin-
quante-cinq ans & un homme de cinquante-un
ans. Quoi qu'il en foit, cette femme ne pouvoit fupporter le fieur le Quefne, qui fans
ceffe la pourfuivoit comme la caufe des éga-
rements de fon ami : dès le 10 avril 1781,
elle avoit adreffé au docteur Schloezer, journalifte de Gottingue, une lettre, où elle
accufoit ce correfpondant, après avoir énormément volé Me. Linguet dans fes comptes,
d'avoir couronné le plus honteux efpionnage
par la plus lâche des trahifons, en l'enterrant
lui-même tout vif à la Baftille, pour s'appro-
prier les derniers lambeaux de fa fortune.

Bientôt le fieur le Quefne apprit par
Me. Linguet Deshailliers, le frere du journalifte, qui l'avoit accompagné à Bruxelles,
que Mad. Butté avoit repris tout fon afcendant fur fon amant ; que les annales alloient
reparoître, mais avec un autre correfpondant.

Prefqu'au même inftant parurent de la
part de Me. Linguet quatre libelles : les numéros 72, 73, 74 & 75 ; & non content
de cette diffamation, il furprit la confiance
& la commifération d'un journalifte honnête.

Le 17 juin 1783, il écrivit une lettre au *courier du bas Rhin*, publiée le 25 juin fuivant dans le N°. 51.

Le fieur le Quefne dénonce ces cinq pieces & une lettre difiamatoire de Mad. Buité à la juftice ; il dénonce encore un feptieme libelle, c'eft la *Défenfe de Me. Linguet aux demandes formées contr lui fieur le Quefne*, très-grand in-4°., très-petit caractere, qui fe répandit à Paris en 1784, dont on rendit un compte détaillé dans le temps : le 20 juillet de la même année ce correfpondant en demanda *judiciairement* la fuppreffion.

A tout cela Me Linguet n'a encore répondu que ces mots : « le fieur le Quefne » lui fait de gaieté de cœur un procès qui, » apres une plaidoierie d'un quart-d'heure, » fe réduira à rien..... Ce n'eft qu'une » vieille recherche.... Il aura la confufion » d'être déclaré non-recevable. »

Au refte, l'on attend avec impatience le fecond mémoire que promet le fieur le Quefne, mémoire plus curieux encore que celui-ci, puifqu'il doit fervir de défenfe à l'accufation d'efpionnage & de trahifon.

20 Février. Soit degoût de ce genre de divertiffement, foit l'incommodité du local qui en écarte quantité de gens payants, les bals de l'opéra ne rapportent plus, à beaucoup près, autant qu'autrefois. Celui du jeudi-gras, ordinairement le plus beau, qui rendoit de douze à quinze mille francs, cette année n'a pas monté à huit, quoique la Reine y fût : il a été peu amufant ; une feule anecdote en a tranfpiré.

Monſieur accompagne ordinairement S. M. ; du moins ſe trouve au bal les mêmes jours que la Reine. Il étoit maſqué juſqu'aux dents, ſuivant l'uſage de ces auguſtes perſonnages ; il s'amuſe à lutiner Mlle. Contat de la comédie françoiſe, à lui faire même une déclaration : celle-ci qui le reconnoît très-bien, traite la choſe cavaliérement : *à d'autres, lui dit-elle, nous ſavons à qui vous en contez, beau maſque.* Il fait ſemblant d'ignorer ce que cela ſignifie.... *Eh ! oui ; certaine comteſſe.... Dame d'atours de la plus grande Princeſſe, après la Reine....* Il inſiſte.... *Hé bien, éprouvons votre ſoumiſſion ; je veux une orange : ayez-m'en une & apportez-la-moi vous-même....* Et le beau maſque eſt allé chercher l'orange, & l'a apportée lui-même.... On ne croit pas que cette ſcene de bal ait eu d'autre ſuite.

20 *Février.* Le gouvernement qui cherche tous les moyens d'encourager le commerce de la France & de le porter à ſon plus haut degré de ſplendeur, n'a pas vu ſans une grande ſatisfaction ſe former au ſein de cette capitale une *manufacture d'horlogerie,* dont l'objet eſt d'enlever à l'étranger la plus grande partie des bénéfices de ce genre.

Dès 1785, par un arrêt du conſeil en date du 26 décembre, revêtu de lettres-patentes, il avoit été permis à cette manufacture de prendre le titre de *royale,* & depuis on l'a ouvertement adopté par des lettres-patentes du 27 janvier dernier, enregiſtrées en la cour des monnoies, le 31 du même mois.

Ce ſont meſſieurs Bralle, ingénieur hydraulique de la généalité de Paris & mécani-

cien, & Vincent, horloger, éleve de M. François Berthoud, qui ont fondé & qui dirigent
l'établiſſement.

Cette manufacture compoſée des meilleurs
artiſtes dans tous les genres qui la concer-
nent, doit ſe perpétuer par des éleves &
ouvriers qu'elle adoptera & qui recevront
une inſtruction gratuite, non-ſeulement des
meilleurs praticiens, mais encore de différents profeſſeurs diſtingués dans les ſciences
relatives à l'horlogerie.

Les fonds néceſſaires à l'établiſſement, au
ſoutien & au progrès de la ſociété, doivent
être fournis par des actionnaires.

Le magaſin ne s'ouvrira qu'au mois de
novembre prochain.

Le projet d'humilier la république de Geneve, de l'anéantir, s'il eſt poſſible, &
de la faire repentir du moins des tracaſ-
ſeries qu'elle nous a cauſées depuis quelques
années, n'eſt pas entré pour peu de choſe
dans l'acquieſcement du miniſtere, & c'eſt
un des derniers actes de M. de Vergennes
dans ſon département.

21 *Février*. Tous les notables ont reçu leur
lettre définitive, & il paroît qu'après pluſieurs remiſes, l'aſſemblée doit s'ouvrir décidément le jeudi 22, qui eſt demain. On
aſſure que le Roi a compoſé lui - même
ſon diſcours ; que Monſieur a ſollicité ſon
auguſte frere de le lui communiquer, mais
qu'il s'y eſt refuſé, en diſant : « Vous vou-
» driez me corriger, y mettre du vôtre,
» des figures de rhétorique : mon diſcours
» en deviendroit plus brillant ; mais ce n'eſt
» pas ce que je deſire ; je ne veux parler

» que d'après moi feul à la nation , & qu'elle
» fache ma vraie façon de penfer & de fentir
» pour elle. »

21 *Février*. M. le comte de Montmorin
avoit été menin du Roi , étant Dauphin ; ce
prince l'aimoit beaucoup , il a toujours confervé les mêmes fentiments , & l'on convient
généralement que c'eft de fon propre mouvement qu'il l'a nommé miniftre & fecrétaire
d'état au département des affaires étrangeres.
Ainfi ce choix n'étant le réfultat d'aucune
intrigue , devroit être bon. M. de Montmorin
s'eft fort bien conduit en Efpagne ; il a
préfidé à deux tenues des états de Bretagne
avec beaucoup de fageffe ; malgré cela l'on
croit ce miniftere trop lourd pour lui ; il
femble l'avoir fenti lui-même , puifqu'il a
dit au Roi , qu'il auroit bien affez des affaires
étrangeres , fur-tout dans le commencement ,
& il a prié Sa Majefté de lui retirer les provinces qu'avoit le comte de Vergennes : elles
ont en effet été jointes au département du
baron de Breteuil.

M. de Montmorin eft jeune , il n'a guere
plus de 40 ans ; il a été long-temps fous la
direction des prêtres , & c'eft même ce genre
d'inftitution qui avoit le plus contribué à le
faire goûter en Efpagne.

21 *Février*. Dimanche on a exécuté pour
la premiere fois , fur le théâtre de l'académie
royale de mufique , un nouveau ballet de la
compofition de M. Gardel l'aîné : c'eft une
pantomime qui a pour titre , *le Coq du
village* ; elle eft calquée fur le plan de l'opéra
comique du même nom , dont M. Favart eft
auteur. C'eft une farce de carnaval qui ,

quoique rendue par les premiers sujets de
la danse, n'a pas produit infiniment de fenfation.

21 Février. Depuis quelque temps on commence à parler de *Tarare*, cet opéra du fieur
de Beaumarchais, que, fur le titre, on
croyoit une bouffonnerie, & qu'on dit aujourd'hui être un fujet héroïque, une tragédie des plus noires ; mais que, fuivant
la nature de fon génie, il a entremêlée de
plaifanteries. C'eft une intrigue de ferrail très-
compliquée, ce dont il réfulte un poëme fort
long.

Quoi qu'il en foit, l'auteur a eu le crédit
de faire venir de Vienne le fieur Saliery pour
en achever la mufique & de lui faire donner
cent piftoles chaque mois par l'académie
royale de mufique, jufqu'à ce que l'ouvrage
fe joue : ce qui eft le vrai moyen d'exciter
les directeurs à fe débarraffer au plûtôt de
cette charge en mettant en lumiere ce chef-
d'œuvre. On dit bien qu'il y a eu chez le
fieur de Beaumarchais quelques effais de répétition qui n'ont pas produit grand effet ; mais
il ne s'en effraie pas, & il compte fur fa
bonne renommée.

Afin de la maintenir, il va avec fon muficien, un forté-piano, & tout l'attirail néceffaire chez les grands feigneurs ; mais fur-
tout dans les fociétés bourgeoifes de fes
amis, où il fait exécuter les meilleurs morceaux qui font ainfi trouvés admirables. Cette
parodie des grouppes de Savoyards, qui viennent montrer la lanterne magique chez les
particuliers, eft fur-tout originale & fournit
une excellente caricature pour rire.

21 *Février.* Voici enfin une lifle exacte des notables , avec les notes qu'on a pu ramaffer fur leur compte.

Lifte des notables convoqués pour l'affemblée du 29 janvier 1787.

SEPT PRINCES DU SANG.	NOTES.
1. *Monfieur*, frere du Roi.	On ne croit point fon alteffe royale difpofée en faveur de M. de Calonne , d'ailleurs elle aime le travail, & pour peu qu'elle y foit excitée , elle faifira l'occafion de fe diftinguer.
2. Monfeigneur comte d'*Artois* , frere du Roi.	Partifan de M. de Calonne, ne voyant en lui que l'homme aimable , facile, toujours difpofé à fe prêter à la bienfaifance , à la genérofité , à la munificence de fon alteffe royale.
3. Le duc d'*Orléans.*	Trés — mal difpofé contre M. de Calonne, parce qu'il n'ignore point que les projets de ce miniftre doivent bleffer fes intérêts.
4. Le prince de *Condé.*	La maniere dont fon alteffe s'eft conduite durant la révolution de la magiftrature, ne peut permettre d'en avoir une bonne opinion.
5. Le duc de *Bourbon.*	Sera de l'avis de fon pere.
6. Le prince de *Conti.*	A toujours eu un avis à lui : fi l'on peut le bien prendre & lui faire fentir le danger des projets de M. de Ca-

SEPT PRINCES DU SANG. Meffieurs.	... fomme, il les combattra avec fermeté & fe montrera digne de fon pere.
7. Le duc de Penthievre.	Prince mou, honnête, réfervé, qui ne prendra rien fur lui, mais fera le bien, fi on le lui fait envifager & s'il ne craint pas de déplaire au Roi
SEPT ARCHEVÊ- QUES. De Paris. 8. Le Clerc de Juigné.	Pauvre homme : il vient d'en faire preuve tout récemment dans l'affaire de fon paftoral. La befogne dont il s'agit, eft, en tout fens, trop forte pour fa tête.
De Rheims. 9. De Taleyrand-Perigord.	Pauvre homme encore. On en peut juger par fon agent de confiance, un certain abbé Arnoud, qui a enlevé une fille & emporte beaucoup d'argent à ce prélat.
De Narbonne. 10. De Dillon.	Très-attaché à fon ordre, quoiqu'il en foit peu eftimé. On fe rappelle une phrafe bien fervile de fon difcours du 12 décembre 1786 à l'ouverture des états de Languedoc ; elle portoit : « Sujets » auffi foumis que fideles » nous favons que ce n'eft » point à nous à interroger la » fageffe de notre fouverain ; » que les néceffités de l'état, » la fplendeur du trône emportent de notre part le facrifice d'une partie de nos » biens. »
De Touloufe. 11. De Brienne.	Prélat neckerifte, mais qui a beaucoup perdu de fon crédit dans fon ordre.

SEPT ARCHEVÊ-QUES.
Messieurs.
D'Aix.
12. *De Cussé.*

NOTES.

Grand méthaphysicien, auteur des memoires en faveur du clergé contre le domaine, a beaucoup acquis de considération depuis ce temps : du reste, prélat administrateur.

D'Arles.
13. *Dulau.*

A été agent général du clergé, est instruit & défendra vigoureusement son ordre.

De Bordeaux.
14. *Champion de Cicé.*

A été agent général du clergé : homme de beaucoup d'esprit, très-fin, d'une faible santé, fort lié avec M. l'évêque d'Autun, logé chez lui à Paris & le dirigeant ; homme de cour par conséquent, sur lequel on ne peut beaucoup compter.

SEPT EVÊQUES.
Du Puy.
15. *De Galard Ter-raube.*

Prélat doux, modéré, mais zélé pour son ordre & ardent à en défendre les droits.

De Langres.
16. *De la Luzerne,*

A été agent général du clergé, prélat de cour, bel esprit, ayant de grandes prétentions à la faveur ; sur lequel par conséquent il faut peu compter.

De Rhodes.
17. *Seignelay Colbert de Gast le Hill.*

Ce personnage venu d'Écosse n'est point parent des Colbert de France ; mais ceux-ci flatés d'une pareille alliance qui appuie leur prétention de venir des Colbert d'Écosse, l'ont adopté comme leur parent & font peut-être. Il s'ensuit que c'est un intriguant sur lequel il faut peu compter.

SEPTEVÊQUES.	NOTES.
Messieurs.	

De Blois.
18. *De Lauzieres Thémines.*

Orateur qui a fait des oraisons funebres. Il a grande envie de se signaler ; il est fort attaché à son ordre ; mais trop modeste pour etre chef d'avis ; il soutiendra chaudement celui qu'il aura adopté.

De Nancy.
19. *De Fontanges.*

Ancien aumônier de la Reine , ce qui lui a valu l'épiscopat : du reste , point intriguant , modeste , attaché à ses devoirs & qui n'est point sorti de son diocese depuis 1783 qu'il y a été nommé. On ne fait ce qui a fait songer à lui , à moins que ce ne soit pour en avoir de toutes especes & dans l'espoir de le rendre facilement docile.

D'Alais.
20. *De Beausset.*

Un des prélats ayant séance aux états de Languedoc & qui s'y est parfaitement formé aux affaires , quoiqu'il ne soit évêque que depuis 1784 : du reste , doué d'une mémoire prodigieuse. Ayant été nommé au mois d'août dernier après les etats pour venir complimenter la cour , il adressa à *Madame Elisabeth* un discours contenant un parallele de cette princesse avec la vertu , qui causa beaucoup de sensation & fut recueilli dans les papiers publics.

De Nevers.
21. *De Seguiran.*

Prélat dont il ne faut pas attendre beaucoup d'energie. On en peut juger par une

SEPT EVÊQUES.
Messieurs.

NOTES.

anecdote relative au cardinal
de Rohan. Cet illustre exilé
en se rendant en Auvergne,
passa par Nevers & son projet étoit de descendre à l'é-
vêché, d'y prendre un bouil-
lon & d'y coucher. Il en-
voie d'avance un valet de
chambre pour faire des compliments au prelat & lui demander l'hospitalite. Monsieur
de Seguiran, instruit de l'objet de la mission, sous prétexte d'absence en ce moment
donne ordre qu'on retienne
le valet de chambre : en même
temps il fait préparer un bain:
cependant un nouveau mes-
sager annonce l'arrivee prochaine du cardinal. L'evêque tout effarouché ne se
donne pas le temps de se dés-
habiller, se jette tout vêtu
dans le bain, fait introduire
le valet de chambre, joue le
malade, dit qu'il a des co-
liques affreuses : que son éminence est bien la maîtresse
de venir ; mais qu'il est dé-
sespéré de ne pouvoir lui
faire les honneurs de son palais, ni même le voir à cause
de son état. On rend cette
réponse au cardinal qui, se
doutant bien que c'est une
excuse de politique dans la
crainte de déplaire à la cour,
ne s'arrête point & passe
outre.

De Seguiran.

IX DUCS ET PAIRS DE FRANCE. Messieurs.	NOTES.
22. Duc *de Luxembourg*.	Gendre du marquis de Paulmy, donne dans les rêveries du comte de Caglioftro ; ce qui n'annonce pas un efprit bien folide.
23. *Bethune - Charoft*.	N'eft pas un génie, mais plein d'honnêteté & de patrioti fme, un des inftituteurs des écoles nationales ; dailleurs s'eft forme dans les affemblées provinciales du Berry à entendre parler des matieres économiques & à en raifonner.
24. Duc *de Harcourt*.	Honnête homme mais âgé, cacochyme, & gouverneur de M. le Dauphin; ce qui l'oblige à plus de circonfpeftion que tout autre.
25. *De Nivernois*.	Homme d'efprit, bon patriote, mais foible, petit, minutieux, d'une mauvaife fanté : ce qui influe beaucoup fur fes facultés morales.
26. *De la Rochefoucauld*.	Plein de nerf & de parriotifme, très-inftruit, s'eft diftingué en 1774 à la rentrée du parlement, & a défendu les droits de la nation avec autant de lumieres que de fermeté.
27. *De Clermont-Tonnerre*.	Lieutenant général, commandant en Dauphiné, a fait la deftruftion du parlement de Grenoble en 1771.
IX DUCS HÉRÉDITAIRES, NON PAIRS OU A BREVET. 28. Duc de *Laval*.	Fils du maréchal de ce nom, duc à brevet, n'eft maréchal de camp que de 1784. Du refte, avec de l'efprit, c'eft le *Poinfinet* de la cour, on le myftifie comme l'on veut.

SIX DUCS HÉRÉDI-TAIRES , NON PAIRS OU A BRE-VET.	NOT
Messieurs.	
29. *Du Châtelet,*	A été ambassadeur en Angleterre : il a de l'élévation, de la fermeté, du désintéressement.
30. Le prince de *Croy.*	Seigneur Flamand , tenant encore à l'ancien esprit républicain de son pays , laborieux, instruit , ayant l'esprit de calcul ; du reste flegmatique , réfléchissant beaucoup & capable de la contention d'esprit nécessaire pour le genre de travail de l'assemblée.
31. Duc *de Chabot.*	Accusé d'avoir mendié une pension peu de temps avant l'assemblée ; ce qui étoit un engagement dangereux , & annonce grande disposition à la corruption.
32. Le duc de *Guines.*	Homme de cour créature de la Reine, mal famé depuis son procès avec *Tort* , son secrétaire , quoiqu'il l'ait gagné.
33. Le prince de *Robecq.*	Lieutenant général : ce seigneur n'est pas brillant, mais il est plein d'honnêteté & est rempli de connoissances.
HUIT MARÉCHAUX DE FRANCE.	
34. *De Contades.*	Nommé comme plus ancien au début des maréchaux *de Richelieu & de Biron* ; du reste vieille tête à perruque , n'ayant jamais eu un grand jugement & de solides connoissances : lorsqu'il commandoit l'armée, on en faisoit si peu de cas qu'on s'étoit permis contre lui une

HUIT MARÉCHAUX DE FRANCE. Messieurs.	NOTES.
De Contades.	pasquinade. On fit une brochure intitulée : *Correspondance entre le Général & le Major Général*, qui étoit alors M. de *Cornillon*, autre personnage fort borné. Dans cette facetie, à chaque page le maréchal demandoit au major : *Que ferons-nous !* & le major répondoit au maréchal *Que faire !* Tout le reste du livre étoit en blanc.
35. de Broglio.	Dévot, grand neckeriste, & sous ce double titre Anti-Calonne.
36. De Mouchy.	Borné, foible, mais honnête homme ; la démission qu'il a donnée de son commandement de Guienne, lors des vexations exercées par la cour contre le parlement de Bordeaux, a prouvé qu'il étoit incapable de se prêter sciemment a quelque injustice. D'ailleurs on sait que tous les Noailles se tiennent, & celui-ci a le bon esprit de se laisser diriger par son frere, grand partisan de monsieur Necker.
37. de Mailly.	Commandant en Roussillon, dur, altier, a les qualités du militaire, mais non celles de l'administrateur.
38. d'Aubeterre.	N'a jamais eu beaucoup de tête, en a encore moins aujourd'hui ; d'ailleurs est dirigé par un monsieur *Melon*, très-propre à se laisser corrompre & qu'on ne manquera pas de seduire.

HUIT MARÉCHAUX DE FRANCE. Messieurs.	NOTES.
39. *de Beauveau.*	Excellent patriote , s'est distingué durant la révolution de la magistrature en 1771 , & l'on doit en espérer beaucoup ; d'ailleurs du parti neckeriste.
40. *de Vaux.*	Ferme , même dur , passe pour juste , quoique disposé au despotisme , mais incapable de mauvaises manœuvres.
41. *de Stainville.*	De grand mérite comme militaire , est doué d'un caractere de justice & de force très-essentiel dans la circonstance.

LA NOBLESSE.

SIX MARQUIS. Messieurs.	NOTES.
42. *de Langeron.*	Lieutenant général de 1762. On n'en dit mot.
43. *de Bouillé.*	N'est pas sans connoissances ; mais fort altier , fort impérieux & voué en général au despotisme : ainsi rien de bon à attendre de ce militaire.
44. *de Mirepoix.*	Seigneur d'un caractere honnete , ferme , plein de franchise ; on assure qu'il y a nombre d'années qu'il n'a paru à la cour , il reste dans ses terres en Languedoc : ceux qui le connoissent , en donnent la meilleure opinion.
45. *de la Fayette.*	D'un caractere doux & timide , peu instruit ; il n'y a pas grand chose à en attendre. Soufflé par les *Noailles* , il sera conseillé d'être du parti de s

IX MARQUIS.

Meffieurs,

NOTES.

la cour & de ne pas fe compromettre. On apprend d'ailleurs que c'eft lui qui a follicité fortement M. de Calonne de le mettre fur la lifte des notables, qui lui a dit defirer cette faveur autant que le bâton de maréchal de France. Ce miniftre lui répondit qu'il étoit bien jeune, qu'il n'avoit fait preuve d'aucunes connoiffances en adminiftration, qu'il

de la Fayette.

n'avoit aucune dignité qui le rendît fufceptible d'être appellé à cette affemblée : mais que cependant étant très-recommandable par fon perfonnel, il ne voyoit aucun inconvénient de le propofer au Roi : qu'il ne doutoit pas que fa majefté ne l'agréât ; mais qu'il le prioit de faire attention que c'étoit un engagement qu'il contractoit d'entrer dans toutes les vues du monarque pour le bien de fes fujets : & M. de la Fayette de promettre zele & foumiffion.

46. de Croix d'Heuchin.

N'eft point connu du tout.

47. de Gouvernet.

Lieutenant général, commandant dans le Charolois.

NEUF COMTES.

Myftérieux, nullement au fait des matieres de finances, très-circonfpect, il craindra de déplaire au gouvernement ; d'ailleurs partifan de l'autorité defpotique.

48. d'Eflaing.

49. de Perigord.

Timide, circonfpect, fans énergie. C'eft lui qui durant

NEUF COMTES. Messieurs.	NOTES.
De Périgord.	la révolution de 1771 succéda au prince de Bauveau dans le commandement de Languedoc, & devint l'instrument du despotisme du chancelier Maupeou.
50. de Montboissier.	Ancien commandant des mousquetaires noirs : la lâcheté avec laquelle il a laissé détruire sa compagnie, ne donne pas une haute opinion de lui dans la circonstance présente.
51. de Thiard.	Ami du Roi, l'amusant par ses contes facétieux, conséquemment peu redoutable au contrôleur général.
52. de Choiseul la Baume.	Lieutenant général, commandant dans le bailliage de Vitry & le bailliage de Chaumont. On en fait peu de cas.
53. de Roche-chouard.	Appelle comme gouverneur & le lieutenant général de l'Orleanois : on n'en a pas bonne opinion, on le regarde comme très-susceptible de corruption.
54. de Brienne.	Lieutenant général des armées du Roi, frere de l'archevêque de Toulouse, homme de sens, sans avoir beaucoup d'esprit, bon homme sans prétentions. La province lui fait gré du zele avec lequel il s'est joint a d'autres chefs & a defendu ses interêts l'année passée a l'occasion des usurpations que M. de Calonne avoit imaginé d'y faire, comme en Guienne,

fous

NEUF COMTES.
Meſſieurs.

NOTES.

de Brienne.

fous prétexte de recouvrer les domaines riverains du Roi. Il vint à Paris & plaida chaudement cette affaire contre le contrôleur général, en ſorte que le projet eſt tombé pour la Champagne, comme pour la Guienne.

55. d'Egmont.

Gouverneur de Saumur & du Saumurois, gendre du maréchal de Richelieu, parfaitement honnête homme. Grand eloge pour un courtiſan.

56. de Puiſégur.

S'eſt diſtingué dans le temps qu'il étoit colonel, a écrit ſur ſon métier, eſt lieutenant général, eſt fort ambitieux, aſpire au miniſtere de la guerre & vraiſemblablement ſe retournera du côté du vent de la faveur.

UN BARON.
Monſieur
57. de Flachſtanden.

Maréchal de camp, Alſacien qui entend très-bien les intérêts de ſa province & les défendra en franc Allemand.

HUIT CONSEILLERS D'ETAT.
Meſſieurs.
58 de Sauvigny.

Doyen du conſeil, a été premier préſident du parlement Maupeou : c'eſt tout dire.

59. Boutin.

Le deſtructeur de la compagnie des Indes, dont il auroit dû être le ſoutien, homme à ſe prêter à toutes les vues de la cour.

60. de Fourqueux.

Honnête homme, bon homme, vieux, goutteux, attaché au parti des économiſtes & conſéquemment

H

NOTE**s**.

**HUIT CONSEIL-
LERS D'ETAT.**
Messieurs.
de Fourqueux.

peu voué à M. de Calonne :
du reste incertain, tâtonneur,
a la tête du comité contentieux des finances, ce qui le
met sur la voie, & peut lui
avoir procuré plus de connoissances en administration
qu'à un autre.

61. *Le Noir.*

Intime ami de M. de Ca-
lonne & son représentant
dans le comité des finances,
conséquemment au fait de
ses projets & les croyant sa-
lutaires.

62. *Vidaud de la
Tour.*

Chargé de la librairie, dévot, vient du parlement intermédiaire en 1771 a Grenoble, où il étoit mal vu.

63. *Lambert.*

Devot, janséniste, passoit
pour un honnête homme au-
trefois. Depuis qu'il est au
conseil, il y a eu de fâ-
cheuses anecdotes sur son
compte.

64. *de Bacquencourt.*

Magistrat étourdi sans lumieres, absolument flexible
à toutes les volontés de la
cour.

65. *La Galaisiere.*

Marchant dignement sur
les traces de son pere qui
étoit un roué : au reste ne
manquant pas de connois-
sances en administration. Il
a écrit sur les corvées.

**QUATRE INTEN-
DANTS.**
66. *Berthier , de
Paris.*

Colifichet, peu propre
à figurer dans une pareille
assemblée, d'autant qu'il
ne voit que par ses subal-
ternes.

QUATRE INTEN- DANTS. Messieurs.	NOTES.
67. *Esmangart.*, de Lille.	Personnage estimé, aimé dans ses différentes intendances ; il avoit été question de lui pour être lieutenant général de police.
68. *Villedeuil*, de Rouen.	Ne s'est point mal conduit au parlement de Douay, lors de la révolution ; ambitieux, auroit envie de se signaler & peut se tourner du côté du bien, s'il y avoit quelque moyen d'avancement.
69. *Néville*, de Bordeaux.	S'étoit fait singuliérement estimer durant la révolution de la magistrature par sa fermeté à résister aux offres séduisantes du chancelier ; s'est fait détester depuis qu'il a été à la tête de la librairie par son despotisme.

PREMIERS PRÉSI-
DENTS ET PRO-
CUREURS GENE-
RAUX DES COURS
SOUVERAINES.

Paris. 70. *d'Aligre*, P. P.	Incapable d'aucun avis vigoureux, mais anti-Calonne. Du reste il préchera l'economie, s'il y a lieu.
Idem. 71. *Joly de Fleury*, P. G.	Pauvre homme, cependant a montré quelque nerf dans le procès du cardinal ; on lui a reproché de ne l'avoir fait que pour entrer dans la vue de la cour, & de n'être que foible, lorsqu'il sembloit ferme & integre.
Touloufe. 72. *de Senaux*, P. P.	Tout neuf, n'est point encore dans l'almanach royal de cette année.

PREM. PRÉSID. ET PROC. GEN. DES COURS SOUVER.

Messieurs.

Toulouse.

73. *de Cambon*, P. G. } Tout neuf, de 1786.

Grenoble.

74. *de Berulle*, P. P. } Gendre du garde des sceaux.

Idem.

75. *de Reynaud*, P. G. } Tout neuf, n'est point encore dans l'almanach royal.

Bordeaux.

76. *le Berthon*, P. P. } Anti-Calonnne, a fait ses preuves lors de la seance du parlement de Bordeaux à Versailles.

Idem.

77. *Dudon*, P. G. } Anti-Calonne, a fait ses preuves aussi ; en outre est un homme très-instruit & d'un grand mérite ; a la tache d'avoir été du parlement intermédiaire à Bordeaux.

Dijon.

78. *Pérard*. P. P. } Doit avoir de l'expérience, passe pour impartial & humain.

Idem.

79. *de Saint Seine*, P. G. } Pauvre homme. On en peut voir le portrait dans les couplets faits en 1784 à l'occasion du jugement de Lally & attribués au comte de Tollendal.

Rouen.

80. *de Pontcarré*, P. P. } Sort du parlement de Paris, a subi l'exil en 1771, se propose de défendre vigoureusement les droits de la Normandie ; est muni d'un mémoire *ad hoc*.

Idem.

81. *de Belbeuf*, P. G. } Magistrat ancien, estimé, renommé pour son impartialité, ne manque pas de connoissances & guidera bien M. de Pontcarré.

N O T E S.

PREM. PRÉSID. ET
PROC. GEN. DES
COURS SOUVER.
Messieurs.

NOTES.

Personnage mou, ami de son repos : d'ailleurs sa qualité d'intendant qu'il reunit à celle de premier président, le met dans une position difficile. En général, il est désagréable à la magistrature, qui le regarde comme un homme vendu à la cour, comme un financier.

Aix.
82. *de la Tour*. P. P.

Idem.
83. *de Castillon*, P. G.

Digne successeur de M. de Montclar ; comme avocat général il s'est distingué, il y a plus de vingt ans, en 1765, par un discours vigoureux qu'il prononça le 1 octobre à la rentrée du parlement de Provence : discours d'une grande liberté, sur-tout contre la religion, qui pensa lui attirer des affaires.

Du reste, on ne croit pas que le premier président & lui s'accordent beaucoup.

Pau.
84. *de la Caze*, P. P.

Capable de dire de bonnes choses : mais il a une difficulté de parler, un nasillonnement qui dépare son élocution & le rend timide.

Idem.
85. *de Bordenave*, P. G.

Pauvre homme, point assez scélérat pour oser faire le mal sans pudeur & hautement ; mais point assez ferme dans ses principes pour ne pas gauchir, lorsque la crainte ou l'espérance le commandera. Du reste, il est d'autant plus fâcheux que ces deux

PREM. PRÉSID. ET PROC. GEN. DES COURS SOUVER. Messieurs.	NOTES.
Pau. *de Bardenave*, P. G.	magistrats ne soient pas plus capables, que de 60 ou 80 lieues à la ronde, il ne se trouve dans l'assemblée des notables, personne qui connoisse les besoins, les droits, les privileges de la province & puisse les réclamer ou les défendre.
Rennes. 86. *de Catuelan*, P. P.	Magistrat foible, cauteleux, n'aimant pas le Calonne; mais qui nagera entre deux eaux.
Idem. 87. *de Caradeuc*, P. G.	Ennemi né de M. de Calonne; mais qui n'a pas assez d'esprit & de consistance pour lui faire du mal.
Metz. 88. *Hocquart*, P. P.	Son du parlement de Paris, a subi l'exil en 1771, est animé d'une ambition louable & honnête, aime le travail, a des lumieres & de la fermeté. Il est chargé d'un mémoire concernant les traites, relatif au pays Messin & aux Trois-Evêchés.
Idem. 89. *de Lançon*, P. G.	A des vues, est travailleur, auroit envie de se distinguer.
Besançon. 90. *de Grosbois*, P. P.	Est plus aimé de la compagnie que son pere : s'est assez bien conduit dans la derniere querelle avec la cour. Au reste, il n'a pas encore beaucoup d'expérience.
Idem. 91 *de Beaume*, P. G.	N'est que depuis deux ans dans sa place.

FREM. PRÉSÍD. ET PROC. GEN. DES COURS SOUVER. Meſſieurs.	NOTES.
Douay. 92. de *Polinchove*, P. P.	Pauvre homme étant préſident à mortier, pauvre homme depuis qu'il eſt premier & à coup ſûr il ſera encore un pauvre notable.
Idem. 93. *Doroq*, P. G.	A la tache d'être reſté en 1771 procureur général, lors de la révolution.
Nancy. 94. de *Cœurderoi*, P. P.	A la tache d'avoir préſidé cette cour, lorſqu'elle fut ſubſtituée au parlement de Metz.
Idem. 95. *Marcol*, P. G.	A la même tache que le premier préſident.
CHAMBRE DES COMPTES Paris. 96. de *Nicolaï*, P. P.	Homme d'eſprit que n'aime pas M. de Calonne, depuis qu'il en a été catéchiſé en 1783 lors de ſa réception, & conſéquemment qui ſera vraiſemblablement anti-Calonne.
Idem. 97. de *Montholon*, P. G.	Magiſtrat indigne de ſon nom, de mœurs corrompues, & conſéquemment très-ſuſceptible de corruption : d'ailleurs foible & borné.
COUR DES AIDES. Paris. 98. de *Barentin*, P. P.	Digne ſucceſſeur de M. de Malsherbes, quant aux principes, aux mœurs & à la fermeté ; mais ſans élocution ni littérature, & plus capable de bien agir que de bien parler.

(176)

COUR DES AIDES.
Messieurs.

Paris.
99. *Hocquart*, P. G.

NOTES.

Frere du premier président du parlement de Metz ; étoit ci-devant président de la cour des aides, & n'a pris la charge de procureur général que par amour du travail & de la célébrité. Voici le moment de se distinguer. On lui reproche de la fiscalité en certaines occasions.

CONSEIL SOU-
VERAIN.
Messieurs.
Alsace.
100. le Baron *de Spon*, P. P.

N'a pas des liaisons fort honnêtes, ce qui pourroit le faire suspecter ; au surplus, est chargé d'un memoire sur les traites, relatif aux intérêts de l'Alsace, & d'un autre sur la culture du tabac dans cette province.

Idem.
101. *de Loyson*, P. G.

N'est que le premier avocat général, mais ancien dans la compagnie. Il remplace M. Herman, le procureur général, depuis long-temps sans fonctions & à la suite de la cour.

Roussillon.
102. *de Malartic*, P. P.

On n'en dit mot.

Idem.
103. *de Vilar*, P. G.

On n'en dit mot ; il doit avoir de l'expérience, étant en place depuis 1762.

NOTA. En tout 17 premiers présidens & 17 procureurs generaux, faisant 34 personnes.

DOUZE DEPUTÉS
DES PAYS D ETATS.
Elus de Bourgogne.
104. L'abbé *de la Fare*.

Pour le clergé. Ferme, instruit, anti-Calonne, peu courtisan, il se distinguera, si l'occasion s'en présente.

DOUZE DÉPUTÉS DES PAYS D'ÉTATS.

Messieurs.

105. Le comte de *Chaftellux.*

NOTES.

Pour la noblesse. On n'en dit rien.

106. *Noirot.*

Pour le tiers-état ; maire de Châlons sur Saône, homme ferme, réservé & qu'on croit très-prévenu contre le Calonne.

DÉPUTÉS DES ÉTATS DE BRE-TAGNE.

107. L'Evêque de Dol.

Préfidoit en 1784 les états, qui furent les plus doux tenus depuis long-temps.

108. *Le Provoft de la Voltais.*

109. *de la Motte-Fablet.*

En général, ce ne font pas les membres que les Bretons euffent choifis pour défendre leurs droits.

DÉPUTÉS DES ÉTATS DE LAN-GUEDOC.

L'Archevêque de Damas.

110. *de Bernis.*

Coadjuteur d'Alby, neveu du cardinal, qui a eu bien de la peine à obtenir cette faveur. Il a été obligé d'avoir recours au roi de Suede qui, flatté de la magnificence avec laquelle il avoit été traité par cette éminence à Rome, inftruit de fon defir, lui a promis d'en parler au Roi, & a fait en effet nommer l'abbé de Bernis coadjuteur de fon oncle en 1784.

111. Le marquis *d'Hautpoul.*

N'eft point connu.

112. Le chevalier *Defud de Saint-Afrique.*

N'eft pas connu.

DÉPUTÉS DES ETATS D'ARTOIS Meffieurs.	NOTES.
213. L'abbé *de Fabry.*	N'auroit pas eu la députation du clergé, fi l'on avoit prévu une affemblée des notables : il eft étourdi inconfidéré, tout Calonne.
214. Le marquis *d'Eftourmel.*	Maréchal de camp, très-fufceptible de corruption ; du refte actif & pouvant faire le bien, s'il le veut : tout Calonne.
215. *Duquefnoy.*	Avocat d'Arras : homme très-inftruit, fin, délié, politique, plus que ne le font les gens de fon pays : prévenu en faveur du Calonne, mais ne fe compromettra point.

OFFICIERS MUNICIPAUX ET MAIRES ELECTIFS DES VILLES, *au nombre de vingt-cinq.*

PARIS.

Le prévôt des marchands. 216. *de Mortfontaine.*	Vrai colifichet : il fe levé à midi, fait des Brochures & ignore parfaitement tout ce qu'il devroit favoir.
217. *Goblet,* premier échevin.	Bon à figurer à table ; du refte très-digne de tous les quolibets qu'on a fait courir fur lui.

LYON.

| 218. *Tolozan de Montfort,* prévôt des marchands. | Fils de négociant, riche, ambitieux, frere du maître des requetes, dont il eft à craindre qu'il ne prenne des leçons ou des confeils. On le dit cependant beaucoup plus honnete que le magiftrat. |

OFFICIERS MUNICI-PAUX, &c. Messieurs.	NOTES.

OFFICIERS MUNICI-PAUX, &c. Messieurs.

NOTES.

Bon homme, simple, sans prétentions, mais non sans connoissances ; fort instruit des droits, privileges & franchises de la ville : du reste, incapable de les défendre avec chaleur & énergie. On raconte que ce maire à un dîner des notables à Versailles, se trouvoit entre deux petits maîtres de la cour, qui n'ayant rien de mieux à faire le persiffloient à l'envi & l'accabloient de grands complimens : « Messieurs, leur dit-il d'un ton » modeste & naïf : vous vous » moquez de moi ; je sais » bien que je ne suis pas » homme d'esprit ; je ne suis » pas non plus un sot : je suis » entre deux. »

MARSEILLE.
119. d'Isnare, maire.

Personnage ayant les dehors assez seduisans, peu instruit & très-susceptible de corruption. D'ailleurs ayant épousé une Vaudreuil ; on a su depuis que M. de Calonne lui avoit fait donner en 1784 une pension de 3000 livres qu'il n'avoit obtenue qu'en décembre, & que ce ministre lui avoit fait payer en rétrogradant depuis le 1 janvier, pour être son espion dans cette ville, durant la fermentation occasionnée par les arrêts du conseil concernant les alluvions. Il n'y a pas de doute que cet affidé du

BORDEAUX.
120. Le vicomte Du Hamel, lieutenat de maire.

OFFICIERS MUNICI- PAUX , &c. Messieurs.	NOTES.
Le vic. *Du Hamel.* R O U E N.	contrôleur général ne joue le même rôle dans l'assemblée des notables.
121. *Duperé Duveneur.*	On n'en dit mot.
T O U L O U S E. 122. Le marquis *de Bonfonran* , premier capitoul , gentilhomme.	On n'en parle pas.
S T R A S B O U R G. 123. *Gérard* , le préteur.	Créature du duc de Choiseul, forti des affaires étrangeres , par conféquent myftérieux , cauteleux & regardant d'où le vent vient.
L I L L E. 124. *Huvino de Bourghelles* , mayeur.	Vraifemblablement accaparé par le Calonne qui, ayant été intendant dans cette ville , a pu le pratiquer d'avance , on peut le faire pratiquer aujourd'hui. Au furplus , il eft charge d'un mémoire fur les avantages de la culture du tabac dans la Flandre Wallonne.
N A N T E S. 125. *Girard Dupleffix*, procureur du Roi Syndic.	Comme Breton devroit naturellement être anti-Calonne.
M E T Z. 126. *de Maujean* , maire échevin.	Ennemi juré de M. de Calonne , qu'il a eu l'occafion de connoître , lorfque celui-ci etoit intendant de cette ville.

OFFICIERS MUNICI-
PAUX ET MAIRES
ELECT. DES VIL-
LES.

Messieurs.

NANCY.

127. de Manezi ,
maire royal.

MONTPELLIER.

128. Le chevalier
Deydé.

VALENCIENNES.

129. de Pujol ,
prévôt.

RHEIMS.

130. de Souyn ,
maire.

AMIENS.

131. Le Caron de
Chocqueuse , maire.

CAEN.

132. Le comte de
Vendeuvre, maire.

NOTES.

On n'en dit mot.

On n'en dit mot.

Chevalier de Saint-Louis,
commissaire des guerres, auteur de la Galerie Univerfelle ,
contenant l'abrégé de la vie
de tous les personnages célebres , avec leurs portraits
gravés : cet ouvrage a été
accueilli favorablement du
public & les journeaux en ont
parlé avec éloge : du refte ,
fait le fuffifant dans la ville
& dans les endroits où il eft
chargé de fonctions.

Militaire , chevalier de
Saint-Louis , homme très-
inftruit & qui défendra bien
les intérèts de fa province &
ceux de la nation en général.

On s'en défie comme dé-
voué à M. de Calonne : du
refte , ferme dans fon opinion
& capable de la foutenir.

On n'en dit mot.

OFFICIERS MUNI-CIPAUX ET MAI-RES ELECT. DES VILLES.	NOTES.
Messieurs.	
CHALONS.	Homme de mérite, mais âgé : il s'est excusé sur ses infirmités & ne doit pas se rendre à l'assemblée. *Pour Mémoire.*
133. *de Perville*, maire.	
ORLEANS.	On ne compte point sur lui, on écrit d'Orléans qu'il est digne de son nom.
134. *Crignon de Bon-valet*, maire.	
MOULINS.	Ce maire a été mis sur toutes les listes, on ne sait pourquoi. Il y a grande apparence que c'est par erreur ainsi *pour Mémoire.*
M. . . .	
TROYES.	Doyen des conseillers au bailliage & siege présidial de sa ville, n'a été nommé de l'assemblée des notables que postérieurement aux autres & sur la réclamation du corps municipal de cette ville. L'ordre du Roi n'est que du 13 janvier. M. Huez est un homme de loi, instruit, zelé, ouvert & qui figurera très-bien dans l'assemblée.
135.. *Huez*, maire.	
BOURGES.	Doit etre instruit plus qu'un autre, puisque depuis quelques années il y a une assemblée provinciale en Berri.
136. *de Beauvoir*, maire.	
LIMOGES.	Homme de mérite, excellente tête. Il a de la fermeté & l'on ne croit pas qu'il se laisse gagner d'aucune manière.
137. *de Rou hac*, maire.	

(183)

OFFICIERS MUNICI-
PAUX ET MAIRES
ELECT. DES VIL-
LES.
Messieurs.
MONTAUBAN.
38. *Duval de la Motte*, maire.
CLERMONT FER-
RAND.
139. *Reboul*, maire.

TOURS.
40. *de la Grandiere*., maire,

BAYONNE.
141. *Verdier*, maire.
PRESDENTS DU PAR-
LEMENT DE PA-
RIS APPELLES DE-
PUIS.
142. *d'Ormesson*.

143. *Saron*.

NOTES.

Doit s'entendre aux matieres d'administration, depuis qu'il y a une assemblée provinciale dans la haute Guienne.

A les intérêts de sa province à défendre, très-compromis en ce moment : on ignore s'il a assez de fermeté, s'il n'est pas gagné.

Homme de beaucoup d'esprit, parlant très-bien & avec facilite, un peu sourd ; disposé à la corruption. Il s'etoit rendu creature du chancelier Maupeou durant la révolution, & sa famille avoit occupé des places dans le conseil superieur de Blois.

Sorti du commerce, bien allié, instruit, modeste, mais capable d'avoir un avis à lui & d'y amener les autres.

N'a été nommé que par occasion, parce qu'on vouloit avoir le président de Lamoignon, son cadet.

Astronome qui lit dans les cieux & ne voit pas ce qui se passe à ses pieds ; appellé aussi comme l'ancien de monsieur de Lamoignon.

PRÉSIDENTS , &c.
Meſſieurs.

NOTES.

144. Lamoignon.

N'a été nommé que comme un frondeur. On raconte que le Roi diſant à quelqu'un qu'il deſireroit voir dans l'aſſemblée des notables un homme capable de bien diſcuter la beſogne , de la bien contrarier, on lui dit : «Mais, » Sire , vous n'avez perſon- » ne de plus capable de cette » diſcuſſion que M. le préſi- » dent de Lamoignon : » & en conſéquence le Roi enjoignit à M. de Calonne de le faire mettre ſur la liſte.

LIEUTENANT CIVIL DU CHATELET de Paris.
145. M. Angran d'Alleray.

N'a été nommé qu'après coup. Les magiſtrats du châtelet lui ont fait ſentir qu'il ſeroit honteux pour lui & pour la compagnie qu'il ne fût pas d'une aſſemblée dont ſes prédéceſſeurs avoient toujours été. Il a réclamé ſon droit en conſéquence & en jouit. Du reſte , c'eſt un homme d'eſprit , foible , tâtonneur , qui ſuivra les autres & n'ouvrira jamais d'avis.

SECÉTAIRES.
Meſſieurs,
146. Hennin.

Secrétaire du conſeil d'état , un des chefs des bureaux de M. le comte de Vergennes & nommé par ce miniſtre.

147. Du Pont.

Intrigant , qui , pour jouer un rôle , s'eſt d'abord initié dans la ſecte des économiſtes , a écrit , s'eſt fait barder d'un cordon étranger , s'etoit attaché à M. Turgot, a tourné aujourd'hui caſaque au parti ,

SECRÉTAIRES.	NOTES.
M. *Du Pont.*	eſt devenu le bras droit de M. de Calonne, eſt conſeiller d'état, premier commis du contrôleur général, a propoſe de créer en ſa faveur une place de commiſſaire général pour les relations du commerce extérieur & s'eſt fait donner quarante mille l. de rentes. On juge ce que doit être un pareil perſonnage, ſur-tout dans cette place ou il a été appellé par M. de Calonne.

RÉCAPITULATION.

7 *Princes du Sang.*
7 *Archevêques.*
7 *Evêques.*
6 *Ducs & pairs.*
6 *Ducs héréditaires , non pairs ou à brevet.*
8 *Maréchaux de France.*
6 *Marquis.*
9 *Comtes.*
1 *Baron.*
8 *Conſeillers d'état.*
4 *Intendants.*
17 *Premiers Préſidents.*
17 *Procureurs généraux.*
12 *Députés des pays d'états.*
25 *Officiers municipaux.*
4 *Membres appellés depuis.*
2 *Secrétaires.*

146 *Perſonnes.*

22 *Février*. Un plaisant englobant dans un même quatrain & le *Prospectus* des nouveaux hôpitaux & celui de l'assemblée des notables, a fait ces vers qui courent, quoique le sarcasme ne soit rien moins que neuf :

> Hâtez-vous, François, de souscrire
> Pour les modern s hôpitaux ;
> De reforme les plans nouveaux,
> Tendent tous à vous y conduire.

22 *Février*. Il est vérifié que le comte de Miaczinski a en effet reçu ordre de sortir du royaume, & que sur sa représentation qu'il n'avoit point d'argent, le gouvernement lui a fait compter deux cents louis. On ajoute que sa femme a eu la liberté de rester quelque temps après lui. On ne dit point que M. le marquis de Beaupoil ait reçu quelque animadversion pour s'être mêlé de cette affaire.

22 *Février*. On écrit sur tout : le ministere ne fait pas un pas qu'il ne suive aussi tôt une remontrance. C'est aujourd'hui, *Lettre d'un avocat à un de ses confreres*. Elle roule sur la défense de vendre des mémoires imprimés. Cette nouvelle afflige l'écrivain pour son ordre. Il croit cette prohibition nuisible aux citoyens, dont elle lui semble attaquer la sureté, aux magistrats auxquels elle est injurieuse. Il n'y a dans cette lettre ni faits ni anecdotes ; au surplus, elle porte à faux déja, car on voit de toutes parts étalés sur les boutiques des Libraires, *Mémoires*, *Requêtes*, *Consultations*, &c.

2**3** *Février*. On a parlé beaucoup du *Flûteur* *automate* , du *Canard artificiel* & du *Provençal* de Vaucanſon , trois chef-d'œuvres de ſa mé-chanique. En voici la filiation que beaucoup de gens ignorent.

Vaucanſon fit voir ces automates à Paris vers pâques 17.13. On ne ſait par quel haſard ils tomberent en la poſſeſſion d'un nommé *Dumoulin* , orfevre de profeſſion , mécha-nicien par goût. Il paſſa en Allemagne avec ces figures, il les y montroit pour de l'ar-gent. En 1752 ou en 1753 , il étoit à Nurem-berg , il fut obligé de les y laiſſer pour cau-tion à ſes créanciers pendant un voyage qu'il fit à Pétersbourg en 1755 , où il eſpéroit s'en défaire avantageuſement. Il ne réuſſit pas en cela , mais devint maître des machines à Moſcou , où il mourut en 1765.

Depuis ce temps les figures ſont reſtées à Nuremberg dans le comptoir de la maiſon Pfluger bien empaquetées. On écrit d'Alle-magne qu'on les livrera pour trois mille flo-rins, ſomme à laquelle ſe montent les avan-ces faites à Dumoulin.

23 *Février*. Il eſt fort extraordinaire qu'au moment où l'on parle de ſupprimer les trai-tes, de rendre la liberté aux ſujets du Roi , d'aller, de venir dans le royaume ſans éprou-ver les vexations qu'on eſſuie aux barrieres depuis trop long-temps , on continue avec la même activité les murs autour de Paris. On aſſure qu'on les regarde comme ſi eſſentiels , qu'une des clauſes du nouveau bail des fer-mes porte qu'il ſera augmenté de douze cents mille francs dès que l'enceinte en queſtion

fera fermée. Quoi qu'il en foit, on a fait fur elle ce fingulier jeu de mots : *le mur murant Paris, rend Paris murmurant.* Voici fur le même fujet un quatrain dont la tournure & la penfée font également remarquables :

> Pour augmenter fon numeraire,
> Et ra courcir notre horizon,
> La ferme a jugé neceffaire
> De nous mettre tous en prifon.

23 *Février.* Hier le Roi après avoir entendu la meffe dans fa chapelle, s'eft rendu *in fiocchi* à l'hôtel des Menus. Il avoit dans fon carroffe Monfieur, monfeigneur comte d'Artois, le duc d'Orléans, le prince de Condé & le duc de Bourbon : le prince de Conti & le duc de Penthievre s'y étoient rendus chacun de leur côté.

Les notables étoient affemblés & placés avant l'arrivée du Roi, fuivant les rangs que leur avoit affignés M. de Watronville, l'aide des cérémonies.

Le Roi eft entré environ à midi, &, placé fur fon trône, il a fait un petit difcours rempli de fenfibilité : enfuite M. le garde des fceaux, après avoir fait l'éloge du Roi & de fon regne, après avoir témoigné & confirmé le defir fincere & ardent de Sa Majefté de foulager fes peuples & de les rendre heureux ; dit que M. le contrôleur général alloit rendre compte à l'affemblée des moyens fuggérés à Sa Majefté ; & l'on a cru remarquer une infinuation maligne, mais adroite, de ce chef de la juftice, que ces moyens n'étoient pas infiniment de fon goût.

M. de Calonne a parlé enfuite : il a expof

fés moyens qui courent les rues & font les mêmes à peu près répandus depuis long-temps dans le public, fauf le rappel des proteſtants, dont il n'a été nullement queſtion. Son difcours a duré cinquante-huit minutes.

Les deux affertions qui ont vivement frappé & alarmé dans ce difcours, c'eſt que la recette eſt au deſſous de la dépenfe de quatre-vingts millions, & qu'il ne faut pas parler d'économie.

Il y a encore eu deux difcours, de M. d'Aligre & de M. l'archevêque de Narbonne ; aucun de la part de la nobleſſe : le reſte de la féance s'eſt paſſé à régler le cérémonial, les comités & la façon de délibérer.

Il y avoit un monde immenfe fur le paffage du Roi, foit en allant, foit en revenant, & il n'y a pas eu un un feul cri : *Vive Louis XIV !*

M. le duc d'Orléans étoit de retour à Paris à trois heures.

23 *Février.* Voici un détail plus circonſtancié de la féance d'hier, fur-tout du difcours de M. de Calonne. Il faut d'abord rendre compte du cérémonial.

Le Roi étoit aſſis au fond de la falle fous un pavillon élevé fur une eſtrade (de trois pieds environ de hauteur (entre les deux princes fes freres ; enfuite de chaque côté des deux princes & fur la même eſtrade les princes du fang, les ducs & pairs eccléfiaſ-tiques & laïcs, & les maréchaux de France. Les gardes de la manche étoient aux deux côtés de Sa Majeſté.

Devant le Roi & fur la même eſtrade qui

régnoit dans toute la longueur de la falle ; étoit M. le garde des fceaux affis fur un fauteuil fans dos. A fes pieds deux huiffiers à genoux portant les maffes fur leurs épaules.

Au bas de l'eftrade, étoient M. le baron de Breteuil & M. de Montmorin, fecrétaires d'état, tournant le dos au Roi & ayant devant eux un bureau.

Nota. Les deux autres fecrétaires d'état (M. de Ségur & M. de Caftries) étoient à leur rang comme maréchaux de France.

M. le contrôleur général étoit affis fur un pliant à droite du bureau des fecrétaires d'état, à peu près vis-à-vis le fecond angle dudit bureau, tournant le dos aux archevêques & évêques dont il va être parlé.

En retour du côté droit de l'eftrade étoient affis les archevêques & évêques, enfuite les premiers préfidents de la chambre des comptes & de la cour des aides de Paris.

Derriere les archevêques & évêques, les élus des états de Bourgogne, les députés de Bretagne & de Languedoc.

Et derriere les premiers préfidents les deux procureurs généraux des mêmes cours.

En retour du côté gauche de l'eftrade, étoient affis les députés des états d'Artois ; enfuite les premiers préfidents de tous les parlements.

Derriere les premiers préfidents, les procureurs généraux des mêmes cours.

Au bout de la falle, en face de l'eftrade du Roi, des princes, &c. étoient affis le lieutenant civil du châtelet, le prévôt de Paris & celui de Lyon, qui y avoient été placés

ar le maître des cérémonies, comme les
utres notables.

A leur côté & derriere eux les maires des
utres villes placés indifféremment à leur choix.

Le Roi a dit :

« Meffieurs, je vous ai choifis & affemblés, comme le faifoit le chef de ma
branche dont vous aimez la mémoire &
que je me plais à imiter. Mes projets font
grands & importants. Il s'agit à la fois de
foulager le peuple, d'augmenter le produit de mes finances, & de diminuer les
entraves du commerce. Je me fuis fixé fur
ces objets, parce que j'en ai reconnu la
néceffité ; mais j'écouterai les obfervations
que vous me ferez, & je les peferai exactement. J'efpere que vous concourrez
tous au même but, qui eft le bien de l'état. »

M. le garde des fceaux a expofé enfuite
ommairement ce que le Roi avoit fait de-
uis fon avénement au trône pour la magif-
rature, l'agriculture & le commerce. Il a ajouté
ue douze années d'expériences lui avoient ap-
ris ce qui lui reftoit à faire pour les finances.

M. de Calonne a pris la parole & a annoncé que les vues qu'il avoit à préfenter à
l'affemblée étoient devenues perfonnelles au
Roi. Que Sa Majefté avoit pris la peine de
aire elle-même un travail très-confidérable
ur l'état des finances. Il a rappellé les opéra-
ions dues à la bienfaifance du Roi, les
ncouragements donnés au commerce, à
l'induftrie & à l'agriculture. Il eft enfuite
ntré dans le détail de l'état des finances. La
ecette eft en déficit par rapport à la dépenfe

de 80 millions chaque année. Le déficit a
cru d'année en année depuis l'avénement
du Roi au trône , par des circonftances impé-
rieufes & forcées.

Comment fortir d'un état fi défaftreux ?
Les emprunts ne préfentent qu'une reffource
momentanée qui, loin de remédier au mal ,
ne fait que l'aggraver. L'augmentation des
impôts tels qu'ils exiftent , eft abfolument
impraticable. L'économie elle-même n'offre
que des reffources infuffifantes & ne peut être
confidérée que comme un moyen acceffoire.

M. de Calonne a diftingué deux fortes
d'économie , une févere & rigoureufe, qui
s'annonce d'une maniere repouffante & qui,
le plus fouvent, ne porte que fur des objets
minutieux : l'autre plus grande & plus noble , qui s'attache à ne faire aucune opération
fauffe. Il a obfervé qu'un faux calcul, une
fpéculation malfaite , une opération manquée
coûtoient pius à l'état, que tout ce que l'économie la plus rigoureufe pouvoient lui épargner.

C'eft dans la réforme des abus que le Roi
a apperçu des reffources vraiment grandes &
dignes de lui. Il étoit réfervé à un jeune
Monarque de méditer & d'exécuter une fi
noble entreprife. Sa Majefté a cru devoir d'a-
bord établir une relation intime entre elle
& toutes les claffes de fes fujets. Elle fe propofe dans cette vue d'étendre à toutes les
provinces de fon royaume l'établiffement des
adminiftrations provinciales & de leur donner une nouvelle forme.

Chaque communauté , chaque paroiffe
aura fon repréfentant ; ces repréfentants formeront

meront une affemblée de diftrict & les députés de chaque diftrict formeront l'affemblée provinciale, qui fera parvenir directement la vérité au Roi.

Les vingtiemes annullés, à leur place impôt territorial en nature, qui fera payé par toutes les claffes de citoyens fans diftinction; le clergé, la nobleffe feront foumis aux droits, & pour procurer au clergé une forte de compenfation, le Roi lui donnera les autorifations néceffaires & lui indiquera un plan pour le remboursement de fes dettes.

La capitation des nobles fera fupprimée; fuppreffion de la taille arbitraire & fa converfion en impôt réel : la libre exportation des grains à l'étranger, le reculement des bureaux des traites à l'extrémité des frontieres, l'allégement de la gabelle, l'aliénation de la partie utile des domaines, dont le Roi fe confervera l'honorifique & la directe, nouvelle adminiftration relative aux fonds, & fuppreffion & modération de plufieurs droits à charge au commerce.

Enfuite M. le garde des fceaux a été prendre les ordres du Roi, & a dit que Sa Majefté permettoit de parler.

M. le premier préfident a préfenté le Roi comme le reftaurateur de la juftice & le pacificateur de l'Europe; il a conclu que Sa Majefté ne pouvoit trouver que dans fon économie le rétabliffement de fes finances.

M. l'archevêque de Narbonne a dit, que s'il eût préfumé qu'il eût été permis de parler en préfence du Roi, le premier ordre de l'état ne fe feroit laiffé prévenir par perfonne pour féliciter Sa Majesté, & lui présenter l'hommage de sa reconnoissance.

M. le garde des sceaux a annoncé que Sa Majesté avoit formé sept comités, pour l'examen des objets sur lesquels elle se proposoit de consulter les notables.

M. Hennin a lu la liste de ces comités, qui seront présidés chacun par un prince du sang.

M. Dupont a terminé la séance par la lecture de la déclaration du Roi, que les voix seroient prises individuellement, en commençant par les maires de ville, les parlements, les nobles, & en finissant par le clergé.

La séance a fini à une heure & demie.

Quoique la séance se soit tenue à huis clos, il s'y est glissé quelques curieux qui ont rapporté ce qu'on vient de lire.

24. *Février*. Extrait d'une lettre de Bourges, du 15 février..... Notre assemblée provinciale tenue en 1786, s'est particuliérement occupée de navigation intérieure de cette province : elle a arrêté sous le bon plaisir du Roi, l'ouverture d'un canal de Bourges à Vierzon & à la basse Loire, & de cette ville à la Loire, avec le bec d'Allier, au point qui sera reconnu le plus propre à être ou à devenir le lieu de plusieurs navigations importantes.

Cette grande entreprise sera commencée dès que les plans détaillés & nivellements faits, auront été vérifiés, pour constater d'une manière encore plus précise la possibilité de ces utiles travaux, qui feront communiquer le Berri avec Paris & les trois mers.

Ce qui a plu fur-tout, c'eft que le commiffaire du Roi a annoncé à l'affemblée que le canal dont il s'agit, avoit paru à Sa Majefté mériter la préférence fur plufieurs autres propofés, & qu'elle offroit de concourir pour moitié à cet utile ouvrage.

Les embranchements de ce grand canal dans les arrondiffements de Château-Dun-le-Roi, ou fans coins, & dans ceux d'Iffoudun & Château-Roux, ainfi que les travaux qui s'exécutent fur le Cher, & s'étendront enfuite aux rivieres d'Indre & de Creufe, concourront à vivifier toutes les parties de cette province centrale, à qui les chemins qu'elle a conftruits, commencent d'ouvrir des débouchés précieux.

24 *Février*. Les comités ont été formés fur le champ entre les notables, & on leur a diftribué la befogne. On veut que les objets à difcuter les premiers foient 1º. les affemblées provinciales ; 2º. l'affemblée territoriale ; 3º. les privileges & franchifes du clergé ; 4º. les tailles ; 5º. le commerce des grains ; 6º. les corvées. On ajoute que les comités après avoir traité ces objets pendant une quinzaine de jours, fe raffembleront pour y mettre la derniere main, puifqu'on examinera d'autres.

Monfieur a, dit-on, recommandé le plus grand fecret de la part du Roi; mais on fait ce que c'eft que le fecret de cent cinquante perfonnes environ.

Il tranfpire déja qu'il y a eu une querelle très-vive entre l'archevêque de Narbonne & le contrôleur général. Il faut fe rappeller

que M. de Calonne dans fon difcours d'ouverture en parlant de fes projets, dit qu'ils
font devenus en quelque maniere *perfonnels
à Sa Majefté*, par le travail qu'elle a fait à
leur égard ; ce qui feroit une infinuation
qu'il n'y a plus qu'à y foufcrire. Le prélat
a dit à ce miniftre que c'étoit fe moquer de
la nation , des divers ordres de l'état ; que
c'étoit prendre fes repréfentants prétendus
pour des moutons & des bêtes, que de les
raffembler uniquement, afin d'avoir leur fanc-
tion à une befogne toute digérée.

En effet, le Sr Pierre, imprimeur du Roi ,
eft à Verfailles avec deux preffes & fix ouvriers,
pour imprimer les projets à mefure, & les
répandre dans les comités.

24 *Février*. On a fait un *Thermometre de la
cour* à l'occafion de l'événement actuel occu-
pant Paris & la France entiere. On dit que
le Roi eft au *beau fixe ;* que les miniftres font
au *variable ;* M. de Calonne à la *tempête ,* &
la nation au *très-fec.*

25 *Février*. L'affaire concernant les lettres
de change altérées eft en train ; il y a déja eu
plufieurs plaidoieries , où Me. de Seze , l'avocat
des porteurs , a obtenu le plus grand fuccès.

25 *Février*. Hier , Me. Linguet a plaidé pour
la fixieme fois fous la préfidence de M. de
Gourgues, par l'abfence de M. d'Ormeffon
de l'affemblée des notables. Il a commencé
par confirmer la nouvelle répandue qu'il tra-
vailloit à revenir, par requête civile , contre
l'arrêt de mars 1775 confirmant fa radiation :
il a dit que par une fatalité attachée à fa perfonne , il fe trouvoit arrêté à chaque pas dans

les démarches les plus fimples ; qu'ayant befoin du titre contre lequel il vouloit fe pourvoir, il étoit allé au greffe pour l'obtenir ;
mais que les greffiers étoient devenus fourds
& muets pour lui : que le fac même de fes
pieces qui y étoit dépofé avoit difparu jufqu'à
l'enveloppe ; & qu'enfin fon procureur inti-
midé par les ennemis de fon client, n'ofant
fe livrer à toute la vigueur de fon miniftere,
il a fupplié la cour de lui prêter fon affif-
tance.

Le préfident ayant regardé Me. de Laulne,
l'avocat adverfe, pour favoir s'il n'avoit aucune objection à faire, cet avocat a répondu
qu'il n'avoit rien à dire ; que ce projet de Me.
Linguet ne regardoit nullement le duc d'Aiguillon. On eft allé aux voix & après une
demi-heure de délibération, il a été rendu
arrêt qui ordonne au greffier de delivrer
à Me. Linguet les pieces dont il auroit befoin,
& quant à l'autorifation demandée pour fon
procureur, ordonné que cet officier fe pourvoira par toutes les voies qu'il croira bonnes
être.

Enfuite Me. Linguet, fatisfait d'avoir
forcé les magiftrats à rendre encore un arrêt
pour lui, malgré leur répugnance, & à concourir à fon projet d'étendre la conteftation,
& de l'éternifer, a terminé la premie partie
de fon plaidoyer, celle concernant fes honoraires. Il a prétendu d'après les aveux mêmes du duc d'Aiguillon, avoir déja une action contre lui de 52400 livres : il s'en eft
rapporté pour l'excédent, qui certainement
doit avoir lieu, à la prudence de la cour. Il

n'a fait, du refte, que rabacher ce qu'il avoit déja plaidé au mois de feptembre ; ce qu'il a depuis écrit dans fa *Requête au Roi* ; ce qu'il avoit répété autrefois dans vingt endroits de fes œuvres.

Les deux feuls morceaux neufs & calqués pour le moment, c'étoient un éloge pompeux de l'affemblée des notables & de la féance du jeudi, & un grand éloge auffi du nouveau miniftre des affaires étrangeres, qui fort avec les regrets de la province de ce commandement de Bretagne, autrefois fi orageux pour le duc d'Aiguillon.

25 Février. Il n'y a eu le lendemain 23 à la feconde affemblée générale qui a été préfidée par Monfieur, & dans laquelle les nouveaux projets ont été lus, d'autres changemens au cérémonial de la veille, que les bancs formés en banquettes, auxquelles il a été adapté ce jour-là des dos ou *doffiers*.

25 Février. Réclamations d'un citoyen contre la nouvelle enceinte de Paris, élevée par les fermiers généraux. Cette brochure très-courte, attribuée au comte de Mirabeau, fait grand bruit, & excite toute la vigilance de la police.

Après une épître dédicatoire fervant de préface adreffée *aux notables citoyens*, on leur dénonce l'abus le plus révoltant, la violence la plus indécente, exercés par la ferme ; les bienféances publiques, les droits & la fanté des citoyens facrifiés à la cupidité des traitans ; enfin fon triomphe fur la raifon & la juftice, en élevant autour de Paris ces murs, monument d'efclavage.

L'auteur entre enfuite en matiere, il établit :

1°. Que de toutes les enceintes de la ville de Paris, la nouvelle eft la feule confiruite exprès pour la perception des droits d'entrée.

2°. Que les nouvelles murailles font nuifibles à la fanté des habitants de Paris.

3°. Que les nouveaux murs, en étendant les limites de Paris, accroiffent fes maux & fes défordres.

4°. Que l'architecture des bureaux bleffe le bon goût, & fon luxe infulte à la mifere publique.

5°. Que les plaintes des Parifiens à l'occafion de la nouvelle enceinte dont l'exécution n'eft fondée que fur un fimple arrêt du confeil, contenues dans plufieurs requêtes préfentées au parlement, ont été étouffées par une évocation au confeil, & qu'on a éludé ainfi les bonnes difpofitions du Roi, qui avoit permis cette entreprife feulement à condition qu'elle ne cauferoit aucune jufte réclamation.

6°. Enfin l'auteur conclut rigoureufement, comme il a commencé, en maudiffant la ferme en général, & fur-tout celui qui a propofé cette idée, qu'il prétend être M. Lavoifier de l'académie des fciences. Il cite le mot du maréchal de Noailles, à qui l'on demandoit fon avis fur ces murs, & qui répondit en colere : *Je fuis d'avis que l'auteur de ce projet foit pendu.*

25 *Février.* On affure que l'imprimerie polityipe eft interdite & fon journal conféquem-

I 4

ment : on n'en fait pas au juſte la raiſon ;
on dit que c'eſt pour avoir imprimé différents
ouvrages relatifs à l'aſſemblée des notables.
Ce qui paroit conſtant, c'eſt que les libraires
Petit & Royer ont ſubi la même peine pour
avoir veudu des écrits de cette eſpece, quoiqu'avec permiſſion : malgré leur réclamation
ils n'ont pu éviter ce déſagrément : on dit
ſeulement que leur interdiction ſans terme
fixe ne ſera pas longue.

25 *Février*. C'eſt un problême pour les gens
de lettres de ſavoir ſi une brochure nouvelle:
dernieres penſées du Roi de P***, eſt réellement de lui. Il eſt au moins certain que l'auteur eſt parfaitement entré dans ſon eſprit.
Ce petit ouvrage eſt un réſumé très-ſerré des
principaux événements de ſa vie & ſur-tout
de ſon regne. Il y a peu d'anecdotes ; la plus
ſinguliere & la moins connue ce ſeroit celle
de l'invitation que ce monarque auroit faite
à M. Necker de ſe mettre à la tête de ſes
finances : ce que l'ex-miniſtre auroit refuſé.
La digreſſion, ſi l'ouvrage eſt factice, comme
c'eſt fort à préſumer, ſur l'abus des richeſſes
énormes du clergé, n'y a pas été miſe ſans
deſſein, dans le moment actuel & dans la
criſe où ſe trouve cet ordre de l'état.

26 *Février*. On aſſure que la digreſſion oratoire de Me. Linguet dans ſon plaidoyer de
ſamedi ſur l'aſſemblée des notables, a beaucoup déplu à la cour & à ces meſſieurs, ſur-
tout à M. de Calonne, en ce qu'il craint
qu'on ne s'imagine que Me. Linguet fût ſou-
doyé pour faire ce panégyrique.

27 *Février*. Les pamphlets ſe ſuccedent

rapidement dans cette époque mémorable ; où l'on parle de réformer les abus & de rétablir l'ordre dans les finances. En voici un intitulé : *Remerciement & supplique du peuple au Roi, à l'occasion de l'assemblée des notables.* Cet écrit digne du marquis de Mirabeau, & pour les bonnes vues, & pour le galimathias du style, a pour refrain perpétuel : *Sire, payez vos dettes!* Reste à fournir les moyens; l'auteur n'en connoît qu'un aussi qui se présente à tout le monde ; que tout le monde regarde comme sûr, excellent, comme le seul vrai : c'est l'économie. Malheureusement M. de Calonne a commencé par exclure celui-là du nombre de ceux que pourroient indiquer les notables.

27 Février. On a vu par le discours de M. de Calonne que l'allégement des gabelles est un des grands objets qu'il se proposoit, & dans le développement du projet, comme le Roi ne pouvoit rien perdre, on se remettoit au niveau en rendant cette denrée un peu plus chere dans les provinces où elle est à très-bon compte, ainsi qu'en Bretagne. Cette nouvelle a répandu une telle rumeur dans la province, que M. de Montmorin qui en étoit témoin, depuis son retour, n'a pas dissimulé à Sa Majesté, qu'il y faudroit une armée pour soutenir la perception du nouveau droit.

On assure qu'en conséquence les chefs de cette province ont été autorisés d'y écrire que l'augmentation n'auroit pas lieu.

27 Février. M. Drouais, ce jeune élève de l'académie de peinture, qui avoit remporté

I 5

le prix en 1784 avec tant d'éloges, a depuis
envoyé ici un tableau qu'il a compofé à Rome.
Le fujet eft Marius en prifon, vers qui Sylla
dépêche un foldat Cimbre pour le maffacrer.
Le Romain fe fouleve & d'un regard effraie
tellement le foldat dont il avoit été le général, que l'affaffin fe retire fans avoir exécuté
fon ordre. Ce tableau eft expofé chez madame Drouais, la mere de l'auteur. Les ar-
tifans qui l'ont vu, affurent qu'il y a de
grandes beautés & de grands défauts.

27 Février. A la premiere féance de chaque
bureau, les premiers préfidents & les procureurs généraux des cours & les députés
des états, ont prévenu l'affemblée qu'ils ne
pourroient donner que leur avis perfonnel,
fans pouvoir engager en rien leurs ordres ou
leurs compagnies.

27 Février. On raconte que Me. Linguet
dans fes différentes tournées de vifite aux
magiftrats, n'ayant jamais pu parvenir à M.
Seguier, s'en étoit plaint à cet avocat général, un jour qu'il l'avoit rencontré par hafard
ailleurs : fur quoi M. Seguier lui avoit répondu qu'il ne devoit pas trouver cela extraordinaire d'après fes propos, fes écrits & fa
conduite. Le magiftrat lui avoit ajouté qu'il
ne vouloit en rien fe mêler de fes affaires,
& que fa porte lui feroit toujours fermée :
à quoi Me. Linguet avoit répliqué avec fon
amertume ordinaire. . . . *Heureufement, Monfieur, votre porte n'eft pas celle de la juftice, &
j'efpere que celle-ci me fera ouverte enfin.*

28 Février. Depuis environ fix femaines le
fameux avocat Gerbier, tranfporté de Paris

à Verfailles, y étoit employé par le miniftere à un travail fecret qui intriguoit beaucoup les curieux : on fait aujourd'hui que ce travail eft relatif aux opérations propofées à l'affemblée des notables ; qu'il s'agit des domaines & de leur aliénation, fur-tout des forêts du Roi : il eft plus que jamais queftion de fupprimer les grands-maîtres des eaux & forêts & tous leurs acceffoires.

28 *Février*. M. le comte de Sanois, cette infortunée victime des ordres arbitraires, ne s'occupe pas feulement de fes propres maux, il voudroit fe rendre utile aux autres. Il avoit écrit à M. le duc de la Rochefoucault, à M. le duc de Nivernois, comme à deux membres les plus diftingués de l'affemblée des notables, par leur patriotifme & leurs lumieres, pour leur propofer un mémoire concernant une réforme à faire dans la maifon de Charenton, dont il n'a que trop éprouvé le régime déteftable, & en général concernant toutes les maifons de force.

M. le duc de la Rochefoucault lui a déja répondu qu'il ne croyoit pas pouvoir faire aucun ufage de ce mémoire, attendu que l'affemblée ne fembloit devoir s'occuper que d'une chofe, qui eft la finance. Ce qui confirme ce dont on fe doutoit fort, que M. de Calonne n'avoit provoqué cette affemblée que pour fe procurer de l'argent.

28 *Février*. *Les auteurs de qualité*, comédie nouvelle en un acte & en profe, ont été joués hier aux Italiens pour la premiere & derniere fois vraifemblablement : le vague du titre protégeoit celui de la piece.

16

28 *Février.* Depuis le 23 , que Monſieur &
monſeigneur le comte d'Artois ſe ſont rendus, en cérémonie, à l'aſſemblée des notables, à l'heure indiquée par le Roi, on ne
ſait encore aucun détail des travaux de ces
meſſieurs, & l'on croit plus fermement que
jamais qu'ils ſe réduiront à peu de choſe.
Tous les projets ſont arrêtés & les édits imprimés en conſéquence ; il ne s'agit que des
moyens d'exécution, ſur leſquels les conſul-
tés peuvent bien former des difficultés,
mais ſont hors d'état, faute d'examen & de
diſcuſſion préalable, de donner les ouvertures
deſirées.

Il paroît que chaque prince à l'ouverture
du comité a fait un diſcours, dont on ne
rapporte encore que celui du comte d'Artois,
vague & en général prêchant la ſoumiſſion.

Dès le ſamedi M. le duc d'Orléans ne
s'étant rendu à ſon comité qu'à cinq heures
du ſoir, on veut que le Roi lui ait enjoint
de prendre dans la matinée une heure plus
commode pour tout le monde.

Du reſte, il eſt conſtant qu'il regne déja
une grande fermentation entre les notables.
On confirme que M. l'archevêque de Narbonne a parlé très-vivement à M. de Calonne,
& l'a aſſuré qu'il défendroit de toutes ſes facultés les droits de ſon ordre & même ceux
de la nobleſſe : que dans un dîner, le marquis de Bouillé s'étant exprimé indécemment
ſur le compte du clergé, ce même prélat
l'avoit relevé avec beaucoup d'énergie &
d'applaudiſſement de la part des convives, au

point que le marquis très-fougueux de son
naturel , avoit pris le parti de se taire.

1 *Mars* 1787. Chacun des bureaux a pour secrétaire , le secrétaire des commandements du
prince qui le préside ; sauf les deux premiers,
auxquels sont attachés en cette qualité les
secrétaires généraux de l'assemblée ; savoir,
M. Hennin auprès de Monsieur , & M. Dupont auprès du comte d'Artois.

Les séances commencent tous les jours à
onze heures du matin , excepté le troisieme,
dont les séances ne commencent qu'à cinq
heures ; ce qui annonceroit que le duc d'Orléans auroit fait connoître au Roi l'impossibi-
lité de se rendre plutôt au sien.

Du reste , chaque bureau s'assemble dans
l'appartement du premier président.

1 *Mars.* M. l'abbé d'Espagnac le jeune,
conseiller clerc au parlement , vient d'être
reçu chanoine de l'église de Paris à la place
de son frere. M. le doyen lui a fait le discours
suivant, que l'on conserve, parce qu'il n'est
point un lieu commun & fait anecdote.

« Monsieur, vous êtes entré dans le chapitre avec un nom qui n'y est que trop connu,
& malheureusement vous laisse des impres-
sions fâcheuses à effacer. M. votre frere que
vous remplacez , avoit dans ses talents & ses
qualités personnelles tout ce qu'il falloit pour
se faire aimer & estimer de nous ; mais sa vie
dissipée , des occupations absolument étrangeres à son état & même indignes de son
nom , l'ont mis dans le cas de s'en éloigner
& de nous quitter : il est à croire que, membre déja du premier parlement de France ,

vous y aurez puifé ces principes de fageffe, de mœurs féveres, qui conviennent également & à la magiftrature & à la vie canoniale : puiffiez-vous réalifer notre efpérance ! »

Il faut fe rappeller pour l'intelligence de ce difcours, que l'abbé d'Efpagnac l'aîné eft le fameux agioteur, l'un des chefs de la hauffe, impliqué dans le honteux procès porté au parlement fur les conteflations nées au fujet de l'agio ; procès qui auroit mal tourné pour l'abbé d'Efpagnac, s'il n'eût été évoqué au confeil.

1 *Mars.* Le difcours de M. Robert de Saint-Vincent tenu aux chambres affemblées, le 9 février dernier, eft imprimé & répond à l'idée qu'on en avoit donnée ; on y trouve un hiftorique précieux de la conduite du miniftere envers les proteftants, & des opinions diverfes qui ont agité l'adminiftration depuis qu'on s'occupe de cette matiere, ou plutôt depuis la fameufe déclaration du 8 mai 1715, où l'on fait fuppofer à Louis XIV qu'il n'y a plus de proteftants en France.

Le célebre d'Aguelfeau avoit été confulté fur cette loi, & fon premier mot fut, que la fuppofition qu'il n'y avoit plus de protefttants en France étoit un fyftême infoutenable : fa lettre à ce fujet exifte encore dans les bureaux des miniftres, mais fa modeftie fut bientôt vaincue par l'autorité.

Les divifions des proteftants avec les évéques de Languedoc firent naître l'édit de 1724, qui, en fuppofant toujours qu'il n'y avoit plus de proteftants en France, prononça les peines les plus graves contre les religionnaires & contre leurs miniftres.

Dès 1726 toutes ces loix avoient produit fi peu d'effet qu'il exiftoit toujours un nombre confidérable de proteftants ; ce qu'attefte le grand-oncle de M. de Saint-Vincent, l'abbé Robert, docteur de Sorbonne, prévôt de l'églife cathédrale de Nîmes, ami & confeil de M. Fléchier. C'eft dans une lettre du mois de novembre au cardinal de Fleury, qu'avec une liberté noble, forte & religieufe il combat les loix à ce fujet & en prouve l'infuffifance.

Une lettre du premier mai 1751 de M. de Chabannes, évêque d'Agen, à M. le contrôleur général, certifie qu'il y avoit en languedoc un grand nombre de proteftants, contre lefquels cet ardent fanatique follicite la profcription la plus éclatante.

Le procureur général Joly de Fleury, confulté fur cette matiere par le gouvernement en 1752, fit un mémoire, où l'on apprend l'exiftence des troubles de la part des proteftants, fur lefquels le maréchal de la Fare avoit envoyé un mémoire fort détaillé en date du 16 mai 1728 ; que ces troubles renaiffants en 1732, le gouvernement s'occupa de nouveaux projets qui furent arrêtés & fufpendus pendant la guerre de 1733 ; qu'ils furent repris après la paix de 1737 ; mais que la guerre recommença en 1740 : que les religionnaires fe porterent à de nouveaux excès en 1743 ; que les conférences recommencerent en 1749 & donnerent lieu à une ordonnance du 17 janvier 1760. Son réfultat eft de maintenir le principe qu'il n'y a point de proteflants en France.

En 1752, le maréchal de Richelieu avoit écrit une lettre pour folliciter du gouvernement qu'il affurât l'état civil des proteflants en France.

En 1755 parut le mémoire imprimé de M. de Montclar en faveur du tolérantifme.

En 1758 écrivoit l'abbé de Caveirac, l'apologifte le plus ardent de la révocation de l'édit de Nantes ; il ne compte plus que cinquante mille proteflants dans le royaume, & en follicite la profcription avec le plus beau zele.

En 1764, l'évêque de Poitiers, dans un mémoire dépofé au greffe, affure que le nombre des proteflants eft très-confidérable dans fon diocefe.

L'on eft revenu à des avis plus doux, & quoique les ennemis du parlement l'accufent de ne pas vouloir fe prêter à rendre aux proteflants leur état civil, il a déja émis fon vœu à ce fujet en 1778, & aujourd'hui que tout fe difpofe pour ce grand événement ; M. de Saint-Vincent eftime que c'eft le moment de le renouveller.

1 *Mars.* La gazette eccléfiaftique du 27 février dernier eft piquante, par une fortie affez vive contre le journal des favants, auquel on y reproche de traiter rarement la théologie avec exactitude, de faifir toutes les occafions d'accréditer le fyftême fi abfurde & fi irréligieux de M. de Buffon fur la théorie de la terre ; & de rapporter comme dignes

d'attention toutes les opinions nouvelles qui peuvent être favorables à ce fyflême.

Le zele de ce gazetier s'éleve auffi contre M. Dupuy, l'un des rédacteurs du journal des favants, qui certes n'eft ni un athée, ni un matérialifle, qui eft même un dévot, mais un dévot moliniste, & à ce titre, vraiment pervers aux yeux de fon détracteur.

1 *Mars.* Le premier objet à difcuter dans les comités des notables, qui étoit celui des affemblées provinciales, n'a point foussert de difficultés quant au fond, mais bien pour la forme. Il paroît qu'on a préféré celle propofée anciennement par M. Turgot, plutôt que celle de M. Necker.

La nobleffe & le clergé fe font ligués unanimement pour n'être point préfidés par l'intendant, ainfi que le miniftere l'auroit voulu, & l'on a réglé que le préfident feroit choifi dans l'ordre du clergé & dans celui de la nobleffe.

Il y aura un bureau intermédiaire de fix membres, qui fubfiftera toute l'année & veillera aux intérêts de la province durant la féparation de l'affemblée.

On verra plus en détail les autres difpofitions dans l'édit de création. L'impôt territorial eft ce qui agite le plus aujourd'hui les comités, & il fouffre de grandes difficultés.

2 *Mars.* M. de Saint-Vincent, dans fon mémoire affez bien fait, quoiqu'un peu diffus & confus, venge non-feulement le parlement de Paris du foupçon qu'on voudroit répandre contre lui, mais même tous les parlements du royaume ; il nous apprend que

ceux du Nord & du Midi, fe font déterminés d'après l'efprit de tolérance du gouvernement en faveur des proteflants, foutenu depuis plus de vingt ans, à déclarer de concert non-recevables tous ceux qui voudroient attaquer la légitimité des unions proteflantes & des enfants qui en étoient nés.

Au refte, le zele de M. de Saint-Vincent eft d'autant moins étonnant, que c'eft un fougueux janfénifte, & l'on fait que le janfénifme & le proteflantifme font coufins-germains. L'auteur prend occafion de ce difcours pour faire un grand éloge des illuftres de fon parti, que la France a produits depuis un fiecle & demi, & pour dénigrer, au contraire, les jéfuites & les reftes de leur cabale. A la fin de ce difcours M. Robert de Saint-Vincent a dit, en adreffant la parole au premier préfident, fuivant l'ufage :

« Je vous prie, Monfieur, de mettre en délibération ce qu'il conviendra de faire à ce fujet. Si ma propofition ne paroît pas indifcrete à la compagnie, il fera de fa prudence d'examiner s'il ne feroit pas expédient que le parlement prévînt toutes les démarches qui pourroient être faites à ce fujet par l'affemblée des notables. »

La matiere mife en délibération :

« La cour a arrêté qu'il fera fait regiftre du récit d'un de meffieurs, & que M. le premier préfident fera chargé de fe retirer pardevers le Roi, à l'effet de fupplier ledit feigneur Roi de pefer dans fa fageffe les moyens les plus fûrs de donner un état civil aux proteflants. »

2 Mars. On parle beaucoup du procureur
général du parlement d'Aix, membre du comité du comte d'Artois, lequel y a fait une
fortie contre M. de Calonne fi vive qu'on ne
peut la croire, & qu'il faut attendre une explication ultérieure fur cette anecdote.

2 Mars. On fe rappelle que le projet d'a-
mener la riviere d'Yvette à Paris, a été foumis à l'examen & au rapport d'une commiffion qui doit juger de l'utilité des moyens d'exécution de ce projet. Cependant M. de Fer,
ingénieur, ayant obtenu la permiffion de traiter le canal de communication de cette riviere, dans l'étendue de cinq mille toifes,
depuis la prife d'eau jufqu'au réfervoir de
la fontaine d'Arcueil, il a formé une rigole
un peu plus profonde, à l'aide de laquelle il
a conduit 24 pouces d'eau de l'Yvette dans
le baffin d'Arcueil. L'eau y eft arrivée le 3
février à midi; de forte que fi des inconvénients particuliers ne s'oppofent pas à la conduite de ces eaux fur les carrieres qui bordent
cette capitale dans toute la partie du midi,
la facilité de cette opération paroît démontrée
par le fuccès de l'effai de M. de Fer.

3 Mars. Pour fatisfaire l'empreffement de
ceux qui, plus par vanité que par un goût
de bienfaifance véritable, ont donné leur argent ou leur parole dans l'efpoir de voir leur
nom moulé, on vient de faire publier une
lifte des perfonnes qui ont fait leurs déclarations & foumiffions dans les bureaux du greffier & du tréforier de l'hôtel-de-ville de Paris, de contribuer à l'établiffement de quatre
nouveaux hôpitaux, capables de fuppléer à

l'infuffifance de l'hôtel-dieu de Paris, annoncé dans le *Profpectus* imprimé de l'ordre du Roi , depuis & compris le 22 janvier 1787 , jufques & compris le 21 février fuivant.

Le total fe monte à 1,703,665 liv. 10 fous, & la quantité des foufcripteurs à 224 : dans le nombre beaucoup qui ont foufcrit même pour des fommes très-fortes, n'ont pas jugé à propos d'être nommés ; mais parmi les autres on lit avec étonnement Mlle. Manon Roger dite Belle-gorge, 6 livres. On conçoit que ce ne peut être qu'une fille qui a facrifié un gros écu pour fe faire connoître. En effet ce fobriquet excite la paillardife des amateurs , & il font fâchés qu'on n'y ait pas joint la demeure de la donzelle. Du refte , les dévots & les gens graves trouvent cette énonciation très-indécente.

3 *Mars.* Entre les diverfes épitaphes du comte de Vergennes , outre celle de l'abbé Aubert il faut encore diflinguer celle de M. de Sancy qui , plus courte que les autres , femble mieux caractérifer le défunt dans ce quatrain :

Ci gît un grand miniftre , un fage , un citoyen ;
 L'Europe entiere a fu le reconnoître :
Au milieu de la cour il fut homme de bien ,
 Et mérita les larmes de fon maître.

3 *Mars.* La demoifelle Adeline de la comédie italienne étoit entretenue par M. de Veymeranges , intendant des poftes & relais de France , à raifon de 1200 livres par mois : mais il vient de la quitter ; une

petite anecdote affez plaifante n'a pas peu
contribué à cette ceffation d'appointements.
Le magnifique entreteneur avoit marchandé
un fuperbe attelage pour fa maîtreffe, fur
lequel le maquignon fe rendoit difficile quant
au prix ; le différend ne s'ajuftant pas , le
marchand de chevaux qui avoit fes vues, fe
rend chez Mlle. Adeline, & lui dit qu'il aime
mieux traiter avec elle ; que fi elle veut lui
accorder une nuit, les chevaux feront à elle
fans conteftation, & qu'il les fera conduire
avant & dès le foir même dans fon écurie.
Mlle. Adeline qui prend volontiers de toutes
mains, a confenti au marché fidellement ac-
quitté des deux parts : mais le maquignon en
fortant de chez Mlle. Adeline s'eft tout de
fuite tranfporté chez M. de Veymeranges :
ayant bataillé encore quelque temps, il a paru
acquiefcer, quoiqu'à regret, aux conditions,
& après avoir pris avec lui un des cochers de
M. de Veymeranges, qui a bien certifié à fon
maître que les chevaux étoient dans l'écurie
de Mlle. Adeline, & que c'étoient les mêmes ; il eft revenu toucher fon argent, fans
fe vanter alors du pot de vin. La courtifane
vraifemblablement auroit auffi volontiers gardé
le filence, fi quelques jours après le marchand
de chevaux n'eût eu la petite vanité de conter
fon efpieglerie : le bruit en eft bientôt venu
aux oreilles de M. de Veymeranges qui a pris
ce prétexte pour rompre un entretien trop
lourd, fur-tout en ce moment, où il eft menacé d'une difgrace prochaine.

4 *Mars.* On a enfin une lifte exacte de la
formation des fept bureaux préfidés par les

sept princes du sang. Tous ces membres. les présidents compris, forment un total de cent quarante-quatre personnes : les deux premiers sont de vingt-deux, & tous les autres de vingt.

Formation des sept bureaux.

PREMIER BUREAU.

Monsieur, frere du Roi.

M. *de Dillon*, archevêque de Narbonne.

M. *de Séguiran*, évêque de Nevers.

M. le duc *de la Rochefoucault*.

M. le maréchal *de Contades*.

M. le maréchal *de Beauveau*.

M. le duc *du Châtelet*.

M. le comte *de Brienne*.

M. le baron *de Flafchlanden*.

M. *de Sauvigny*,
M. *de Fourqueux*, } conseillers d'état.

M. *d'Aligre*, P. P. du parlement de Paris.

M. *d'Ormeffon*, président à mortier, idem.

M. *de Lamoignon*, idem.

M. *de Saron*, idem.

M. *Joly de Fleury*, P. G. du parlement de Paris.

M. *de Bernis*, coadjuteur d'Alby & archevêque de Damas, député du clergé des états de Languedoc.

M. *le Provoft de la Voltais*, député de la noblesse des états de Bretagne.

M. *Gérard*, préteur de Strasbourg.

M. *Tolozan de Montfort*, prévôt des marchands de Lyon.

M. *d'Ifnard*, maire de Marfeille.
M. *Dupéré Duvéneur*, maire de Rouen.

Total 22 perfonnes.

DEUXIEME BUREAU.

Monfeigneur comte *d'Artois*, frere du roi.
M. *de Brienne*, archevêque de Touloufe.
M. *de la Luzerne*, évêque de Langres.
M. le duc *d'Harcourt*.
M. le maréchal *de Stainville*.
M. le prince *de Robecq*, lieutenant général.
M. le duc *de Laval.*
M. le duc *de Guines*.
M. le marquis *de la Fayette*.
M. *Lambert*, confeiller d'état.
M. *de Villedeuil*, intendant de Rouen.
M. *de Nicolaï*, P. P. de la chambre des comptes de Paris.
M. *le Berthon*, P. P. du parlement de Bordeaux.
M. *de Cœurderoy*, P. P. du parlement de Nancy.
M. *de Caſtillon*, P. G. du parlement d'Aix.
M. l'abbé *de Fabry*, député du clergé des états d'Artois.
M. le comte *de Chatellux*, député de la nobleffe des états de Bourgogne.
M. *de Morfontaine*, prévôt des marchands de Paris.
M. *Angrand d'Alleray*, lieutenant civil du châtelet de Paris.

M. le chevalier *Deydé* , maire de Montpellier.

M. *de Beauvoir* , maire de Bourges.

M. *de Roulhac* , maire de Limoges.

Total 22 perfonnes,

TROISIEME BUREAU.

M. le duc *d'Orléans.*

M. *de Cuffé* , archevêque d'Aix.

M. *de Fontanges* , évêque de Nancy.

M. le duc *de Clermont-Tonnerre.*

M. le maréchal *de Broglio.*

M. le comte *de Thiard.*

M. le comte *de Rochechouart.*

M. le marquis *de Bouillé.*

M. *Vidaud de la Tour* , confeiller d'état.

M. *Berthier* , intendant de Paris.

M. *de Pontcarré* , P. P. du parlement de Rouen.

M. *de Berulle* , P. P. du parlement de Grenoble.

M. *de Barentin* , P. P. de la cour des aides de Paris.

M. *de Cambon* , P. G. du parlement de Touloufe.

M. *de Caradeuc* , P. P. du parlement de Rennes.

M. le marquis *d'Eflournel* , député de la nobleffe des états d'Artois.

M. *de la Motte Fablet* , député du tiers-état de Bretagne.

M. *Crignan de Bonvalet* , maire d'Orléans.

M.

M. *le Caron de Chocqueufe*, maire d'Amiens.
M. *de Maney*, maire royal de Nancy.

Total 20 perfonnes.

QUATRIEME BUREAU.

M. le prince *de Condé.*
M. *Dulau*, archevêque d'Arles.
M. *de Lauzieres*, évêque de Blois.
M. le duc *de Chabot.*
M. le maréchal *d'Aubeterre.*
M. le comte *d'Eftaing.*
M. le marquis *de Langeron.*
M. le marquis *de Mirepoix.*
M. *Dupleix de Bacquencourt*, confeiller d'état.
M. *de Neville*, intendant de Bordeaux.
M. *de Saint-Seine*, P. P. du parlement de Dijon.
M. *de Grosbois*, P. P. du parlement de Befançon.
M. *de Montholon*, P. G. de la chambre des comptes de Paris.
M. *de Bordenave*, P. G. du parlement de Pau.
M. l'abbé *de la Fare*, député du clergé des états de Bourgogne.
M. le marquis *d'Hautpoul*, député de la noblefle des états de Languedoc.
M. *Duquefncy*, député du tiers-état d'Artois.
M. le marquis *de Bonfontan*, premier capitou de Toulouse, gentilhomme.

Tome XXXIV. K

M. le vicomte *du Hamel* , lieutenant de maire de Bordeaux.

M. *de Pujol* , prévôt de Valenciennes.

Total 20 perfonnes.

CINQUIEME BUREAU.

M. le duc *de Bourbon*.

M. *de Taleyrand-Perigord* , archevêque de Rheims.

M. *de Beauffet* , évêque d'Alais.

M. le duc *de Nivernois*.

M. le maréchal *de Mailly*.

M. le comte *d'Egmont*.

M. le comte *de Puifegur*.

M. le comte *de Choifeul la Beaume*.

M. *le Noir* , confeiller d'état.

M. *Efmangard* , intendant de Lille.

M. *de la Tour* , P. P. du parlement d'Aix.

M. *de la Caze* , P. P. du parlement de Pau.

M. *Hocquart* , P. P. du parlement de Metz.

M. le baron *de Spon* , P. P. du confeil fouverain d'Alface.

M. *Perard* , P. G. du parlement de Dijon.

M. *Hocquart* , P. G. de la cour des aides de Paris.

M. *Noirot* , député du tiers-état de Bourgogne.

M. *Havino de Bourghelles* , mayeur de Lille.

M. *Huez* , maire de Troyes.

M. *Duval de la Motte* , maire de Montauban.

Total 20 perfonnes.

SIXIEME BUREAU.

M. le prince *de Conti*.

M. *de Juigné*, archevêque de Paris.

M. *Seignelay Colbert de Gaft le Hill.*, évêque de Rodez.

M. le duc *de Luxembourg*.

M. le maréchal *de Vaux*.

M. le duc *de Chabot*.

M. *de la Galaiziere*, confeiller d'état.

M. *de Croix*, marquis *d'Heuchin*.

M. *de Catuelan*, P. P. du parlement de Rennes.

M. *de Poliuchove*, P. P. du parlement de Douay.

M. *Dudon*, P. G. du parlement de Bordeaux.

M. *de Reynaud*, P. G. du parlement de Grenoble.

M. *de Lançon*, P. G. du parlement de Metz.

M. *Doroz*, P. G. du parlement de Douay.

M. *de Loyfon*, P. G. du confeil fouverain d'Alface.

M. le chevalier *Defue de Saint - Afrique*, député du tiers-état de Languedoc.

M. *Verdier*, maire de Bayonne.

M. *de la Grandiere*, maire de Tours.

M. *de Meaujean*, maire échevin de Metz.

M. *Reboul*, maire de Clermont Ferrand.

Total 20 perfonnes.

SEPTIEME BUREAU.

M. le duc *de Penthievre*.

K 2

M. *Champion de Cicé* , archevêque de Bordeaux.

M. *de Galard de Terraube* , évêque du Puy.

M. le maréchal *de Mouchy*.

M. le prince *de Croy*.

M. le comte *de Perigord*.

M. le marquis *de Gouvernet*.

M. le comte *de Montboiffier*.

M. *Boutin* , confeiller d'état.

M. *de Senaux* , P. G. du parlement de Touloufe.

M. *de Malartic* , P. P. du confeil fouverain de Rouffillon.

M. *de Belbœuf* , P. G. du parlement de Rouen.

M. *de Beaume* , P. G. du parlement de Befançon.

M. *de Marcol* , P. G. du parlement de Nancy.

M. *de Vilar* , P. G. du confeil fouverain de Rouffillon.

M. *de Hercé* , évêque de Dol , député du clergé des états de Bretagne.

M. le comte *de Veudeuvre* , maire de Caen.

M. *de Souyn* , maire de Rheims , militaire.

M. *Girard Dupleffix* , procureur fyndic & maire de Nantes.

M. *Goblet* , premier échevin de Paris.

Total 20 perfonnes.

4 Mars. Tous les bureaux alarmés de l'impôt territorial , ayant été d'avis que l'objet de leurs délibérations devoit être , non , comme le defire le contrôleur général , d'accroître

la recette , afin de l'égaler à la dépenfe ; mais
de voir , au contraire , fi l'on ne pouvoit pas
diminuer la dépenfe , de façon à la faire
cadrer avec la recette. Le bruit court que
tous les princes préfidents ont été priés de
fe retirer pardevers le Roi , afin de fupplier
Sa Majefté de faire remettre aux bureaux les
foixante-trois états que M. de Calonne a cités
dans fon difcours , comme bafe du travail du
leur. On ajoute que d'après cette demande ,
le contrôleur général a pris la tournure de
faire indiquer par Sa Majefté pour le 2 mars ,
qui étoit avant-hier , chez Monfieur un bureau
partiel de quarante-deux perfonnes ; c'eft-
à-dire , de fix membres de chaque bureau ,
y compris le prince préfident : que le miniftre s'eft rendu à ce bureau avec les états dont
il a été donné communication aux membres
préfents , mais avec refus de les laiffer. Que
c'eft dans cette affemblée où M. de Calonne
a effuyé des propos très-vifs , fur-tout après
la déclaration ultérieure que le *déficit* n'étoit
pas feulement de 80 millions , mais de cent
douze.

Les députés de chaque bureau fe font rendus refpectivement hier auprès de leurs confreres , & ont rapporté ce réfultat encore
plus effrayant.

4 *Mars*. Hier Me. Linguet a plaidé pour la
feptieme fois : il s'eft félicité de l'heureufe
tournure que prenoient enfin fes affaires ; les
deux arrêts rendus en fa faveur par le parlement ont applani les premieres difficultés ;
les greffiers font devenus dociles , fon pro-

eureur s'eft raffuré , tout marche à préfent
réguliérement.

A la lecture de l'arrêt de mars 1775 ,
Me. Linguet a vu avec joie qu'il s'offroit une
foule de moyens de caffation qu'il n'avoit pas
encore envifagés. Il a annoncé que fes lettres
de requéte civile étoient expédiées &. fcel-
lées ; mais que les délais inévitables , nécef-
fités par la procédure , le mettoient dans
l'impoffibilité de plaider fur ce point avant
pâques. Il s'en eft tenu à prendre des conclufions fur fa demande en paiement d'honoraires , & s'eft réfervé celle en dommages-
intérêts de la perte de fon état dans le temps
convenable.

Me. de Laulne , le défenfeur du duc d'Aiguillon , a enfin eu la liberté de parler. Il
a d'abord fait l'expofé des variations fréquentes de fon adverfaire dans ce procès , ne
fachant à quel point s'arrêter. L'ordonnance
à la main , il a prouvé enfuite l'ignorance de
Me. Linguet , qui demandoit une disjonction
abfolument contraire aux difpofitions qu'il a
lues ; cependant cette même ordonnance
permettant d'y déroger lorfque les parties le
veulent bien , il a déclaré que fon client y
confentoit.

Me. de Laulne a ajouté que fur cette partie
de la répétition d'honoraires , le duc d'Aiguillon étoit enfin difpofé à s'en tenir à ce
qu'il avoit dit d'abord, «qu'il croyoit Me. Lin-
» guet fuffifamment payé de 12000 livres :
» qu'au furplus , il s'en rapportoit à ce qu'or-
» donneroit la cour ; mais que Me. Linguet
» avoit tellement compliqué fa demande ,

» y avoit tellement mêlé des incidents, des
» anecdotes, des faits particuliers, que le
» duc d'Aiguillon étoit forcé de s'arrêter fur
» quelques-uns pour éclairer les magistrats,
» ainsi que le public, dont tout homme
» d'honneur doit être jaloux de conserver
» l'opinion. »

Il a distingué trois objets essentiels dans les
plaidoieries de son adversaire. 1°. Le duc
d'Aiguillon prétend avoir fait donner 500
louis à Me. Linguet, & celui-ci n'en avoit
reçu que 400. 2°. Le duc d'Aiguillon prétend
avoir suffisamment payé son avocat avec une
somme de 12000 livres, & cet avocat ne
regarde cette somme que comme un léger à-
compte sur ses honoraires, ou même comme
un simple remboursement de faux-frais, dans
lesquels il a été obligé de se constituer pour
un procès aussi immense. 3°. Me. Linguet prétend que le duc d'Aiguillon a si bien senti
lui-même l'insuffisance de ce paiement, qu'il
lui a fait offrir, par l'entremise de M. le
garde des sceaux, une pension viagère de
2000 livres, afin de le satisfaire entièrement.
La réponse a été :

1°. Le duc d'Aiguillon a réellement envoyé
500 louis à Me. Linguet, en cinq paiements
différents : il n'en peut rapporter de quit-
tance, parce que Me. Linguet, étant alors
avocat, suivoit l'usage de ses confreres de ne
point donner de reçu. Ces 500 louis lui ont
été portés par le chevalier d'Abrieu, homme
de condition, chevalier de St. Louis, témoin
& porteur d'autant moins récusable par
Me. Linguet, que celui-ci fait l'éloge de

probité , de l'exactitude, du défintéreffement
du chevalier d'Abrieu dans une foule de lettres qu'il lui a adreffées , & dont , pour
preuve , trois ont été lues. Me. de Laulne
a également lu le certificat du chevalier
d'Abrieu , qui attefte avoir fait cinq paiements. Enfin la loi eft qu'en pareil cas , le
ferment foit déféré au défendeur , & le duc
d'Aiguillon offre de le faire , quoique fura-
bondant.

2°. A l'égard de l'eftimation des travaux de
Me. Linguet , le duc d'Aiguillon a confulté
là-deffus , dans le temps , fes autres confeils ,
qui lui ont dit que l'ufage étoit de payer les
mémoires imprimés fur le pied de 36 livres
ou 48 livres la feuille , & que les trois de
Me. Linguet ne montant qu'à huit cents &
quelques pages in-4°. , il fe trouvoit avoir
été payé fur le pied de quatre à cinq louis la
feuille. . . . . Ici s'eft élevé un murmure fi
confidérable dans le *Forum* , les huées ont
été fi fortes , fi multipliées , fi générales &
fi perfevérantes, que l'avocat n'a pu fe faire
entendre , & le préfident s'eft levé pour aller
aux voix. . . . . Après un quart-d'heure de
débats entre les juges , le préfident s'eft raffis
& a dit : « La cour ordonne qu'on faffe
» filence , & fi l'on continue de manquer de
» refpect à la cour , l'affaire fera plaidée à
» huis clos. . . . » Alors il s'eft fait filence ,
& Me. de Laulne a repris.

Il a ajouté , qu'enfin il ne falloit pas appré-
cier les travaux de Me. Linguet tout-à-fait fur
le compte qu'il en rendoit ; que le client &
l'avocat n'étoient point encore d'accord fur

ce point. Qu'outre les mémoires imprimés, Me. Linguet parloit de plusieurs gros & importants manuscrits composés pour le duc d'Aiguillon ; manuscrits que ce seigneur offroit par serment de déclarer n'avoir jamais ni commandés, ni vus, ni connus ; manuscrits au surplus dont Me. Linguet ne faisoit aucune mention dans l'original de sa premiere demande au duc d'Aiguillon, & à ce sujet Me. de Laulne a donné aux juges un échantillon de la bonne foi de Me. Linguet, qui, dans une copie prétendue de cette lettre lue à l'audience, y avoit inséré depuis un article de ces manuscrits.

3°. Me. de Laulne sentant toute l'importance de la prétendue négociation du garde des sceaux, a cru devoir s'informer du fait à ce chef suprême de la justice, qui l'a autorisé à rendre aux juges le récit suivant.

En 1774, pendant le voyage de Fontainebleau, le duc d'Aiguillon disgracié & dans ses terres, Me. Linguet écrivit au comte de Maurepas pour l'engager à lui faire accorder, par M. le garde des sceaux, le privilege d'une édition générale de ses œuvres. Le comte de Maurepas, instruit des tracasseries & des demandes que Me. Linguet commençoit à former contre le duc d'Aiguillon, des lettres injurieuses qu'il lui avoit écrites, & de la menace qu'il lui faisoit perpétuellement de publier un libelle tout prêt qui devoit diffamer l'ex-ministre dans toute l'Europe, crut l'occasion favorable pour arrêter cette agression. Il engagea le garde des sceaux à concéder le privilege, à condition que Me. Linguet mettroit en tête de fes œuvres une épître dédicatoire, par forme de rétractation & de réparation de toutes les injures qu'il avoit vomies contre fon client, & fur-tout de préfervatif du libelle : le comte de Maurepas ajouta que M. le garde de fceaux pourroit offrir au fieur Linguet 1500 livres de rentes viageres en reconnoiffance de cette dédicace, fuivant l'ufage des grands feigneurs envers les gens de lettres qui recherchent ainfi des protecteurs ; qu'il fe faifoit fort de faire agréer cette condition du duc d'Aiguillon. Le garde des fceaux ayant propofé la condition à Me. Linguet, celui-ci avoit demandé huit jours pour fe confulter, & au bout de ce temps avoit envoyé un projet d'épître dédicatoire fi finguliere, que le garde des fceaux & le comte de Maurepas l'avoient jugée également inadmiffible. Du refte, M. le garde des fceaux a déclaré n'avoir jamais parlé ou avoir été chargé de parler d'honoraires à Me. Linguet, & regarde comme un jeu de l'imagination de cet orateur, tout ce qu'il a plaidé, toutes les lettres qu'il a lues à cet égard.

Me. de Laulne a fini par déclarer que le duc d'Aiguillon n'entreroit point dans un combat de paroles contre Me. Linguet ; qu'il ne fe permettroit pas de qualifier les plaidoyers de fon adverfaire & la maniere cruelle dont il avoit mis en fcene le duc d'Aiguillon ; que fon client s'en rapportoit là-deffus, comme fur le refte, aux magiftrats.

Ce coup de main auroit atterré tout autre : Me. Linguet vouloit répliquer, lorfque le

préfident eft allé aux voix. Dans le cours des
opinions , il s'eft interrompu pour demander
à Me. Linguet s'il en auroit pour long-temps ?
Il a répondu que non : on lui a accordé la
réplique , & la caufe a été remife à la huitaine.

4 *Mars.* Extrait d'une lettre de Verfailles,
du 2 mars 1787. . . . . . Dans les premieres
féances des bureaux , il n'y avoit qu'un mémoire concernant les affemblées provinciales
pour chaque bureau , communiqué fucceffivement à chacun des membres lors de fa délibération du 24 février : ce fut le bureau de
M. le duc d'Orléans qui déclara , qu'on ne
pouvoit voter fur ce mémoire , fans que chaque membre en eût une copie , & une du
difcours de M. de Calonne à l'affemblée où
étoit le Roi.

Depuis cette réclamation , on a envoyé
dans chaque bureau autant de mémoires qu'il
y avoit d'opinants : du refte , la maffe de ces
mémoires eft toujours adreffée au premier
bureau , chargé de la diftribution des autres.

Dans ce même bureau , M. le duc de Clermont-Tonnerre , & M. le premier préfident
du parlement de Grenoble , en adoptant l'avis
général , fupplierent en même temps le Roi
de vouloir bien ordonner la convocation des
états du Dauphiné , qui n'ont été que fufpendus dans le dernier fiecle.

Ce mémoire n'a occupé les bureaux que
jufqu'au 27 février inclufivement. Ils fe font
tous réunis à demander la préfidence pour un
des deux ordres , du clergé ou de la nobleffe ,
exclufivement au tiers , pour donner le plus

K 6

de confiftance aux affemblées , ainfi que le plus d'étendue poffible à leurs fonctions, pour reftreindre autant qu'il fe pourroit l'influence des intendants & annuller leur autorité ; quelques-uns ont opiné même pour que tout ce qui a trait aux milices foit confié aux adminiftrations provinciales : enfin tous les bureaux defirent voir l'édit projeté & minuté , afin de réfléchir mieux & fur l'enfemble & fur les détails.

5 *Mars.* MM. de Launay, gouverneur de la Baftille , & le commiffaire Chenon , qui croyoient avoir reconquis l'opinion publique par leur *Piece importante,* fe trouvent dans un nouvel embarras : une *reponfe pour le comte de Cagliofro* fe publie depuis quelques jours. C'eft une piece judiciaire , dont l'objet eft de détruire par la déclaration volontaire de Me. Fremyn , du 14 février dernier , le certificat par lui délivré au fieur de Launay , le 7 du même mois , & d'examiner enfuite fi la fameufe defcription des bijoux de la dame Cagliofro , du 5 feptembre 1785 , eft conforme au procès-verbal de remife de ces mêmes bijoux , du premier juin 1786 ; de prouver enfin , par la différence qui s'y trouve , que cette piece , loin d'être victorieufe pour le fieur de Launay , ne peut que tourner contre lui.

On a imprimé en même temps une *Requête à Noffeigneurs du Confeil,* par laquelle le comte de Cagliofro demande une enquête fur les faits qui font dans le cas d'être prouvés. Cette piece , purement judiciaire auffi , ne mérite aucun détail.

5 *Mars.* Il fe confirme une anecdote qui couroit depuis quelques jours fur M. de Veymeranges , & caufoit une grande fermentation dans Paris. On fait que c'eft un des bras droits de M. de Calonne. Le comte de Senef , vifant à l'agrément de la charge de tréforier des parties cafuelles qu'il auroit envie d'acheter de M. Bertin , avoit eu recours à M. de Veymeranges : celui-ci lui fait entendre que cela fera très-aifé par l'entremife de madame Fouquet , niece du contrôleur général , mais qui exige 5oooo écus de pot-de-vin : le comte de Senef y confent & les donne.

M. le comte de Senef croit en conféquence pouvoir & devoir même une vifite de politeffe à madame Fouquet ; celle-ci ne le connoiffant pas & ayant du monde , ne lui fait qu'une très-froide réception : il fort furieux , rencontre un ami & fe plaint de la malhonnêteté de madame Fouquet. L'ami qui connoiffoit beaucoup cette dame & la favoit incapable d'un pareil marché , témoigne fa furprife au comte de Senef : il lui promet d'éclaircir la chofe. Il en parle à madame Fouquet, qui déclare ignorer abfolument ce ce tripotage : indignée , elle va chez fon oncle , fe plaint d'avoir été compromife par M. de Veymeranges & en demande juftice. Le contrôleur général veut approfondir le fait , il ne le trouve que trop vrai. Cependant comme il a befoin de M. de Veymeranges , dont le confeil & les travaux lui font effentiels en ce moment, il demande au Roi , aux oreilles duquel l'hiftoire eft revenue , la permiffion de l'employer encore. Mais ma-

dame Fouquet qui demeure chez son oncle
& fait les honneurs de sa table , lui déclare
que si M. de Veymeranges se présente pour
diner , elle ne le souffrira pas & se retirera
plutôt.

Malgré la bonne volonté du contrôleur
général , on ne croit pas , vu la publicité
de l'anecdote , qu'il puisse sauver son protégé
trop diffamé. On parle même déja d'un voyage
qu'il va faire.

5 *Mars*. M. Bourboulon , trésorier général
de M. le comte & de madame la comtesse
d'Artois , vient de prendre la fuite : sa banqueroute a éclaté ce matin à la bourse , on
la dit de quatre à cinq millions. C'étoit un
grand insolent que personne ne plaint. C'est
lui qui avoit écrit contre M. Necker & son
Compte rendu.

M. Harvouin a écrit à quelques-uns de ses
confreres anciens , entr'autres à M. de l'Orme ;
il le prie , s'il conserve encore quelque senti-
ment pour lui , de faire parvenir sa justification à Mesdames. On ne dit pas au surplus ce
que c'est que cette justification.

5 *Mars*. L'avis de M. de Castillon , procureur général du parlement d'Aix , du bureau
de M. le comte d'Artois , est celui qui a fait
le plus de sensation , d'autant mieux qu'il
contient une sorte de protestation en faveur
de la Provence. Voici les paroles mêmes de
ce magistrat patriote :

« Votre Altesse Royale me permettra de
» lui dire qu'il n'est aucune puissance légale
» qui puisse admettre l'impôt territorial ,
» tel qu'il est proposé ; ni cette assemblée ,

» quelqu'augufte qu'elle foit, ni les parle-
» ments, ni les états particuliers, ni même
» le Roi : les états généraux en auroient
» feuls le droit. Quant à moi, je ne puis,
» comme Provençal, délibérer fur cet objet.
» La Provence n'ayant été ni conquife ni
» réunie, & s'étant donnée librement, en
» confirmation du teftament du roi René,
» dont le premier article garantit tous les
» privileges du pays, & notamment de n'être
» jamais foumife à aucun impôt territorial. »

5 *Mars*. Les difcours d'ouverture des princes n'ont point été répandus, fauf celui du
comte d'Artois dont on donne des copies,
fans doute comme du plus faillant.

Difcours de M. le comte d'Artois.

« Vous allez examiner avec détail les im-
» portans projets fur lefquels le Roi veut
» bien nous confulter. Je connois votre zele,
» votre patriotifme, & je ne doute point des
» marques diftinguées que vous en donnerez
» dans une occafion auffi intéreffante.

» François comme vous, fujet comme
» vous, je répondrai à la confiance que le
» Roi, mon frere, nous témoigne, par la
» plus entiere franchife & la plus parfaite
» foumiffion aux ordres qu'il voudra nous
» donner pour le bonheur de fes peuples &
» la gloire de fon trône. Mais, Meffieurs,
» ces fentiments font trop gravés dans vos
» cœurs pour qu'il me foit permis d'en
» douter. »

6 *Mars*. Le parti janfénifte, toujours acharné
contre l'archevêque, enfante encore une

Lettre à l'Auteur des Observations sur le nouveau Rituel de Paris, en date du premier de ce mois. L'auteur, plus grave que le précédent, reproche au Rituel nouveau de prêcher une doctrine tantôt infectée de l'ultramontanisme le moins équivoque, tantôt altérée par les nouvelles opinions théologiques, auxquelles on avoit le moins lieu de s'attendre.

Il se révolte sur-tout, ainsi que M. Robert de Saint-Vincent, contre l'indécence d'avoir affecté de citer la révocation de son appel par M. le cardinal de Noailles ; & pour servir de contre-poison à l'anecdote, il rapporte la déclaration du prélat du 26 février 1729, qu'il ne se départira jamais de ses sentiments ni de son appel ; ce qui au fond n'indique qu'une variation de plus & une tête absolument affoiblie.

Cette lettre excellente pour les Zélanti ne mérite pas plus de détail pour les gens du monde.

6 Mars. Le ballet du *Coq du Village*, pantomime, comme on a dit, tracée exactement d'après l'opéra comique du même nom, est une infraction du dernier bail passé par la comédie italienne avec l'académie royale de musique. Une clause porte que l'opéra ne pourroit plus à l'avenir prendre les sujets ni les airs qui appartiennent à la première, pour en former des ballets d'action.

Cette clause étoit une récrimination de l'obligation que l'académie royale de musique imposoit à la comédie italienne de ne plus à l'avenir représenter aucun ouvrage revêtu de musique étrangere, comme la *Servante Maî-*

treffe, Ninette à la Cour, la Colonie, la Bonne fille, &c. C'eſt par une ſuite de cette défenſe qu'on eſt obligé d'aller voir jouer ſur le théâtre de la ville de Verſailles le *Roi Theodore*, dont la muſique délicieuſe eſt du ſieur Paeſello, & ſe trouve arrétée aux portes de Paris, comme de la contrebande.

Les amateurs deſireroient que l'indulgence de la comédie italienne envers l'opéra, excitât celui-ci à en uſer de même à l'égard de ſa rivale, & ne l'empêchât plus d'employer une muſique étrangere dont lui-même ne peut & ne veut faire aucun uſage.

6 *Mars*. Extrait d'une lettre de Berlin, du 13 février... Vous ne tarderez pas à voir le *Proſpectus* d'un ouvrage poſthume du feu roi de Pruſſe, intitulé *Hiſtoire de mon temps, pour ſervir de ſuite aux mémoires de Brandebourg*. Ce manuſcrit contient principalement l'hiſtoire du regne de *Frédéric le Grand*, depuis 1740 juſqu'à la paix de Teſchen en 1779. Par une ſingularité digne de ſon auteur, il avoit compoſé ſon ouvrage en françois, & il a fallu le traduire en allemand pour l'intelligence des nationaux.

Ce manuſcrit confié & donné par le monarque à ſon ſecrétaire Villaume, en lui permettant de le vendre à ſon profit après ſa mort, a été racheté par le Roi régnant : Sa Majeſté a commis pour l'imprimer les libraires Vos, pere & fils, avec l'imprimeur de la cour Decker : il eſt ſous la garde de M. de Woelner, conſeiller privé des finances, qui doit lire quelques morceaux de l'ouvrage dans une des ſéances publiques de l'académie. M. le

confeiller privé de Moulines, a revu & corrigé le même manufcrit. M. le comte de
Hertzberg l'a revu & confronté avec l'original de la propre main de l'auteur qui eſt dans
les archives royales : du reſte, j'ignore ſi M.
le comte de Mirabeau, ainſi qu'on le dit à
Paris, a eu quelque part à ces différentes ma-
nipulations. . . La traduction allemande eſt
achevée & ne retardera plus l'impreſſion.

6 *Mars*. On parle d'une caricature très-
condamnable par les alluſions auxquelles
elle peut prêter. On voit à table un gros fermier ; il ne ſe trouve encore aucun mets à
ſervir ; ſon garçon de baſſe-cour, le coutelas
à la main, ſemble diſpoſé à faire main-baſſe
ſur une foule d'animaux de trois eſpeces, des
cochons, des cocqs-d'inde, des moutons. . .
On lit au bas cette harangue du garçon de
baſſe-cour : « Le propriétaire auroit le droit
» de vous égorger ſans mot dire : mais il
» veut bien vous donner à choiſir de quelle
» maniere vous préferez d'être mangés. . . »

7 *Mars*. Parmi les noms des fouſcripteurs
pour la conſtruction des nouveaux hôpitaux,
on trouve le nom du duc de Praſlin, qui eſt
le ſixieme ſur la liſte. Il a conſacré une ſomme de douze mille livres à cette œuvre de
charité : mais on confirme ce qu'on a dit dès-
lors, qu'il avoit ajouté à condition que le Sr.
le Doux ne ſera chargé d'aucun de ces bâtimens. On ne ſait ſi c'eſt par horreur de cet
architecte, comme préſidant à la confection
des murs de Paris, ou par crainte qu'il n'é-
talât trop de luxe dans des hôpitaux dont la
ſimplicité doit faire le caractere ; ce qui n'eſt

pas celui des édifices du Sr. le Doux ; ou la regardant comme conftituant ceux qui s'en rapportent à fes devis en trop de dépenfes.

7 Mars. On commence à parler heaucoup d'une infiitution formée par l'intendant de la généralité de Paris. Ce font des comices agricoles ; ils ne reffemblent pas encore tout-à-fait à ceux du peuple Romain ; mais enfin ils font lonables & peuvent être utiles dans leur genre. On n'auroit pas cru M. Berthier, perfonnage très-frivole , capable d'un établif-fement auffi réfléchi. En voici l'origine.

En 1785 , M. l'intendant voulant encou-rager l'agriculture , le premier des arts , ima-gine de réunir dans chaque élection douze laboureurs des plus recommandables. Ils s'affemblent chaque mois à un jour marqué chez le fubdélégué ; ils rendent compte de tous les faits intéreffants relatifs à l'économie rurale ; ils correfpondent avec la fociété royale d'agriculture , & dès 1786 celle-ci a nommé des commiffaires pour aller recueillir , par eux-mêmes , lors de la tournée de l'intendant, les lumieres qu'ils pourront puifer dans chaque affemblée : ainfi indépendamment de la cor-refpondance , cette récolte perfonnelle doit fe faire une fois par an.

Il fe diftribue à chacune des féances une médaille décernée au laboureur le plus mé-ritant de l'aveu de fes confreres. C'eft le commiffaire départi lui-même qui donne le prix.

7 Mars. Les délibérations des bureaux fur l'impôt territorial ont tenu depuis le 28 février jufqu'aujourd'hui 7 mars incluſivement.

Tous o₁t été d'avis avec plus ou moins de force de connoître la ſituation des finances & l'étendue des befoins avant de confentir à cet impôt , & pour en fixer la quotité & la durée.

Tous ont été d'avis de rejeter la perception en nature , comme trop frayeufe & entraînant trop d'inconvéniens. Du refle, ils ont varié fur le nom, fur l'étendue & fur les objets qui y feroient affujettis.

Le bureau de Monfieur a voté pour que la nobleffe & la magiſtrature ne fuffent pas exemptes de la capitation qu'on offre de leur remettre, & de faire tourner ce facrifice de leur part en diminution en foulagement de la partie la plus indigente des fujets Enfin tous ont été d'avis , plus ou moins énergiquement , que les droits & privileges des corps & des provinces fuffent maintenus dans leur intégrité.

Dans la féance orageufe du 6 mars du fixieme bureau , l'avis particulier de M. le prince de Conti , qui a defiré qu'il en fût fait regiftre , étoit en ces termes :

« Dans la pofition où je me trouve , je » n'ai rien à dire , fi ce n'eft que je m'en » rapporte à la fageffe , à la prudence & aux » bontés du Roi pour fes fujets. »

Les grands feigneurs fe font fur-tout oppofés à l'impôt territorial en nature , parce qu'ils font dans l'ufage de s'abonner en argent , & d'échapper ainfi à la répartition égale de l'impôt ; ce qui fait gémir les vrais patriotes.

Malgré les proteftations de l'archevêque de

Narbonne & de l'archevêque d'Aix, le clergé fera, comme les autres sujets, contribuable de cette subvention. On lui accorde une assemblée au mois de juillet, dans laquelle il avisera aux moyens de payer ses dettes.

Le Roi qui comptoit que tout iroit de plein droit & qu'on lui sauroit gré de se rapprocher de la nation, est de fort mauvaise humeur & fatigué à l'excès de tous ces débats. Les comités ennuient la plupart des princes, & même un jour le prince de Conti a quitté le sien & est allé à la chasse : Sa Majesté lui en ayant fait des reproches, il a répondu qu'il avoit la tête fatiguée & avoit besoin de dissipation & d'exercice pour se la rendre libre.

8 *Mars.* On a qualifié les comités des princes d'après le caractere ou les discours de ces chefs. On appelle celui de Monsieur, le comité des sages, parce qu'il se conduit fort bien & avec beaucoup de prudence : celui du comte d'Artois, le comité des francs, parce qu'il a promis dans son discours de parler au Roi avec franchise, & que certains membres, comme M. de Castillon, l'ont fait à ce bureau : celui du duc d'Orléans, le comité des ladres ; ce prince a fait ses preuves, il n'a point de table à Versailles & revient tous les jours à Paris : celui du prince de Condé, le comité des des faux : celui du duc de Bourbon, le comité des ingénus ; son discours est charmant, il y avoue avec naturel son ignorance, son incapacité de figurer dans une telle assemblée : celui du prince de Conti, le comité des muets : celui du duc de Penthievre, le comité des plats.

8 Mars. On a fait fur l'événement actuel une allégorie intitulée *le Naufrage* ; elle est relative aux féances orageufes du 2 & du 3 de l'affemblée des notables, & fur-tout à la réfiflance très-vive & aux propos durs qu'a effuyés M. de Calonne : on a faifi la circonf-tance affez finguliere du vaiffeau de la compagnie des Indes, *le Calonne*, richement chargé, qui en effet a péri le 12 février dernier, fur le cap Saint-André, à quelques lieues de Lisbonne, à fon retour en Europe. Voici la plaifanterie.

« On apprend de Verfailles que le navire *l'Agioteur*, commandé par le fémillant Ca-lonne, venant de la Côte-d'Or & du Pégu, chargé de riches bagatelles d'un très-grand prix, a échoué au cap de Bonne-Efpérance par un coup de vent furieux. On eft d'autant plus inquiet fur ce vaiffeau, que le capitaine fe fiant fur la hardieffe de fes manœuvres & fur fa bonne fortune, n'avoit pas fait beau-coup de provifions, & que tout fon équi-page a grand appétit. »

8 Mars. Un arrêt du confeil fort fingulier, rendu le 12 janvier dernier, ne commence à percer qu'en ce moment, où il fait bruit & où beaucoup de curieux l'achetent pour s'en convaincre par leurs yeux ; il eft court & porte littéralement :

« Le Roi eft informé qu'il arrive fouvent que les exécuteurs des jugements rendus en matiere criminelle, font, *par erreur*, défignés fous le nom de bourreaux ; Sa Majefté s'é-tant fait rendre compte des repréfentations qu'ils ont faites à ce fujet, les a trouvées

ondées ; & voulant faire connoître fes in-
entions à cet égard ; oui le rapport, Sa Ma-
efté étant en fon confeil, a fait & fait très-
xpreffes inhibitions & défenfes de défigner
déformais fous la dénomination de bourreaux,
es exécuteurs des jugements criminels.

» Fait au confeil d'état du Roi, Sa Ma-
efté y étant &c. *Signé* le baron de Bre-
euil. »

8 *Mars.* La querelle élevée entre M. l'archevêque de Narbonne & le marquis de
Bouillé, au commencement des feffions des
notables, faifant bruit, il eft bon de la détailler
plus amplement. Ils étoient à dîner chez
M. le maréchal de Caftries, avec l'évêque
du Puy. Il fut queftion des mauvaifes in-
entions qu'on avoit contre le clergé : le
marquis de Bouillé dit que c'étoit très-bien
fait, qu'il étoit temps de fe fouftraire à
leur joug ; qu'il ne voyoit pas pourquoi on
marchoit toujours *par le chemin des prêtres* :
« Il me femble, » lui dit M. l'archevêque
de Narbonne, « que vous ne vous êtes pourtant mal trouvé d'avoir marché par ce che-
min-là ; c'eft lui que vous a conduit au temple de la gloire .... » Et comme le marquis
fembloit faire la fourde-oreille.... « Eh ! oui,
fi feu M. l'évêque d'Autun, votre oncle, ne
vous eût pas acheté un régiment, où en fe-
riez-vous ? » Le marquis voulut nier, préten-
dant que c'étoit par un arrangement de famille.... «Oui, fans doute, un arrangement
par lequel il payoit tout. » Le maréchal de
Caftries voyant que les convives s'échauffoient
& que cette fcene n'étoit point faite pour

les valets , fit retirer tous les domestiques & elle dura encore quelque temps. Cependant le marquis de Bouillé s'apperçut par un silence général qu'on n'approuvoit pas sa sortie contre le clergé , se radoucit & déclara à M de Narbonne qu'il n'avoit point voulu le fâcher , lui fit des excuses , que le prélat reçut avec beaucoup de hauteur & de mépris.

Après le dîner , comme l'on en étoit au café , le marquis de Bouillé tira dans une embrasure de fenêtre l'évêque du Puy & voulut lui faire entendre que M. l'archevêque de Narbonne avoit pris la mouche mal-à-propos ; en conséquence entra dans quelque explication : mais l'évêque du Puy prit feu à son tour, approuva tout ce qu'avoit dit son confrere , & déclara au marquis qu'il avoit tort de s'imaginer le trouver moins zélé & moins ardent pour les intérêts de son ordre ; en sorte que ce seigneur fut obligé de se retirer non moins confus de cette seconde attaque.

9 *Mars.* Extrait d'une lettre de Versailles , du 8 mars.... L'article des dettes du clergé n'a tenu que jusques au 8 mars inclusivement, & tous les bureaux ont été d'avis que le clergé , ainsi que la noblesse , doit supporter sa part proportionnelle des contributions publiques , mais sans attaquer sa propriété & sans préjudice de représentations de cet ordre sur les formes accoutumées de son administration & sur les droits & privileges propres à sa constitution.

9 *Mars.* Par son plan général d'institution pour les aveugles , M. Haüy , à l'aide de principes

principes & d'uſtenſiles à leur uſage, a trouvé
le moyen de rendre facile aux uns, ce qu'ils
n'exécutoient qu'avec peine, & poſſible aux
autres, ce qu'ils paroiſſoient ne pouvoir exécuter. De là eſt né : *Eſſai ſur l'éducation des
aveugles*, ou *Expoſé des différents moyens, vérifiés par l'expérience, pour les mettre en état de
lire, à l'aide du tact ; d'imprimer des livres,
dans leſquels ils puiſſent prendre des connoiſſances
de langues, d'hiſtoire, de géographie, de muſique
& autres ; d'exécuter différents travaux relatifs
aux métiers, &c. imprimé par les enfants aveugles.*

Le frontiſpice de l'ouvrage, l'épître dédicatoire au Roi, l'avant-propos, l'avertiſſement, les notes, le rapport de l'académie
des ſciences, celui des imprimeurs, non
moins favorable que le premier, les modeles
d'impreſſion & la table des matieres, ont
été imprimés par les enfants aveugles, avec
le caractere typographique ordinaire. Ils ſe
font ſervis, pour le reſte, du caractere imaginé pour leur propre uſage, & qui eſt celui
dont ils liſent l'impreſſion, lorſque le foulage
n'en eſt pas détruit.

On s'empreſſe de ſe procurer un ouvrage
auſſi ſingulier, auſſi curieux & auſſi recommandable ſous tous les aſpects. Il ſe vend
dans leur maiſon d'éducation, à leur ſeul
bénéfice.

9 *Mars.* Il ſe donne clandeſtinement, &
aux gens de connoiſſance, une *ſeconde Lettre
ſur les Notables*, en date du 7 février, qu'on
attribue encore à l'abbé Briſſard. On juge
par ſon époque récente que celle-ci ne peut

contenir des faits nouveaux. Elle roule fur les anciennes affemblées de notables. Un ami de l'auteur ne lui femble pas content de tout ce qui en a été imprimé à l'occafion de celle-ci ; il croit obferver dans ces différents ouvrages l'empreinte du génie miniftériel qui en infpiroit les écrivains : afin de fatisfaire fon ami, l'abbé s'arrête fur l'affemblée des notables de 1596, & parce qu'elle fut plus réguliere, & parce qu'elle eft peu connue, & parce qu'elle fut tenue par Henri IV, monarque dont le nôtre veut fuivre l'exemple : il fait voir que le contrôleur général y a bien puifé le modele de fes demandes ; il rapporte un Mémoire fur lequel fon *profpectus* femble abfolument calqué ; mais du refte, rien de pareil ni pour le choix des membres, ni pour l'abandon du fouverain, ni vraifemblablement pour la liberté des fuffrages.

9 *Mars.* La femme d'un maire qu'on ne nomme pas, ayant profité de l'occafion du voyage de fon époux à Paris, pour l'accompagner & vifiter la capitale, a apporté fa robe de noces, comme fa plus belle. Mais cette robe fort riche eft fort gothique ; elle a l'air d'une tapifferie & contrafte finguliérement avec les robes galantes & légeres de nos petites-maîtreffes. Elle fe montre à Verfailles dans la galerie avec cette robe ; tous les jeunes feigneurs de rire. . . . . Le prince de Léon, fils du duc de Chabot, plus fou que les autres, fuit cette femme par derriere & fe met à genoux : elle s'en apperçoit, fe retourne, & lui demande ce qu'il defire ? « Madame, j'admire votre robe ; je

» fuis paſſionné pour les antiques. —— Mon-
» fieur, puiſque vous avez ce goût-là , je
» puis , quand vous voudrez , vous en mon-
» trer un qui a vingt ans de plus..... c'eſt
» mon derriere. » Et les rieurs de ſe retourner
du côté de la dame & de perſiffler le prince
de Léon.

10 *Mars.* On a depuis long-temps annoncé
le *Suétone françois ;* la rareté de cet ouvrage
& ſon exceſſive cherté ne permettoient pas
d'en rendre compte que ſur parole. Aujour-
d'hui qu'on en a multiplié les éditions, & qu'il
eſt plus à portée de tout le monde , on en
peut parler de *viſu.* Son vrai titre eſt *Monu-*
ments de la vie privée des douze Céſars , d'après
une ſuite de pierres gravées ſous leur regne. Il
y a cinquante planches , ſans le frontiſpice. Celui - ci repréſente le temple des
Graces , avec cette inſcription : *Les délices*
des Céſars. A Rome , de l'imprimerie du Vati-
can , 1785.

La plupart de ces gravures ſont tirées ,
à ce qu'annonce l'éditeur , d'après des camées très-bien conſervés , auxquels il a joint
quelques médailles & quelques peintures relatives à ſon plan.

Il a donné une courte explication de chaque ſujet , où il cite les paſſages des auteurs
du temps auxquels l'antique fait alluſion , ou
qui rapportent l'anecdote caractériſée par la
gravure.

Cet ouvrage peut ſe regarder ſous pluſieurs points de vue & plaire en conſéquence
à trois eſpeces de lecteurs : aux voluptueux ,
auxquels il fournit un cours de libertinag°

& d'impudicité en tout genre , qu'ils ne con-
noissoient peut-être pas ; aux savants , qui y
trouveront l'histoire des mœurs , des rites &
des coutumes , détaillée avec tout le soin
possible ; enfin aux philosophes , y dévoi-
lant l'esclavage d'un peuple libre , l'humi-
liation des conquérants de la terre & l'affreuse
dépravation introduite dans la patrie des Fa-
bricius & des Catons , & qui bientôt se répandit dans tout l'empire. Au reste . les anti-
quaires regardent tous ces camées prétendus
comme un pur jeu de l'imagination de l'auteur de l'ouvrage , qu'ils veulent être M. de
Tancarville.

10 *Mars*. Voici ce que l'on a recueilli de
plus certain depuis le samedi 3.

Il paroît qu'avant l'assemblée du bureau
partiel , tenu chez Monsieur , le vendredi 2 ,
tous les bureaux regardoient unanimement
l'impôt territorial comme impraticable.

C'est la certitude de ce vœu unanime qui
avoit déterminé à éviter une assemblée générale & à provoquer la tenue du bureau partiel
qui a eu lieu le 2.

On est d'accord que la séance en a été
longue & sérieuse. Elle a duré cinq heures ,
& plusieurs des membres y ont parlé avec
autant de liberté que de justesse.

Le résultat a été à l'unanimité qu'il n'étoit
pas possible d'établir l'impôt territorial &
qu'il étoit indispensable d'avoir les états de
dépense & la connoissance du produit des
différends projets.

Le lendemain samedi il a été porté dans
chacun des bureaux une instruction de la

part du Roi pour les avertir de délibérer,
non pas fur le fond, mais fur les moyens de
percevoir l'impôt territorial en argent ou en
fruit.

Tous les bureaux, à l'exception du fixieme,
ont été d'avis, qu'en fuppofant qu'il fût
impoffible de fe difpenfer d'établir l'impôt,
il ne pouvoit l'être qu'en argent, & encore
à la charge de connoître les états de finances
& le produit probable des autres projets,
à l'effet de pouvoir déterminer de combien
devoit être celui de l'impôt en argent. Un
des motifs entr'autres pour ne pas en admettre
la perception en fruits, a été que les frais de
cette perception en abforberoient au moins
le tiers.

A l'égard du fixieme bureau, il a perfifté
purement & fimplement dans l'arrêté du
bureau particl du 2 mars.

Cette perfévérance a donné lieu à une
nouvelle inftruction envoyée lundi matin au
fixieme bureau, qui prétendoit n'avoir pas
compris la première. Elle portoit en fubftance que n'ayant pas apparement faifi le
véritable fens de l'inftruction du famedi, le
Roi croyoit devoir lui renouveller fes intentions.

Malgré ces nouveaux ordres, le fixieme
bureau & fon préfident ayant perfévéré à
l'unanimité (ce qui détruiroit l'avis particulier du prince de Conti, cité précédemment)
dans l'arrêté du 2 mars, & quelqu'un ayant
repréfenté que cela pourroit déplaire à Sa
Majefté, &c. le préfident s'eft décidé à aller
fur le champ chez M. le contrôleur général,

auquel on dit qu'il a parlé avec beaucoup de force & de vivacité , & qui de fon côté a perfifté à réclamer l'exécution des volontés du Roi.

Il paroît que M. le prince de Conti étoit tellement affecté qu'il ne vouloit plus continuer à préfider.

Mais le Roi auquel il a rendu compte de tout , lui ayant obfervé que les fix autres bureaux avoient formé un vœu uniforme , & les avis paroiffant fe réunir pour la perception en argent , il lui feroit plaifir de continuer ; le Prince eft effectivement retourné à fon bureau comme auparavant.

Aujourd'hui famedi , il n'y a eu aucune affemblée des fept bureaux , par la raifon que tous les objets de la premiere partie ou premiere fection des projets fe trouvant délibérés actuellement par tous les bureaux , on a préféré d'employer la journée à réunir & rapprocher le réfultat de leurs délibérations.

Mais au lieu de former à cet effet une affemblée générale ; au lieu même de convoquer au moins un bureau partiel de quarante-deux membres , on s'eft borné à la convocation du préfident & du rapporteur de chaque bureau chez Monfieur.

Il paroît même que les rapporteurs font avertis de borner leur rapport au réfultat fec des délibérations de chaque bureau , fans entrer dans aucun détail des modifications & des motifs.

Voici la notice des objets de la premiere fection dont on doit rapprocher aujourd'hui les réfultats.

1°. Les administrations provinciales paſ-
ſées quant au fond & changement dans la
forme.

2°. L'impôt territorial.

3°. Le rembourſement des dettes du
clergé.

4°. Les tailles.

5°. La liberté du commerce des grains,
ſauf aux provinces à demander la ceſſation
quand elles le jugeront à propos.

6°. Suppreſſion des corvées (remplacées
par un impôt en argent.)

Quant aux objets de la ſeconde ſection,
dont on s'occupera la ſemaine prochaine, ce
ſont :

1o. Les traites reportées aux frontieres.

2o. Marchandiſes coloniales, tabac, marque
des fers, ſubvention, fabrication des huiles,
droits d'ancrage, &c.

3o. Les gabelles.

10 *Mars*. Extrait d'une lettre de Verſailles
d'aujourd'hui. Il faut vous ajouter quelques
anecdotes à ma relation :

C'eſt le maire de Rheims du ſeptieme bureau qui a parlé plus ſavamment de tous les
notables, quoique militaire, & a démontré
l'impoſſibilité de l'impôt en nature.

Lors de la clôture de l'acte de réclamation
du premier bureau, le 9 mars, le prince a,
dit-on, fait ajouter : *en préſence & de l'avis de
Monſieur*.

Enfin, le duc du Châtelet, de ce bureau,
s'eſt diſtingué par ſon déſintéreſſement & ſon
patriotiſme. Pour ſoulager l'état, il a offert
de donner l'exemple & de remettre ſes pen-
ſions au Roi.   L 4

10 *Mars.* Suivant ce qu'on écrit de Bruxelles, le fujet de l'ordre qu'a reçu le nonce de fa fainteté de fe retirer, c'est qu'on lui attribue l'impreffion clandestine, & fans permission du gouvernement dans les Pays-Bas, d'une bulle de Rome, qui proscrit le fameux écrit ayant pour titre : *Qu'est-ce le pape !* Le conseil fuprême de Brabant a défendu fur la plainte du procureur général, fous les peines les plus rigoureufes, le débit de cette bulle.

10 *Mars.* A la fin de l'année derniere, les élus des états de Bourgogne ont fait acheter en Rouffillon, & amener dans leur province, un troupeau très-confidérable de beliers & de brebis, pour être diftribués aux différents propriétaires, afin de rehauffer la race généralement dégénérée & perfectionner la qualité des laines. Pour rendre plus durable & plus utile le bien qui doit réfulter de cette premiere introduction dans la province d'une plus belle efpece de bêtes à laine, & de de celles qui pourront avoir lieu par la fuite, l'adminiftration des états a institué à Dienay, lieu de l'établiffement du haras de la province, une école gratuite de bergerie.

10 *Mars.* L'abbé Bofcovich, le plus grand mathématicien d'Italie, est mort à Milan, le 12 février dernier, âgé de 75 ans environ. Il étoit jéfuite : lors de la fuppreffion de l'ordre en Italie, en 1773, M. de la Borde, madame de Civrac, M. de Durfort, M. de Boynes, madame de Vergennes, qui avoient eu occafion de le connoître, l'engagerent à venir à Paris, & lui procurerent le titre de directeur de l'optique de la marine, avec

une penfion de 8000 livres fur la marine &
fur les affaires étrangeres , qui devoit être
remplacée par un bénéfice , & il obtint des
lettres de naturalité.

Des tracafferies avec quelques favants obli-
gerent l'abbé Bofcovich à quitter Paris en 1783 ,
& à fe retirer dans fa patrie.

Outre fes connoiffances dans les hautes
fciences , il avoit du talent pour la poéfie ,
& il eft auteur d'un poëme latin fur les
éclipfes ; il étoit encore verfé dans la politique , & il fut chargé des affaires de la répu-
plique de Lucques : miffion peu importante
en elle-même , mais qui tenoit à des circonftances délicates , où il déploya toute la dexté-
rité jefuitique.

11 *Mars.* L'affluence qui s'étoit rendue
hier au palais pour entendre la décifion du
procès , entre le duc d'Aiguillon & Me. Linguet au fujet des honoraires que réclame celui-ci , étoit auffi confidérable que celle des
premieres féances ; mais heureufement les précautions avoient été bien prifes , & il y a eu
moins de défordre que l'année paffée:

Les magiftrats en place, on fut furpris de
voir Me. de Laulne fe lever & propofer à la
cour quelques réflexions néceffitées par une
requête de la partie adverfe tout récemment
fignifiée : il entroit déja en matiere , lorfque
le préfident fe leva & alla aux voix : M. de
Laulne craignant qu'on ne le voulût pas entendre , crioit comme un beau diable , qu'il
n'avoit qu'un mot à dire , mais qu'il étoit important ; que la juftice étoit pour tout le monde ; que fon antagonifte avoit tenu nombre

L 5

d'audiences : fur quoi Me. Linguet le prenant
fur le temps avec vivacité, s'écria : *oui, mais
je ne m'étois pas engagé à ne pas parler* ; efpece
de faillie épigrammatique faifie à l'inftant par
le public & qui fut très-applaudie. Il faut
pour fon intelligence fe reffouvenir que le duc
d'Aiguillon dans fa premiere requête, avoit
protefté qu'il s'en rapporteroit à la prudence
de la cour, qu'il ne feroit aucun plaidoyer ;
Me. Linguet l'avoit tellement provoqué qu'il
lui étoit devenu impoffible de garder abfolument le filence.

Quoi qu'il en foit, fur cet incident arrêt
qui ordonne que Linguet parlera le premier
& que de Laulne répliquera. Tout cela étoit
de trop bon augure pour ne pas encourager
Me. Linguet, à qui le préfident avoit rendu
un tres-grand fervice à l'audience du 3 mars
de remettre à la huitaine.

Quoique l'orateur n'ait réfuté en rien ni la
falfification des lettres que lui reprochoit fon
adverfaire, ni le certificat du chevalier d'A-
brieu, ni la négation accablante du garde
des fceaux ; voyant les difpofitions favorables
& du public & des juges, il a prouvé à quel
point l'art de la parole eft utile pour fe tirer
des plus mauvais pas ; il s'eft contenté de per-
fiffler & le chavalier d'Abrieu & Me. de Laulne,
& le garde des fceaux lui-même : il a prétendu que le premier radotoit, que le chef
fuprême de la magiftrature étoit trop fage,
trop réfervé, trop impartial pour s'être ex-
pliqué en pareille occafion : ainfi que cette
converfation devoit être regardée comme un
rêve de l'avocat du duc d'Aiguillon.

Deux morceaux ont fur-tout fait plaifir dans ce plaidoyer : l'éloge du comte d'Agenois , fils du duc d'Aiguillon , que l'orateur a eu l'adreffe d'amener fans affectation ; & fon adreffe non moins grande , tout en déclarant que le garde des fceaux n'étoit point fon en-nemi , de faire voir que c'étoit fous fon in-fluence pourtant que toutes les preffes fran-çoifes étoient paralyfées pour lui ; que toutes les entrées du royaume étoient obftruées , pour qu'il n'y pénétrât rien des preffes étran-geres en fa faveur , & qu'enfin , tandis qu'on lui ôtoit ainfi tout moyen de fe défendre par la voie de l'impreffion, fe diftribuoit le mé-moire de fon ancien agent , de ce dépofitaire infidele de fes fecrets ; mémoire qu'il a qua-lifié de libelle atroce : après avoir réfumé une derniere fois fes conclufions, Me. Linguet a laiffé le champ libre à fon adverfaire.

Me. de Laulne a commencé par fournir des éclairciffements fur un fait n'appartenant point au fond de la caufe , mais ayant été altéré par Me. Linguet , il étoit de la délicateffe du duc d'Aiguillon de le rétablir dans fon intégrité. Il s'agit d'une charge de fecrétaire des commandements du comte de Provence , que le duc d'Aiguillon avoit fait obtenîr à Me. Linguet fans finance & qu'il a reven-due 10000 l. : petit cadeau affez joli qui ma-nifeftoit la reconnoiffance du duc d'Aiguil-lon , dont Me. Linguet avoit affecté de dé-précier la valeur, fur-tout en attribuant à la bienveillance perfonnelle du feu Roi l'exemp-tion du paiement. Me. de Laulne a prouvé par des lettres minifterielles & par celles de

L 6

Me. Linguet lui-même, que cette anecdote
étoit fauffe, & que c'étoit au duc d'Aiguillon feul qu'il falloit rapporter cette faveur.

Le refte du plaidoyer de Me. de Laulne
a été fort mal entendu, & parce que Me.
Linguet l'interrompoit fouvent, & parce que
le public mal-veillant le huoit prefque fans
ceffe. Ce n'eft pas qu'il ne dit des chofes très-
vraies & très-fenfées ; mais elles perdoient
toute leur valeur en paffant par fa bouche,
& il faut convenir que par fes gaucheries
continuelles il a gâté la meilleure caufe.

Après avoir difcuté l'affaire actuelle, concernant le fupplément d'honoraires répétés
par Me. Linguet, il a voulu prévenir la feconde action en dommages-intérêts pour la
perte de fon état ; il a dit que, quoique le
duc d'Aiguillon eût confenti à la disjonction,
il avoit le plus grand defir de diffiper les impreffions fâcheufes que Me. Linguet par les
calomnies répandues dans fes plaidoyers auroit pu laiffer dans l'efprit du public : il a
prouvé par la lecture du difcours du bâton-
nier, par le réquifitoire des gens du Roi &
par les qualifications de l'arrêt, que le duc
d'Aiguillon n'étoit ni nommé, ni défigné
dans tout cela ; que fi Me. Linguet fe préva-
loit d'une qualification pouvant avoir trait à
cet ancien client, il y en avoit une infinité
d'autres abfolument étrangeres, dont une
feule fuffifoit pour provoquer l'indignation
de l'ordre. Me. de Laulne vouloit aller plus
loin & faire voir que Me. Linguet n'avoit pas
toujours penfé de la forte : ce qu'il devoit
prouver par des paffages des ouvrages mêmes

de l'accufateur. . . . Mais les huées redoublant,
le préfident a interrompu Me. de Laulne , lui
a dit que ce n'étoit point là l'affaire ; & quoique pendant huit audiences Me. Linguet fe
fût perpétuellement laiffé aller à des digreffions étrangeres, fatiriques & calomnieufes ,
il ne lui a pas permis de s'étendre plus loin
& d'achever. Les magiftrats fe font levés &
retirés pour délibérer.

Pendant le plaidoyer de Me. de Laulne ,
deux anecdotes ont fur-tout caractérifé l'audace incroyable de Me. Linguet fon adverfaire : en relevant la maniere outrageante
pour lui & indécente pour le garde des fceaux
dont cet orateur venoit de plaider, il a dit
qu'après tout rien ne devoit étonner de la
part de Me. Linguet, qui, durant le cours de
cette inftance devant les magiftrats n'avoit pas
craint de répandre un libelle contre le chef de
la magiftrature : Me. Linguet s'eft levé à l'inftant avec fureur, a demandé à Me. de Laulne
ce que c'étoit que ce libelle & s'eft écrié :
« Meffieurs, je rends plainte contre le diffa-
» mateur. » Il eft à obferver que Me. de
Laulne défignoit la *Requéte au Roi*, dont on a
parlé dans le temps, qui ne peut venir que
de lui, qui porte fon nom , & dont il a envoyé des exemplaires à plufieurs magiftrats ,
entr'autres à M. de Seychelles l'avocat général, & au préfident de Gourgues. Auffi les
juges n'ont-ils fait aucune attention à cette
apoftrophe & l'adverfaire a continué.

A la fin, lorfque M. de Laulne lifoit un
paffage où Me. Linguet , bien loin d'attribuer fa radiation aux intrigues du duc d'Ai-

guillon , affure qu'elle a été le pacte de ré-
conciliation entre le parlement & les avocats ;
paffage qui , placé à propos , auroit dû pro-
duire le plus grand effet en indifpofant les
magiftrats contre l'auteur d'une femblable
calomnie. Me. Linguet , au lieu d'être embarraffé , comme l'auroit été tout autre en cette
circonftance délicate , ne ceffoit de crier :
« Me. de Laulne , ce font mes ouvrages ; don-
» nez-moi le livre , je lirai mieux que vous. »

Malgré la longueur du délibéré qui a duré
plus de deux heures , tout le monde reftoit
en place , même les femmes dans l'attente
de l'arrêt. Les magiftrats font rentrés à près
de quatre heures , & le préfident a prononcé
que la cour condamnoit le duc d'Aiguillon à
24000 livres de furplus d'honoraires envers
Me. Linguet & aux dépens. Du refte , il a
donné acte à Me. Linguet de la réferve qu'il
avoit faite de fe pourvoir par requête civile
contre l'arrêt de radiation de 1775 : acte en
outre de l'action qu'il fe réfervoit à intenter
en dommages & intérêts contre le duc d'Aiguillon pour la perte de fon état.

Cet arrêt qui n'a paffé qu'à la pluralité de
deux voix (12 contre 10) a été applaudi
comme fi c'eût été le jugement de Salomon :
les femmes embraffoient Me. Linguet & la
cohue l'a porté jufqu'à fon carroffe ce moderne
Catilina. Il y eft monté au bruit des fanfares &
après avoir été complimenté par les poiffardes.
Il n'y a que les honnêtes gens , en petit nombre & peu bruyants , qui ont gémi de ce
triomphe de l'impudence.

11 *Mars.* On pourra fe former une idée

is précife du travail des bureaux par la
libération ci-jointe du 9 mars , qu'on croit
e celle du bureau du duc de Bourbon.

« Les affemblées provinciales , bonnes en
es-mêmes & germe fécond des plus heu-
ux effets , font inadmiffibles dans la forme
opofée , comme contraires à l'effence de la
onarchie & par-là dangereufes & inutiles.

» L'impôt territorial inexécutable par une
erception en nature.

» En argent , ne peut y être délibéré
d'après la remife de toutes les communica-
o is demandées.

» Quant aux dettes du clergé , fes biens
umis aux opérations des affemblees pro-
nciales , ainfi que les biens des autres ci-
oyens.

» Liberté à l'affemblé prochaine du clergé
à réclamer l'obfervation de fes formes &,
ontre la violation des propriétés qu'entraî-
eroit la vente forcée de fes biens.

» A l'égard du commerce des grains le
émoire accueilli.

» Par rapport à la taille fupplier le Roi de
onner une loi qui garantiffe les peuples
e l'injuftice & de l'arbitraire , d'après les
bfervations des affemblées provinciales.

» Relativement à la corvée , le principe
e la fuppreffion & de la converfion accepté.

» Les détails du mémoire incomplets ,
ir-tout quant à la part que doivent prendre
es affemblées provinciales à la confervation
es chemins. »

12 *Mars*. Le feur Gardel l'aîné , le maître
les ballets de l'opéra , vient de mourir pref-

que fubitement. La perte de ce choréogra-
phe n'eft pas confidérable. Il étoit abfolument dépourvu de génie pour fon art &
avoit pris le parti de copier mot-à-mot dans
fa pantomime, toute la marche des opéra
comiques dont le titre convenoit à fon imagination.

12 *Mars.* Mercredi dernier, on étoit venu
avertir M. le comte d'Artois que le bureau
étoit affemblé & attendoit les ordres de fon
alteffe royale pour travailler : ce prince à qui
M. de Verdun, le furintendant de fes finances, préfentoit en ce moment M. de Santerre fon nouveau tréforier, vint avec eux
à l'entrée de la falle pour voir fi tout le
monde s'étoit rendu, & quoiqu'on lui dît que
oui, en regardant il s'apperçoit d'un vuide &
s'écrie : « mais le maire de Limoges (M. de
Rouillac) nous manque. Il faut attendre un
moment » & puis fe retournant vers ces
meffieurs, il ajoute..... « C'eft une bonne
tête. » Cette anecdote répandue dans Paris,
y donne beaucoup de confidération à M. de
Rouillac.

12 *Mars.* On annonce une diatribe terrible
contre les agioteurs. On l'attribue à M. le
comte de Mirabeau ; on la dit bien fupérieure au mémoire de Me. Tronçon du Coudray, & c'eft très-croyable.

13 *Mars.* On voit imprimées furtivement
les *Remontrances de la Chambre des Comptes* du
onze février dernier. Elles renferment plufieurs objets. Cette cour demande au Roi,

1°. De retirer l'arrêt de caffation des décrets qu'elle a lancés contre Clouet, receveur-

des tailles de Paris , pour avoir fait au procureur général une réponfe où l'oubli des
bienféances & l'indécence du ftyle , font
également intolérables.

2°. De réprimer la nouvelle entreprife de
la cour des aides , en rendant incompétem-
ment un décret de prife de corps contre
Harvoin , receveur général des finances de
Tours , qu'elle pourfuit extraordinairement.

3°. De révoquer enfin l'arrêt qui etablit
une commiffion du confeil pour appofer le
fcellé chez Sainte-James , & difcuter ce comp-
table , à l'effet de le renvoyer pardevant la
chambre des comptes , feul fiege compétent
du divertiffement des deniers royaux.

A l'occafion de celui-ci la chambre des
comptes avoit chargé fon chef de remettre
à Sa Majefté la lifte des banqueroutes dans
l'efpace de moins de vingt années : cinquante
comptables ont failli , & l'on peut évaluer
cette perte à 40 millions pour le tréfor royal.
Elle eft incalculable pour les fujets : les cau-
fes qui multiplient ces banqueroutes , fuivant
l'obfervation de la cour , font principalement
le luxe , l'avidité & fur tout l'impunité.

Ces remontrances font claires , courtes ,
écrites avec fimplicité & avec autant d'énergie
qu'en peut mettre la chambre des comptes ,
qui n'eft ordinairement pas vigoureufe.

13 Mars. On ne ceffe d'aller voir le tableau
de M. Drouais : la grande fenfation produite
en 1784 par fon premier ouvrage , fait que
la jaloufie & l'envie difcutent celui d'aujour-
d'hui dans les moindres détails & y décou-
vrent des défauts nombreux & effentiels. On

critique fur-tout la partie anatomique , dans laquelle on ne trouve pas les proportions néceffaires , même dans le corps de Marius , le plus beau. Quant au foldat , il eft extrême-ment négligé. Les gens impartiaux convien-nent que l'auteur étant à Rome , s'eft trop preffé de faire un tableau , qu'il devoit s'atta-cher uniquement à deffiner d'après les grands modeles & à fe perfectionner dans fes études.

Malgré ces reproches & beaucoup d'autres , on ne peut s'empêcher d'admirer le grand caractere du principal perfonnage & d'y re-connoître un génie mâle & plein de vigueur. Le coloris eft auffi fort beau ; il eft fâcheux que le clair obfcur ne foit pas mieux entendu dans les enfoncements & dans les reflets.

14 *Mars*. On affure que pour conferver M. de Veymeranges , le miniftre a imaginé de faire écrire par le comte de Senef à ce pro-tégé une lettre , dans laquelle il déclare être très-fâché des bruits courants , qu'il ne peut favoir qui a inventé pareille calomnie , qu'il n'y a rien de plus faux.

A l'abri de ce défaveu M. de Veymeranges continue à être dans la faveur du miniftre : dimanche dernier il a été même préfenté au Roi & en a pris congé pour aller faire la tournée des poftes & relais de France , dont il a l'intendance générale , fous M. de Po-lignac.

M. le Contrôleur général a vaincu auffi la répugnance de madame Fouquet ; M. de Veymeranges a dîné à la table de ce miniftre , fans qu'elle fe foit levée, comme elle en avoit menacé. Du refte , les convives ont obfervé

qu'elle lui faifoit froide mine & qu'elle pâ-
tiffoit beaucoup de fa déférence aux volontés
de fon oncle.

14 *Mars.* Le bruit court que M. le comte de
Simiane , le mari de la belle madame de
Simiane fi renommée , attachée à Madame ,
comme dame pour l'accompagner , s'eft tué
ces jours derniers dans un accès de jaloufie
contre le marquis de la Fayette.

15 *Mars.* Malgré la difette d'argent on ne
voit que projets pour l'embelliffement de
Paris ; c'eft aujourd'hui M. de Bory , chef
d'efcadre des armées navales , ancien gouverneur de Saint-Domingue , des académies
des fciences & de la marine , qui en réchauffe
un vieux de fon invention ; il répand un
mémoire , dans lequel il prouve la poffibilité
d'agrandir cette capitale , fans en reculer les
limites.

Ce mémoire devoit être lu à l'affemblée
publique de l'académie des fciences à la Saint-
Martin 1774 , le 12 novembre : il ne fut lu
que le 16 dans une affemblée particuliere.

Son objet principal , dont on a parlé autrefois fuccinctement , eft de combler le bras
méridional de la riviere de Seine , depuis le
jardin de l'archevéché , jufqu'au deffous du
pont-neuf.

La fuppreffion des maifons fur les ponts
exécutée en partie & qui doit l'étre tout-à-
fait , entroit dans le plan de M. de Bory &
il fe félicite d'avoir préparé cet événement :
on a propofé un prix qui doit être adjugé à
l'artifte , auteur du meilleur projet pour remplacer la Samaritaine & les pompes du pont

Notre-Dame , qui gênent le canal de la riviere , fecond point des vœux de l'académicien qui doit s'exécuter. La conftruction d'un
canal depuis Charenton jufqu'à Saint-Denis ,
pour empêcher l'inondation dans les grandes
eaux , & faciliter l'approvifionnement de
Paris , imaginée par le même auteur , va fe
réalifer enfin par une compagnie qui s'eft
préfentée à cet effet & doit commencer le
canal depuis les foffés de la baftille. Il ne
manque plus à fon plan que de combler le
bras de la riviere à retrancher , ce qui en rendant la Seine navigable en tout temps, augmen-
teroit , fuivant lui , la falubrité de l'air &
des eaux.

Bien plus , la ville acquerroit un terrein de
quarante arpents au-delà , dont la vente à
200 livres la toife lui procureroit un capital
de plus de fept millions,& dont la diftribution
pourroit faire le fujet d'un prix à propofer au
concours.

M. de Bory defireroit fur-tout qu'on profitât
de cette occafion pour bâtir fur ce nouveau
terrein un hôtel-de-ville , vis-à-vis duquel
feroit une place uniquement deftinée aux
fêtes , & au milieu de laquelle fe trouveroit
tout naturellement la ftatue de Henri IV,
qu'on fe plaint de voir abandonnée & qu'on
reftaureroit. On laifferoit la Gréve confacrée
aux gibets, aux roues & à tous ces fpectacles
d'horreur , qui cependant attirent la canaille
& lui font peut-être néceffaires.

15 Mars. M. le contrôleur général ne pouvant éluder plus long-temps l'affemblée générale qui auroit dû avoir lieu dés vendredi , a

fait du moins en forte que Sa Majefté n'y parût point. Elle a été feulement préfidée par Monfieur. Elle a été très-courte & occupée en entier par un difcours du contrôleur général. Ce miniftre a d'abord cherché à capter les fuffrages en faifant des compliments aux notables. Il les a remerciés au nom de Sa Majefté de leur zele, de leur patriotifme & fur-tout de leur conftance à dévorer un travail aride & rebutant : il a ajouté que Sa Majefté avoit vu avec non moins de fatisfaction que l'affemblée & fon miniftre des finances fuffent d'accord fur les principes & le fond des projets, qu'ils ne différaffent que dans des acceffoires peu importants. Cette affertion a furtout fcandalifé les notables qui, la féance finie, n'ont eu rien de plus preffé que de fe retirer refpectivement dans leur bureau pour la difcuter & la repouffer.

15 *Mars*. Un épicier du fauxbourg Saint-Denis ayant maltraité fa domeftique en faveur de fa maîtreffe qu'il avoit amenée chez lui & qu'il vouloit faire vivre avec fa femme ; cette fervante, pour fe venger, l'a trahi & a découvert à la ferme un canal fouterrein dont l'ouverture étoit hors des barrieres & dont l'iffue intérieure étoit chez lui. On a fouillé dans ce canal & l'on y a trouvé une quantité fi énorme de marchandifes de toute efpece, qu'il y a eu de quoi en charger 27 voitures qu'on a vu paffer en triomphe fur les boulevards. On prétend que cette capture eft de plus d'un million. Elle prouve encore mieux la folie des nouveaux murs.

16 *Mars*. Les notables patriotes font telle-

ment furieux de la furprife faite au Roi par M. de Calonne, qu'ils fe font élevés contre fon affertion avec la plus grande force, & tous les bureaux ont pris des arrêtés plus ou moins violents. Les chefs de magiftrature ne s'impofant plus à cet égard la difcrétion qu'ils avoient gardée jufques-là révelent à leur compagnie tout ce qui s'eft paffé ; du moins voici le bulletin que M. de Barentin, premier préfident de la cour des aides, y a fait parvenir.

Les bureaux rentrés refpectivement, voici ce qui eft arrivé de plus effentiel dans quelques-uns.

En commençant la féance du premier bureau, M. l'Archevêque de Narbonne s'eft levé & a dit :

« Si le refpect que je dois à la perfonne
» de *Monfieur* ne m'avoit pas impofé filence,
» j'aurois interrompu M. le contrôleur gé-
» néral, & je lui aurois demandé l'explication
» des expreffions dont il s'eft fervi dans fon
» difcours & qui nous ont tous également
» furpris.

» Nous n'avons pu nous défendre d'un
» mouvement d'indignation en entendant
» M. le contrôleur général dire que nous
» étions d'accord avec lui fur les principes
» & fur le fond, & que nous ne différions
» que fur la forme ; mais en même temps
» l'inquiétude s'eft peinte fur tous les vifages.
» Les membres des différents bureaux fe
» regardoient avec étonnement & cherchoien:
» à lire dans les yeux de leurs voifins que
» étoit le traître, & tous les foupçons ont

» dû naturellement fe réunir fur les rappor-
» teurs chargés de rédiger les avis des bu-
» reaux ; on a dû les accufer d'infidélité.
» Pour les juftifier , pour effacer les impref-
» fions défavorables qu'a dû faire le difcours
» de M. le contrôleur général , il me femble
» qu'avant de délibérer fur les objets de la
» feconde fection', il faudroit fupplier le Roi
» de donner ordre à M. le contrôleur gé-
» néral d'envoyer fon difcours aux différents
» bureaux , afin qu'ils puiffent rétablir les
» faits qu'il a dénaturés & mettre dans tout
» fon jour la vérité qu'il a altérée. »

M. le maréchal *de Beauvau* a dit que le
difcours de M. le contrôleur général étoit
inexplicable, & que l'avis propofé par M. l'archevêque de Narbonne devoit être adopté.

Il l'a été en effet avec acclamation dans
tous les bureaux.

Celui de M. le prince de Conti a fait fur le
champ un arrêté conçu à peu près en ces
termes :

« Attendu que M. le contrôleur général n'a
» pas craint dans le difcours qu'il a prononcé
» hier , d'altérer la vérité & d'ofer dire que
» tous les bureaux étoient d'accord avec lui ,
» adoptoient fes principes & qu'ils ne diffé-
» roient que fur la forme ; tandis qu'ils ont
» oppofé une réfiftance jufte & fondée fur
» prefque tous les points, d'où il s'enfuivroit
» que le Roi feroit trompé.

» Le Bureau defirant faire connoître à Sa
» Majefté la vérité , la fupplie de donner
» ordre à M. le contrôleur général d'envoyer
» fon difcours à tous les bureaux , afin qu'il

» puiffent , en rétabliffant les faits dans leur
» pureté & leur intégrité , éclairer la religion
» de Sa Majefté. »

Il a été arrêté en même temps que M. le
prince de Conti feroit prié de remettre lui-
même , après la féance , cet arrêté entre les
mains de Sa Majefté , afin qu'on fût certain
qu'il lui parvînt exaĉlement.

M. le prince de Conti s'eft levé auffi-tôt
& a dit qu'il n'y avoit pas un inflant à perdre , qu'il montoit chez le Roi & qu'il alloit
le lui remettre. En effet il l'a porté à Sa
Majefté qui, furprife de le voir arriver , lui
a demandé fi fon bureau étoit rompu ?
« Non , Sire , a-t-il répondu : on lit dans
» ce moment le mémoire fur les traites. Je
» ne fuis forti que pour remettre tout de fuite
» à Votre Majefté cet arrêté , que nous la
» fupplions de lire avec attention. »

Le Roi a dit qu'il répondroit aux bureaux,
& M. le prince de Conti eft revenu préfider
le fien ; mais il a cru devoir écrire un mot à
M. le contrôleur général pour le prevenir
de la démarche qu'il venoit de faire & lui
dire qu'on ne lui veut pas faire lâchement la
guerre.

Cet incident n'eft pas le feul de la féance.
M. le duc d'O. leans eft arrivé à fon bureau
en difant : « Meffieurs , vous allez lire un
» mémoire fur les traites , qui , s'il eft
» accueilli , m'ôte 4c,ccc livres de rentes.
» Il me feroit difficile d'y renoncer de bon
» cœur. Je ne pourrois peut-être m'empê-
» cher de faire quelques réflexions un peu
» dures. Je crois qu'il eft plus prudent &
                                        » plus

» plus délicat à moi de me retirer pour ne
» pas opiner fur cet objet. J'en ai demandé
» la permiffion au Roi, qui m'a donné un
» congé de quelques jours, dont je vais pro-
» fiter. »

Son bureau l'a inftamment fupplié de ne
pas opiner, fi bon lui femble, mais au
moins de préfider. Il s'y eft refufé : il s'eft
chargé feulement de faire part au Roi des
difficultés qui s'élevoient par rapport à la
préfidence.

M. de Broglie, M. le duc de Tonnerre,
M. Vidault, comme premier confeiller d'état,
le premier préfident de Rouen, M. l'archevêque d'Aix, tous fuivant leur qualité, ont
prétendu avoir le droit de préfider en
l'abfence de M. le duc d'Orléans.

Cependant en attendant les ordres du Roi
on a gardé en opinant les rangs qui avoient
été affignés. Le maire de Nancy a opiné le
premier, M. l'archevêque d'Aix le dernier.

M. de Narbonne a en même temps dit dans
fon bureau que fi M. le contrôleur général
faifoit imprimer fon mémoire, il feroit connoître l'arrêté.

16 *Mars.* L'ouvrage du comte de Mirabeau
eft toujours rare & cher. Il y a deux leçons
fur les motifs qui l'ont déterminé à écrire.
D'abord il eft conftant que fon nom y eft,
qu'il vend lui-même ce pamphlet chez lui,
& qu'il y a mis une épitre dédicatoire au
Roi. On va jufqu'à dire que M. de Mirabeau a compofé cet ouvrage par ordre de
M. de Calonne, & que ce miniftre lui a en
conféquence fait délivrer une gratification

Tome XXXIV.   M

de 25000 livres. Cette leçon feroit la plus probable fur-tout avec l'affurance de l'auteur, fi l'on ne trouvoit dans le pamphlet quelques paffages dirigés contre le miniftre même des finances. On répond à cela que c'eft de concert entre eux. Il faut lire l'ouvrage abfolument, afin de juger par foi-même du plus ou du moins de probabilité du fait.

16 *Mars*. M. le comte d'Angiviller eft aujourd'hui un de ceux qui prétend le plus à la confiance du Roi. Sa place de directeur général des bâtimens le met dans le cas d'avoir les rapports les plus fréquents & les plus agréables avec leurs Majeftés, & de s'infinuer très-avant dans la faveur : c'eft, fans doute, à cette intimité qu'il doit la place de confeiller d'état d'épée, vacante par la mort du comte de Vergennes, qu'il a obtenue.

16 *Mars*. Me. Gerbier eft conftamment à Verfailles, travaillant avec beaucoup d'autres pour M le contrôleur général. Pour récompenfe on parle de créer en faveur de cet avocat, la place de correfpondant général de toutes les affemblées provinciales.

17 *Mars*. Depuis les démarches vigoureufes du bureau du prince de Conti, il a bien changé de dénomination ; on en appelle les membres, les grenadiers des notables.

17 *Mars*. Le difcours de M. de Calonne à l'ouverture de l'affemblée des notables du 22 étant depuis quelque temps inféré par-tout & répandu en profufion, chacun fe trouve en état d'en juger. Quant au fommaire, il eft aifé de le réfumer. Il y rend un compte détaillé des finances, explique & développe les

motifs des emprunts qu'il a faits , obferve qu'on a critiqué & traverfé fes plans , calomnié fes intentions ; mais déclare que n'ayant en vue que le bien de l'état & la gloire de fon maître , il a marché d'un pas ferme à fon but , fans faire attention aux clameurs de l'envie. Il défie tous fes ennemis de lui faire un reproche fondé.

Quant à la forme du difcours , à fon enfemble , à la partie du ftyle , les admirateurs de M. de Calonne le prétendent noble , clair , libre , plein de génie , de vigueur & de graces : fes détracteurs , au contraire , n'y voient que de la forfanterie , de la fauffeté & de l'impudence. Ils ne peuvent digérer que fon auteur ofe avouer en avoir impofé à toute la nation depuis fon miniftere ; ils eftiment que cet aveu feul doit le décréditer à jamais.

17 *Mars*. Un daim entré dans Paris hier vers deux heures de l'après-dînée , pourfuivi par une foule de chiens , de piqueurs , de chaffeurs à cheval qui ont effarouché finguliérement les paffants , a joué un fort mauvais tour à M. le duc d'Orléans. Peu de gens favoient qu'il fe fût abfenté de fon bureau ; mais tout Paris n'a pas tardé à être inftruit que le malheureux animal étoit pourfuivi par le duc d'Orléans,& chacun a demandé pourquoi il n'étoit pas à fon bureau? Il eft devenu dans l'inftant l'entretien des converfations qui n'ont pas été à fa louange.

17 *Mars*. Le miniftere a fi bien fenti la faute qu'il avoit commife de laiffer paffer dans la lifte des perfonnes payant ou foufcrivant pour les nouveaux hôpitaux , le furnom de

M 2

Mlle. Manon Roger, dite *Belle-gorge*, que
dans une feconde édition de cette lifte envoyée
avec la gazette de France, on a fupprimé le
furnom.

Il eft conftaté que Manon Roger eft une
raccrocheufe du port au bled, qui a infifté
pour qu'on écrivît fon furnom, difant que
c'étoit le feul par lequel elle étoit connue,
& menaçant de retirer fon écu de fix francs,
fi l'on ne l'inféroit.

17 *Mars*. Il a percé ici une copie du mémoire envoyé après l'affemblée générale du
lundi 12 dans les fept bureaux, pour y être
examiné. Il a pour titre : *Mémoire fur les droits
de traites, perçus tant dans l'intérieur du royaume que
fur la frontiere extrême ; fur les droits qui concer-
nent l'induftrie & les productions nationales ; fur
l'impôt du fel & le privilege exclufif du tabac.*

Par l'énoncé feul du titre des matieres développées très au long dans le mémoire, il
eft aifé de juger que peu de notables font en
état de difcuter ce mémoire & même de le
lire avec fruit. Auffi femble-t-il les occuper
beaucoup, & par la ftérilité des nouvelles
qu'on reçoit des bureaux, on juge qu'ils en
font toujours au même point.

On croit que ce mémoire eft le réfumé de
la befogne du baron de Cormerai, qui depuis
nombre d'années étoit occupé de ces matieres
& avoit en fous plufieurs miniftres un bureau
ad hoc, avec de gros appointements.

Quoi qu'il en foit, on préfume que le contrôleur général ne trouvant pas de la part des
notables la facilité qu'il s'étoit promife à
acquiefcer à tous fes plans, a pris une autre

tournure & veut les fatiguer de matieres
fiscales, dans lesquelles ils seront obligés
d'avouer leur impuissance. On parle aujourd'hui
de prolonger l'assemblée, qui d'abord devoit
être très-courte. Il passe pour constant que
des contre-ordres ont été adressés dans les
pays d'états qui devoient avoir des assemblées
indiquées au mois d'avril & renvoyées plus
tard jusqu'au mois d'août : à ce que l'on
assure, celle du clergé est aussi reculée.

18 *Mars*. Voici un autre quatrain relatif aux
hôpitaux & à l'assemblée des notables, dont
l'idée est toujours la même :

> Le ministre de la finance
> S'empare de nos capitaux :
> Mais admirons sa prévoyance,
> Il fait bâtir quatre hôpitaux :
> Vive le Calonne & la France !

18 *Mars. Dénonciation de l'Agiotage au Roi
& à l'assemblée des notables*. Tel est le vrai titre
du pamphlet du comte de Mirabeau. Son
Epitre dédicatoire au Roi est datée du 20 février. Au reste, si l'on en croit la rumeur
publique, il sentoit si bien lui-même le danger de son ouvrage, qu'il n'étoit point encore
tranquille dimanche dernier & disoit : *si la
journée de demain se passe sans que je sois arrêté,
je me regarderai comme sauvé*. Ce qu'il y a de
sûr, c'est que l'ouvrage est très-prohibé en ce
moment ; qu'on a fait des recherches chez les
marchands de nouveautés & qu'on a saisi une
quantité d'exemplaires trouvés chez un.

18 *Mars*. Les comédiens italiens, toujours

M 3

zélés envers le public pour lui préfenter des nouveautés, même à la fin de cette année dramatique, en ont exécuté hier une ayant pour titre *le Menſonge officieux*, comédie nouvelle en deux actes, mêlée d'ariettes. Les paroles font de M. Piccini le fils, & la muſique de M. Piccini le pere. Le talent de celui-ci n'a pu fuppléer, comme dans *le faux Lord*, à l'indigence du fond & au manque d'effets du poëme. En vain Mlle. Renaud y a déployé tous les charmes de fa voix, toute la perfection de fon chant ; dès que la cantatrice diſparoiſſoit, l'ennui & le dégoût revenoient, & les murmures du parterre couvroient les autres voix & l'orcheſtre.

18 *Mars*. Il eſt très-férieufement queſtion de reprendre inceſſamment les travaux du *Muſæum* des Tuileries, interrompus depuis trop long-temps par les queſtions élevées entre les artiſtes fur la maniere de l'éclairer : l'académie d'architecture avoit décidé en dernier lieu qu'il falloit tirer le jour de la voûte. Le comte d'Angiviller qui voudroit conferver les fenêtres de côté, a invité la compagnie de fe raſſembler de nouveau & de revenir fur la queſtion. Reſte à favoir aujourd'hui fi dans la pénurie du tréfor royal on pourra ménager des fonds à cet effet.

18 *Mars*. Vendredi un courier a apporté la nouvelle de la mort de l'abbé de Bourbon, caufée par la petite vérole. On affure qu'il l'a gagnée de la même maniere que Louis XV, d'une grande dame qui en étoit atteinte & avec laquelle il a couché.

18 *Mars*. Jeudi matin 15, le Roi a envoyé

aux différents bureaux le début du discours
de M. de Calonne, relatif aux notables, conçu
en ces termes :

« SA MAJESTÉ a vu avec satisfaction qu'en
» général vos sentiments s'accordent avec
» vos principes. Que vous étant pénétrés de
» l'esprit d'ordre & des intentions bienfai-
» santes qui dirigent toutes ses vues , vous
» vous êtes montrés animés du désir de con-
» tribuer à en perfectionner l'exécution.

» Que vous n'avez recherché les difficultés
» dont elles peuvent être susceptibles , qu'afin
» de les prévenir & de faire appercevoir les
» moyens qui vous ont frappés & qui sont
» relatifs aux formes , sans contrarier les
» points essentiels du but que Sa Majesté s'est
» proposé , d'améliorer ses finances & de
» soulager ses peuples par les réformes des
» abus.

» Le Roi ne doute pas plus des sentiments
» qui ont dicté vos observations , que vous
» ne devez douter de ceux dans lesquels Sa
» Majesté les reçoit ; elles ne s'accorderoient
» point avec l'intention paternelle qui l'a
» portée à vous assembler , si elle n'avoit pas
» le caractere de franchise qui convient à des
» François consultés par le Roi sur le bien
» de ses peuples.

» Assurée de vos dispositions , comme de
» votre juste reconnoissance , Sa Majesté ne
» s'est point attendue à en recevoir un hom-
» mage positif & aveugle. C'est la vérité
» qu'elle cherche , & elle fait que la vérité
» s'éclaircit par le choc des opinions. »

On conçoit à la lecture de ce discours qu'il

a été fort changé & que certainement il n'auroit pas produit les réclamations qu'on a vues , s'il eût été prononcé avec cette fageffe ou cette aftuce.

Quoi qu'il en foit , le contrôleur général a parlé trois quarts-d'heure.

Après un préambule très-court , où il a annoncé qu'il regarderoit comme incomplet fon *Plan de réforme* , fi après avoir propofé les moyens d'établir *le rapport entre la recette & la dépenfe* , premier objet de la convocation de l'affemblée , il ne s'étoit en même temps occupé de ceux qui peuvent *diminuer les charges des Peuples* , fans porter atteinte aux revenus de l'état ; il s'eft étendu fur les objets de la feconde fection. Il a montré huit mémoires qu'il étoit chargé de remettre à Monfieur , & que ce prince voudroit bien faire diftribuer dans chacun des fept bureaux , & a tracé en grand l'idée générale de leur enfemble.

19 *Mars*. On apprend avec peine que meffieurs le comte d'Eftaing , le marquis de Bouillé & le marquis de la Fayette , perfonnages fi utiles à la patrie durant la dernière guerre , fe font très-mal montrés dans l'affemblée des notables ; qu'accoutumés tour-à-tour & à l'obéiffance paffive du militaire & au génie de defpotifme que donne le commandement des troupes , non-feulement ils n'ont ouvert aucun avis vigoureux , mais ont montré la foumiffion la plus aveugle & la plus fervile dans tous les cas où il s'eft élevé des conteftations & déployé quelqu'énergie de la part des autres notables.

19 *Mars.* Voici à peu près l'ordre & 'la subsiance du surplus du discours de M. de Calonne, suivant la maniere de le saisir de la part de quelques notables dans la séance du douze.

1º. Quant aux traites, elles sont reculées, ainsi que les barrieres, aux frontieres. Ce qui supprime une foule de commis ou employés, dont la paie sera un bénéfice de douze millions par an.

On supprime les droits de la marque des fers, pour mettre cette branche de commerce en France à l'équivalent de celui qui vient de chez l'étranger.

Franchise accordée aux commerçants de faire traverser la France à leurs marchandises, venant d'un pays étranger pour aller dans un autre.

Emulation accordée pour exciter la pêche sur nos côtes.

2º. A l'égard du sel, on supprime tous les regrats, les bureaux de sel, les officiers des greniers à sel. Il n'y aura par province qu'un bureau qui délivrera le sel en gros aux syndics des communautés sur la taxation fixée par chaque paroisse que le Roi diminuera d'un vingtieme du prix : les assemblées provinciales chargées d'y veiller. Le surplus du sel fourni à un sou la livre, ainsi que celui de la ville de Paris. C'est un soulagement de 10 millions 491 mille livres pour les peuples.

Nota. Les trois millions que le Roi perdra sur le sel de la ville de Paris, seront reportés sur toutes les entrées de la capitale.

3º. Par rapport au tabac, les provinces de

M 5

Flandre & de Haynaut auront la permiffion de continuer à cultiver cette plante. Mais pour les en dégoûter, on accordera des primes pour ceux qui adopteront de préférence la culture du lin.

Les fermiers généraux acheteront tout le tabac de l'Alface, au même prix qu'elle l'envoie en Allemagne.

19 *Mars.* Pour remplacer le fieur Gardel dans la direction des ballets de l'opéra de Paris, le public defireroit le fieur Dauberval, qui eft compofiteur des ballets de l'opéra de Bordeaux. Il paffe pour avoir beaucoup plus de génie en ce genre, & l'on a vu même qu'il s'étoit plaint des plagiats du fieur Gardel : mais on doute que la cour fe conforme au vœu du public.

20 *Mars.* Le premier mémoire *fur les Trai-tes,* ou plutôt la fection du mémoire général remis à l'affemblée des notables qui concerne cette partie, eft curieux pour l'hiftorique & pour des éclairciffements dont peu de gens font au fait.

L'origine des droits de traite remonte au treizieme fiecle ; ils ne furent alors établis que fur la fortie des productions nationales.

En 1540 il fut établi un droit d'entrée dans les provinces foumifes au droit de fortie. Ces provinces étoient celles compofant anciennement le royaume.

Ces charges dont le commerce étoit grevé, reçurent fucceffivement des extenfions très-fortes par l'établiffement de droits locaux créés pour un terme limité, comme reffources momentanées, lors des troubles & des

guerres civiles qui agiterent la France pendant
près de cinquante ans.

La suppression de ces droits ayant toujours
été différée, la nation, aux derniers états
généraux tenus en 1614, réclama les pro-
messes faites à cet égard, la circulation libre
dans le royaume, & l'établissement d'un tarif
uniforme, perceptible fur l'extrême frontiere.

Le gouvernement ne voulant rien perdre,
pour compenser la suppression de ces droits
de traite, proposa aux provinces qui y étoient
soumises, & qui ne l'étoient pas à la perception des droits d'aides, de s'y assujettir; pro-
position qui ne fut pas acceptée.

Sur la fin du regne de Louis XIII & pendant la minorité de Louis XIV, les droits
locaux reçurent de nouveaux accroissements;
alors Colbert imagina de donner à tout le
royaume le même régime, quant à la perception des droits de traite. Dans cette vue,
il rédigea le tarif de 1664 pour remplacer les
droits de sortie & d'entrée en usage dans les
différentes provinces de France : la communication libre entre celles qui accepteroient
le tarif en étoit la récompense.

Nombre de provinces se soumirent à la
nouvelle loi & on les distingue aujourd'hui
sous le nom de *Provinces de cinq grosses Fermes*:
elle fut rejetée par les autres *Provinces réputées étrangeres*, & *Provinces* (Etranger effectif.)

En 1667, Colbert rectifia son tarif; il établit des droits uniformes sur les objets les plus
intéressants du commerce & de fabrication.
La perception en fut ordonnée en 1671, aux
frontieres extrêmes de toutes les provinces

du royaume indiftinctement, & c'eft ce qu'on appelle *les Droits uniformes.*

La *Lorraine*, l'*Alface* & les *Trois-Evêchés* forment cependant une exception à cette loi commune, par les droits locaux auxquels ces provinces font affujetties.

Il fuit de cet expofé, 1°. Que prefque toutes les provinces du royaume font affujetties au même régime, foit à l'entrée, foit à la fortie, quant aux marchandifes & denrées fujettes aux droits uniformes.

2°. Qu'il n'exifte quant à la relation avec l'étranger de différence entr'elles, que relativement aux marchandifes qui ne font point encore rangées dans la claffe des droits uniformes.

3°. Que cette diftinction pourroit même ceffer par l'établiffement fucceffif des droits uniformes fur les marchandifes qui n'y font point encore affujetties.

Rien ne peut donc s'oppofer à la fuppreffion des droits de circulation, fuppreffion qui ne peut cependant être opérée que par l'établiffement du tarif uniforme, perceptible à toutes les entrées & forties du royaume, fans aucune exception.

Les provinces étrangeres ou réputées *étranger effectif*, font intéreffées à cette uniformité, en ce que les avantages qui peuvent réfulter pour elles des franchifes dont elles jouiffent, ne peuvent entrer en compenfation avec ceux qu'elles retireront de la communication franche & libre entr'elles & les provinces des cinq groffes fermes.

Quant à la diminution qu'un changement

de l'état actuel des chofes pourroit occafionner dans les revenus du Roi , il eft établi par
les calculs qu'elle feroit tout au plus momentanée , & que dans le fait elle eft idéale.

C'eft d'après ces motifs qu'en 1750 l'on
propofa de terminer l'opération entamée
en 1667. M. Trudaine en fut chargé. Son
travail étoit très-avancé ; mais les malheurs
de la guerre de 1756 s'y oppoferent ; on
avoit établi de nouveaux droits ; la fituation
des finances ne permettoit pas de facrifice , &
la ferme générale annonça celui des droits de
circulation & autres comme un objet de fept
à huit millions ; cette affertion étoit erronée ;
mais on ne put la réfuter alors , & l'opération
demeura fufpendue.

M. de Calonne a repris ce plan ; il l'a fait
examiner avec le plus grand foin par une
commiffion de gens infruits : ils l'ont con-
fidéré fous tous les afpects , & quant à l'intérêt général du commerce , & quant à celui
des provinces qui n'ont point adopté le
tarif de 1664 , enfin quant à l'effet qu'il produiroit fur les revenus de Sa Majefté ; & ils
ont conclu par les réfultats , que l'établiffement du tarif uniforme & la fuppreffion des
droits de circulation ne compromettroient
nullement les revenus de l'état , n'éprouve-
roient de la part des provinces réputées étrangeres ou *étranger effectif* qu'une foible réfiftance,
& qu'il eft attendu par le commerce en général avec une impatience , garant fûr de leur
utilité.

20 *Mars.* On a répondu à la violente bro-

chure du comte de Mirabeau par l'épigramme
suivante , moins dure :

Puisse ton homélie , ô pesant Mirabeau !
Assommer les voleurs qui gâtent nos affaires :
Un fripon converti doit servir de bourreau ,
Et prêcher sur l'échelle en secouant ses freres.

20 *Mars.* M. Collet , auteur de quelques
pieces de théâtre qui sentent plutôt l'églogue
que la comédie , vient de mourir à Versailles
le 12 de ce mois ; il étoit mieux partagé du
côté des honneurs & de la fortune , que du
côté des talents : il avoit été secrétaire des
commandements de feu madame l'Infante
duchesse de Parme & du cabinet de feu
madame Sophie de France. Il étoit en ce
moment écuyer , chevalier & secrétaire de
l'ordre du Roi , en outre censeur royal. Il
n'avoit que soixante-cinq ans.

21 *Mars.* Le fils du Roi de la Cochinchine
dont on ne parloit plus depuis six semaines ,
est arrivé à l'Orient avec l'évêque son gouverneur , & il a quelques mandarins à sa
suite. Il sollicite en effet des secours contre
l'usurpateur qui a détrôné son pere ; il ne
demande que trois frégates , douze cents
hommes & cent artilleurs , avec lesquels il
prétend qu'il lui sera aisé de remettre son
pere sur le trône.... Mais l'éloignement des
lieux ne permettroit pas d'arriver que long-
temps après l'usurpation consommée , & au
moindre échec il ne seroit pas facile aux
troupes françoises elles-mêmes de trouver à
se réparer.

21 *Mars.* On ne conçoit pas quelle terreur panique a reſſentie M. le duc d'Orléans, mais dans ſon mémoire le contrôleur général dit poſitivement qu'il ne peut encore compléter ſon opération des traites par la ſuppreſſion des droits de péage, parce que la commiſſion chargée de la vérification de ces droits multipliés à l'excès, n'a point encore achevé ſon travail : il ne pouvoit donc être queſtion de cet objet dans ſon bureau : d'ailleurs on veut que cette perte éventuelle que ſon Alteſſe évalue à 400000 livres de rentes, ne monte pas à 50000 livres.

21 *Mars. Le Roi Théodore à Veniſe,* cet opéra bouffon dont on n'a parlé que légèrement, continue d'attirer ſucceſſivement à Verſailles tous les amateurs de Paris, d'autant que la partition en eſt conſervée avec ſoin chez la Reine, & que juſqu'à préſent perſonne n'a pu en ſaiſir parfaitement aucun air. On délivre cette partition toutes les fois qu'elle doit s'exécuter, & après le ſpectacle on la rapporte chez Sa Majeſté. On aſſure que le muſicien Paëſiello en l'envoyant à Sa Majeſté, l'a priée d'en empêcher la publicité.

Quant à l'exécution, elle ne laiſſe preſque rien à deſirer, ſur-tout à l'égard des principaux rôles : le ſieur le Contre, dans le rôle du Roi ; Mlle Lillier, dans celui *de Corine* (*Liſetta* dans l'italien :) le ſieur Céſar, dans le perſonnage de *Saudriu* ; le ſieur Saint-Denis, dans celui *de Taddeo,* méritent les plus grands éloges. On vante entr'autres morceaux la finale du ſecond acte, rendue avec une préciſion & un enſemble merveilleux.

22 *Mars.* Le paragraphe du mémoire de M. de Calonne concernant l'impôt du fel eſt abſolument inintelligible pour ceux qui ne font pas parfaitement au fait du régime fiſcal. Ce qu'on y voit de clair, c'eſt que cet impôt rend foixante millions au Roi; un droit de 20 livres par quintal perceptible à l'enlevement des marais falants fur tout le fel deſtiné à la conſommation nationale, en ſimplifiant la recette, la porteroit au moins à 68 millions, déduction faite des droits de régie ; mais, malgré l'indemnité proportionnée qu'on accorderoit aux provinces rédimées, ou franches de gabelles, il a prévu une réſiſtance qui auroit forcé d'employer les voies de févérité pour un acte vraiment paternel, ce qui confirme ce qu'on a deja dit à cet égard, concernant la Bretagne ; il s'eſt donc retourné d'une autre maniere, & c'eſt ce plan long & compliqué que les notables auront peine à comprendre & plus encore à juger.

Quant au tabac, on a dit fuffifamment tout ce qu'il y avoit à en dire dans une premiere analyſe.

22 *Mars.* M. le comte de Mirabeau commence ſon ouvrage par un petit avertiſſement, où il nous apprend qu'à Berlin depuis près d'une année, inſtruit de la conocation d'une aſſemblée de notables, il eſt accouru à Paris, pour, dans cette occaſion folemnelle, payer le tribut de fon foible talent à fon pays, à fon Roi.

Suit une *Epître dédicatoire au Roi*, où il prédit à Sa Majeſté que ſi l'agiotage n'eſt pas

inceſſamment détruit, & dans ſes cauſes premieres, le moment de la banqueroute qu'on
prépare depuis deux ans, n'eſt pas éloigné ;
cette fatale cataſtrophe devient inévitable.

Il y a certainement d'excellentes vues dans
cette diatribe, où l'auteur peint l'agiotage
comme un fléau qui dévore les revenus,
aggrave les charges de l'état, corrompt les
ſujets, énerve la puiſſance du Monarque, &
s'il exerçoit plus long-temps ſes ravages,
rendroit impoſſible juſqu'aux bienfaits du
Souverain : mais il eſt plus aiſé d'indiquer le
mal que le remede, ou plutôt il ſemble que
le comte de Mirabeau craigne d'aller au but
en l'aſſignant : il n'en eſt qu'un, c'eſt l'économie la plus ſtricte & la plus ſévere ; c'eſt le
défaut d'économie qui a donné naiſſance à ce
monſtre par les emprunts exceſſifs qu'il a né-
ceſſités à des taux de plus en plus onéreux ;
c'eſt l'économie ſeule qui peut l'étouffer, ou
l'anéantir faute d'aliment, ou le laiſſer ſe
conſumer, ſe dévorer lui-même.

Cet ouvrage, en général diffus, obſcur,
métaphyſique, fait pour les penſeurs, ou
les calculateurs, n'acquiert ſa vogue que du
moment & par une déclamation violente
contre les chefs de l'agiotage nommés ſans
ménagement, tels que l'abbé d'Eſpagnac,
prêtre, chanoine, grand-vicaire ; Barroud,
jadis notaire à Lyon ; le comte de Senef ;
Pyron, intéreſſé dans les affaires du Roi ;
Lalaune, banquier ; Servat, de Bordeaux,
prête-nom banal ; Saint-Didier ; Duplain
de Saint-Albine, &c.

Le comte de Mirabeau n'a pas oublié auſſi

fon ancien adverfaire , M. le Coulteux de la
Noraye , patron de la banque de Saint-Charles , chef , confident , foutien des joueurs à
la haufe , fameux folliciteur de l'arrêt ré-
troactif du 24 janvier 1785 , l'oracle , la lumiere , l'organe des commiffaires pour la
liquidation des marchés à terme.

Du refte , ce qui a pu faire croire que
l'auteur étoit foudoyé par le contrôleur général , c'eft une fortie violente contre
M. Necker , qu'il regarde comme le régénéra-
teur de l'agio , dont il cenfure amérement
l'adminiftration , le peu de prévoyance , &
qu'enfin il déclare dans une note , digne d'une
affez grande réputation , comme écrivain , &
n'en méritant que bien peu comme homme
d'état.

C'eft l'éloge du fieur Panchault , le bras
droit de M. de Calonne , que le comte de
Mirabeau qualifie d'homme de génie , qu'il
n'ofe nommer , mais qu'il défigne fuffifamment en le déclarant l'auteur de la caiffe
d'efcompte , dont il follicitoit la création
dès 1766.

C'eft l'aveu qu'il renouvelle d'avoir été
autorifé, invité par ce miniftre à écrire contre
la banque de Saint-Charles ; car , quoiqu'il
ne le nomme , ni ne le caractérife fpécialement , on conçoit que cette miffion ne pouvoit lui venir que de M. de Calonne feul.

D'un autre côté , il y a des paragraphes
très-critiques contre ce miniftre. Le comte
fe plaint de l'arrêt qui a fupprimé fa brochure
contre la banque de Saint-Charles ; il fe
plaint des arrêts du confeil rendus mal-

droitement contre l'agiotage par ce miniftre ;
du tribunal irrégulier qu'il a élevé pour en
connoître : enfin , il termine fon ouvrage par
un portrait fatirique refemblant frappant ,
où tout le monde reconnoît M. de Calonne ,
mais où il fe trouve des nuances agréables
qui pourroient ne pas lui déplaire , & capables
de compenfer à fes yeux les touches trop
fortes à fon défavantage.

Ainfi l'on peut encore regarder comme
problématique fi le comte de Mirabeau a
écrit pour ou contre le minifire des finances
actuel. Ce qu'il y a de fûr , c'eft qu'il falloit
qu'il fût du moins autorifé par une puiffance
quelconque pour avoir ofé mettre fon nom
à l'ouvrage , en garder chez lui une quantité
confidérable d'exemplaires , & non-feulement
en fournir aux colporteurs , mais le vendre
à quiconque venoit en acheter ; enfin mandé
par le lieutenant général de police pour favoir s'il étoit l'auteur du pamphlet , non-feu-
ement ne l'avoir pas défavoué , mais déclaré
que dès qu'il y avoit mis fon nom , il falloit
e croire véritablement de lui.

22 *Mars*. Vendredi au foir tous les membres de la fainte chapelle reçurent un ordre
du Roi pour tenir chapitre le lendemain matin , & ce jour , des commiffaires de S. M.
font venus leur notifier leur fuppreffion : de
fuite ils ont mis les fcellés fur le tréfor , fur
es archives & autres objets fufceptibles d'être
inventoriés.

On ajoute que la chambre des comptes qui
prétend avoir une infpection plus fpéciale
fur la fainte chapelle , inftruite de cet événe-

ment a envoyé des commiffaires pour inftru-
menter ; mais que les commiffaires du Roi les
ont obligés de fe retirer.

23 *Mars* A la fuite de *la dénonciation de
l'agiotage au Roi*, fe lit *Plan des opérations de
l'abbé d'Efpagnac pour foutenir & continuer le
monopole des actions de la nouvelle compagnie des
Indes.*

Il faudroit être doué de la fubtilité du
génie de l'agio pour comprendre quelque
chofe à ce plan que le comte traite d'infame,
& qui lui donne occafion de raconter une
anecdote de la fcélérateffe la plus rafinée.

23 *Mars.* Lors de la fecouffe qu'a éprouvée
derniérement la caiffe d'efcompte, les directeurs effrayés firent circuler un écrit qui,
fans doute, eut peu de vogue, puifqu'on
n'en a fu l'exiftence que par l'ouvrage du
comte de Mirabeau ; il avoit pour titre : *Réflexions d'un citoyen fur l'agiotage & fes fuites.*
Son objet étoit de faire l'apologie de la caiffe
d'efcompte, comme utile à l'état en ce qu'elle
a réduit l'intérêt de l'argent à quatre pour
cent, & procuré un débouché aux effets
royaux ; comme utile au public, en ce que
les affaires des habitants de Paris ont quadru-
plé depuis dix ans, en ce qu'elle a fait
augmenter le crédit des banquiers de Paris
pour la province.

Le comte de Mirabeau nie tous ces faits.

23 *Mars.* C'étoit depuis quelque temps une
erreur affez générale que l'art de la peinture
fur verre étoit perdu : cependant une famille
diftinguée, les freres Pierre & Jean le Vieil,
depuis deux cents ans en confervoient la con-

oiffance & la pratique : l'aîné en a donné
'hiftoire & la defcription à l'académie , qui
es a fait joindre au recueil des arts qu'elle
oub'ic.

C'eft aujourd'hui un fieur Avelin qui fe propofe de remettre en vigueur l'art dont il
f'agit. Il a préfenté aux commiffaires de
l'académie des fciences qui lui ont été nommés à cet effet , divers morceaux de verre
bien affemblés , un entr'autres formant l'é-
cuffon & les armoiries de France , & deux
chrifts en couleur brune fur un verre blanc
de vitre. Ces effais ont reçu l'approbation de
la compagnie.

Le fieur Avelin fe fent en état de peindre
les figures de trois pieds & demi de proportion.

23 *Mars*. Le bruit court depuis trois jours
que M. le comte de Mirabeau fe tenant fur fes
gardes , & inftruit qu'on vouloit l'arrêter, a pris
la fuite : on affure que c'eft M. le contrôleur
général qui lui a fait donner l'éveil ; ce qui
confirmeroit le foupçon qu'il écrivoit fous
l'influence de ce miniftre ; on veut que le
comte de Mirabeau fût menacé d'aller , non
à la Baftille , mais au mont Saint-Michel , &
tout au moins au château du Ham.

Les quatre agioteurs principaux , l'abbé
d'Efpagnac , le comte de Senef , les fieurs
Piron & Baroud avoient auffi reçu des ordres
d'exil ; mais les banquiers ont fait une députation vers M. le contrôleur général pour
parer ce coup , qui auroit porté le plus grand
défordre fur la place , & les exilés ont obtenu
un furcis.

2ƺ *Mar*. Les comédiens italiens ont encore donné hier une nouveauté : *Toinette & Louis*, divertissement en deux actes mêlé d'ariettes ; elle n'a pas été mieux accueillie que la précédente , quoique la musique fût de la composition de Mlle. Gretry.

24 *Mars*. Extrait d'une lettre de Luzarche, du 20 mars 1787.... Ce n'est que depuis peu que j'ai pu assembler le détail entier de la singuliere pantomine qui s'est exécutée dans l'église paroissiale de Saint-Damien , suivant la promesse que je vous en ai faite.

On avoit pratiqué derriere le banc de l'œuvre une espece de creche couverte d'épaisses tapisseries , dans l'enceinte desquelles regnoient de profondes ténebres. Là étoient renfermés un jeune homme qui représentoit St Joseph , & une jeune fille qui faisoit le personnage de la Ste. Vierge.

A une des extrémités de la troisieme nef, on avoit également formé une vaste enceinte , semblable à une cabane de berger , comme on en voit dans les champs auprès des troupeaux. Là 50 personnes environ des deux sexes attendoient dans le silence de la nuit le moment de paroître sur la scene.

A la fin du *Kirie Eleison* de la messe de minuit, un jeune homme élégamment coëffé , ayant une robe blanche garnie du rubans de toutes couleurs, avec des plumes peintes entre les épaules , vint comme en volant , de la porte de l'église jusques aux marches du sanctuaire pour y entonner au célébrant le *Gloria in excelsis* ; après quoi il disparut avec la vitesse d'un messager céleste : une lumiere

clatante jaillit foudain au-deffus de la cabane ;
es bergers à l'apparition de cet aftre font
ourdonner les airs d'une mufique bruyante
& effacent en un moment les voix & les
aftruments du chœur.

A ce vacarme foudain , les curieux accou-
us jufques des paroiffes voifines , oublient
u'ils font dans le temple du Seignenr , &
roient être à l'opéra. On changeoit de place ,
n couroit çà & là , on montoit & fur les
haifes , fur les bancs , on les élevoit les uns
ur les autres , & ils rompirent fous la foule
ntaffée. Alors on ne diftinguoit plus rien
ntre les murmures , les plaintes , les cris
& le chant de l'office. Néanmoins les cavaliers
e la maréchauffée en bottes , le chapeau fur
a tête , la bayonnetre au bout du fufil , avec
eur commandant , la canne à la main , par-
iment à écarter un peu la multitude & à
uvrir un paffage.

On voit paroître plufieurs joueurs d'inftru-
aents très-voifins de l'ivreffe : douze filles les
aivoient vêtues de blanc , avec des nœuds ,
es bandoulieres de rubans , & tenant en
aain des cierges allumés ; enfuite de jeunes
arçons portent des pains bénits couverts de
rioches , de fleurs & de cierges : après eux
aarchent plufieurs grouppes d'enfants des
eux fexes , dans un habillement , où la mon-
anité , le luxe , & l'indécence fe remar-
uoient à la fois. Ils portent dans différentes
orbeilles artiftement arrangées des agneaux
n fucrerie , des oranges , des bifcuits , des
aacarons & autres friandifes deftinées à rem-
lir l'eftomac vigoureux du maître comédien ,

le vicaire Feret. Après ces offrandes étoit portée au bout d'un bâton une étoile toute en feu, environnée de bougies innombrables; des bouquets de fleurs, des cierges chargés de rubans & autres décorations accompagnoient la brillante conſtellation. A ſa lumière marchoient trois lourds payſans ſous des manteaux bleus, garnis de galons d'or, & parſemés de fleurs de lis de même couleur, ayant ſur leur tête des couronnes royales, & en leurs mains des vaſes dorés, dans leſquels étoient en apparence les préſents de ces burleſques majeſtés. L'un d'eux, pour mieux repréſenter le Roi maure, avoit couvert toute ſa figure, ſon col & ſes mains d'un noir de fumée fort épais, délayé dans de l'huile: ſes cheveux étoient ſerrés ſous un crêpe noir; on avoit attaché à ſes oreilles en forme de pendants, des œufs de pigeon qui, par leur blancheur, faiſoient reſſortir plus avantageuſement la noirceur de ſon teint. LL. MM. avoient pour gardes - du - corps des cavaliers de maréchauſſée, qui les eſcortoient armes hautes: derriere ſuivoient tous les bergers & bergeres en grand nombre. Les bergers avoient la tête ombragée de grands chapeaux ronds, couverts deſſus & deſſous de papier blanc & de rubans de diverſes couleurs, avec leur houlette à la main. Les bergeres toutes en blanc avançoient en cadence, ſuivant exactement la muſique: habillées comme celles qui ouvroient la marche, elles étoient parées de fleurs, de rubans de guirlandes, de bandoulieres, & portoient des houlettes auſſi élégantes que toutes leurs

perſonnes

perfonnes : plufieurs les avoient garnies en perles, en paillettes, en diamants.

C'eſt dans cet ordre qu'ils allerent au bruit des inſtruments vers le lieu de la creche : tous s'arréterent à ſon entrée & s'y proſternerent : les trois rois, les bergers, les bergeres y chante- rent différents noëls ſur des airs tout profanes. A la fin ſortit de la creche fort lentement cette jeune priſonniere, vêtue de blanc, la tête couverte d'un voile qui lui deſcendoit juf- qu'aux genoux, portant entre les mains un petit enfant Jeſus. Elle fut ſuivie d'un pré- tendu vieillard, avec des guêtres, un vieux manteau gris, une perruque énorme, & par deſſus un vaſte chapeau plein de craſſe & de pieces, tenant d'une main une toiſe, & de l'autre une ſcie, avec quelques outils de charpentier. La vue de Marie, de ſon nouveau - né & de Joſeph, redoublerent l'alégreſſe : on leur rendit des hommages très-reſpectueux, & les préſents des mages furent offerts, les genoux en terre.

Enſuite la marche recommença ; la Vierge avec ſon fils & Joſeph précédoient les trois rois ; on fut à l'offrande après le clergé, & cela reſſembloit beaucoup à une enfilade de maſques.

Ce ſpectacle fut prolongé juſqu'à la meſſe de l'aurore, & il ſe termina hors de l'égliſe par un réveillon & par des danſes.

24 *Mars*. Mercredi dernier, la grande affaire de l'abbé de Poudens contre Me. Feral a été enfin jugée, & ce dernier, malgré les concluſions de M. Seguier, avocat général, a gagné : il a obtenu dix mille francs de

dommages intéréts , & c'eft bien une preuve qu'en juflice la mauvaife foi , qui fait fé conduire avec aftuce , fait toujours fuccomber les gens honnêtes & droits : les mémoires font refpectivement fupprimés.

25 *Mars.* Il paroît que les notables n'ont rien fait cette femaine ; les gabelles ont été rejetées tout uniment , fuivant le plan que le miniftre avoit choifi ; quant aux traites , ils ont nommé des commiffaires particuliers tirés des pays d'états , ou des provinces que cet objet concerne plus fpécialement. En général , on préfume que c'eft un morceau de longue difcuffion que leur a donné M. le contrôleur général pour les occuper , pour gagner du temps , pour arriver aux vacances de pâques & profiter de cet intervalle pour féduire , ou corrompre , ou intimider.

Quoi qu'il en foit , voici quelques détails nouveaux concernant les féances du 13 & du 15 , qui prouvent combien grande étoit alors la fermentation dans les bureaux , & comment le Roi fe trouvoit circonvenu.

Depuis la demande des bureaux , M. de Calonne a envoyé fon difcours avec une lettre aux princes du fang , dans ces termes :

MONSEIGNEUR ,

« J'ai l'honneur d'envoyer à V. A. R. (ou S.) le difcours que vous avez témoigné defirer d'avoir. Je ne puis communiquer à V. A. R. (ou S.) que la feconde partie qui eft la feule que j'aie écrite , & dont avant l'affemblée j'avois montré le manufcrit au

Roi , qui avoit daigné l'approuver dans
tout son contenu. D'après les doutes qu'ont
manifesté les bureaux & d'après leur réclamation , j'ai remis mon discours sous les
yeux du Roi , qui l'a relu une seconde fois
& qui l'a trouvé absolument semblable à celui
qu'il avoit lu avant l'assemblée : ainsi V. A. R.
(ou S.) ne peut douter que le discours que
j'envoie aux bureaux ne soit le même absolument que j'ai prononcé lundi dernier , &c. »

Le discours de M. de Calonne a été lu dans
tous les bureaux & les notables y ont trouvé
les phrases qui les avoient choqués ; mais
elles étoient adoucies. *Le Roi voit avec grand
plaisir* , portoit-il , *que vous avez été d'accord
avec ses principes , & que vous secondez ses vues
pour rétablir l'ordre & parvenir au soulagement de
ses peuples.* Les phrases suivantes mitigeoient
en quelque sorte les inductions qu'on pouvoit
tirer de celle-ci ; mais il faut que le discours
soit rédigé avec adresse , puisque , entendu
de plus près , il a séduit quelques membres
des bureaux qui avoient été les plus zélés pour
l'arrêté de mardi , & qui , après avoir lu ce
discours , ont dit qu'ils n'étoient pas aussi
frappés des expressions qui les avoient choqués
le lundi , entr'autres M. le duc de Nivernois.

Lecture faite de ce discours au bureau de
Monsieur , M. l'archevêque de Narbonne s'est
levé & a dit : « Je viens d'entendre le discours de M. le contrôleur général. Je ne
crains pas de répéter ce que j'ai dit mardi.
Si le respect que je dois à la personne de
Monsieur ne m'avoit imposé silence , j'aurois
interrompu M. le contrôleur général & je

l'aurois prié de s'expliquer d'une maniere plus claire.

» Certainement nous avons un refpeɛt religieux pour la perfonne du Roi ; fon cœur paternel ne defire que le bonheur de fes peuples , & il n'eſt perfonne de nous qui ne foit porté à feconder les vues bienfaifantes de Sa Majeſté.

» Lorfqu'on nous propofe de fa part des affemblées provinciales , nous croyons devoir repréfenter que la forme dans laquelle on a voulu les établir , eſt inconſtitutionnelle & abfolument contraire à l'eſſence de la monarchie.

» Lorfqu'on nous propofe une fubvention territoriale , nous devons dire avec franchife au Roi , que l'impôt en nature eſt inexécutable , & qu'en argent , comme il eſt très-conſidérable & n'a point de terme , nous ne pouvons pas délibérer qu'au préalable la communication , que nous avons demandée , ne nous ait été donnée.

» Lorfqu'on nous parle de la libération des dettes du clergé , ne devons - nous pas dire avec fermeté au Roi que cette libération telle qu'elle eſt propofée , attaque les propriétés.

» Nous fommes bien d'accord avec le Roi fur les principes , parce qu'ils foɛt toujours fondés fur la juſtice & l'équité ; mais nous ne pouvons pas adopter les plans & les projets que l'on fait envifager à Sa Majeſté comme devant opérer un grand bien & foulager les peuples , lorfque nous voyons tous les inconvéniens qui peuvent en réfulter , & que le peuple , loin d'être foulagé , fera furchargé : nous ne devons donc pas fouffrir que du difcours de M. le contrôleur général le roi puiffe tirer l'induction que tous les plans, propofés ont éte adoptés. »

M. le maréchal de Beauvau & M. le duc de la Rochefoucault ont dit que les bureaux devoient exiger une réparation publique.

Monfieur a dit qu'il n'étoit ni honnéte ni décent de leur faire dire ce qu'ils n'avoient pas dit.

M. l'évêque de Nevers a parlé avec la plus grande force : enfin il a été arrêté que Monfieur feroit prié de remettre directement au Roi l'arrêté fuivant :

« Le bureau fupplie le Roi d'agréer fon hommage & la refpectueufe reconnoiffance dont les membres qui le compofent, font pénétrés de la confiance que S. M. leur témoigne, & dont elle daigne les affurer par la bouche de fon miniftre des finances. Pour y répondre, ils croient devoir faire connoitre à S. M. leur opinion fur les objets dont l'examen leur a été propofé ; ils croient devoir dire à S. M. que, lorfqu'ils ont opiné fur les affemblées provinciales, ils n'ont point été arrêtés par quelques difficultés de forme, mais ils ont penfé que les affemblées provinciales, telles qu'elles étoient propofées, étoient contraires à l'effence de la conftitution de la monarchie, & cette remarque eft trop importante pour n'être pas mife fous les yeux de S. M. Lorfqu'ils ont opiné fur l'impôt territorial en nature, ils ont penfé que cet impôt étoit inexécutable, & que n'ayant point de terme, ils ne pouvoient opiner qu'au préalable les communications qu'ils ont demandées ne leur eussent été faites. Lorsqu'il a été question des dettes du clergé, ils ont dû s'élever fortement contre la manière de les liquider proposée, puisqu'elle attaque les propriétés, & que par conséquent elle est dangereuse. Telle a été l'opinion du bureau ; & comme du discours de M. le contrôleur général on pourroit tirer l'induction que les plans sur ces divers objets ont été accueillis, le bureau pensant que le Roi, la nation & la postérité doivent être instruits de son opinion & de son résultat de ses délibérations, supplie S. M. de faire inférer dans le procès-verbal général de l'assemblée, à la suite du discours de M. le contrôleur général, le présent arrêté qui sera consigné dans le procès-verbal des délibérations particulieres du bureau.

Monsieur s'est chargé de remettre lui-même cet arrêté au Roi.

Le bureau de M. le comte d'Artois a fait un arrêté semblable ; on avoit mis arrêté d'une voix unanime. M. le comte d'Artois a dit : *effacez* d'une voix unanime, *car je ne suis pas de cet avis.*

25 *Mars.* Les banquiers ont en effet obtenu de M. le contrôleur général un sursis de trois mois en faveur des chefs agioteurs, pour leur donner le loisir de dissoudre leur société & de mettre tout en regle ; mais comme l'ordre d'exil émanoit du département du baron de Breteuil, les banquiers avoient en outre écrit à ce ministre pour, sur la réponse favorable du ministre de la finance,

en demander un femblable délai ; & la réponfe du miniftre de Paris n'eft pas encore
arrivée.

25 *Mars*. On n'a jamais vu tant de monde
à l'opéra qu'hier à la clôture. La garde a
été obligée de mettre la baïonnette au bout
du fufil : encore faififfoit-on les fufils de foldats ;
tandis qu'on leur donnoit des coups de canne
fur les doigts.

La repréfentation n'a pas été moins orageufe. Un chevalier de Goux , qui , ufant du
privilege qu'on a de refter fur le théâtre pour
un louis , les jours de capitation , s'avançoit
trop dans la couliffe , a provoqué l'indignation du parterre en réfiftant aux premieres
clameurs. On lui a crié des injures de toute
efpece , l'on a fini par lui jeter une orange à
la tête , mais fi mal-adroitement qu'elle eft
venue tomber à fes pieds. Les gardes , les
officiers de garde , l'officier major font venus
le haranguer tour-à-tour : il a fallu employer
la plus grande autorité pour obliger cet
étourdi à fe retirer. Ce qu'il a fait enfin après
un quart - d'heure de pourparlers & de cris
de toute efpece.

Enfuite l'opéra qui étoit compofé de deux
pieces , *Œdipe à Colonne* & *le Seigneur bienfaifant* , a été exécuté par toutes les doublures
poffibles. Un fieur le Brun , éleve de l'école
du chant , n'ayant jamais paru en public , a
eu l'impudence de remplacer le fieur Lais &
de jouer le rôle de *Polinice* : nouveaux murmures qui ont duré pendant tout le temps
que cet acteur a occupé la fcene.

La recette , au furplus , ce jour-là s'eft

montée à 15600 liv. ; ce dont il n'y a point d'exemple.

26 *Mars*. Les gilets continuent d'être des monuments hiſtoriques de notre âge : ceux à la mode aujourd'hui ſont des gilets aux notables. On y a brodé l'aſſemblée des notables d'après l'eſtampe : le Roi eſt au milieu d'eux, ſur ſon trône ; de la main gauche il tient une légende, où l'on lit ces mots : *l'âge d'or* : mais par une gaucherie fort indécente, il eſt placé de façon ſur la poche, que de ſa main droite il ſemble fouiller dedans.

26 *Mars*. Derniérement le maréchal duc de Biron, après s'être promené a cheval au bois de Boulogne ſe repoſoit ; une dame avec un grand chapeau ſur la tête l'accoſte, & lui demande comment il ſe porte ? « *Cela ne va mal*, répondit-il, *vous voyez que je m'exerce à monter à cheval, pour la revue du Roi. Tant mieux, je ſerai fort aiſe de vous y voir. — Madame, ſi vous avez beſoin de moi, je vous promets de vous faire bien placer. — Volontiers, Monſieur le maréchal. — A qui ai-je l'honneur de parler ? — Je me nomme Antoinette ;* » & à l'inſtant la dame reléve ſon chapeau : il reconnoît la Reine, & ſe répand en actions de grace & en regrets de n'avoir pas plutôt connu ſa bonne fortune.

On ſe doute bien que la Reine n'a pas manqué d'égayer le Roi de cette anecdote, & que leurs Majeſtés en auront beaucoup ri enſemble.

26 *Mars*. On aſſure que les banquiers ont reçu une lettre circulaire de M. le lieutenant général de police, qui les invite à ſe trouver

demain mardi à fon hôtel , dix heures du matin , pour y entendre la lecture de la réponfe du baron de Breteuil à leur demande & recevoir en conféquence les ordres du Roi.

27 *Mars*. On fait aujourd'hui que c'eft M. Patrat qui eft auteur de la piece de *Toinette & Louis* , tombée aux Italiens le 22 de ce mois : le couplet fuivant que termine le vandeville , mérite d'être excepté de la profcription du refte & d'être confervé : d'ailleurs le parterre galant l'a fait répéter comme relatif à Mlle. Gretry.

Jeunes Rofiers, jeunes talens
Ont befoin du fecours du maître ,
Un petit auteur de treize ans
Eft un rofier qui vient de naître.
Il n'offre qu'un bouton nouveau :
Si vous voulez des fleurs eclofes ,
Daignez étayer l'arbriffeau ;
Quelque jour vous aurez des rofes.

27 *Mars*. La clôture des Italiens s'eft faite famedi par des adieux de la troupe au public , adieux rédigés en plufieurs petites fcenes formées de vaudevilles remplis de fadeurs : mais cent fois repétées , elles réuffiffent toujours auprès du parterre , qui pourroit s'écrier comme cet Italien , « *m'adula , ma mi piacè :* il me flatte , mais il me plaît. » Le parterre a demandé à grands cris l'auteur , & il ne s'eft calmé qu'après l'avoir vu paroître. Il s'eft trouvé que c'étoit le coufin Jacques.

N 5

Quant au compliment prononcé à la comédie françoise par le fieur Naudé, comme on y difoit des vérités un peu dures pour le public, il n'a pas été fi favorablement accueilli, il s'eft même élevé des murmures contre cette audace de lui faire des leçons ; il s'agiffoit des tranfports extravagants avec lefquels un acteur outré, une piece répudiée par le bon goût, font fouvent applaudis.

27 *Mars.* Aujourd'hui il n'y a point eu d'affemblée des notables, parce que le confeil a voulu terminer l'affaire des trois hommes condamnés à la roue, pour laquelle il y avoit déja eu huit féances de rapport ; le procès n'eft point encore jugé, & il y a eu ce qu'on appelle un avant faire droit. Il a été décidé à la pluralité de 75 voix contre 23, d'ordonner fur le champ que la minute de la procédure prévôtale de Troyes des mois de janvier, mars & avril 1783, feroit apportée au confeil & mife fur le bureau ; ce qui tend à retarder le jugement, mais à approfondir un moyen des trois condamnés contre la fentence de Chaumont & l'arrêt du 20 octobre 1785.

28 *Mars.* On a parlé en 1784 d'un chevalier de Mouradgia qui étoit à la fuite du roi de Suede & fe propofoit de donner au public une hiftoire des Turcs : il a fini ce grand ouvrage, & le profpectus s'en publie fous le titre de *Tableau général de l'Empire Ottoman*, divifé en deux parties, dont l'une comprend la légiflation Mahométane ; l'autre, l'hiftoire de l'Empire Ottoman, par M. de Mouradgia d'Ohffon, chevalier de l'ordre de Vafa, fe-

crétaire de S. M. le roi de Suede , ci-devant
fon interprete & fon chargé d'affaires à la
cour de Conftantinople : avec figures.

Par ce profpectus très-long & très-curieux ,
l'auteur confirme ce qu'on en a dit ; qu'il
regarde comme infidelles toutes les notions
acquifes jufqu'à préfent concernant la nation
Turque ; il en donne les raifons & établit
comment on doit avoir plus de confiance en
ce qu'il écrit.

Né à Conftantinople , élevé dans le pays
même & attaché toute fa vie au fervice de la
Suede , étroitement liée avec la Porte , il a
eu plus que perfonne les moyens de vaincre
les difficultés.

L'étude du code & des dogmes mahomé-
tans a été faite dans les livres originaux.
M. de Mouradgia s'eft fervi d'un théologien
& d'un jurifconfulte très - habiles & très-
confidérés dans l'empire. Perfuadés qu'il s'inf-
truifoit de leurs loix & de leur doctrine ,
dans le deffein fecret d'embraffer leur culte ,
les docteurs fecondoient fes travaux & fes
recherches avec un zele infatigable.

Tout ce qui a trait aux différentes parties
du gouvernement , a été en même temps
puifé dans les lumieres des miniftres , des
officiers en place , des chefs même des bureaux dans les divers départements de l'état ,
qui portoient leur confiance & leur bonté
pour l'auteur , jufqu'à lui délivrer des extraits
de leurs propres regiftres , flattés du projet
qu'il avoit formé de traduire leurs annales ,
& de donner à l'Europe chrétienne une idée
de la puiffance Ottomane , il n'eft point de

N 6

marques d'amitié dont ils ne m'aient honoré
durant ses recherches de vingt-deux années
jusqu'à son départ de Constantinople , le
9 mars 1784.

Tous les détails relatifs au serrail & à la
vie privée du monarque , aux sultanes , &
au harem impérial , ont été recueillis , les
uns par les officiers même de la maison du
Sultan , les autres par les filles esclaves du
harem.

Enfin cette description générale de l'empire Ottoman est enrichi d'estampes sur les
différentes fêtes civiles & religieuses , & sur
divers autres objets non moins intéressants.
On y joint aussi le costume de tous les officiers du serrail , de la cour & des différents
ordres de l'état.

Ce recueil consistera 1o. en une suite de
76 tableaux , exécutés dans le pays par des
peintres Grecs & Européens : 2°. dans les
portraits de tous les sultans Ottomans , qu'ils
font dans l'usage de faire tirer , quoique la
loi défende en ce pays toute image , toute
figure quelconque : ces portraits font peints
à l'huile sur des cartons fins en forme de
livres in-4°. richement reliés. La collection
s'en conserve au serrail dans le cabinet même
du Sultan , & elle est soigneusement dérobée
aux yeux du public. Par un événement inattendu , & par la faveur d'un des premiers
officiers du palais , M. de Mouradgia a eu
cette collection entre les mains , & l'a fait
voir le 16 décembre 1778 à M. le comte de
Saint-Priest & à l'envoyé extraordinaire de
Suède à Constantinople : 3°. en 90 figures
représentant les costumes , &c.

Cette entreprife eft très - confidérable ; on prétend qu'elle fera peut-être d'un million : il y aura pour cent mille francs de papier feul ; auffi la foufcription pour les deux premiers volumes eft de 3oo liv.

28 Mars. C'eft décidément le fieur Gardel le cadet qui fera maître des ballets de l'opéra ; il doit commencer par ceux d'Alcindor , nouveauté par où fe rouvrira le théâtre lyrique.

28 Mars. Sur la caricature dont on a parlé , quelqu'un a arrangé une fable allégorique affez médiocre , intitulée *la baffe-cour & le fermier.* La voici , pour ne rien omettre des facéties auxquelles aura donné lieu l'affemblée des notables.

Mes chers amis, mes douces bêtes,
Porcs & coqs-dinde & moutons ,
Que d'entre vous les meilleures têtes
Déduifent ici leurs raifons.
Je fuis preffé par la famine ;
Le plus glouton de mes valets
Prétend que le ciel vous a faits
Pour ma gloire & pour ma cuifine ;
Il faudra donc vous croquer tous :
Tel eft en bref mon manifefte :
Sur la fauce décidez-vous ,
Mon cuifinier fera le refte.

29 Mars. Malgré la réclamation vive des bureaux contre le difcours du 12 , de M. de Calonne , d'abord , & enfuite contre la falfification qu'il en avoit faite pour le leur adreffer d'après l'ordre du Roi ; enfin malgré leur demande , s'il étoit imprimé , que leur espece de protestation fût insérée à la suite , ce ministre a jugé à propos de rendre ce discours public hier , & on l'a crié dans Paris. Sans en examiner le fond , on en trouve la forme très-médiocre ; il est diffus , rempli d'idées communes , & d'une forfanterie puérile : en outre il est tronqué , & il est terminé par ce nota ridicule : *Ce qui a suivi n'étoit point écrit.*

29 *Mars.* On a fait sur le contrôleur général une chanson qui est une espece d'adieu , relativement aux différents coups que lui ont porté les notables & sembleroit annoncer sa retraite prochaine : elle est peu spirituelle & n'a que de la gaieté ; elle est sur l'air : *L'avez-vous vu , mon bien aimé !*

A monseigneur
Le contrôleur
Salut , paix & retraite ;
Quand on le prit
Pour son esprit ,
Bien chere en fut l'emplette :
On sait qu'il n'aime pas pour peu
La table , le lit & le jeu :
Un jour viendra
Qu'il variera
Ses passe-temps aimables ,
Et l'on verra
Qu'il sautera
Pour messieurs les notables.
Pour d'*Artois* il a financé ;
Pour le *Brun* il s'est tremoussé ;

Gorgé d'écus

Il n'aura plus

L'attitude de Pénurie , (*)

Qu'il' va laisser à la patrie.

29 *Mars*. Extrait d'une lettre de Tours , du 20 Mars.... Vous auriez cru que les afflictions dont a été abreuvé depuis quelque temps le cardinal de Rohan , l'auroient rendu sage & circonspect. Point du tout : il s'est fait encore des affaires dans ce pays-ci & s'est attiré une nouvelle mortification de la cour. Pour faire de l'exercice , & s'étourdir sur ses chagrins , il s'est avisé de chasser à outrance , de dévaster le canton , & de n'avoir aucun égard , non - seulement aux malheureux paysans , mais aux seigneurs du canton, réclamant contre son braconnage : enfin il a fallu écrire en cour contre lui & se plaindre de ses vexations ; ce qui lui a fait donner une défense de chasser & de porter fusil.

29 *Mars*. Mad. Sainte-Huberty s'est avisée de partir avant la clôture de l'opéra , & sans demander congé elle s'est rendue en Alsace. Sur les plaintes des directeurs , il a été écrit à Strasbourg d'empêcher cette actrice d'y jouer , & elle a reçu ordre de revenir sans délai dans cette capitale.

30 *Mars*. Pendant la tenue de l'assemblée des notables plusieurs écrivains ont cru devoir communiquer au public leurs vues , ou plutôt leurs rêveries. Il faut excepter de ce

(*) Expression de son discours du 22 février.

nombre , *Obfervations fur divers objets impor-*
tants.

1°. L'auteur traite de la diminution du
nombre des matelots & des moyens de les
multiplier.

2°. Des falines de Lorraine , d'abord utiles
à la province & qui la dévorent aujourd'hui.

3°. De la difette des bois dans le royaume ,
& de la néceffité de réformer leur adminiftration actuelle.

4°. Du partage des communes , projet préfenté au feu Roi , il y a plus de vingt ans ,
par M. le comte d'Effuille , & qui lui valut
une très-belle médaille de la part des états
généraux de la province d'Artois en 1771.

5°. D'un moyen de rendre utile au clergé
& à l'état les droits de chaffe dont jouit cet
ordre , & dont il ne peut faire ufage fans
fcandale , & même fans péché.

6°. De l'établiffement d'une caiffe nationale pour fecourir les accufés renvoyés abfous ,
ainfi que les incendies.

Tels font les objets que difcute l'écrivain
avec beaucoup d'ordre , de netteté, de con-
cifion & même avec une forte d'élégance.

Il y a quelques notes concernant des anecdotes curieufes & fatiriques , lefquelles per-
dent à peu près tout leur mérite, faute d'a-
voir nommé les mafques.

30 *Mars.* M. de Sainte-James eft forti depuis lundi de la Baftille. mais fans qu'on en
fache l'objet, car fes affaires ne font point encore terminées. On continue la vente de fes
effets du plus grand prix, & à très-bon compte:
on parle d'une table de cuifine , qui coûtoit

800 livres, & qui a été donnée pour 160 livres : les créanciers font toujours dans les
alarmes, en ce qu'il paroît que la commiffion
ne s'occupe que de remplir le Roi, à quelque
prix & de quelque maniere que ce foit.

30 *Mars*. On a jugé aujourd'hui au parlement l'affaire du préfident d'Abbadie, & fur
les conclufions de M. l'avocat général Seguier
dont le plaidoyer a été fort applaudi, la cour
a confirmé le jugement du Châtelet & a déclaré qu'il n'y avoit lieu à l'interdiction.

30 *Mars*. La cour des monnoies eft de
nouveau aux prifes avec la cour à l'occafion
d'une affaire très grave dont voici l'hiflorique.

Les louis d'or anciens étoient au titre de 21
karats $\frac{21}{32}$. La déclaration pour la réforme a
ordonné que les louis neufs feroient au titre
des anciens, que les procès-verbaux des cours
des monnoies avoient certifié fuivant la
regle.

Le directeur de Strasbourg étant failli, les
commiffaires de la cour des monnoies de Paris
ont mis les fcellés, & en les levant ils ont
trouvé une autorifation miniftérielle aux directeurs de ne compter au Roi les louis anciens rapportés que fur le pied de 21 karats
$\frac{17}{32}$ par conféquent $\frac{4}{32}$ de moins; ce qui fait
payer au Roi $\frac{4}{32}$ de plus pour remettre les
louis neufs au titre des anciens dont on les
foufiroit.

La cour des monnoies a rendu arrêt pour
donner acte au procureur général de fa plainte
contre le directeur de Strasbourg & fes procédés.

Auffi - tôt lettres - patentes envoyées par le garde des fceaux pour évoquer & attribuer à une commiffion extraite de la cour même.

Refus de tous & chacun des membres d'accepter, & renvoi des lettres.

Oppofition par le procureur général à l'arrêt qui donne acte de fa plainte qu'on avoit fait rendre par un fubflitut.

Arrêt pour déduire les moyens.

Alarmes nouvelles & lettre clofe de M. le garde des fceaux pour engager à furfeoir toute procédure. Tel étoit l'état des chofes le 28 mars : ce jour la cour des monnoies a ordonné que les procès-verbaux, l'oppofition du procureur général & la lettre du garde des fceaux demeureroient joints à la procédure qui fera continuée.

On calcule que la fouftraction de $\frac{4}{32}$ fur 800,000 marcs refondus, donne avec les affinages une perte pour le Roi de 3,632,000 livres.

30 *Mars*. Les Srs. Hoffmann, pere & fils, imprimeurs de l'imprimerie polltype, & les Srs. Petit & Royer qui avoient été interdits de leurs fonctions refpectives par un arrêt du confeil du 15 février dernier, viennent d'y être rétablis par un autre arrêt du 10 mars, à la charge d'être plus circonfpects & de fe conformer plus exactement aux réglemens de la librairie. On a vu précédemment que les libraires fur-tout n'y avoient pas manqué, mais l'autorité ne veut jamais avoir tort.

31 *Mars*. On répand la facétie fuivante

qui peint au vrai la fituation actuelle de la France :

Le Roi dans l'affoupiffement ,

Le contrôleur général, fievre convulfive ,

La nobleffe dans l'aphatie ,

Le clergé, fievre continue , avec redoublement,

Le peuple à l'agonie.

31 *Mars.* Il fe donne clandeftinement une piece imprimée dans l'affaire du comte de Sanois , ayant pour titre : *Correfpondance entre M. le préfident Gilbert de Voifins , M. de Sanois , & M. de Courcy.* On y voit que le magiftrat préfident de la chambre des vacations au mois de feptembre 1785 , ayant fait en cette qualité la vifite d'ufage à Charenton , quoiqu'inftruit de la détention illégale & vexatoire du comte de Sanois , quoiqu'ayant reçu du prifonnier verbalement & par écrit fes plaintes & fes inftructions relatives à fon affaire ; au lieu de la dénoncer au parlement , s'eft contenté d'en parler à meffieurs par fimple converfation , & non-feulement n'a fait aucun ufage des pieces qui lui avoient été confiées , mais n'a pas même rendu les différentes lettres dont il s'étoit chargé pour quelques magiftrats , entr'autres pour M. d'Eprémefnil : un gros paquet que M. de Sanois adreffoit à ce confeiller s'eft trouvé encore au greffe lors de fon élargiffement.

Il faut diftinguer dans ce recueil une lettre du comte de Sanois au préfident en date du 20 avril 1786, lettre pleine de chaleur & d'éloquence , où il déploie non-feulement une grande fenfibilité fur fes fouffrances, mais embraffe l'humanité entiere & s'eleve avec énergie contre les coups d'autorité de l'efpece de celui dont il a été la victime.

31 *Mars.* Extrait d'une lettre de Valenciennes, du 27 mars. Le départ annoncé de M. Blanchard n'a eu lieu qu'aujourd'hui avec fes cinq ballons. Il a éprouvé combien il étoit difficile de s'elever entre des murs, des toits & un clocher. Le temps d'ailleurs n'étoit point favorable : il régnoit un vent impétueux , fur-tout au moment de fon afcenfion. L'aéronaute avoit pris fon point de départ de la cour de l'hôpital , & n'ayant point affez d'air, il a fenti qu'il ne pourroit s'elever avec fes provifions : il a jeté à 20 pieds tout ce dont il étoit chargé, lunette, piftolets , drapeaux, ancre , pain & vin. Il n'a pu éviter cependant qu'un filet de fes ballons ne s'accrochât à un crampon du toit du clocher, contre lequel le vent le jeté. Il a confervé affez de tête pour couper ce filet : tous les fpectateurs l'ont cru un inftant perdu. Il eft allé de-là heurter contre une des cheminées des cafernes de la porte de Mons , & de-là contre un arbre du jardin du prince. M. Blanchard n'a point perdu courage ni la préfence d'efprit ; il a fi bien manœuvré que fes ballons ont remonté. Il a plané dans les airs vers Rarray ; comme il n'avoit ni ancre ni provifion , on eft inquiet de fon fort, que nous ignorons encore en ce moment.

P. S. Du 28 mars 1787. M. Blanchard vainqueur des difficultés a paru dans la plaine avec beaucoup de fageffe & de majefté : il eft defcendu à Saint-Guiflain : on l'attend ce foir ici à la comédie, où l'on affure qu'il doit être couronné ; on ne dit pas fi la ville lui rendra quelques honneurs.

31 *Mars.* Depuis la mort de M. le comte de Vergennes on n'a pu tirer au clair l'état de fa fucceffion, que fes partifans affurent être très-médiocre, & que fes détracteurs portent à plufieurs millions, comme celle d'un financier très-opulent & très-rangé. Ce qu'il y a de conftant, c'eft que la famille de ce miniftre, pour prévenir les bruits qui couroient à ce fujet, avant qu'ils parvinffent au Roi, a, par l'entremife de M. d'Angivillier, fait préfenter à S. M. le teftament du défunt, dont il ne réfulte qu'une fucceffion de 80000 liv. de rentes : le Roi, après avoir lu cette piece, a dit qu'elle ne faifoit que confirmer la bonne opinion qu'il avoit du comte de Vergennes, & qu'il n'avoit pas befoin de cette nouvelle preuve de la fageffe & de la modération de fon miniftre.

Malgré cette anecdote affez certaine, les courtifans déchirent beaucoup la mémoire du comte de Vergennes : ils lui reprochent la maniere dont il a fupplanté le capitaine colonel des gardes de la porte du Roi, pour lui fubftituer le vicomte de Vergennes fon fils ; ils lui reprochent des échanges faits avec le Roi, tous à fon profit, avec un gain exorbitant ; ils lui reprochent enfin fes liaifons avec M. le garde des fceaux & M. de Calonne, malgré le peu d'aptitude de l'un pour être à la tête de la juftice, & le gafpillage exceffif de l'autre à la tête des finances.

31 *Mars.* M. le contrôleur général vient
de faire mettre en vente les memoires concernant la premiere & la feconde fection de
fes projets envoyés aux notables ; il y a joint
une feuille féparée en forme d'avertiſſement,
qui a été adreſſée à tous les curés de Paris &
à tous ceux de campagne vraiſemblablement.
Un patriote zélé fentant l'infidieux de cette
conduite, a fait paſſer à l'aſſemblée le brûlot
fuivant :

« Il n'eſt pas inutile de ramener l'atten-
» tion des notables fur les procédés caute-
» leux de M. de Calonne, comme fur fes
» projets inconſtitutionnels.

» A l'ouverture de l'aſſemblée le 22 février
» il étoit de la plus grande confiance, il
» affectoit l'infouciance & le dédain même
» des procédés ; peu lui importoit ce qu'on
» devroit dire & faire.

» La premiere diviſion a été difcutée,
» combattue, rejetée ; fon ton n'a point
» changé : au contraire il a été jouer la
» fcene révoltante du 12 mars, en faifant
» infinuer dans le public & écrire dans les
» provinces que tout étoit paſſé, arrangé.

» Les proteſtations des bureaux ont été
» remiſes au Roi ; il a changé de manœu-
» vres : il a fait audacieuſement imprimer,
» diſtribuer, même vendre à deux fous fon
» difcours du 12, dont il fait aujourd'hui
» conſtater la fidélité de l'impreſſion par le
» journal de Paris, contre lequel les pro-
» teſtations des notables reſtent fecretes &
» deviennent par-là équivoques pour le pu-
» blic & fur-tout pour la province, qui n'eſt

» auroit jamais connoiſſance ſi M. de Calonne
» préſide au procès-verbal de l'aſſemblée.

» En même temps il a imaginé d'inviter
» ſolemnellement à dîner le clergé & la
» magiſtrature, qui ont cru honnête & dé-
» cent de s'y rendre. Par-là, M. de Calonne
» s'eſt ménagé le pouvoir de dire que ce qu'il
» imprimoit étoit ſi vrai, que ſa bonne in-
» telligence avec les notables en étoit une
» preuve publique.

» La deuxieme diviſion a été également
» modifiée ou rejetée ; il eſt venu, comme
» ſi de rien n'étoit, propoſer la troiſieme
» vendredi, & le lendemain il a fait colpor-
» ter avec profuſion la collection de ſes mé-
» moires de la premiere & deuxieme diviſion ;
» Il a oſé mettre en tête un avertiſſement
» encore plus audacieux que ſon diſcours
» du 12, en ce que cet avertiſſement tend
» non - ſeulement à faire croire que tout eſt
» agréé, mais à ſoulever le peuple contre un
» rejet.

» Il a adreſſé cet avertiſſement aux curés ;
» il l'envoie dans les provinces : les proteſta-
» tions du 14 ſont dans les ténebres, ou l'ou-
» bli : il n'y en a pas de nouvelles contre
» cette nouvelle démarche ; les premieres
» deviendront encore plus illuſoires & pro-
» blématiques, & il demeurera évident que
» cette marche ſuivie d'audace de M. de Ca-
» lonne a pour objet d'afficher le mépris de
» l'aſſemblée & d'annoncer après ſa diſſolu-
» tion l'envoi de tous ces édits aux cours,
» en préparant, en excitant d'avance, au-
» tant que faire ſe peut, le peuple contre les

» conseils des notables & les difficultés à ve-
» nir des cours : tout cela décele un germe
» de troubles qu'il importe à l'assemblée,
» qui le voit naître, de prévenir par des
» moyens efficaces. »

1 *Avril* 1787. Lettre d'un Anglois à Paris,
datée du 18 mars 1787. Cet écrit a tout l'air
d'avoir été composé par ordre du ministre des
finances, toujours dans le même esprit d'ani-
mer le peuple contre le clergé & la noblesse ;
on y discute légérement les objections de ces
deux corps contre les assemblées provinciales
& contre l'impôt territorial, & l'on veut les
faire passer pour mal-fondées ; il seroit très-
aisé de réfuter l'auteur qui, au surplus, promet de nouvelles lettres, où il fera connoître plus particuliérement ses projets, les personnes qui les combattent, les raisons qui les
font mouvoir : peut-être qu'avec ces détails
elles seront plus intéressantes que celle-ci,
qui ne contient nuls faits, nulles anecdotes,
& n'est qu'un pur bavardage d'adulation.

1 *Avril.* Il passe pour constant qu'un arrêt
du conseil rendu du propre mouvement du
Roi casse l'arrêt du parlement en faveur de
Me. Linguet, & renvoie celui-ci pour la taxe
de ses écritures pardevant la communauté
des procureurs.

Cet arrêt ne fait rien au fond, puisque le
duc d'Aiguillon ayant agréé l'arbitrage en quelque sorte du parlement, auroit mauvaise grace
de s'en prévaloir ; que d'ailleurs dès le lendemain il s'est soumis à l'arrêt & a envoyé
les 24000 livres à Me. Linguet. Le garde des
sceaux a voulu seulement se venger du per-
sifflage

fifflage indécent que cet orateur s'étoit permis
contre lui & de l'indulgence excessive des juges qui auroient dû lui impofer filence.

1 *Avril.* M. l'abbé le Sueur, maître de mufique de l'églife de Paris , eft un homme de
génie, qui a voulu fe fignaler dans fa place
par des innovations dont on a parlé , & qui
n'ont pas été heureufes. Un plaifant s'eft avifé
de le critiquer dans une lettre in-4°. qu'il lui
adreffe , datée de l'ifle des Chats-fourrés , le
21 mars , & qui circule dans le chapitre &
parmi les amateurs de mufique. Ce pamphlet
eft d'un homme d'efprit , très-inftruit & très
au fait de ce qui concerne l'art : il verfe à grands
flots le ridicule fur l'abbé le Sueur , & il lui
reproche fur-tout de n'avoir pu lui-même rédiger fes idées & d'avoir été obligé d'emprun-
ter une plume étrangere. La facétie produiroit
peut-être plus d'effet , fi on ne la jugeoit aifé-
ment de quelque confrere , fi elle ne fembloit le réfultat d'une jaloufie de métier ; ce
qui doit décréditer beaucoup le critique auprès de ceux qui ne font pas en état de prononcer par eux-mêmes.

2 *Avril.* Il y a peu de temps que le marquis
de Villette, dans une énumération des artifles
célebres du Mont-Jura , citoit un M. Jaillot,
fculpteur de cet endroit, qui , avec un morceau d'ivoire, avoit fait un *Jefus mourant* , que
les connoiffeurs regardent comme un chef-
d'œuvre : par un concours de circonflances ,
il fe trouve en dépôt chez le curé de Saint-
Germain-l'Auxerrois, qui fe propofe de le
faire voir inceffamment au public.

2 *Avril. La collection des Mémoires préfentés*

Tome *XXXIV.*   O

à l'assemblée des notables consiste pour la premiere division en six : 1°. sur l'établissement
des assemblées provinciales ; 2°. sur l'impo-
sition territoriale ; 3°. sur le remboursement
des dettes du clergé ; 4°. sur la taille ; 5°. sur
le commerce des grains ; 6°. sur la corvée.

Pour la seconde division en huit ; 1°. sur la
réformation des droits de traite , l'abolition
des barrieres intérieures, l'établissement d'un
tarif uniforme aux frontieres , & la suppression de plusieurs droits d'aides nuisibles au
commerce ; 2°. sur les droits qui seront ac-
quittés uniformément à l'avenir sur les marchandises coloniales ; 3°. sur les modifications
nécessaires dans la jouissance des privileges
qui sont accordés à quelques provinces , relativement à l'impôt sur le tabac ; 4°. sur la
suppression des droits de marque des fers ;
5°. sur la suppression du droit de subvention
par doublement de jauge & courtage , & de
plusieurs autres droits d'aides qui se perçoi-
vent à la circulation ; 6°. concernant la suppression des droits de fabrication d'huile &
de savon du royaume ; 7°. sur la suppression
du droit d'ancrage qui se perçoit sur les na-
vires françois , de celui de lestage , des six
& huit sous pour livre , & d'autres droits
imposés sur le commerce maritime & sur la
pêche nationale ; 8°. concernant la gabelle.

Cette collection est précédée d'un *Avertissement*, où l'on dit que ces mémoires n'étoient
faits que pour les notables ; qu'ils n'ont d'abord
été remis qu'à eux & pour eux seuls , mais
sur des bruits répandus , des suppositions capables d'induire le peuple en erreur , il sut

devenu néceffaire de l'inftruire des véritables
intentions du Roi , de lui apprendre le bien
que S. M. lui veut faire & diffiper les inquiétudes qu'on a voulu lui infpirer.

Au total , le réfultat des moyens propofés
doit être , qu'enfin le niveau exiftera entre les
recettes & les dépenfes, & qu'en même temps
il y aura trente millions de foulagement pour
le peuple , fans y comprendre la fuppreffion
du troifieme vingtieme.

2 *Avril*. Comme les diverfes éditions , déja
multipliées à l'infini , de *dom B*. ou du *Portier
des Chartreux* , ne peuvent fuffire à l'empreffement des amateurs ; que d'ailleurs il s'en jette
beaucoup d'exemplaires au feu , à mefure que
les vieux pécheurs fe convertiffent ; on vient
tout récemment de faire une édition du même
ouvrage , petit format en deux volumes ,
avec vingt-une figures affez joliment gravées ,
fans compter le frontifpice. On a fubftitué
un titre plus honnête : *Mémoires de Saturnin ,
écrits par lui-même.*

3 *Avril*. On trouve dans le mémoire fur
l'impôt territorial , des anecdotes précieufes
& bonnes à conferver.

1°. Dans l'état actuel , les deux vingtiemes
produifent , avec les quatre fous pour livre,
54 millions.

2°. En 1772 l'on reconnut qu'ils n'étoient
pas portés à leur valeur : de fauffes déclarations , des baux fimulés , des traitements trop
favorables accordés à prefque tous les riches
propriétaires , avoient entraîné des inégalités
& des erreurs infinies. On ordonna qu'il
feroit fait de nouvelles vérifications.

O 2

3º. Ces vérifications se firent si lentement, que dix ans après il n'y avoit encore que 4902 paroisses vérifiées sur 22308 , dont sont composées les provinces régies.

4º. Ces vérifications ont cessé tout-à-fait en 1782 , par l'opposition que les cours y apporterent , & le troisieme vingtieme qu'on imposa cette même année , fut réparti plus inégalement encore que les deux premiers , en ce que les paroisses vérifiées le supporterent d'après la nouvelle proportion établie par les vérifications , tandis que les paroisses non vérifiées ne le payerent que d'après leurs anciennes quotes.

5º. La vérification de ces 4902 paroisses a démontré que le produit des deux vingtiemes auroit augmenté de près de moitié : si les vérifications avoient été faites dans tout le royaume , le Roi auroit depuis cette époque touché par année 81 millions , au lieu de 54.

3 *Avril.* Le procès élevé entre les porteurs de lettres de change & les banquiers , a occupé nombre d'audiences , où , d'une part , les premiers ont été défendus par Me. de Seize & Me. Brunet , & les seconds , par Me. Marbinau & Me. Hardoin. Ces audiences ont été fort suivies. Mais entr'autres celles où Me. de Seize plaidoit : on a admiré le tour oratoire de sa réplique , où relevant son adversaire , qui avoit affecté de dégrader la profession de banquier , il a déclaré qu'il n'en pensoit pas de même : il l'a exaltée , au contraire , avec de grands éloges , & a dit : que cet état devenoit sur-tout recommandable depuis qu'on

en avoit tiré un homme rare pour le mettre
à la tête de l'administration des finances de la
France. Cet éloge pompeux , qui ne pouvoit
regarder que M. Necker , a produit une vive
sensation dans la circonstance , & a déplu
beaucoup à Versailles. Quoi qu'il en soit, hier
le jugement a eu lieu : d'après les conclusions
du procureur du Roi , la commission du châtelet a condamné les banquiers à payer en
totalité les lettres de change , avec tous les
dépens , & ce jugement , conforme au vœu
du public , a été fort applaudi. Il reste maintenant à juger le faux & les faussaires ; ce qui
constitue le procès criminel.

3 *Avril.* Le contrôleur général , comme on
a dit , a envoyé à tous les curés , non-seulement un exemplaire de la feuille annoncée,
mais des paquets considérables d'exemplaires , afin que s'ils ne la lisent pas au prône ,
ils puissent la répandre en profusion , sur-tout
parmi le peuple des campagnes.

Cette feuille n'est autre chose que l'avertissement dont on a retranché seulement le
premier *alinéa ;* après y avoir exposé en peu
de mots les intentions bienfaisantes du Roi
& les principaux objets communiqués jusqu'à
présent à l'assemblée des notables , on annonce que si l'on a dû s'attendre à des réclamations , parce qu'il n'y a pas de réforme qui
n'en occasionne , on doit être persuadé que
les sentiments patriotiques dont l'assemblée est
animée , & dont elle a déjà donné des preuves , fixeront ses opinions. . . . « Ce seroit
» à tort que des doutes raisonnables , des
» observations dictées par le zele , des expres-

» fions d'une noble franchife feroient naître
» l'idée d'une oppofition malévole. »

C'eft cette feuille qui a occafionné depuis
dimanche la plus grande fermentation dans
les bureaux & provoqué des arrêtés dans tous,
plus ou moins violents. On parle principalement de celui du troifieme bureau , très-long
& très-bien détaillé , & rédigé par M. Vidaud
de la Tour , & d'un autre du fixieme , plus
ferré & plus vigoureux.

4 *Avril.* La gazette eccléfiaftique d'hier
3 avril , qui place à la tête des incredules le
marquis de Condorcet , fecrétaire de l'acade-
mie des fciences , nous apprend d'où viennent tous ces pamphlets qu'on lui attribue ;
elle l'accufe d'avoir avec fes partifans formé
le projet d'établir à Paris , ou dans le voifi-
nage , à leurs frais , une imprimerie pour y
multiplier les éditions des livres irréligieux
& libertins , afin de les vendre au moindre
compte poffible , & par-là d'éteindre le peu
de foi qui refte encore parmi le peuple : fuivant elle , les magiftrats qui veillent à la
librairie , ont diffipé ce complot facrilege ;
mais ne peuvent empêcher que les apôtres
du moderne philofophifme ne rempliffent leur
miffion , n'infectent par eux-mêmes , & par
leurs émiffaires , toutes les claffes de la fociété , d'une foule d'écrits impies & pleins
de corruption.

4 *Avril.* On peut fe rappeller que le comte
de Mirabeau dans fon pamphlet intitulé : *Réflexions concernant le comte de Caglioftro* , parle
d'un polémique finguliere dont l'Allemagne
eft inondée aujourd'hui , relativement à plu-

fieurs fociétés fecretes qu'on prétend ani-
mées de l'efprit jéfuitique , être réunies en
un feul corps par des vues , des principes ,
des fupérieurs communs , & qui ont acquis
beaucoup de profélytes dans l'empire : elles
ont mis les meilleurs efprits en fermentation.
M. Nicolaï , littérateur favant & eftimé de
Berlin , a fur-tout publié un ouvrage inftructif & curieux fur cette matiere. On porte le
nombre des fupérieurs de ces communautés
à 3280 , dont 3 généraux , 9 vice - généraux , 27 vicaires , 81 fous-vicaires , 243
triumvirs , 729 directeurs & 2187 fous-di-
recteurs.

Suivant un autre écrit , les ex - jéfuites
qu'on dit être l'ame de ces affociations , ont
élu le pere Huberti provincial fecret pour les
Pays-bas , & le pere Hell , aftronome, provincial pour l'Autriche ; on vient de conftat-
ter cette découverte , & l'on ne peut plus
douter que l'ordre ne fe foutienne clandeftinement, qu'il ne conferve fon régime , fes
caiffes , &c.

Un des écrits qui a fait la plus grande fenfation , parvenu dans ce pays , a pour titre :
Tableau du Jéfuitifme d'aujourd'hui , *de l'état
des Rofes-croix , des pratiques pour gagner des
profélytes & pour réunir les religions.*

Suivant l'auteur , le général actuel des jéfuites eft l'abbé Romberg , qui en 1773 étoit
affiftant pour la nation germanique ; qui fut
enfuite enfermé au château Saint-Ange , avec
le général Ricci ; mis en liberté par le pape
régnant Pie VI , & qui vit maintenant à
Rome.

Dans un autre écrit , intitulé *Mes Conjectures* , on explique en détail le commerce de change que faisoient les jésuites , dont cinq espèces : change jésuitique , change provincial , change sacré , change pontifical , & change chrétien ; il seroit trop long de détailler ces divers changes. Il faut lire l'ouvrage même , qui contient à ce sujet des anecdotes piquantes.

4 *Avril*. Lundi M. l'évêque de Langres a dénoncé au second bureau un échange actuellement en train avec le Roi sous le nom du comte d'Espagnac , prête-nom de M. le contrôleur général.

M. le comte d'Artois a dit que cette matiere n'étoit pas de la compétence du bureau : on a été aux voix , & le grand nombre a été contre la dénonciation , à moins que le prélat ne voulût la signer ; il s'y est refusé. On prétend que le contrôleur général a différents prête-noms de cette espèce ; le comte & l'abbé d'Espagnac , M. de Veymeranges , le procureur général de la cour des monnoies , &c.

4 *Avril*. On a observé dans le premier discours de monsieur de Calonne qu'il ne ménageoit pas ses prédécesseurs dans le ministere des finances , & sur-tout M. Necker qu'il inculpoit fort indirectement. On assure que celui-ci a fait une réponse toute prête , qu'il l'a lu à M. de Buffon. Cet ami en a été très-content , mais l'a engagé à la garder dans le porte - feuille , jusqu'après l'assemblée des notables finie.

5 *Avril*. M. de Calonne continue d'observer

le Roi conjointement avec M. d'Angivillier.
On affure à cette occafion que le maréchal de
Caftries ayant voulu repréfenter à Sa Majefté
que M. de Calonne avoit exagéré les dépenfes
de la marine , elle a reçu très-durement ce
miniftre , qui en a été fi humilié & fi touché
que fon projet , rentré chez lui , étoit de
donner fa démiffion , fi fes amis ne l'en
avoient pas diffuadé. En général , tous les
miniftres font contre M. de Calonne , en ce
qu'il veut empiéter fur leur département ,
fous prétexte de réduction & d'économie.

La Reine , au milieu de toute la fermentation qui regne autour d'elle , fe poffede à
merveille , conferve le plus grand fang-froid ,
l'impartialité la plus entiere ; on dit bien
qu'elle a témoigné fes regrets qu'on ne lui
ait pas découvert plutôt l'état fâcheux des finances du royaume , parce qu'elle ne fe feroit pas livrée à fon goût pour des acquifitions
& des dépenfes qu'elle croyoit pouvoir fe
permettre ; & c'eft à ce propos feul qu'on a
cru reconnoitre qu'elle improuvoit M. de Calonne.

Madame Adelaïde eft abfolument déclarée
contre lui , & fi elle peut faire valoir fon
premier afcendant fur l'efprit du Roi , elle
en profitera pour culbuter ce miniftre, qu'elle
regarde comme le fléau de la France.

Des deux freres du Roi , Monfieur lui eft
très-contraire ; mais le comte d'Artois ne
voyant qu'en lui l'homme aimable , le miniftre facile , un génie rempli de reffources ,
le goûte & le défend de fon mieux.

Parmi les princes du fang, le duc d'Orléans

& le prince de Conti se sont, comme on a vu, ligués contre M. de Calonne. Quant au prince de Condé, au duc de Bourbon, au duc de Penthievre, ils sont trop politiques ou trop foibles pour prendre parti : ils se laisseront aller aux circonstances.

5 *Avril.* La Reine, à l'occasion de son acquisition de Saint-Cloud, ayant des points de droit à éclaircir & à discuter avec quelques voisins, en un mot un procès en regle, c'est Me. de Seize que S. M. a choisi pour son avocat : nouveau genre de fonctions inconnues au barreau, où jusqu'à présent aucune Reine en puissance de son auguste époux n'avoit encore paru.

5 *Avril.* Les bureaux, comme on l'avoit annoncé, ont interrompu leurs travaux, à commencer du mercredi-saint, pour une huitaine. On veut que M. de Calonne ne soit pas fâché de cette petite vacance, qui lui laisse le temps d'intriguer. On dit qu'il va sur-tout se retourner du côté des maires, qu'il doit beaucoup caresser, inviter à sa table & indisposer contre le clergé & la noblesse ; toujours dans son projet de mettre le troisieme ordre aux prises avec les deux premiers, dont il n'a pu venir à bout autant qu'il le desiroit & s'en flattoit. Du reste, voici le résultat du travail des bureaux, tel qu'il étoit au moment de l'assemblée générale du jeudi 29 mars.

Les gabelles ont sur-tout occupé les bureaux : tous, à l'exception de deux qui different un peu, sont presque unanimes dans le réfultat de leur délibération relativement à cet objet.

Mais rejet des moyens trop compliqués & fujets à inconvéniens.

On fuppofoit qu'à l'exception des enfants au-deſſous de l'âge de huit ans, chaque individu devoit, l'un dans l'autre, prendre & payer annuellement dix à onze livres de fel.

Mais, pour atteindre à ce réfultat, les plus indigents étant cenfés n'en pas confommer plus de 3 à 4 livres, il falloit augmenter d'autant les individus de la claſſe la plus aifée, & cette fuppofition a paru trop exorbitante.

Les fuppofitions relativement à la confommation de groffes falaifons ont paru également exagérées.

La matiere à cet égard s'eſt trouvée éclaircie d'une maniere fatisfaifante par un mémoire de M. de Barentin, premier préſident de la cour des aides.

On en eſt revenu à fournir annuellement au Roi par une impofition répartie fur les provinces, la même fomme qu'il reçoit du produit des gabelles.

Elles rendent aujourd'hui 58 millions, dont environ un cinquieme de frais ; reſtent 48 millions : dans le nouvel arrangement on gagnera ces 10 millions.

La Bretagne donne annuellement trois millions au Roi pour tenir lieu de fa contribution aux gabelles ; elle fera exceptée de la répartition générale.

A l'égard des traites, les provinces des Trois-Evêchés, de la Lorraine & de l'Alface ont donné chacune des mémoires qui ont paru très-bien faits , & mériter par leurs motifs & leurs obfervations la plus grande attention , notamment celui de l'Alface.

6 *Avril*. Il a été remis le jeudi 26 mars aux notables des mémoires imprimés pour eux feuls :

1º. Relativement aux domaines.

2º. Par rapport au forêts du Roi. On n'a point encore examiné le fecond , parce que le premier occupe beaucoup.

Le contrôleur général a écrit à chacun des princes du fang pour défavouer l'impreffion du difcours du 12 , & les prier de faire paffer à tous les notables ce défaveu.

La lettre circulaire aux curés eft mot-à-mot l'avertiffement en titre du difcours , excepté le premier alinéa : on leur en a envoyé des paquets à diftribuer.

Les bureaux fubordonnent tous leurs travaux à la communication des états de recettes & de dépenfes.

Il n'y a point eu le lundi 2 avril d'affemblée à Verfailles du fixieme bureau , parce que fes membres ont députe famedi , fept d'entre eux pour venir examiner à Paris plufieurs loix en comité particulier relativement au projet d'aliénation des domaines du Roi.

Ce comité s'eft tenu chez M. le Noir , confeiller d'état , par M. Enangart , intendant de Lille , le procureur général de la cour des aides , le maire de Troyes , & trois autres notables.

6 *Avril*. Le morceau oratoire de Me. de

Seize , tiré de fes *Obfervations pour les porteurs
unis des Lettres de change* , caufant beaucoup
de rumeur , mérite d'être cité littéralement
& confervé : « Nous les (les banquiers) dé-
» fendons ici contre eux-mêmes. . . Ce font
» des hommes diftingués parmi les commer-
» çants & deftinés à verfer les richeffes d'un
» pays dans un autre ; ce font des hommes
» dont le nom appelle la confiance de toutes
» les places de l'Europe ; des hommes qui,
» par l'étendue de leurs relations , par l'im-
» menfité de leur crédit , par l'afcendant de
» l'eftime qu'ils favent infpirer , fe font une
» puiffance d'opinion prefque incalculable ;
» des hommes qui parviennent à lier enfem-
» ble des nations étrangeres & même enne-
» mies , qui étendent & attachent la chaîne
» du commerce dans les deux mondes ; des
» hommes enfin toujours utiles & fouvent
» néceffaires à l'adminiftration de leur propre
» pays , qui la fecourent dans fes crifes , qui
» l'éclairent de leur expérience , & qui ne
» font pas incapables même d'afpirer à la
» gouverner ; & n'étoit-ce donc pas dans la
» banque que s'étoit élevé ce génie rare ,
» qui a porté tant de talents & tant de lu-
» mieres dans l'adminiftration des finances ? »

6 Avril. La voûte de la paroiffe de St. Bar-
thelemi s'eft effondrée il y a deux jours : heureufement perfonne n'étoit dans cette églife ;
on s'étoit apperçu que cette voûte menaçoit
ruine , & le curé n'ofant plus célébrer le
fervice divin dans fa paroiffe , avoit eu recours au fupérieur des Barnabites. Celui-ci

ayant refufé, le curé eft allé à Verfailles en référer à M. l'archevêque : le prélat a imploré l'autorité royale, & S. M. a fait donner ordre au fupérieur des Barnabites de recevoir le curé & fes paroiffiens.

6 *Avril.* Extrait d'une lettre de Valenciennes, du 29 mars. Notre corps municipal a fuivi l'exemple des autres à l'égard de M. Blanchard : hier il a été reçu à la comédie par le commiffaire du magiftrat, & conduit dans la loge de la magiftrature ; il y a été couronné aux applaudiffements de tous les fpectateurs ; il a diné aujourd'hui à l'hôtel-de-ville. On affure qu'elle eft dans l'intention de lui faire un préfent.

7 *Avril.* Ni le temps, ni les circonftances n'empêchent les calembours d'aller leur train. En voici un à l'occafion de la cérémonie du jeudi-faint ; il eft en vers :

Le lavement des pieds, par un ordre nouveau,
N'aura point lieu jeudi pour douze miférables :
Pourquoi ? C'eft que le Roi veut conferver fon eau
Et laver la tête aux notables.

7 *Avril.* Extrait d'une lettre de Marfeille, du 24 mars. Le fieur Larive, devançant le temps des vacances de la comédie de Paris, fait aujourd'hui les délices de la nôtre ; mais nous fommes toujours outrés : vous avez fu dans le temps les honneurs dont on a enivré madame de Sainte-Huberty. Voici les vers très-ridicules compofés à la gloire du fieur

Larive , & à la honte de l'auteur & de nos habitants, qui les récitent dans leurs foupers :

> Les dieux préfents à ta naiffance ,
> En te comblant de leurs faveurs ,
> Ont embelli ton exiftence,
> Oui , tu naquis fous les yeux des neuf fœurs.
> *Euterpe* te donna la voix harmonieufe ,
> *Phœbus* mit dans tes yeux le feu de fes regards,
> Et pour remplir ta definée heureufe ,
> *Melpomene* à tes mains confia fes poignards.

7 *Avril.* La production de M. Jaillot , qu'on va voir chez le curé de Saint-Germain-l'Auxerrois , eft un calvaire entier , compofé de dix figures , le Chrift, les deux Larrons , la Vierge , S. Jean , la Magdelaine , & enfin deux grouppes de deux anges chacun.

Le Jefus mourant eft d'un grand caractere , d'une expreffion fublime , & il eft à la jan-féniste, les bras très-rapprochés ; ce qui eft la fuite de la contraction de tous les mufcles par le poids du corps dont les pieds font pendants : au contraire , les deux larrons ont les bras très-étendus ; les pieds font foutenus & ne pouvant fe prolonger : il en réfulte un raccourciffement des parties ; nouveau moyen de l'artifte pour déployer un genre d'anatomie non moins favant. Quant aux têtes , chacune a fon caractere propre ; le bon larron fe diftingue d'abord par une douleur touchante , mêlée de confiance ; la rage & le défefpoir fe peignent fur la figure du mauvais larron.

Les trois douleurs de la Vierge , de St. Jean-
Baptiste & de la Magdelaine font auffi diver-
fifiées & graduées convenablement ; mais on
admire fur-tout les draperies de ces perfonnages , qui font d'une moëlleffe & d'une
facilité étonnantes : on croit voir le nud
deffous.

Les grouppes d'Anges , quoiqu'attachés ,
font d'une légéreté & d'une grace à perfuader
qu'ils fe foutiennent d'eux-mêmes dans les
airs. On ne peut concevoir comment l'ivoire ,
naturellement très-caffant , a pu devenir auffi
flexible fous le cifeau de M. Jaillot ; c'eft le
genre de la matiere dont il s'étoit fervi qui
ajoute beaucoup à fon mérite.

7 Avril. L'arrêt du confeil concernant les
faintes chapelles eft du 11 mars : il paroît
que confidérant qu'il fubfifte dans le royaume
plufieurs églifes ou faintes chapelles , dont la
fondation n'a été établie que pour le fervice
même que font auprès de leurs Majeftés les
prélats & eccléfiaftiques qui compofent leur
chapelle ordinaire ; l'on a eftimé devoir les
fupprimer, afin de procurer un grand foulagement aux finances. Pour y parvenir fans
lever aucuns droits , on a cru devoir préalablement mettre en fequeftre les biens des
chapitres à fupprimer , notamment & d'abord
des faintes chapelles du palais à Paris & de
Vincennes.

8 Avril. L'ouvrage de l'abbé le Sueur , qui
a réveillé la jaloufie des muficiens fes confreres , c'eft un *Effai fur la mufique facrée imitative,*
dont il vient de publier la fuite , où il donne
le plan d'une mufique propre à la fête de

l'âque ; son résultat est, que comme M. Gossec dans la messe des morts que la Flandre vient d'accueillir avec autant d'enthousiasme que la capitale , a su jeter sur tout son ouvrage la teinte rembrunie qui y convenoit , de même le *Resurrexit* doit , si l'on peut s'exprimer ainsi, répandre ses rayons sur toute la musique du jour , afin de conserver cette unité précieuse , la base de son système.

Ce nouveau genre de composition a , dit-on , attiré aujourd'hui à Notre-Dame un monde encore plus considérable que de coutume. Tout l'opéra y étoit , ainsi que tous les grands musiciens , compositeurs ou exécuteurs. Il paroît qu'on a été fort partagé sur la messe ; il faut, avant de prononcer , recueillir, compter , peser les suffrages.

8 *Avril*. Derniérement le jeune prince Cochinchinois a été présenté au Roi à Versailles dans le salon d'Hercule. Il se prosterna suivant l'usage de son pays devant S. M. : il étoit vêtu dans le costume de sa patrie , & après la cérémonie il a été présenté chez la Reine , chez les princesses , & chez les principales dames de la cour , qui ont voulu le voir. Cet enfant a neuf à dix ans.

8 *Avril*. C'est le pere Corbin , doctrinaire , supérieur du college de la Fleche , qui est nommé instituteur de M. le Dauphin ; il doit avoir un collegue , qu'on assure être un grand-vicaire de l'évêque de Langres.

Quant au pere Corbin , M. le duc d'Harcourt qui l'a proposé au Roi , ne le connoissoit pas ; mais ayant lu un livre élémentaire de ce supérieur à l'usage des écoliers de la

Fleche, ce seigneur en a conçu une fort
bonne opinion : il a prié l'inspecteur de
l'école militaire qui va de temps en temps
faire des tournées dans les colleges, où sont
les éleves en dependants, de prendre des
renseignements sur le pere Corbin, & le
rapport ayant été favorable, ce doctrinaire
a été choisi : il doit être présenté à leurs
Majestés incessamment & de suite entrer en
fonctions, & a pour collegue un abbé de
Moncro.

8 Avril. Il court *un pot-pourri* en 18 couplets
concernant l'assemblée des notables & ce qui
s'y passe, où il y a des traits tres-hardis :
aussi ne se communiquent-ils qu'avec beaucoup de circonspection.

*9 Avril. Confession du comte de C***, avec
l'histoire de ses voyages en Russie, Turquie,
Italie, & dans les pyramides d'Egypte.* Roman
vague, auquel l'auteur a cru donner de l'importance par le nom du comte de Cagliostro,
mais qui dans le fait n'a nul rapport à ce
qu'on a raconté de ce personnage : comme
les aventures ne sont pas finies, on annonce
une suite, où peut-être il sera mieux carac-
térisé.

9 Avril. Voici l'arrêté annoncé du bureau
de M. le duc d'Orléans, séance du lundi
4 avril 1787.

Le bureau a pris la délibération qui suit :

« Le bureau se voit avec une juste douleur
» obligé de partager son attention entre l'in-
» térêt public, & celui de tous les mem-
» bres qui composent l'assemblée des no-
» tables.

» On diftribue avec profufion dans Paris
» un avertiffement dont une multitude
» d'exemplaires ont été adreffés aux curés
» pour les répandre dans le peuple.

» Cet avertiffement, moins fait pour éclai-
» rer que pour élever des doutes & faire
» naître des incertitudes, préfente un objet
» déterminé, celui de mettre les intérêts du
» peuple en oppofition avec les intérêts des
» deux premiers ordres de l'état.

» On fe fonde *fur des bruits répandus, fur*
» *des fuppofitions capables d'induire le peuple en*
» *erreur, fur la néceffité de diffiper les inquiétu-*
» *des qu'on a voulu lui infpirer.*

» On affure au peuple *que toutes les vues qui*
» *ont été développées aux notables étoient indi-*
» *quées par le vœu national, fanctionnées depuis*
» *long-temps par le public.*

» *Qu'il n'eft pas queftion de nouvel impôt, mais*
» *de la réformation des abus, de la fuppreffion*
» *d'injuftes exemptions, de l'emploi des moyens*
» *qui tendent tous à l'allégement des contribuables*
» *les moins aifés.*

» *Que le réfultat de ces moyens devant être*
» *l'établiffement du niveau entre les recettes & les*
» *dépenfes, nulle difficulté ne peut entrer en ba-*
» *lance avec un avantage auquel il faut ajouter*
» *30 millions de foulagement pour le peuple.*

» *Qu'il y aura des privileges facrifiés : que la*
» *juftice le veut, que le befoin l'exige : vaudroit-il*
» *mieux, ajoute-t-on, furcharger encore les non-*
» *privilégiés, le peuple ?*

» *On invoque le patriotifme, les fentiments*
» *dûs au Souverain, l'honneur françois, & l'on*
» *ne doute pas qu'ils ne l'emportent fur toutes les*
» *autres confidérations.*

» Telles font les expreſſions , dont il ré-
» ſulte que l'intérêt des deux premiers ordres
» eſt entiérement oppoſé à celui du peuple.

» On fixe auſſi l'attention du peuple ſur
» les délibérations de l'aſſemblée dans un
» moment où les bureaux ont annoncé par
» leur arrêté, leurs opinions ſur les mé-
» moires qui leur ont été communiqués.
» On y trouve de l'oppoſition aux moyens
» propoſés dans pluſieurs de ces mémoires ;
» le peuple en doit conclure que ſes intérêts
» ont été ſacrifiés à ceux des deux premiers
» ordres.

» Non : dans la nation françoiſe les trois
» ordres ne ſont qu'un peuple , tous leurs
» intéréts ſe confondent dans l'intérêt de
» l'état , comme les cœurs ſe réuniſſent par
» une confiance ſans meſure & un amour
» ſans bornes pour leur ſouverain.

» Le bureau ſupplie le Roi de ſe faire
» rendre compte dans ſon conſeil , de tous
» les arrêtés des différents bureaux ſur les
» mémoires des deux premieres diviſions ,
» & de les comparer avec les aſſertions de
» l'avertiſſement qui excite de juſtes récla-
» mations.

» Ces arrêtés ne reſpirent que la recon-
» noiſſance des aſſemblées pour les vues
» bienfaiſantes de S. M. Ils n'annoncent que
» le deſir le plus ardent d'aſſurer à la partie
» la plus indigente de ſes ſujets tous les ſou-
» lagements que ſon cœur paternel veut leur
» procurer.

» Il n'eſt aucun ſacrifice que les bureaux
» n'aient oſſert pour diminuer le poids des

» impositions du peuple , & s'ils ont defiré
» de voir conferver aux deux premiers ordres
» de l'état les formes antiques qui les diftin-
» guent, ce n'eft qu'en demandant que leur
» part dans les contributions fût égale à celle
» de tous les autres citoyens.

» On femble , à la vérité , dans l'avertif-
» fement vouloir rendre aux notables une
» partie de la juftice qui leur eft due ; mais
» après avoir affecté de donner une idée de
» tous les différents mémoires , on ne parle
» que de leurs délibérations fur l'impôt terri-
» torial , dont on diffimule le point le plus
» effentiel pour le peuple.

» On lui cache fur les affemblées provin-
» ciales, fur la liquidation des dettes du
» clergé , fur les traites & les gabelles ,
» toutes les preuves du zele que les bureaux
» ont données pour les véritables intérêts du
» peuple.

» On lui laiffe ignorer que les bureaux
» ont jugé que les affemblées provinciales ,
» telles qu'elles ont été propofées , n'auroient
» ou ni affez de confiance pour faire le bien
» & pour le faire avec fuite , ni affez d'au-
» torité pour faire exécuter ce qu'on vouloit
» leur confier.

» On lui diffimule que tous les bureaux
» ont follicité de la bonté du Roi des admi-
» niftrations provinciales, munies d'une au-
» torité fuffifante pour exécuter par elles-
» mêmes tous les réglements qui pourroient
» tendre au foulagement du peuple.

» On laiffe ignorer au peuple que l'impôt
» territorial en nature néceffairement perçu

» fans déduction des avances & des frais de
» culture, feroit de toutes les impofitions
» la plus nuifible à l'agriculture, la plus
» difproportionnée aux facultés, & la plus
» onéreufe pour les frais de perception ; qu'il
» réfulteroit une grande augmentation d'im-
» pôt fur le peuple, par l'établiffement de
» l'impôt en nature, indépendamment du
» produit provenant de la fuppreffion des
» priviléges, & que par-là même la fur-
» charge des privilégiés n'auroit pas tourné à
» la décharge du peuple.

» On a dit au peuple que déja *les premiers*
» *Ordres de l'Etat* avoient admis la contri-
» bution territoriale, & on ne lui a pas dit
» que les bureaux ont fupplié S. M. d'or-
» donner qu'on leur communiquât tous les
» états de recette & de dépenfe avant qu'ils
» fuffent obligés de s'expliquer fur un genre
» de contribution qui aggraveroit encore les
» charges du peuple propriétaire.

» On ne lui a pas dit que les bureaux fe
» feroient regardés comme coupables, s'ils
» avoient pu donner leur confentement à
» tout impôt ou accroiffement dont la né-
» ceffité ne leur auroit pas été préalablement
» démontrée.

» On ne lui a pas dit que les bureaux
» n'ont ceffé de répéter que le vrai foulage-
» ment à procurer au peuple, confiftoit dans
» une répartition égale du produit actuel des
» impôts entre tous les contribuables, ainfi
» que dans la plus grande économie & dans
» le plus grand ordre dans les dépenfes.

» On a annoncé au peuple une diminution

»fur le prix du fel ; mais on lui a laiffé
»ignorer qu'on changeoit en une impofition
»& une confommation forcée, la confom-
»mation libre & volontaire des citoyens
»dans les provinces où l'impôt du fel n'eft
»pas connu.

»On lui a laiffé ignorer qu'on propofoit
»de répartir fur tous les individus de chaque
»généralité, non-feulement tout le fel que
»chaque individu confomme actuellement,
»mais encore tout celui qu'on emploie aux
»falaifons, aux confommations des étrangers,
»des beftiaux, des arts & du commerce, fous
»la feule déduction d'un dixieme ou d'un
»vingtieme pour le prix & d'une foible partie
»pour la quantité.

»On lui a laiffé ignorer que les notables
»ont épuifé toutes les combinaifons pour le
»foulager du fardeau de la gabelle, & qu'ils
»ont fupplié le Roi de la fupprimer, en char-
»geant les adminiftrations provinciales & celles
»des pays d'états de lui propofer, pour le
»rachat de la gabelle, la forme d'impofition
»qui feroit la moins onéreufe au peuple.

»On a enfin laiffé ignorer au peuple que
»les mémoires fur la taille, fur les corvées,
»fur le commerce des grains, fur les traites,
»fur la marque des fers, fur les droits de fa-
»brication des huiles, fur les boiffons & fur
»d'autres droits nuifibles à la navigation & à la
»pêche, n'ont excité que la reconnoiffance des
»notables, & déterminé des obfervations ca-
»pables d'affurer le fuccès des vues bienfai-
»fantes de S. M.

»Si ce tableau eût été préfenté au peuple.

» rien n'auroit pu faire confondre des doutes raifon-
» nables , des obfervations dictées par le zele , des
» expreffions d'une noble franchife , avec l'idée d'une
» oppofition malévole ; idée déchirante que l'enfem-
» ble de l'avertiffement fait naître dans l'efprit
» du peuple , & dont une feule & foible
» expreffion ne peut pas le garantir.

» Le bureau fupplie M. le duc d'Orléans
» de mettre aux pieds du trône fes plaintes
» vives & refpectueufes , & de folliciter de
» l'équité de S. M. qu'elle veuille bien faire
» donner à la préfente déclaration la même pu-
» blicité qu'on a donné à l'avertiffement qu'il
» dénonce à fa juftice. »

9 *Avril.* Dans le premier bureau également
on eft convenu de l'indécence , de la fauffeté
de l'avertiffement , des vues infidieufes qu'il
renferme , de la noirceur des fufpicions qu'il
contient & de tout ce qu'il offre de contraire
à l'autorité du Roi.

L'avis de M. l'archevêque de Narbonne
n'a pas été moins ferme & moins violent que
dans les autres ; il a dit : « Le premier devoir
» que la qualité de fujets du Roi nous im-
» pofe , eft de ne pas fuivre l'exemple de fon
» miniftre par fon appel féditieux au peuple,
» mais de recourir à la juftice du Roi en nous
» plaignant de tous les vices de l'avertiffe-
» ment coupable.

» L'avertiffement dit qu'il eft temps d'ap-
» prendre au peuple le bien que le Roi veut
» lui faire ; je penferois qu'il eft temps
» d'avertir le Roi de tout le mal que fon
» miniftre veut lui faire faire. »

9 *Avril.* C'eft une joie générale dans Paris ;

on fait que M. de Calonne a reçu hier au foir l'ordre de donner fa démiffion de la place de contrôleur général.

On ajoute que M. de Miromefnil a reçu ordre de rendre les fceaux , & l'on fe flatte que M. d'Aligre , furieux du paffe-droit , en voyant exalté à cette dignité M. de Lamoignon , cédera la place de premier , au préfident d'Ormeffon.

9 *Avril.* Un phénomene a paru famedi dernier au concert fpirituel , & les amateurs les plus difficiles en font encore dans l'enthoufiafme : c'eft un enfant , âgé de dix ans , M. Guerin , qui a joué un concerto de violon , avec une perfection dont il faut avoir été témoin pour s'en faire une jufte idée , difent ceux qui l'ont entendu. Cet artifte , à peine forti de l'enfance , joint à une exécution nette , une juffeffe & une expreffion que bien des profeffeurs feroient jaloux de poffféder à un pareil degré : il a été formé par M. Kreutzer , & lui fait infiniment d'honneur.

10 *Avril.* L'arrêté du bureau de M. le duc de Penthievre fe répand auffi dans le public ; il eft de la même date du 2 avril , & mérite d'être configné ici en entier , comme d'une tournure très-différente du premier ; il tend fur-tout à mettre le difcours & la conduite de M. de Calonne en contradiction avec ce qu'il a dit & fait ; il eft rédigé très-adroitement , & porte l'empreinte de l'efprit fin & délié du rédacteur , M. l'archevêque de Bordeaux.

« Le bureau a pris en confidération une

» collection répandue dans le public , des
» mémoires préfentés à l'affemblée avec un
» avertiffement en tête , lequel a été auffi
» imprimé & diftribué féparément , & il a
» été délibéré , qu'il feroit préfenté au Roi ,
» que Sa Majefté en affemblant les notables
» de fon royaume pour leur communiquer fes
» vues pour le foulagement de fes peuples ,
» l'amélioration des finances & la réforme
» de plufieurs abus , ceux-ci ont contraété
» l'obligation rigoureufe de dépofer dans le
» fein de Sa Majefté leurs opinions , comme
» leurs fentiments.

» Qu'ils ont dû s'attendre en conféquence
» que les vues & les projets fur lefquels ils
» ont été confultés , demeureroient dans les
» fecrets du confeil du Roi , efpérant avec
» une refpeétueufe confiance qu'ils ne fe-
» roient pas mis fous les yeux du public ,
» féparés de leurs avis & avant que le Roi
» eût pris aucune délibération à leur égard.

» Que les notables n'ont pu voir qu'avec
» furprife & douleur , répandre dans le pu-
» blic , & même avec profufion , un imprimé
» portant pour titre : *Collection des Mémoires*
» *préfentés à l'Affemblée des Notables* , collec-
» tion imprimée chez le même imprimeur du
» Roi , qui , quelques jours auparavant , avoit
» imprimé un difcours de M. le contrôleur
» général , dont ce miniftre a cru devoir
» déclarer l'inexaétitude & défavouer l'im-
» preffion.

» Que cette publication tend à préfenter
» au public & à foumettre à fon examen les
» différents mémoires fur lefquels l'affem-

» blée a été confultée jufqu'à préfent, tandis
» que Sa Majefté a fait annoncer aux nota-
» bles, dans l'affemblée du 12 mars, qu'elle
» fe réfervoit d'examiner dans fon confeil
» leurs avis & leurs opinions.

» Que ces avis & opinions devoient d'au-
» tant plus interdire la publicité des fufdits
» mémoires & projets, que les notables, en
» rendant l'hommage le plus vrai aux inten-
» tions bienfaifantes de Sa Majefté, n'ont pu ni
» dû lui diffimuler combien font contraires
» à ces mêmes intentions, la plupart des
» moyens & projets confignés dans lefdits
» mémoires.

» Qu'il eft en particulier quelques objets
» fur lefquels les notables n'ont pu encore
» former un vœu déterminé, & fur lefquels
» ils attendent les renfeignements néceffai-
» res pour fonder leurs opinions. Tels font
» fpécialement les moyens propres pour rem-
» plir le *déficit*, auffi prodigieux qu'inattendu,
» de 112 millions, dont Sa Majefté a trouvé
» bon que les notables remiffent à la qua-
» trieme feélion, de difcuter l'examen &
» les remedes.

» Que d'autre part, le bureau, pénétré
» du defir de feconder les vues de Sa Majefté
» pour le bien de fon peuple, & fpéciale-
» ment par rapport à l'impôt fi lourd de la
» gabelle, a cru devoir en écartant les moyens
» propofés comme prefque auffi onéreux,
» & expofant au danger de voir à jamais
» perpétuer en France la gabelle que le Roi
» defire d'anéantir, fe rapprocher d'une forme
» plus efficace, quoique combattue dans le

» mémoire même founnis à l'examen des bu-
» reaux.

» Que la collection defdits mémoires eſt
» précédée d'un avertiſſement anonyme, qui
» dénonce au peuple les projets conſignés dans
» leſdits mémoires, comme les véritables inten-
» tions de S. M., comme des projets adoptés
» par elle, comme des projets fanctionnés de-
» puis long-temps par le public.

» Que ledit avertiſſement confondant fans
» ceſſe les vues bienfaifantes de S. M. avec les
» moyens propoſés pour les remplir, confond
» également l'hommage que les notables ont
» rendu aux vues de S. M. avec les opinions
» que leur zele & leur fidélité leur ont inſpirées
» contre la plupart des projets qui leur ont été
» préfentés.

» Que l'auteur de l'avertiſſement confond
» de même l'hommage rendu par les notables
» aux principes toujours reconnus juſtes d'une
» égale répartition des impôts, avec l'aſſenti-
» ment à une augmentation d'impôts, qui fans
» en diminuer le poids pour les uns, l'aggra-
» veroit pour les autres ; tandis que l'aſſemblée
» a fupplié le Roi de permettre qu'elle différât
» de former fon opinion, fur la mefure & la
» durée de ladite augmentation, juſqu'au mo-
» ment où elle connoîtra la véritable fituation
» des finances & le moyen de pourvoir au
» déficit.

» Qu'en fuivant le même efprit, l'auteur
» dudit avertiſſement fuppofe, que toute la
» difficulté fe réduit à un combat de privileges
» contre les intérêts du peuple, & que pour

»combler un déficit énorme, le Roi n'aug-
»mentera pas les contributions du peuple.

» Suppofition évidemment hafardée, qui,
»fous la fiction d'un combat qui n'exifte pas,
»tend à aigrir la craffe du peuple contre les
»ordres des citoyens les plus diftingués, contre
»l'affemblée même des notables du royaume,
»préfidée par les auguftes freres de S. M. &
»par les princes de fon fang, qui ont fi conf-
»tamment fuivi les mouvements d'un zele
»inaltérable pour le fervice du Roi, le bien
»de l'état & le foulagement des peuples.

» Suppofition dangereufe, en ce que pré-
»fentant à l'efprit d'un peuple fidele & fou-
»mis, le tableau exagéré du foulagement
»que la fituation des finances de S. M. rend
»malheureufement fi difficile, on lui diffimule
»les charges dont il eft menacé, fans craindre
»les fuites d'une illufion dont il ne peut être
»long-temps prévenu.

» Qu'en ne confidérant qu'eux-mêmes, les
»notables ne peuvent que méprifer les juge-
»ments éphémeres qui peuvent être hafardés
»contre leurs fentiments & opinions; qu'ils
»fe repofent à cet égard avec une confiance
»entiere dans la fageffe & dans la juftice du
»Roi, ainfi que dans la pureté de leurs vues
»& dans l'expreffion franche & loyale de leur
»zele.

» Mais que le même zele les porte à re-
»préfenter à S. M. par les mêmes confidéra-
»tions qui viennent d'être annoncées, que
»le bien de fon fervice, le refpect dû à la fa-
»geffe de fes confeils, le danger de préfenter
»au peuple des illufions contraires à l'efprit de

» vérité & de franchife qui caractérife S. M., la
» dignité enfin de l'affemblée des plus notables
» perfonnages du royaume, dont la réunion
» feule a été pour toute l'Europe le gage de
» fes bontés paternelles pour fon peuple,
» exigent :

» 1°. Que S. M. veuille bien manifefter
» fon improbation contre ledit imprimé.

» 2°. Que S. M. permettre aux différents
» bureaux de nommer des députés qui s'affem-
» blent en comité chez Monfieur, à l'effet de
» préparer une délibération commune, où
» feront configné l'expofition des vrais fenti-
» ments de l'affemblée, ainfi que les obferva-
» tions importantes dont les circonftances éta-
» bliffent la néceffité, pour être ladite délibé-
» ration foumife à la fageffe de S. M. & rendue
» publique de fon autorité ; en conféquence le
» bureau a prié le prince préfident à préfenter
» à Monfieur la préfente délibération, pour
» qu'il veuille bien la mettre fous les yeux de
» Sa Majefté. »

Après quoi le prince préfident a levé la
féance & l'a renvoyée à demain mardi 3 du
courant, 10 heures & demie du matin.

10 *Avril.* La promenade du bois de Boulogne continue d'être un fpectacle pour les
jours faints ; cette année un fpéculateur a
propofé, au lieu de l'endroit où eft le rendez-vous des voitures, qui n'eft plus qu'un
long chemin inégal, raboteux & plein de
fable, d'y fubftituer la plus belle allée du
Bois de Boulogne, celle qui va du château
de la Muette à celui de Madrid ; on a volontiers adopté cette réforme, & feule elle fuf-

fifoit pour attirer beaucoup de monde. Depuis long-temps on ne fe rappelle pas avoir vu tant de monde, tant d'auffi belles voitures & d'auffi bizarres : les wisky y brilloient furtout ; beaucoup de petits-maîtres, beaucoup de filles avoient fait faire une voiture différente pour chaque jour.

Un wisky plus bizarre & plus galant que les autres a fait pendant ce temps la matiere des converfations : ce wisky étoit furmonté d'une folie avec fa marotte ; dedans étoient quatre marionnettes, deux de chaque fexe, faluant fans ceffe à droite & à gauche : tout cela étoit mené par un ânon joliment enharnaché & un jockei dirigeoit l'animal : on lifoit fur la voiture ; *d'où viens-je ! où vais-je ! où fuis-je !* On l'a appellé la parodie de Longchamps, dont en effet on fembloit vouloir faire la critique. Quoi qu'il en foit, ce concours a dû fatisfaire le marquis de Villette, qui paffe aujourd'hui pour l'auteur de l'avertiffement.

10 *Avril.* On annonçoit depuis quelques jours une réponfe au comte de Mirabeau, & il en avoit paru en effet quelques exemplaires : elle devient plus commune aujourd'hui ; elle a pour titre : *Confidérations de la dénonciation de l'agiotage*, & eft datée du 27 mars. Après avoir difcuté affez foiblement les principes de l'ouvrage de l'auteur, on en vient au but véritable de l'ouvrage, qui eft de le diffamer, de lui rendre outrage pour outrage : & en cela l'on enchérit fur lui, c'eft ce que l'on voit dans un fupplément, qui eft un *Plan circonftancié du réfumé de la vie du comte*

de Mirabeau , ou apperçu pour servir de notes à sa dénonciation de l'agiotage & de pieces justificatives à la lettre en réponse à cette dénonciation. On cite souvent dans cette diatribe, sur-tout un extrait de trente-six notes sur la dénonciation de l'agiotage , écrites de la main d'un bienfaiteur du comte de Mirabeau , & après vingt ans de bienfaits outragé par lui : on ne le nomme pas ; mais on présume qu'il s'agit du comte de Maïzan. Il faut avouer qu'il seroit difficile de rien composer de plus méchant. Ce sont malheureusement des faits de toute espece , & en grand nombre , tellement circonstanciés qu'on ne peut guere se refuser à les croire.

On croit cet ouvrage de l'abbé d'Espagnac , qui a d'autant plus droit de se plaindre , que , suivant les faits rapportés, le comte de Mirabeau avoit des obligations essentielles au baron d'Espagnac son pere , ainsi qu'au marquis de Puimarets son oncle.

10 *Avril.* Il paroit que la réponse de M. le baron de Breteuil aux banquiers , lue chez M. le lieutenant général de police , n'a pas été favorable , puisque l'abbé d'Espagnac a été obligé de partir il y a quelques jours , & de se rendre à Montargis , lieu de son exil : le sieur Baroud reste pour suivre leurs affaires communes.

11 *Avril.* Le jour de pâque il vint au club des politiques un paquet cacheté qui ne pouvoit s'ouvrir qu'à onze heures : la curiosité fit rester beaucoup de monde ; enfin l'heure sonnée en ouvrit le paquet & on y trouva un ouvrage sans titre , servant de réponse à

l'inculpation de M. de Calonne , *que le compre rendu à S. M. en 1781 par M. Necker étoit fi extraordinairement erroné , qu'au lieu de l'excédent préfenté par ce compte , il y avoit à la même époque un déficit immenfe.*

Il feroit trop long & trop faftidieux d'entrer dans tous les calculs de cet important ouvrage, qui , au furplus , femble affez bien fait : mais la partie curieufe c'eft la correfpondance entre M. Necker & M. de Calonne : il paroît qu'avant l'affemblée , & long-temps avant , M. Necker eut vent que M. de Calonne devoit le taxer d'inexactitude dans fon compte rendu ; il en témoigna fa douleur au maréchal de Caftries , & il pria ce miniftre de demander à celui des finances , fi le bruit en queftion avoit quelque fondement. La réponfe de M. de Calonne au maréchal ne femblant pas affez précife à M. Necker, celui-ci écrivit une lettre plus preffante le 29 janvier au miniftre des finances.

Le 30 , M. de Calonne lui répondit que perfonne ne pourroit prévoir ce qu'il diroit dans l'affemblée des notables , mais qu'il n'étoit pas dans fon caractere d'accufer , d'inculper, d'altérer. . . .

Le 7 février M. Necker répliqua pour engager M. de Calonne à s'expliquer avec lui , à lui fournir les bafes de fes calculs & à recevoir les explications de M. Necker.

Point de réponfe ; mais le 28 février billet de M. de Calonne à M. Necker , joint à l'envoi qu'il lui fait de fon difcours.

M. Necker ne répondit point à ce billet où , par un jeu amer, M. de Calonne fem-

P 5

bloit se faire un mérite auprès de l'ex-direc-
teur des finances de ce qui devoit le blesser
le plus. Depuis ce temps-là il fut dans une
agitation extraordinaire ; il hésitoit sur le
moment où il publieroit sa défense , lorsqu'il
apprit la dénonciation précise faite par M. de
Calonne au grand comité des notables , tenu
chez Monsieur , frere du Roi ; & animé par
l'espérance de pouvoir être entendu dans les
mêmes lieux , où son administration avoit été
si outrageusement inculpée , il écrivit le 6
mars une lettre au Roi pour demander à
S. M. la liberté de soutenir ce combat : le
Roi n'a pas jugé à propos d'adhérer à la demande , & il est obligé de recourir à la simple voie de l'impression.

Cet ouvrage est dans le genre de tous ceux
de M. Necker , imprégné de tristesse , de suf-
fisance , de pédantisme ; il nous apprend
dans son préambule , ce qu'on ne peut croire ,
qu'il vivoit heureux & paisible , car les ambitieux ne le font jamais ; & sa passion de
gouverner , de dominer perce encore dans
plusieurs parties de son ouvrage & sur-tout
dans sa lettre au Roi , où il se déclare toujours digne de la confiance de S. M. & donne
à entendre qu'il seroit disposé à s'en charger
une seconde fois.

Quoi qu'il en soit , le lendemain matin ,
quand on apprit la démission de M. de Calonne demandée à dix heures du soir , on fut
le motif du paquet anonyme cacheté & envoyé par quelqu'un , bien instruit de ce qui
devoit se passer.

11 Avril. La deuxieme liste des personnes

qui ont fait leurs déclarations & foumiffions
pour les nouveaux hôpitaux depuis & compris le 22 février 1787, jufques & compris le
21 mars fuivant, eft de beaucoup diminuée ;
elle va depuis le no. 229 jufqu'au no. 309,
& ne fournit qu'environ 300000 liv., puifque
le premier total eft de 1703665 liv. 10 fous ;
& que le fecond, celui-ci compris, n'eft
que de 2007321 liv.

11 *Avril.* Le *Pot-pourri* fait fortune & eft
recherché avec avidité, quoique le tout ne
foit pas merveilleux ; mais le choix des airs
bien adapté à l'efprit du couplet y ajoute
beaucoup de piquant, & le goût & la fineffe
du chanteur peuvent faire paffer pour ingé-
nieufes & fines des chofes plates & triviales :
c'eft une efpece de petit drame, où l'on parodie la premiere féance de l'affemblée des
notables & ce qui s'eft paffé depuis. Les in-
terlocuteurs font le Roi, la Reine, le comte
d'Artois, le contrôleur général, un parlementaire, le clergé, le maire d'Orléans,
M. d'Aligre, un membre de la nobleffe, le
chœur des notables, un confeiller d'état, le
peuple, l'archevêque de Paris, &c.

12 *Avril.* On eft fort intrigué pour favoir
ce qui a pu occafionner la double difgrace
du garde des fceaux, & du contrôleur général ; voici ce qu'on raconte à ce fujet.

M. Necker ayant, comme on l'a vu, réclamé vivement contre l'affertion de M. de
Calonne & écrit au Roi à ce fujet, ayant
même infifté depuis auprès de S. M. par l'entremife de fon ami le maréchal de Caftries,
le Roi dit au contrôleur général, qu'il falloit

P 6

écrire à M. de Fleury pour favoir pofitivement où en étoient les finances lorfqu'il les
avoit prifes.

M. de Fleury répondit qu'il ne pouvoit
fe difpenfer de rendre juftice à M. Mecker ;
que fon compte rendu fur la fituation des
finances étoit exact , à quelques erreurs de
calcul près , plutôt pour que contre lui : &
s'imaginant bien que M. de Calonne ne montreroit pas fa lettre au Roi , ou la lui dégui-
feroit , il en envoya un double à M. de Miromefnil.

Le garde des fceaux , inftruit des manœuvres de M. de Calonne pour le fupplanter
& fe réferver une retraite dans cette place ,
au cas où l'orage élevé contre lui par les
notables ne pourroit fe diffiper , profite de
l'occafion de le perdre abfolument. Il va
chez le Roi , cherche adroitement à favoir
fi M. de Calonne a rendu compte à S. M. de
la réponfe de M. de Fleury , lui dit qu'il en
eft d'autant plus furpris que l'ex-miniftre a
eu le temps de lui en adreffer un double quil
a tout prêt : le Roi furieux envoie chercher
le contrôleur général & lui fait de vifs reproches fur cette réticence.

M. de Calonne fe voyant perdu , cherche
au moins à fe venger ; il récrimine contre
le garde des fceaux , prétend qu'il eft un des
principaux auteurs de la réfiftance qu'éprou-
vent fes projets ; que des pamphlets arrivant
fréquemment aux notables pour décrier lui
& fes opérations , s'impriment fous les aufpices de ce chef de la librairie & même jufques
chez lui ; que M. le lieutenant de police en

eſt inſtruit & qu'il en rendra compte à S. M.
quand elle voudra. On ajoute que M. de
Croſne venu à Verſailles le jour de pâque,
eſt convenu du fait.

Quoi qu'il en ſoit, le Roi, plus perplexe
que jamais, va le ſoir chez la Reine & lui
dit qu'il eſt décidé à renvoyer le garde des
ſceaux, d'après ce qui ſe paſſe. Monſieur étoit
préſent, & dit : « Puiſque vous en êtes-là,
SIRE, renvoyez-en deux, » déſignant M. de
Calonne.

En conſéquence le Roi envoie chercher
le baron de Breteuil, qui, en ſa qualité de
ſecrétaire d'état au département de Paris,
doit être chargé de porter les ordres de
diſgrace. Ce miniſtre ſupplie S. M. de l'en
diſpenſer, en ce qu'il eſt reconnu pour l'en-
nemi juré du contrôleur général. S. M. admet
cette excuſe, & charge le comte de Montmorin de notifier ſes ordres au contrôleur
général. Comme le garde des ſceaux étoit à
Paris, l'expédition fut renvoyée au lendemain.

12 *Avril*. Durant cette année dramatique
le réſultat des travaux & des changements
de l'académie royale de muſique conſiſte en
dix-huit ouvrages repréſentés, dont ſix nouveaux, en quatre ballets pantomimes, qui
font *Mirʒa*, *la Roſiere*, *le Navigateur*, & *la
Chercheuſe d'eſprit*; & en quatre ballets nouveaux : ſavoir, un divertiſſement de *Dardanus*
pour le début de Mlle. Roſe, le Pied-de-
bœuf, *les Sauvages*, *le Coq du village*, tous
de la compoſition de Gardel l'aîné, à l'exception de la ſcene du *Pied-de-bœuf*, qui eſt
du ſieur Veſtris pere.

Quant aux débuts, trois baſſes-tailles, les
ſieurs Deſſaules, Adrien, & Schnouck : deux
hautes-contres, les ſieurs Duchamp & le Fe-
vre : en femmes, les demoiſelles Mullot,
Saint-Amant & Garnier.

Les demoiſelles Roſe & Laure ſont les
deux ſeules acquiſitions faites dans la danſe,
qui n'en avoit pas beſoin.

13 *Avril.* Le renvoie de M. de Calonne
fait qu'on ſe communique plus librement la
facétie ſuivante, avec d'autant plus de
plaiſir qu'on voit que l'auteur s'eſt trompé
dans ſa prophétie.

L'aſſemblée des Notables, pot-pourri.

Air de *Marlborough.*

I.

(*Le Roi.*)

Sénateurs vénérables,
Ecoutez, écoutez bien, Notables ;
Les projets admirables
De mon cher contrôleur :
Cet homme plein d'honneur
A votre bien a cœur :

Le mien bien davantage ;
Rendez, rendez-lui votre hommage ;
Mon peuple qu'il foulage,
Beni a ſon deſtin :
De ſon vaſte deſſein
Il vous dira la fin.

2.

(Le Contrôleur, d'un air affligé.)

L'état est la gêne,
Que mon cœur, que mon cœur a de peine !
Pour alléger la chaîne
On vous imposera.
Je fais que l'on criera
Peu m'importe cela !

3.

Air : *Votre bonheur , dit-on , mon petit cœur.*

(Le même.)

J'ai dissipé les tréfors de la France !
D'A****. , le Brun & d'autres font contents ;
Qui mieux que moi gouverne la finance ?
Sully, Colbert étoient des ignorants.
Pour vous tirer de l'affreuse misere ,
Chacun de vous paiera fon contingent ;
Voilà, Messieurs , voilà tout le myftere :
Difputez-vous , mais il faut de l'argent.   (*bis.*)

4.

(Un Parlementaire.)

Air : *La faridondaine.*

Quoi ! fans l'aveu du parlement
Vouloir qu'un impôt passe.

Nous ôter l'enrégiftement,
C'eft une étrange audace.
Le Roi nous borneroit-il donc,
La faridondaine, la faridondon,
A juger les procès d'autrui. . . . Biribi,
A la façon de barbari. . . Mon ami.   (bis.)

5.

(Le Clergé.

Air : *Il étoit une fille.*

Des projets de Calonne,
Frémiffez du récit !
Ah ! que nous fait le *déficit* /
Il nous la gardoit bonne.
Il nous fait enrager,
Il veut nous égorger.

6.

(L'Archevêque de Paris.)

Air : *de M. le Prévôt des marchands.*

Mes chers confreres, mes amis,
Croyez-moi, fuivez mes avis,
Si le contrôleur nous depouille,
Souffrons-le pour l'amour de Dieu,
Et fans vouloir lui chanter pouille,
Tirons notre épingle du jeu.

7.

(Un Maire à fon confrere.)
Air : *des fraifes.*

Si le peuple eft dépouillé
Par le gentil Calonne,

N'en fois point émerveillé ,
Il a doublement pillé
Le Trône , le Trône , le Trône. (*)

8.

(*Uu Magiſtrat au Contrôleur.*)

Air : *Avec les jeux dans le village.*

Avec un peu d'économie
Tâchez de fortir d'embarras.
Doit-on payer votre folie,
Quand on ne la partage pas ?
Ceſſez par d'injuſtes largeſſes
De vous attirer nos mépris ,
Et donnez moins à vos maîtreſſes ,
Aux princes , même aux favoris.

9.

(*Un Membre de la Nobleſſe.*)

Air : *Ce mouchoir , belle Remonde.*

Votre eſpoir en vain ſe fonde
Sur ce bizarre ſecret ,
En mille erreurs il abonde ,
Et ce merveilleux projet
Exige qu'on le refonde.

(*) Le Trône , auteur économique, où M. de Calonne a puiſé fon plan.

10.

(*Le Contrôleur répond.*)

Non pas, Monſieur, s'il vous plaît :
Il faut charger tout le monde,
C'eſt mon très-grand intérêt.　　(*bis.*)

11.

(*Le comte d'A*****.*)

Air : *du pot pourri de la tentation de St. Antoine.*

Meſſieurs, ceſſez vos débats,
Car le Roi mon frere
Ne ſe départira pas
De ce qu'il veut faire.
Il faut trouver de l'argent :
Peu m'importe à moi comment,
Pourvu qu'on en donne
A l'ami Calonne.

12.

(*Le chœur des Notables.*)
Air : *Quel deſeſpoir !*

Quel déſeſpoir !
On nous veut mettre à la beſace,
Quel déſeſpoir !
Nous ne pouvons y faire face.
Tout cede au ſuprême pouvoir.

13.

(Un Conseiller d'état au Contrôleur.)

Air : *Ah ! Monseigneur.*

Ah ! Monseigneur, ah ! Monseigneur,
Tout est contre vous en rumeur :
Nobles , tiers-état & clergé ,
Font un bacanal enragé.
Que peuvent contre un tel sabbat
Les pauvres conseillers d'état !

14.

(Le Contrôleur.)

Air : *des olivettes.*

Eh l'on là , laissez plaisanter
Les François que l'on impose ;
Eh lon là, laissez-les chanter,
C'est le seul bien qu'on ne peut leur ôter!

15.

(Le chœur des Notables à la Reine.)

Air : *de Marlborough.*

Madame & souveraine ,
Qui voyez, qui voyez notre peine ;
Tirez-nous de la gène ;
A Calonne aujourd'hui,
Retirez votre appui :
Nos maux viennent de lui.

16

(La Reine répond aux Notables.)
Air : *la danse n'est pas ce que j'aime.*

Calonne n'est pas ce que j'aime ,
Mais c'est l'or qu'il n'épargne pas.
Quand je suis dans quelque embarras ,
Alors je m'adresse à lui-même.
Ma favorite (*) en fait de même ,
Et puis nous en rions tout bas , tout bas.

17.

(L'auteur au public.)

Que je vous plains. . .   (*bis.*)
Il ne sautera pas. . .   (*bis.*)

18.

(Le Peuple.)
Air : *de la Baronne.*

Quelle remise !
On demande un nouvel impôt.   (*bis.*)
Au lieu de la poule promise ,
Helas ! nous n'aurons plus de pot
Ni de chemises

(*) Madame la duchesse Jules.

19.

Air : *du vaudeville de Figaro.*

Or, Messieurs, cette assemblée
Qu'on tient en ces tristes jours ,
A la France désolée
Ne pouvant porter secours ,
Bientôt sera consolée ,
Et sans de bonnes raisons
Finira par des chansons.

13 *Avril.* C'est M. de Fourqueux , qui remplace M. de Calonne ; on avoit d'abord cru
qu'il n'auroit le porte-feuille que par *interim* ;
mais il est décidément contrôleur général
en pied. On commence déja les plaisanteries
sur son compte. Il est vieux & rongé de
goutte ; celle-ci lui a tellement affecté la
main droite qu'il ne peut la serrer ; on dit
que c'est la plus grande qualité qu'il ait. Du
reste , membre des notables , ami de M. de
Calonne , on le regarde comme un homme
de paille qui n'est que le simulacre de celui-
ci , trop odieux à l'assemblée des notables
pour le lui présenter encore : on croit que
les projets du prédécesseur ne seront pas
moins exécutés.
    Ce qu'il y a de sûr , c'est que M. de Ca-
lonne étourdi du premier coup , ayant reçu
l'ordre de donner sa démission à dix heures
du soir , a passé le reste de la nuit à brûler
tous ses papiers , & que , venu à Paris , il en

a fait autant dans la crainte qu'on ne mît les
fcellés chez lui.

On ajoute que fon premier mot , après
avoir figné fa démiffion , a été de demander
à M. de Montmorin fi fon fucceffeur étoit
nommé ? fi ce feroit l'archevêque de Touloufe ? Sur la réponfe du comte que ce
n'étoit pas ce prélat , il a dit qu'il s'en alloit
content.

Cette premiere terreur de M. de Calonne
a fait courir des bruits défavorables qui ne
font pas confirmés : il n'y a point d'exil
quant à préfent , il n'eft pas même éloigné
de la préfence du Roi, & il eft des politiques
fins qui vont jufqu'à prétendre que cette
difgrace apparente n'eft qu'un jeu joué : il
eft vrai que depuis il s'eft montré radieux , il
a même affecté de donner un grand diner
le mardi de pâque à fon fucceffeur & au
garde des fceaux. Toute cette conduite envers
lui eft fort extraordinaire , fort difficile à expliquer.

Le mercredi , lendemain des fêtes , on s'attendoit à un mouvement extraordinaire à la
bourfe & il n'y en a point eu ; les papiers
reftés en ftagnation n'ont hauffé ni baiffé.

13 *Avril*. M. le comte de Montmorin vint
le lundi matin à Paris pour remplir fa miffion
envers M. le garde des fceaux. Le fuiffe qui
crut que ce n'étoit qu'une vifite d'honnéteté ,
répondit que M. de Miromefnil , plongé dans
la douleur de la perte de madame de Berule
fa fille , ne voyoit perfonne. Le comte de
Montmorin , qui ne favoit point cet événement
tout récent , héfita un moment pour fe con-

fulter ; enfin il prit fon parti & dit qu'il falloit abfolument qu'il vît M. le garde des fceaux. Il entra & lui fit d'abord fon compliment fur la perte de madame de Berule. M. de Miromefnil , qui par ce début s'imagina qu'il ne s'agiffoit que d'une vifite d'honnêteté , après ce premier compliment lui dit : « Hé bien , monfieur le Comte , voilà du nouveau : » fignifiant par-là le renvoi de M. de Calonne dont il étoit infruit.... « Oui , monfieur le Garde des fceaux , mais ce n'eft pas tout ; il y en a encore , & qui vous concerne , & que je me fais une vraie peine de vous annoncer , fur-tout dans ce moment de douleur où vous êtes.... » Enfin il lui fit part des ordres du Roi & lui remit la lettre de S. M. honnête & même gracieufe , fi une pareille lettre pouvoit l'être.

Sur quoi M. de Miromefnil n'héfita point de remettre les fceaux au comte de Montmorin & écrivit en même temps une lettre au Roi.

On ajoute que M. de Miromefnil ayant demandé à M. le comte de Montmorin où il croyoit que S. M. trouveroit plus agréable qu'il fît fa réfidence , ce qui étoit implicitement lui demander s'il étoit exilé ; le miniftre lui répondit qu'il n'avoit aucun ordre à lui intimer à cet égard , & qu'il étoit le maître de refter à Paris , ou de fe rendre où il voudroit.

14 *Avril*. A la fin de l'écrit de M. Necker en réponfe à M. de Calonne eft un *Appendix*, dans lequel il répond auffi par occafion à un mémoire dont il ne nomme pas l'auteur,

mais qu'il défigne affez pour caractérifer celui de M. de Bourboulon , qui fit beaucoup de bruit dans le temps & refte fans réplique jufqu'à ce moment.

Les objections détachées que M. Necker prend féparément, ne peuvent avoir la même force que dans leur enfemble ; ainfi l'on ne peut juger du degré de mérite des réponfes.

On croit que ce qui a déterminé M. Necker à réfuter aujourd'hui cette critique de fon adminiftration , c'eft que le comte d'Artois préfide un bureau des notables , & que le fieur Bourboulon , ci - devant attaché à ce prince & ayant eu fa confiance , cru important de détromper S. A. R. & de la faire revenir fur fon compte.

Au furplus , le bruit court en ce moment que M. Necker eft exilé d'hier à vingt lieues de Paris , fans aucun endroit défigné.

14 *Avril*. Par l'édit de nomination de M. de Miromefnil à l'office de garde des fceaux de France , attendu les circonftances , il étoit porté réunion de la charge de chancelier au même office , vacation arrivant par démiffion ou autrement , dont il devroit provifoirement faire les fonctions.

Comme cet édit auroit pu caufer quelque difficulté , quoique M. de Montmorin ne redemandât que les fceaux , M. de Miromefnil a cru devoir joindre à fa démiffion une renonciation auffi à cette expectative.

14 *Avril*. La fable du *Fermier & de la baffe-cour* devient plus commune ; il y en a même deux

deux leçons : l'une , longue & infiniment plus dure ; l'autre vive & lefte qu'on a deja rapportée ; voici la feconde :

Fable allégorique fur l'affemblée des Notables.

Certain fermier, dans le pays du Maine,
Mangeur vorace & d'appétit glouton,
Par fes excès dépeuplant fon domaine,
Etoit tout prêt à quitter le canton.
Il lui refloit pour reffource derniere.
Sa baffe-cœur, où gîtoient maints oifons,
Maints bons poulets, fur-tout force dindons;
Prêt d'affouvir fa faim trop meurtriere,
Il les affemble, & chacun d'accourir,
Le bec en l'air, afin de recueillir
Le bled femé par une main prodigue ;
Mais en propos le ruftre les fatigue,
Et conclut net en leur difant j'ai faim,
Mon croc eft vuide & mon eftomac gronde ;
Venez, Meffieurs, en un feul tour de main,
Je vous fricaffe, & vous mange à la ronde:
Mais je fuis bon & plein d'humanité,
Chacun de vous eft par moi confulté ;
De quelle fauce agréez-vous l'ufage ?
Lors un dindon s'écrie en fon langage :
Quoi ! Monfeigneur, vous voulez dévafter
En un feul jour ce qui fait fubfifter
Pendant un an le laboureur paifible ?
Rendez au moins votre cœur acceffible
Aux cris plaintifs des pauvres animaux ;
Ménagez mieux le fang de vos vaffaux.

Mais le patron que ce discours échauffe
Répond : Corbleu, vous serez tous rôtis,
C'est pour vous tous ici que le four chauffe :
Or sus ! il faut me donner votre avis
Pour décider la sauce plus honnête,
Dont je pourrai, Messieurs, vous faire fête ;
Sur cette forme avant de vous manger,
Sachez-moi gré de vous interroger.

14 *Avril.* En lisant le catalogue des pièces
nouvelles jouées à la comédie italienne, on
est effrayé du nombre de 23, qu'il présente, dont 14 à ariettes ou à vaudevilles ;
sur-tout quand on y compte à peine cinq ou
six qui aient eu du succès, & à peine deux
ou trois qui l'aient mérité.

14 *Avril.* On assure que peu de temps
avant sa disgrace M. le contrôleur général
avoit trouvé sous sa serviette les vers suivants :

Est-il bien vrai qu'au temple de mémoire,
Par le chemin que Necker s'est tracé,
Auprès de lui tu veux te voir placé !
De Phaéton ne fais-tu pas l'histoire !
Crois-moi, jouis de tes forfaits honteux ;
Tu n'es pas fait pour prétendre à la gloire,
Et laisse-là ce vol ambitieux,
Pour d'autres vols qui te conviennent mieux.

14 *Avril.* De vingt opéra envoyés cette
année au concours, aucun n'a mérité le premier prix en totalité. Les académiciens juges
ont déclaré seulement que dans ce nombre il
y en avoit deux qui annonçoient assez de

talents pour obtenir chacun un prix. En conséquence de cette bizarre décision, le comité a proposé de partager la somme de deux mille livres destinées aux deux prix de la tragédie en deux sommes inégales : l'une de 1200 l. adjugée à un poëme intitulé *Médée*, dont l'auteur est M. Framery ; & l'autre de 800 l. adjugée à d'Arvire, autre poëme de M. Guillard, déja connu par divers ouvrages lyriques : le ministre a souscrit à cet arrangement.

Il est assez plaisant de voir tous ces poëmes couronnés n'être point joués, vraisemblablement même ne point trouver de musiciens qui les goûtent, tandis qu'on exécute journellement des ouvrages d'autres non couronnés, ou qui même ont dédaigné d'entrer dans la lice. A quoi servent ces prix & ces jugements académiques ?

15 *Avril.* Si l'on est effrayé du travail excessif des comédiens italiens, on est indigné de la nonchalance des comédiens françois, qui durant le cours entier de l'année dramatique n'ont donné au public en pieces nouvelles que trois tragédies tombées toutes trois ; deux comédies en cinq actes, dont une a réussi ; un drame qui a été joué longtemps, sans mériter de l'être ; enfin deux pieces en un acte, qui n'ont pas eu de succès.

15 *Avril.* On a vu autrefois au musée de Paris, rue Dauphine, & ensuite au Palais-Royal, un vaisseau volant de 28 pieds de longueur : le même auteur se propose d'en construire un parfaitement semblable, mais

quatre fois plus grand , c'eſt-à-dire de 112 pieds de long , 30 de haut , & 28 de large , lequel déplacera plus de cinq milliers d'airs atmoſphérique. Il doit s'élever lui dixieme dans cet aéroſtat d'une forme nouvelle. En attendant il eſſaie aujourd'hui par celui de 28 pieds.

L'auteur aſſure qu'aucun gain ſordide ne l'excite ; que ſon objet eſt uniquement de ſatisfaire des perſonnes de la premiere diſtinction & des ſavants non moins recommandables, auxquels il veut prouver , ainſi qu'il en eſt perſuadé , que la forme nautique eſt peut-être la ſeule pour faire une aſcenſion douce & graduée , pour peſer les différentes couches de l'atmoſphere , pour s'aſſurer des divers courants qui exiſtent dans ce fluide léger qui nous environne ; comment & pourquoi ces courants ſe forment ; s'ils ſont conſtants , aliſés ; & enfin étudier avec la plus ſcrupuleuſe attention les cauſes & les effets de la condenſation & de la raréfaction de l'air.

15 *Avril*. On voit dans la réponſe de M. Necker à M. de Calonne , une correſpondance entre lui , le comte de Vergennes & M. de Fleury , qui prouve combien ces meſſieurs ſont attentifs à ménager en leur faveur les feuilles publiques , même les moins accréditées , telle que le *Courier de l'Europe* , ſur les affaires de France dont il parle ordinairement de la maniere la plus inexacte & la plus erronée.

M. Necker piqué d'un paragraphe du . . . no. de l'année 1781 , qui ſembloit annoncer que les nouveaux impôts mis l'étoient pour

acquitter les dettes contractées par l'administrateur général des finances , en porte ses
plaintes au ministre des affaires étrangeres ,
lequel en confere gravement avec le ministre
successeur de M. Necker , & ils conviennent
enfin de faire rétracter le gazetier ; ce qui fut
fait le 18 septembre suivant.

15 *Avril.* On commence à répandre ici un
Prospectus de l'édition *des Œuvres posthumes du
Roi de Prusse* , en 15 volumes & avec les
caracteres de Baskerville ; cette collection
contiendra :

1º. *Mémoires de mon Temps.* Ils renferment
l'histoire tant politique que militaire, de ce
qui s'est passé depuis l'année 1740 jusqu'à
la paix de Dresde.

2º. Histoire de la guerre de sept ans.

3º. Histoire de ce qui s'est passé depuis
la paix de Hudertsbourg jusqu'à celle de
Teschen.

4º Essai sur les formes de gouvernement ,
& sur les devoirs des souverains.

5º. Examen du système de la nature.

6º. Remarques sur le système de la nature.

7º. De l'innocence & de l'erreur de l'esprit.

8º. Trois dialogues des morts.

9º. Trois volumes de poésies.

10º. Avant-propos sur la Henriade.

11º. Considérations sur l'état présent du
corps politique de l'Europe.

12º. Plusieurs centaines de lettres de S. M.
à divers écrivains célebres , tels que Voltaire ,
Fontenelle , Rollin , le marquis d'Argens ,

d'Alembert, le préfident Hainault, Algarotti, Condorcet.

Il eſt à obſerver à ce ſujet que M. le prince de Condé poſſede actuellement un manuſcrit, original vraiſemblablement, de la correſpondance entre le roi de Pruſſe & d'Alembert ; manuſcrit que le comte de Vergennes avoit voulu, dit-on, faire enlever des papiers du ſecrétaire de l'académie françoiſe, à ſa mort : on ajoute que M. de Chamfort qui a l'intimité de S. A. S. ayant fait voir ce manuſcrit au comte de Mirabeau, celui-ci l'a fait copier en partie ou en totalité ; ce qui pourra l'on vous en procurer inceſſamment une impreſſion furtive.

16 *Avril.* On a fait pluſieurs expériences comparatives des clous de girofle de l'iſle de Bourbon, & de ceux des Moluques & du commerce, & l'on n'a trouvé que peu ou point de différence : nouveau motif pour encourager cette culture.

16 *Avril.* On aſſuroit que la lettre du Roi à M. le garde des ſceaux étoit douce & obligeante même : mais en la liſant on n'y trouve que l'aigre-doux : on en va juger.

« Dès le mois de ſeptembre dernier, vous m'aviez parlé de vous retirer, voire ſanté ne vous permettant pas de vous livrer au travail que les circonſtances difficiles exigeroient. Le bien de mon ſervice exige que ce ſoit en ce moment que vous m'envoyez votre démiſſion, ſur laquelle je compte. Vous pouvez me demander d'ailleurs ce que vous voudriez pour votre retraite. Je vous témoignerai avec plaiſir ma ſatisfaction. »

RÉPONSE.

« Ce n'est point l'intérêt de fortune, mais celui de mon amour & de mon attachement respectueux pour S. M. qui m'enchaînoient à sa personne. J'ai tout perdu, quand elle me retire ses bontés. L'état des finances ne me permet pas de rien demander. J'ai toujours su vivre de peu ; j'étois pauvre quand je suis entré dans le ministere ; & j'ai le bonheur de sortir de même. Je me bornerai à faire des vœux pour la gloire & la prospérité du regne de V. M. Je la prie seulement de permettre que je mette à ses pieds *l'intérêt de mes enfants*. »

Ces deux missives, en les discutant, décelent d'un côté l'embarras de ceux qui suggéroient la premiere au Roi, & de l'autre la consternation du garde des sceaux étourdi du coup de massue qu'il recevoit : toutes deux, au surplus, manquent, l'une de la dignité devant caractériser la Majesté Royale qui disgracie justement ; l'autre, de la fermeté que doit inspirer à un ministre qui se sent la pureté de sa conscience.

On ajoute que, lorsque le comte de Montmorin a rendu compte au Roi de l'embarras, du serrement de cœur qu'il avoit éprouvé en apprenant que M. le garde des sceaux venoit de perdre sa fille, S. M. a approuvé la délicatesse de son porteur d'ordre, & lui a dit que s'il avoit su cet événement il auroit différé l'envoi de cette notification.

17 Avril. On se rappelle l'épigramme fan-

glante compofée contre M. le comte de Mirabeau , attribuée au fieur de Beaumarchais ;
on y fait répondre le comte par celle-ci, non
moins atroce , plus vive & plus courte :

> De moi faire un bourreau t'a ri ,
>
> Un roué s'y connoît fans doute ;
>
> Mais ne crois pas que je redoute
>
> Un criminel que j'ai flétri !

17 *Avril*. M. le comte de Sanois qui, rempli de
fes malheurs & reconnoiffant de l'intérêt général qu'on y a pris , croit fatisfaire le public
en lui apprenant de nouveaux détails de fa cataftrophe , a fait imprimer encore : *Relation
de ce qui s'eft paffé lors de la capture du comte de
Sanois* (le 4 mai 1785). C'eft une pièce
juftificative à joindre aux autres , où cette
partie de fes malheurs eft racontée de la façon
la plus touchante & la plus véridique ; mais
il auroit tout auffi bien fait de la laiffer dans
fon journal d'où elle eft extraite ; elle a déjà
été réfumée dans le premier mémoire de
M. de la Crételle , & les lecteurs n'aiment
point à revenir fi fouvent fur les mêmes
objets.

17 *Avril*. La rentrée de la comédie françoife
a été très-orageufe. Dès que le fieur Naudé ,
qui avoit fait le compliment de clôture ,
chargé auffi de celui de rentrée , a paru , le
public encore mécontent du premier l'a vu
de très-mauvais œil ; il lui en a témoigné
fon indignation par des huées : il s'eft même
élevé des voix qui ont crié *à genoux* : enfin il a
tâché de réparer dans fon difcours très-bref la

fottife du premier : cette fois c'étoit véritablement un compliment ; auffi le parquet revenu
fur le champ de fon humeur a-t-il applaudi
avec tranfport : tant la louange a de pouvoir
pour effacer tout autre fentiment !

Quant au compliment des Italiens , le Coufin Jacques a continué d'encenfer le parterre ,
& il a continué de plaire.

17 Avril. L'affemblée des notables qui devoit reprendre fes travaux dès le mercredi
11 , a reçu ordre de ne fe raffembler que le
lundi 16 , qui étoit hier. Pendant ce temps
le Roi fort embarraffé a fait différentes difpofitions.

1º. M. de Calonne , qu'on croyoit devoir
refter à Verfailles , ou du moins à Berny ,
qui eft fa maifon de plaifance des environs
de Paris , a été exilé d'abord en ce lieu , avec
défenfes d'écrire , ni de voir perfonne , & a
été depuis renvoyé en Lorraine dans une de
fes terres. On regarde cette conduite du Roi
enverslui comme une faveur, afin de le fouftraire
aux juftes accufations qu'on pourroit former
contre lui : la fuite juftifiera la jufteffe de cette
préfomption.

2º. M. Necker eft exilé à vingt lieues de
Paris : fon grief eft d'avoir fait imprimer fa
juftification fans l'agrément du Roi , & même
contre fa défenfe , fur-tout d'y avoir inféré
une lettre à Sa Majefté.

17 Avril. Relation de la féance publique
de l'académie royale des infcriptions & belles-
lettres , tenue aujourd'hui pour la rentrée
d'après pâque.

La curiofité feule de voir la refauration

de la falle d'assemblée de l'académie des belles-lettres avoit attiré des curieux. Les dames désormais plus en vue dans les tribunes y formeront un spectacle agréable, bien propre à ramener le public trop indifférent encore.

Le sujet du prix qui devoit être distribué dans cette séance, consistoit à *déterminer quelle étoit l'étendue des domaines de la couronne, lors de l'avénement de Hugues Capet au trône*, &c. L'académie peu satisfaite des différents mémoires envoyés dans trois concours consécutifs, s'est vue forcée de retirer ce sujet & les fonds de ce prix seront appliqués à un ou à deux prix extraordinaires, dont on annoncera les sujets dans la séance publique d'après la St. Martin prochaine.

Le sujet du prix pour la St. Martin 178?, consiste à rechercher *quelles sont les notions que les anciens nous ont laissées sur l'art de la reliure?* Le prix est une médaille d'or de 600 liv.

Après la distribution des programmes, M. Dacier a lu l'éloge de M. Greuze, associé libre regnicole. On a déjà parlé de ce personnage original, & l'on ne répétera point ce qu'on en a dit : on ne fera mention que de traits & d'anecdotes dont on n'avoit pas encore rendu compte.

M. Greuze avoit une grande envie de voir l'Italie ; il n'étoit point riche. En 1742, que la guerre étoit portée en cette partie du monde, il se fit commis aux vivres & s'imagina trouver ainsi une occasion de

fatisfaire fon goût fans frais ; mais les circonftances ayant retenu notre armée dans
les Alpes, il eut tout le défagrément de
l'état qu'il avoit embraffé ; il fut obligé de
différer fon voyage, & ne le put faire
qu'après avoir repris fa liberté.

M. Grofley étoit fort gai, fort facétieux:
M. Dacier nous révele qu'il eft l'auteur en
partie d'un ouvrage très-poliffon qui eut
beaucoup de vogue dans le temps, & fous
un titre groffier & très-mal-propre (1) offre
une fuite de faillies, de plaifanteries excellentes. Au refte, fon efprit ne faifoit point
tort à la bonté de fon cœur ; il étoit très-
bienfaifant & a prouvé qu'avec une fortune bornée, quand on le veut bien, on
trouve encore le moyen de fournir des fecours abondants, d'être fort utile à l'humanité.

Le teftament de M. Grofley n'a point
échappé aux obfervations de M. Dacier ; c'eft
une des parties les plus curieufes de fon
éloge, mais trop connue pour y revenir.

En général, l'hiftoriographe a le talent
rare de varier fes éloges fuivant fes héros :
il a fenti qu'en parlant de M. Grofley, il
falloit en quelque forte monter fon ton à
fon caractere, & il y a jeté plus de piquant
& de critique que dans les autres ; car
M. Grofley étoit fort cauftique.

_____

(1) Il étoit intitulé *de la maniere de chier dans la
rue du Bois*. Cette rue du Bois eft une des rues de la ville
de Troyes, ifolée, écartée fans doute, & deftinée aux
æurcorations.

Le premier mémoire qui a fuccédé à cet éloge, rouloit *fur la pêche des anciens & fur les avantages qu'ils en retiroient.* Il eft de M. Ameilhon, qui dans cette partie n'a embraffé que la pêche à la ligne. Il y décrit d'après les écrivains grecs & latins, tous les inftruments & toutes les opérations de cette efpece de pêche dont les grands & les princes mêmes ne dédaignoient pas de fe faire un amufement : il n'oublie ni les appâts, ni les amorces, ni les rufes, ni les ftratagêmes dont les anciens pêcheurs faifoient ufage pour tromper le poiffon, & il a foin en même temps de comparer leurs procédés à ceux des pêcheurs modernes : on conçoit que cette matiere, à la portée de tout le monde, offroit un certain intérêt.

M. Silveftre de Sacy a lu le fecond mémoire *fur les infcriptions de Perfepolis.* Il y explique auffi les infcriptions grecques & les bas-reliefs qui fe trouvent fur les ruines de Nakfchi-Rouftam ; & il prouve que chacune de ces infcriptions eft répétée trois fois, une fois en langue & en caracteres grecs, & deux fois en caracteres inconnus, mais en deux langues différentes : il a fini par propofer des conjectures fur la valeur de ces caracteres ; tout cela a paru fort ennuyeux & à fait bâiller même les académiciens les plus érudits.

Des obfervations fur les allégories & en particulier fur l'idée de ceux qui allegorifent les fujets du poeme d'Homere, ont préfenté des vues plus littéraires, & confequemment plus

convenables à une affemblée publique.
M. Bitaubé, affocié libre étranger, eft l'au‑
teur de ce troifieme mémoire. Son objet
eft d'examiner fi l'on peut établir, avec fon‑
dement, que la fable ne doive à l'hiftoire
aucune de fes richeffes. Il s'attache à prou‑
ver que les perfonnages chantés par Ho‑
mere ne font pas des aftres, des rochers
& des montagnes ; métamorphofe qui ne
s'eft opérée que par l'imagination de quel‑
ques allégoriftes : mais qu'ils ont eu une
exiftence réelle, & que c'eft avec raifon
qu'Homere a joui conftamment de la double
qualité de poëte & d'hiftorien. Toutes ces
idées font fort juftes, & ne fouffrent plus
de conteftation aujourd'hui, c'eft à peu près
comme Dom Quichotte fe battre contre les
moulins à vent.

Ici l'on a fait la diftribution d'une gra‑
vure très-bien faite & propre à mieux faire
comprendre le quatrieme mémoire, qui font
des *obfervations fur un monument antique qui
exiftoit à Aix dans le palais de juftice*, de
M. de Saint-Vincent, préfident à mortier au
parlement d'Aix, & nouvellement affocié
libre regnicole : elles ont été lues par
M. Dacier.

Ce monument, dont la plus grande par‑
tie fut abattue en 1786, étoit une tour
ronde, entourée de dix colonnes engagées
dans le mur, & furmontée de dix colonnes
de granit deftinées vraifemblablement à fou‑
tenir un dôme que le temps avoit détruit.
Cette tour étoit conftruite fur une bafe car‑
rée, dont chaque face avoit environ vingt‑

fept pieds en tout fens, & le monument
entier avoit douze toifes d'élévation. Le célebre Peyrefc avoit penfé que cet édifice
étoit un tombeau : l'événement a juftifié
fon opinion : en le démoliffant on a trouvé
à différentes hauteurs deux urnes de marbre
blanc, remplies de cendres, & dans la partie la plus baffe une urne de porphyre,
d'une forme élégante & d'un beau travail,
qui contenoit outre des cendres & des offe-
ments, une médaille de *Trajan* en argent,
une en bronze de *Lucius Ælius*, & deux
bagues d'or enrichies, l'une d'une éme-
raude, l'autre d'une agate onix, fur laquelle eft gravée la figure d'un lion : à
quelque diftance de cette urne, étoit une de
ces bulles d'or que fufpendoient à leurs cols
ceux qui obtenoient l'honneur du triomphe.
Les médailles dont on a parlé, font con-
jecturer à l'auteur que cette tour a été élevée vers le milieu du fecond fiecle de notre
ère. Une infcription en l'honneur des trois
patrons de la colonie romaine établie à Aix,
infcription dont on a découvert un frag-
ment confidérable affez près de la tour &
qui paroît en avoir été détachée, lui donne
lieu de penfer que ces urnes renfermoient
les cendres des trois patrons, & que l'édifice entier étoit un monument de la reconnoiffance de la colonie envers fes protecteurs.

- Le dernier mémoire de M. Pafroret concerne *les différentes révolutions de la magiftrature & du gouvernement des Hebreux*. L'auteur
examine quels furent, aux diverfes epoques

de leur histoire, leurs tribunaux, les juges qui les composoient, & les matieres qui leur étoient attribuées. Il suit, dans toutes ses variations, un empire dont l'administration politique, créée au nom de Dieu, passa de l'autorité absolue à l'aristocratie, de celle-ci à la monarchie élective, de cette derniere à la monarchie héréditaire, qu'on chercha quelquefois à balancer par une espece de démocratie, & qui finit par être subordonnée à des souverains étrangers, dont les juifs devinrent vassaux & tributaires.

18 *Avril.* L'académie royale de musique a enfin exécuté hier *Alcindor*, opéra féerie en trois actes.

Suivant l'avertissement qu'a mis à la tête du poëme M. Rochon de Chabannes, il a tiré son sujet d'un conte des *mille & une nuits*, tome IV. C'est l'histoire du prince *Zein Alasram*, & *du Roi des génies.* Ce sujet lui a ri d'autant plus qu'il prêtoit à un grand spectacle. Malheureusement la mort de Floquet l'a mis dans la nécessité de changer de musicien, & de se confier au sieur de Zede, qui s'est trouvé hors d'état de déployer toutes les richesses harmoniques qu'exigeoit une féerie aussi féconde en merveilleux. La premiere représentation de cet ouvrage n'a eu aucun succès, a même excité beaucoup de murmures, de rires & d'ennuis.

18 *Avril. Relation de la séance publique de l'académie royale des sciences, pour sa rentrée d'après pâque.*

On a commencé, suivant l'usage, par l'annonce des prix accordés, remis ou à décerner, le secrétaire a dit :

L'académie avoit proposé pour la troisieme fois pour sujet du prix de 1787, *la théorie des assurances maritimes.* Aucune des pieces qui ont été envoyées pour ce concours, ne lui a paru remplir entiérement ses vues. Cependant parmi ces pieces, elle en a remarqué deux qu'elle regarde comme dignes de récompense à différents égards. La premiere, n°. 8, a pour devise :

Illi robur & æs triplex
Circa pectus erat , &c.

l'auteur montre beaucoup de savoir dans l'analyse & dans le calcul des probabilités ; mais il s'est trop borné à la théorie, & n'a pas suffisamment traité la question relativement à l'utilité que la marine & le commerce sont en droit d'attendre des recherches des géometres.

La seconde, n°. 7, a pour devise : *Judicis argutum quis non formidat acumen ?* L'auteur a traité la partie théorique du problème d'une maniere moins rigoureuse & moins générale que celui de la piece précédente ; mais il a fait un grand nombre de remarques intéressantes & très-utiles relativement à la pratique, quoiqu'il ait encore cependant laissé plusieurs choses à désirer sur ce sujet.

D'après cet exposé, l'académie a cru devoir partager la moitié du prix qui étoit de 6000 livres, entre les deux pieces citées, en attribuant 1800 liv. à la piece n°. 8, & 1200 à la piece n°. 7. Ce partage inégal est fondé sur le mérite inégal qu'il paroît y avoir entre les deux pieces dont il s'agit.

L'auteur de la piece n°. 8 est M. de la Croix, professeur de mathématiques à l'école royale militaire. Celui de la piece n°. 7, est M. Bicquilley, garde-du-corps du Roi.

Quant aux 3000 liv. qui restent de la totalité du prix, l'académie a cru devoir les destiner à celui qui, à son jugement, *construira les meilleures tables, d'après la théorie & les observations, pour la pratique du calcul des assurances maritimes ;* & elle distribuera ce prix dans son assemblée publique d'après pâque 1791.

L'académie propose pour le sujet du prix ordinaire de 1789, la question suivante : *essayer d'expliquer les expériences qui ont été faites sur la résistance des fluides en France, en Italie, en Suede, ou ailleurs, soit en y appliquant les méthodes déja connues, soit en combinant ensemble ces méthodes, & faisant servir l'une de supplément à l'autre ; soit enfin, en établissant une nouvelle théorie qui représente au moins sensiblement les principaux phénomenes de la résistance des fluides que les expériences ont constatées.* Ce prix sera de 2000 livres.

L'académie à son assemblée publique d'après pâque 1789, proclamera la piece qui aura mérité le prix.

En 1783 Sa Majesté fit annoncer à l'académie par M. le comte d'Angiviller qu'elle destinoit une somme de 12000 liv. pour trois prix qui devoient être décernés en 1785 aux auteurs qui, au jugement de cette compagnie, auroient proposé la meilleure manière de rétablir ou de perfectionner la machine actuelle de Marly, ou de remplacer cette machine par une autre : le premier prix étoit de 6000 livres, le second de 4000, & le troisieme de 2000 livres.

L'académie n'ayant pas été entièrement satisfaite des pieces qui furent envoyées par le concours de 1785, proposa le même sujet pour cette année 1787, avec les mêmes prix. Elle croit devoir partager le premier de ces prix, entre la piece n°. 8, qui a pour devise : *Saltem voluisse decorum est*, & dont l'auteur est M. Gondouin Dehnais, & la piece n°. 45, qui a pour devise : *Perficiet tempus*, & dont on ne connoit pas encore l'auteur.

Le second prix entre la piece n°. 21, qui a pour devise : *Transivi per ignem & aquam*, & dont l'auteur est M. Viallon, chanoine régulier & bibliothécaire de Sainte-Genevieve, & la piece n°. 33, qui a pour devise : *Quandoque bonus dormitat Homerus*, & dont l'auteur est M. Marat.

Le troisieme prix, entre la piece n°. 3, qui a pour devise : *In tenebris ambulans pedes offendit & erroum sequitur*, & dont on ne connoit pas encore l'auteur, & la piece n°. 23, qui a pour devise :

Oui, si de ce concours je ne remporte le prix,
J'aurai du moins l'honneur de l'avoir entrepris.

& dont l'auteur est M. Bralle, ingénieur de la généralité de Paris.

Les pieces qui ont paru le plus approcher des précédentes, font le n°. 1, qui
a pour devife : *Aquas in aquis, machinam in
machina.*

Le n°. 9, qui a pour devife : *Denique
fit quodvis fimplex duntaxat & unum.*

Le n°. 20, qui a pour devife : *Aquarum
abundantia.*

Le n°. 22, qui a pour devife : *Sic aqua
pergit ad montes.*

Le n°. 25, qui a pour devife : *Multiplex
& una.*

Le n°. 42, qui a pour devife : *Mobi-
litate firma.*

Un amateur éclairé des fciences a propofé à l'académie de fe charger du jugement d'un prix fur la queftion fuivante :
on fuppofe ; 1°. qu'un vaiffeau connu de poids,
de forme & de pofition, fe meuve fur la furface de la mer, fuppofée plane & horizontale,
avec une vîteffe donnée & parallélement à la
quille. 2°. Qu'une caufe quelconque faffe naître
fur la furface de la mer une onde ou lame
circulaire unique, dont le centre foit placé fur
le prolongement de la quille & dont on con-
noiffe la forme, ou à l'origine, ou dans un
certain inftant, à fa durée. 3°. Que cette lame,
en vertu de fa vîteffe, atteigne le vaiffeau,
cela pofé on demande les changements que la
lame fera naître dans les mouvements du vaiffeau, foit par le choc, foit par la différence
des preffions !

Cette propofition a été acceptée par l'académie & elle devoit donner dans fon affemblée publique d'après pâque 1787 à l'au-

teur du meilleur des mémoires qui lui auroient été envoyés fur ce fujet, une médaille
d'or de la valeur de 240 liv. ; mais n'ayant
reçu aucune piece pour le concours, l'académie propofe de nouveau le même fujet
pour l'année 1788.

L'académie à fon affemblée publique d'après
pâque 1788 proclamera la piece qui aura
mérité ce prix.

M. de Gaule, ingénieur de la marine,
avoit prié l'académie de fe charger du jugement d'un prix qui devoit être diftribué
à l'affemblée publique d'après pâque 1785
fur la queftion fuivante :

*N'y auroit-il pas moyen pour placer en mer
le long des côtes de France, dans les parties
qui en font fufceptibles, des efplanades ou digues
artificielles, qui dans le gros temps puffent
fervir à rompre l'impétuofité de la mer, & fous
le vent defquelles un navire du Roi, du commerce, ou toutes autres embarcations qui n'ont
d'autres reffources que la côte, puiffent, en y
mouillant, y trouver un afyle, où ils n'aient
d'autres efforts à vaincre que celui du vent, dont
la réfiftance peut être diminuée par les manœuvres
ufitées en pareille circonftance ?*

L'académie n'ayant point reçu alors de
piece qui remplit l'objet defiré, propofa de
nouveau le même fujet pour cette année
1787 : elle fe trouve aujourd'hui dans le
même cas, & M. de Gaule en ayant été
informé, prie l'académie d'annoncer qu'il
retire le prix.

L'académie avoit propofé pour fujet d'un
des prix qu'elle devoit diftribuer dans fa

féance publique d'après pâque 1787 : *La recherche des moyens par lefquels on pourroit garantir les broyeurs de couleurs , des maladies qui les attaquent fréquemment & qui font la. fuite de leur travail.* Le mémoire qui a pour devife : *être utile eft mon but* , a mérité l'attention de l'académie par l'expofé très-étendu que l'auteur y a fait de ce travail & par les nombreux détails qu'il y a donnés relativement aux différentes matieres qui entrent dans la compofition des couleurs.

Mais s'il a rempli à cet égard une des parties du programme , il n'a préfenté fur une autre plus importante que des idées générales , & auxquelles il a été conduit par l'expofé même de ce programme.

L'académie defiroit qu'on indiquât des moyens capables d'écarter, autant qu'il feroit poffible , les accidents auxquels les broyeurs de couleurs font expofés , foit en employant quelque machine bien entendue, qui par elle-même exécutât complétement ce qu'il y a le plus à craindre pour eux dans leur opération , foit en faifant ufage d'un moyen fimplement préfervatif , à la faveur duquel , dans la maniere ufitée de broyer les couleurs , on pût renfermer & contenir les émanations dangereufes qu'elles produifent, pourvu cependant que ce dernier moyen ne s'oppofât pas à la facilité du travail, fur-tout à celle de raffembler les couleurs à plufeurs reprifes & à mefure que ces ouvriers les ont étendues fous la *molette,* pour les fondre enfemble & les broyer parfaitement.

Le point effentiel qu'il faut avoir en vue ; en s'appliquant à cet objet de recherches, étant donc la confervation de ces ouvriers, dont la fubfiftance tient à un travail foutenu, qui lui-même dépend du bon état de leur fanté, l'académie croit devoir infifter de nouveau fur ce puiffant motif, & y rappeller les favants qui ont pu déja s'en occuper : elle propofe en conféquence le même fujet pour l'année 1789, & annonce un prix double, c'eft-à-dire, la fomme de 2160 liv. qui fera accordée, foit totalement en argent, foit en une médaille d'or de 1080 liv. & le refte en argent, au choix de l'auteur qui aura le mieux traité ce fujet intéreffant.

L'académie à fon affemblée d'après pâque proclamera la piece qui aura mérité le prix.

L'académie avoit propofé en 1785, pour fujet d'un prix fur l'hiftoire naturelle, de déterminer *quelle étoit la meilleure méthode d'étudier & de décrire l'hiftoire naturelle minéralogique d'une grande province ;* & en même temps elle avoit exigé qu'on fît l'application de celle qu'elle auroit adaptée à une contrée d'une certaine étendue : elle a reçu cinq mémoires fur ce fujet, parmi lefquels l'académie en a diftingué trois : le n°. 1, avec cette épigraphe : *La terre eft riche de tout, & tout eft riche de la terre;* le n°. 3, avec cette devife : *Qu'eft-ce que l'enveloppe extérieure du globe percée par les travaux des mines, &c. ;* & le n°. 4. avec la fentence : *Rerum cognofcere caufas & fines.* Ces mémoires, fur-tout celui du n°. 3, annoncent des

naturalistes éclairés, qui joignent à beaucoup de connoiffances en minéralogie l'habitude d'obferver ; mais l'académie a vu
avec regret , qu'en s'écartant de fon objet,
les auteurs de ces mémoires fe font plutôt
attachés à raffembler une fuite nombreufe
de faits connus la plupart , qu'à développer
une méthode propre à les reconnoître , à
les difcuter & à les rapprocher fous le point
de vue le plus inftructif : en conféquence
elle a cru devoir abandonner ce fujet , quelque intéreffant qu'il fût , pour borner les
concurrents à des recherches plus faciles &
à un travail moins étendu; elle propofe donc
pour fujet du nouveau prix , de faire connoître *quels font les indices certains & non
équivoques des mines de charbon de terre, &
les conftitutions particulieres des pays où elles
fe trouvent : quelle eft la nature & la difpofition des fubftances differentes , qui non-feulement fervent d'enveloppe aux filons de ce miné-
ral , fuivant leurs qualités , mais qui encore
forment les bancs de roche interpofés entre
les couches, les crans & les barrements qui
en derangent ou en interceptent les veines, tant
dans leur direction , que dans leur inclinaifon
ou pendage ?*

L'académie defire que , pour faciliter l'intelligence de tous ces détails, les auteurs
des mémoires qui lui feront adreffés , y
joignent des plans & des coupes propres
à repréfenter les couches de charbon , les
bancs de roche qui les enveloppent & les
crans qui les derangent , & qu'ils citent
même les mines d'où ces plans auront été

tirés. En raffemblant ainfi tout ce que l'expérience a pu nous apprendre fur ces différents objets, l'académie a principalement en vue d'offrir des principes fûrs à ceux qui font occupés de la recherche & de l'exploitation d'un combuftible que la difette de bois rend de jour en jour plus précieux.

Le prix fera de 1500 livres.

L'académie proclamera la piece qui aura mérité le prix, à fon affemblée publique de pâque 1789.

Pendant que le fecrétaire fe repofoit, on a lu deux mémoires : le premier de M. le Gentil, *fur les lunettes binocles*, dont l'objet paroît être de foulager les yeux des aftronomes, qui fatiguent beaucoup par les efforts de l'un pour refter fermé, & les efforts de l'autre appliqué à la lunette.

Le fecond mémoire de M. l'abbé Teffier rouloit *fur l'état général de l'agriculture en France & dans toute l'Europe*.

L'auteur attribue les progrès confidérables que cet art a faits en France aux travaux de M. Duhamel ; c'eft à cette époque feule qu'elle a commencé à fortir de la routine & des préjugés auxquels étoient afférvis les cultivateurs. L'honneur dont jouit l'académicien d'avoir la confiance du Roi pour fes jardins de Rambouillet, lui a fait concevoir le plan vafte qu'il a imaginé ; fa pofition lui a fourni les facilités de l'exécution, tant auprès des étrangers, qu'auprès du miniftre des finances, afin d'en obtenir des fonds. Il eft entré à l'occafion de fes recherches

dans

dans des détails infinis, mais trop longs &
faftidieux à rapporter : fon réfultat vraiment
effentiel eft, que nous avons en France à
peu de chofes près tout ce que poffedent
les étrangers en ce genre, & qu'ils n'ont
pas, il s'en faut de beaucoup, tout ce que
nous poffédons.

M. de Condorcet, après la lecture de
ces deux mémoires, a fatisfait l'impatience
du public par celle de *l'éloge de M. Guetard.*
Le caractere original de ce médecin a fourni
ample matiere aux digreffions phi'ofophiques
de l'orateur.

M. Guetard, quoique docteur régent de
la faculté de médecine de Paris, vraifemblablement pratiquoit peu ou point, car
il n'a nullement été queftion de ce genre
de travail dans fon éloge : il avoit eu fucceffivement deux paffions, l'une de la bo-
tanique, & l'autre de la minéralogie, &
il paroît qu'il s'eft diftingué dans les deux
genres. Comme botanifte, il a fait beaucoup de recherches fur les *plantes parafites*
rangées fous trois claffes : celles qui pro-
viennent d'une autre plante n'exiftant que
fur elle & par elle ; celles qui, ayant leurs
racines propres, tirent en partie leur fubfiftance de la terre ; enfin celles qui, tirant
leur nourriture entiere de la terre, n'ont
befoin des autres plantes que comme leur
foutien.

Comme minéralogifte, on doit à monfieur
Guetard le projet des cartes minéralogiques
de la France qui s'exécutent aujourd'hui &
Tome XXXIV.   R

dont on connoît facilement les difficultés, l'étendue immense & les avantages.

M. le duc d'Orléans appellé *le dévôt*, le grand-pere du duc d'Orléans actuel, qui aimoit à la fois les gens religieux & savants, trouvant cette double qualité réunie en M. Guetard, se l'attacha. A sa mort, ce prince lui légua son cabinet d'histoire naturelle. M. Guetard le remit ensuite au feu duc d'Orléans, qui lui en conserva la garde avec la qualité de médecin botaniste de son altesse séréniffime.

M. Guetard avoit aussi des liaisons avec M. de Malsherbes, & il voyage avec lui pour son instruction & la confection de ses cartes minéralogiques. M. de Condorcet prétend qu'étant en Auvergne & y observant une pierre noire, il la jugea volcanifée & fut ainsi le premier à découvrir les volcans éteints en France, qu'on croyoit n'y avoir jamais été sujette.

C'est sur-tout en nous peignant le caractere de son héros, que le panégyriste a en lieu de développer tout son talent & de donner l'essor à sa causticité : M. Guetard étoit d'un caractere si brusque, si hargneux, si difficile à vivre, qu'il n'est aucun de ses confreres, de ses amis, avec lequel il ne se soit brouillé : mais sous cette écorce rebutante, il possédoit une ame si belle, un cœur si sensible, qu'on se racommodoit aussi-tôt avec lui & qu'on ne l'en aimoit que davantage.

Son amour de la justice, de la vérité, de l'ordre ; la haine des prétentions, de l'intrigue, de la charlatanerie, étoient le principe de cette humeur qu'il ne pouvoit vaincre & qui le dominoit par deſſus tout. M. de Condorcet en cite pluſieurs traits qui confirment ſon jugement.

Un jour, quelqu'un remercioit M. Guetard de lui avoir procuré un place : *vous ne m'en deve*ȝ *aucune reconnoiſſance*, lui répondit-il ; *je n'ai pu réſiſter à mon devoir, car je ne vous aime pas.*

Quelquefois aux ſéances publiques il rencontroit en entrant le ſecrétaire & lui diſoit : *Bourreau ! vous alle*ȝ *bien nous mentir* ; je vous avertis que pour moi je ne veux point de tout cela.

Au reſte, cet homme ſi dur en apparence ne pouvoit voir tuer un poulet : il avoit défendu qu'il entrât dans ſa maiſon pour ſa ſubſiſtance aucun animal vivant, afin qu'on ne fût point dans le cas de le mettre à mort chez lui.

Lorſque M. Guetard entendoit crier quelque arrêt de mort, il s'en trouvoit mal ; ſur la fin de ſes jours il avoit réſolu de ſe retirer à la campagne, afin que ces affreux jugements ne parvinſſent point à ſes oreilles. De-là une réflexion amere contre les arrêts iniques des juges, qui ne peuvent rendre la vie aux victimes innocentes de leur préjugé ou de leur ignorance, & tout le monde a bien vu qu'il s'agiſſoit encore des *trois rouées*.

M. Lavoiſier a lu le troiſieme mémoire ſur une nouvelle nomenclature de chymie. Il a dit que M. de Morveau s'étant chargé de cette partie pour la nouvelle encyclopédie, avoit cru devoir consulter les plus fameux chymistes, & qu'à cet effet il étoit venu à Paris tenir des conférences avec eux : de ce nombre étoit M. Lavoisier. Il a rendu compte de leurs principes, de la méthode qu'ils ont suivie, & il prétend que ce devroit être celle de toutes les grammaires. Cet ouvrage, plutôt de métaphysique que de chymie, porte sur des préliminaires si déliés que peu des auditeurs auront pu les saisir. Ce qu'on y a vu plus clairement, c'est que M. Lavoisier aspirant à l'honneur de faire révolution dans cette science par un système à lui, y aura approprié tous les termes de la nouvelle langue, à l'usage seulement de ses disciples, mais qui doit tomber en désuétude avec sa doctrine.

M. Mechain a donné ensuite la courte notice d'une comète, qu'il a apperçue la dernière fête de pâque ; comète à laquelle les astronomes ne s'attendoient point & qui n'est encore visible qu'au télescope.

M. Desfontaines a terminé la séance par la lecture d'un mémoire intéressant *sur la manière de cultiver la terre* & ses productions en Barbarie : il s'est sur-tout étendu beaucoup sur le dattier, l'arbre le plus utile qu'on connoisse, & dont il n'est aucune partie dont on ne puisse tirer quelqu'utilité.

Fin du trente-quatrième volume.